我们班的那些事

WOMEN BAN DE

NA XIE SHI

刘荣林　著

ARCTIME 时代出版
时代出版传媒股份有限公司
安 徽 文 艺 出 版 社

图书在版编目（CIP）数据

我们班的那些事/刘荣林著. —合肥：安徽文艺出版社，2019.9

ISBN 978-7-5396-6686-0

Ⅰ. ①我… Ⅱ. ①刘… Ⅲ. ①长篇小说－中国－当代
Ⅳ. ①I247.5

中国版本图书馆 CIP 数据核字(2019)第 114891 号

出 版 人：段晓静
责任编辑：姜婧婧　刘　畅　　　装帧设计：徐　睿

出版发行：时代出版传媒股份有限公司　www.press-mart.com
　　　　　安徽文艺出版社　www.awpub.com
地　　址：合肥市翡翠路 1118 号　邮政编码：230071
营 销 部：(0551)63533889
印　　制：安徽联众印刷有限公司　(0551)65661327

开本：700×1000　1/16　印张：24.25　字数：400 千字
版次：2019 年 9 月第 1 版　2019 年 9 月第 1 次印刷
定价：68.00 元

目录

关于孟菲斯现象

张阳球

长篇小说《我们班的那些事》快要出版了，说起来这部书从起意到出版，前后不过两三年，我总忍不住要说点什么。

记得几年前，刘教授对我说，他的那些学生很优秀很可爱，他想邀我编一部电视剧，来表现那些孩子的校园生活。我们都觉得目前还没有一部真正表现在校大学生活的剧作，编一部大学生活剧作是可行的。按一般规律，当然先出版一部小说，再来编剧就要方便些。于是我就建议刘教授先拿出一部长篇小说，把素材全部归拢为妙。那时刘教授教授文艺学、文学批评、写作理论课，课程很重，并且一贯从事文学理论课题研究，已经出版了诸如《小说创作美学》《小说艺术的魅力》《〈红楼梦〉艺术哲学论纲》等文学理论专著，手头还在写作一部类似的大部头，并且还出版了《常用法律文书写作》《应用文写作》之类大量教材，空闲时间不是很宽裕，我猜测他拿出一部三四十万字的小说稿，恐怕要个五六年。结果不到一年，我就读到了他三十多万字的初稿，我拜读后，提了一点建议，他后来又改了几遍，送出版社，就敲定了。对比起来我有些惭愧，我的长篇，计划做了一遍又一遍，不知是水平还是毅力不行，硬是提不起笔来。我打心眼里佩服像刘教授这样的有水平且雷厉风行的人。这样的人果然就有成就。

本不想透露老朋友的隐私，但交往深了，出口就是隐私，只好信口开河了。刘教授是北方人，作为人才引进，从北方某大学到理工学院多年了，因此，除了北方性格外，他的性格里还揉进了些许南方人的性格。跟他交往是件快乐的事情。他的豪爽大气中掺杂着细腻平和，他的果断风行中，有着专注与柔韧。今天说他的书，我可能是他的第一个读者。读了三四遍这部作品，印象自然就深，印象最深的是里面栩栩如生的人物，主流价值观和生活理念，纷繁复杂的当代生活，还有他的孟菲斯设计。

大学生们个个青春、帅美、鲜活，范明强的沉着老练，张芳盛该出手时就出手的武功，梅氏三姐妹的率真开朗，游前偲的善于思考和有些自私小气，满腹经纶却又毫不张扬的毛金灿，淑静古板甚至想遁入空门的方静深等等。这些学生性格的刻画，多半来自他的多年园丁生涯，说白了，他写的就是他的这些个学生。你读小说，就会看到一大批性格迥异、朝气蓬勃、才华横溢的小伙子和小姑娘，在你面前微笑着，辩论着，书写着，打闹着，演绎着他们的七彩年华。在这里他既写了孩子们积极向上的一面，也写了他们消极的一面。他深入人物内心，细致入微地描写他们的思想情感，叙述他们成长变化的轨迹，把人物塑造得立体形象。他写了梅家姐妹淳朴、上进、富有爱心和责任感，同时也写了她们出身农村，在追求爱情对象时的个人利益思考。他写了张芳盛的正义勇敢，也写了他的恃武冲动。他写了方静深原本受父母的耳濡目染，寂寞封闭不问世事，鲜与人交往。但接触社会以后，她作为人的本性被激发，她走进生活、走进爱情甚至和男友校外租房同居，变化之大让人惊讶。能够这样生动地描述出这些大孩子的喜怒哀乐，描写出他们动静相间、正反相连的鲜明性格，那是要有对学生的深入了解，以及多年的情感积累的。他爱他的职业，爱他的那些大孩子。他会想方设法教授好每一堂课，想尽办法让每一堂课给学生们多一些收获。辅导好每一个学生,并且组织创造一些机会来锻炼他们。他常常联系一些作家来讲课,让学生们从这些作家的亲身经历中获取经验,并鼓励为面前这些作家的作品写评论。那天,他拿来一部厚厚的打印书稿《史说箴语》。他告诉我,这是他选出的学生们的评论稿,汇编成册,准备将来有机会公开出版。他要为学生们创造一切有利条件,让他们走出校门选择工作时多一个机会,唉,刘家教授,费尽心思啊。

关于这一代人,社会上有许多议论,什么富二代穷二代呀,月光族啊,啃老族哇等等。总之一句话就是,无论家庭状况如何,这些孩子们在父母的溺爱下,一个个是只知索取没有责任感,只知享受不知奋斗。当然这是偏见。我不知刘教授有什么看法,但显然他对他的弟子们是有着强烈期望的。他说过,青春是用来奋斗的,无论哪代人,都有明白人。特别是这一代年轻人,知识更丰富,智商更高。老师只是需要认真地传达给他们主流价值观和正确的生活理念。我常常看着刘教授会哑然失笑,原因是关于他的身份。当然首先他是教授,其次也是父亲,再其次是兄长,再其次是考官。正因为这样,他笔下的情节就带有几重身份的情感,教授的恨铁不成钢,父亲的望子成龙,考官的冷眼审视判断。那场关于"财商"的论战与实践让人耳目一新。说起财商,很多人很陌生,其实,财商不是个新词了,说穿了就是赚钱和用钱的能力。每个时代每代人都在揣测和探讨。小说里有一节是这样开头的:"钱——是个东西;又不是个东西。古人早就把'钱'这个东西看透了。用得好就是个东西,用得不好就不是个东西。所以古人造字的时候就算出了'钱'的宿命。一边'重',是'金'——压死你;一边轻,是'笺'——真贵重! 对吧?"真是又爱又恨折磨人啊,弄好了你就是富翁,弄不好你就是乞丐一个。这对即将走向独立生活的这群人来说,是个古老而又全新的命题,一个急切要解决而又须冷静对待的问题。教授专门拿出来写，是担当了教授与父亲的多重责任的。我发现他传统而不刻板，正直而不僵化。为了宣扬“提高财商能力，勤俭节约，学会理财”这一理念，他写了学生们出身环境生活经历的不同，产生的不同生活观念和消费观念在这里的碰撞，通过嬉笑怒骂的小组会，反复跌宕的专题大辩论，一波三折的涉及隐私的个人消费调查，避开沉闷刻意的理论宣讲，利用小说情节，通过同学们自己，于无声处批判了那种无计划消费和土豪消费，特别是伸手消费和啃老消费，用学生自己的事例教育提升了他们自己。至此，我理解了老祖宗“姜还是老的辣”这句经典。路漫漫其修远兮，吾将上下而求索。传达社会主义核心价值观，传递正确健康的生活理念，让这一代人健康快乐成长，是我们要做的事情。

尽管当代大学校园生活丰富多彩，他没有局限于身边司空见惯的生活圈，而是深入思考，拓宽视野，把校园生活置于改革开放的大背景下，把人物放在社会生活的大场面中，多视角、全方位、深层次地审视当代生活，去发现社会环境对这一代年轻人的影响，从而准确把握小说描写的生活与人物的真实感和时代感。他用着一种几近浪漫的笔调写尽了充满朝气的课堂争论，梯形教室慷慨激昂的学术辩论，树草留香的校园小径上的耳鬓厮磨、情语绵绵，激情奔涌的诗歌竞赛和朗诵，还有那些寄托着学子们理想和希冀的招聘会。同时也花了大量笔墨写了校外参加商业展销和文化活动，写了到街头、商场、厂矿募捐，也写了同学们的校外实习。游前偲找工作误入传销组织被关，差点回不来，让人关切。家庭拮据的洪强在网吧赌博输了钱，最后欠下巨额贷款，含恨自杀令人唏嘘。梅朵朵助人为乐，被一辆奥迪车直接拉到外面加油站，骗子哄着她用银行卡为他加油，结果她卡里三姐妹的一万多元伙食费被骗走。这是一件真实案件，其情节让人叹息。这些大孩子从小学到中学到大学，校门进校门出，从小到大都是生活在老师的关切里，父母的怀抱中。他们太善良，善良得令人心疼。他们太单纯，单纯得无所顾忌。但校园不是保险箱，学校生活也不可能是孤悬海外的世外桃源。它置于这个社会中，被社会包围、渗透、溶解。改革开放，社会繁荣，会带来许多新问题。善与恶，金钱与情感，真诚与虚伪，不停地在他们眼前上演悲喜剧，这些是社会进程中的必然表现。处在人生成长转折期的大学生们，鲜有生活阅历和经验，遇到问题有的不免就会上当受骗。小说传达的是，只有勇敢走进社会，迎接挑战，接受锻炼，才是年轻主人翁的当下选择。

无论是对人物的多元化把握，还是对生活的多层次开拓，还是对文本的多样化探索，我觉得他是动了心思的。谈到文本就要借用小说中"孟菲斯现象"这个词。"孟菲斯"是西方一种设计风格的命名，首先"孟菲斯"开创了一种无视一切模式和突破所有清规戒律的开放性设计思想。用到刘教授这里，就是淡化多年的文学理论，设计一种适合于自己的创作方法。他去广东某杂志任主编时，长篇还未成型。那时我们经常和学院的老中青教授交流，他们言谈举止表现出的文化修养底子很厚，无论是说文学现象，还是谈文学理论，那都是引经据典，一套一套的。他们经常给我们的作品点评或干脆就写成评论文章，在全国的文学刊物上发表。教授的评论在全国的文学杂志上发表百余篇，数百万字。我们称他们是"学院派"。但我们不知道他们写不写小说，写得如何。我在编一本文学杂志，于是我就建议他能写一些中短篇，到我们杂志上发一发。他写了几个，全是写他们学院生活的，我觉得挺好，就帮他发表了。后来他写长篇的时候，就顺理成章地借助了先前这种自由式的方法了。所以这部长篇如果解构成中短篇，也是紧凑的、完整的。我们中不少人喜欢这种故事的完整性。但是从一部长篇的整体结构来看，就有点碎片化了。也许这正是他的一种风格，一种设计，一种借助“孟菲斯”而展现的文学样式。

张阳球，湖南岳阳人，生于1954年，毕业于厦门大学中文系。中国作协会员。文学创作一级。当过兵、做过记者。小说见《青年文学》《昆仑》《芙蓉》《芳草》等杂志。出版长篇小说、小说集等5部。中篇小说《钉螺》《青铜闪电》等被《中篇小说选刊》《作品与争鸣》《文艺报》等转载评论。

一、三胞胎姊妹

今天，邵振教授的气愤就不打一处来，他越看就越生气，越生气就越要看，以至于怒不可遏。

“唉、唉——这叫什么？一个小行李卷儿都不扛，将来还能扛起什么大事……”

走在他前面的新生，拎着一个小巧玲珑的保温茶杯，蹬着一双半高跟又红又亮的小牛皮凉鞋，迈着轻盈、细碎而且还信心满满的步子走在小石板路上，后边老老少少四五个人提着暖壶、洗漱用具、被褥、席垫以及香蕉、苹果、哈密瓜、大西瓜，满头大汗地紧紧跟在她的后边……

这一团团一簇簇像原子团一样的情景在新生入学时并不鲜见，学校里真可以说是人挤人，车挨车，挥汗如雨，把一个浩瀚广阔的中南理工大学填得水泄不通，难以立足。

邵振教授一看到这些就气愤难当，他从学校宽阔的马路上穿过，是那样困难，挤挤不动，推推不开，插脚不下。他一生气就难免碰到或撞到一些人。一位送孩子来上学的山东大汉，也有些生气，可是人在外地，他还是忍了忍，说：

“俺说你这老同志，怎么这么有气？”

这个山东大汉哪里知道，他申斥的老人就是全国著名文艺理论家邵振教授。邵振教授因为气愤,也没理睬这个膀大腰圆的汉子。按理说,新生入校就是这么忙忙碌碌,这与他邵振教授有什么关系?然而邵振就是生气。

“哼——活活气死个人,像这个样子,这些孩子什么时候才能长大?”

中南理工大学,9 月 12 日,是新生入学的日子。

大学穹窿高耸的大门,矗立在百十米长的理工大学桥的西头,当代著名书法家樊童写的一米多高的遒劲沧桑的“希望门”三个大字,高高悬挂在大门的上方,目不转睛地看着来来往往的莘莘学子。大门两侧,就是正在气愤难忍的著名书法家、中南理工大学博士生导师、文学批评家邵振教授的应景书写:

洞庭湖畔迎八方学子紫气东来光华盛世壮思飞

岳阳楼下书九州方圆霓虹闪烁辉煌理工中国梦

百十米长的理工大学桥两侧密密麻麻地插满五颜六色的彩旗,像无数条七彩长虹,在微风吹拂下不知疲倦地飘舞挥动,夹道欢迎熙熙攘攘的人们,尤其是新入学的这些天之骄子……十多个硕大的姹紫嫣红的氢气球,染红了半个天空。宽阔的大桥上,到处是汹涌澎湃的人群、车流,满是希望和喜悦,到处是潮水般的欢歌笑语。

按理说,邵振教授看到如此蓬勃的场面应当高兴才是,可他偏偏就是容忍不了。而且近几年每到这个时候,邵振都要生一肚子闷气,越生气他就越要出来看看,因而也就更要生气……

上午 9 点,像往年一样,邵振教授从理工大学东头的北院,也就是中南理工大学的家属区,到热热闹闹的新生报名的西院、东院、南院,感受这欢乐的气氛。可是每年他都要生气、愤懑,然而他仍要坚持看看。这不是他的嗜好,而是一种责任的体现。

邵振教授一路趔趔趄趄，躲躲闪闪，人群、车流，熙来攘往，把这个年届六十的大个子老人弄得慌慌张张。中南理工大学的南院、北院、东院、西院，都停满了大大小小的轿车、越野车、小面包车——红旗、大众、奥迪、荣威、比亚迪、奇瑞、福特以及邵振教授非常痛恨的日本车——本田、丰田、日产、三菱等等，它们的五颜六色弄得邵振教授眼花缭乱，心烦意乱，气愤不已。

他当然不仅仅是气愤这些车及人，更不仅仅是气愤车及人阻挡了他的路程，他气愤的或者说难以容忍的是这些车的主人，尤其是那些不成气候的新入学的所谓的莘莘学子。面对这些车和人，邵教授无比气愤地说：

“都20岁了，不会自己来上学，还让家长送？还让全家出动来送？你有这么‘值钱’？难成材的东西，难道不应学会独立？邓小平20岁都当军团长了！”

路过这里的方冬冬博士笑眯眯地说：“教授，这也不能全怪孩子们，是不？‘子不孝，父之过’，家长应负主要责任！”

“是的，这些家长们更是可恶，怎么不给孩子一个成长的机会？他们让送就送啊？应该教会他们独立生活。”

“或许更多的时候，是家长非要送不可，教授知道不？”方冬冬挥挥手，笑着赶紧离开她的博导邵振教授，免得让教授气哄哄地红着脸和她较真。

“不管咋说，也不应该有这样一群群送行的大军！误了孩子，费了精力，破了资财，百害而难有一利，可恶……现在纨绔子弟太多了，唉——”邵振教授还是愤愤不平，看着自己的博士生方冬冬的身影，不住地自言自语，多亏方冬冬走得快，不然就邵振教授这个脾气，非把方冬冬好好教训一顿不可。邵振教授本来不是这么爱唠叨的学者，他讲课、办事以及做学问都是那么干净利落。然而他看到这些，就气愤难忍而又无可奈何，乱了方寸，才失去了往日的干练与诚厚。

邵振教授怎能不气愤？他从20世纪90年代就在看，一直看到21世纪的今天——2012年9月12日，而且是越看越生气，如今怎么成了这个样子？20世纪90年代开始，家长送孩子上学的是越来越多，开始是背着大大小小的铺盖卷儿，拿着个网兜，提着脸盆等洗漱用具，坐火车，到学校，顶多是爸爸或妈妈来送儿女上大学，这些天之骄子悠然自得地跟在后面，但那时还不是十分普遍，如今倒好，谁要无人送来，倒成了另类！邵振教授就想："爷爷那时候十四五岁，步行百十里地到沧州上中学，爷爷的爸爸把爷爷送到半路，就回去了；爸爸、伯伯和叔叔上的是抗日高小，整天东躲西藏的，不安定；我呢？"邵振教授想，"十六岁我就背着小行李卷儿，走五十多里地，到县城上高中；上大学更是自己背着行李等，步行30里，坐汽车，再坐火车到北京上大学，那时候父母忙于工作，哪有工夫送我去上学？现在倒好了，不仅送，而且前呼后拥地送。"邵振教授感觉问题越来越严重，于是他就写了两篇思想评论或曰社会评论——《溺爱难成才　宠儿多不幸》和《穷人的孩子早当家》，分别发表在《人民日报》和《青年报》上。

没想到邵振教授的两篇文章，好像在蓝天白云下放了个小鞭炮，只有"嘣"的一声，后来就无声无息地没影儿了。邵振教授一边在送孩子上学的队伍中穿行，一边似乎听到有人说："你邵振教授算个什么？你算是哪根葱？我送孩子来上大学，碍着你什么了？也没花你的钱！我就来送，自愿的，《宪法》也没有让我不要送！我就送，管得着吗？"邵振教授耳鸣般地"听"到这里，就真的耳鸣了起来——嗡嗡嗡地响个不停，头脑有些昏沉沉的，心也有些发颤，他赶紧掏出速效救心丸，吃上两粒，坐在树荫下的石垛子上平静一下……

说实在的，邵振教授也有想不到的地方，现在生活好了，都在提高生活的质量,讲究有品位的生活,高高兴兴地送孩子来上大学,这正好一举两得,何乐而不为呢?如果说前几年送孩子上大学,甚至80岁的老奶奶送孙女上大学,确实有些对孩子的溺爱,但是现在就不能说完全是溺爱了,和孩子们一起登上岳阳楼,一起领略《岳阳楼记》意境;开车到"屈原祠",和孩子一起背《离骚》,也是一种教育,所谓仁乐山,智乐水。

然而邵振教授说:"那也不行!旅游、享受不是这个时候!我那时候,谁送啊?19岁,自己扛着铺盖卷儿,走30里路,坐汽车一百多里,再坐闷罐子火车到北京上大学!"

邵振教授从石凳子上站起来,抬眼四处望了望——

到处是汽车!

到处是人群!

到处是颜色!

邵振教授一边自言自语地发泄着怒气,一边东躲西闪地不得不让着这些人群、车流、颜色……

后面又是一群"原子团",众星捧月般冲了过来。邵振教授本想快点给他们让路,没想到这伙子趾高气扬的"原子团",一点儿也没把邵振教授放在眼里。邵振教授正在气头上,心想我就是不给你们让路,看你能把我怎么样?当然"原子团"也真不敢怎么样!他们也只好绕开邵振教授走到前面去。一伙子人是绕过教授去了,然而总有这么一两个"原子团",可能是由于兴奋,也许是无心,或者可能是有些故意,就把邵振教授稍微剐蹭这么一点点,邵振教授就晃晃悠悠,差点儿来个大马趴,多亏这里人多、车多,有车可扶,有人可挡,邵振教授才没有来个大马趴。邵振教授不由得又多了三分火气,他正想发脾气,那一伙"原子团"早已远离而去,又一伙"原子团"超越而来……在邵振教授周围,前后左右都是一伙一伙的“原子团”。邵振教授感到无比孤立无援。

这又是一群送人的队伍，五六十人围着，这么多人送行？邵振教授不由得有点怒发冲冠，就很想找他们发发脾气。然而他抬起脚跟，伸长脖子一看，他的十万怒气马上烟消云散，变成了有点喜气洋洋——“啊，哦！三胞胎姊妹。”

任您邵振教授怎样怒气冲冲，或者说无论是谁，见了这三胞胎，怒气也会烟消云散。邵振教授不好意思地多瞥了几眼：“哎呀，太漂亮了！简直……”他没好意思向更深处、更广阔处想象，这么大年纪了，还这么想入非非，他赶紧把思绪拉回来，抬起头又不好意思地用眼睛的余光看了几眼三胞胎姊妹。

三胞胎姊妹都穿着粉红色带浅蓝色竖条纹的T恤，淡绿色的长裙。梳着一样的马尾辫儿，大大的眼睛，一样的苹果脸蛋儿，一笑两个小酒窝坑儿，都装满了天真烂漫。

呼啦啦围上一伙子人来，像众星捧月那样，有点儿贪婪，有点儿痴迷地欣赏着等候注册的三胞胎姊妹，众人为三胞胎姊妹仙女般的漂亮而感到惊奇。

“真稀奇，三胞胎姊妹考了一个学校。”不少人都这么议论。

邵振教授也很稀奇，这也是他有生以来没遇到过的稀奇事，他不免又仔仔细细地多看了几眼。

“哪个学院的？什么专业？”

“中文学院。问这干吗？管饭吃啊？师范专业的。”

“嗬，好厉害啊！我也是中文学院的，文秘专业。”

三胞胎姊妹也有一大群送行的人。爸爸、妈妈、爷爷、奶奶，可能还有姑姑、姨姨等。

这一次邵振教授居然没有生气，似乎三胞胎姊妹就应该有这么多人前来送行才对。将来她们很有可能还是邵振教授的学生，邵振教授似乎很有些期盼。

此时排队注册，排在前面的范明强主动撤回来，排在三胞胎姊妹后边，自我介绍说：

“我叫范明强，也是中文学院的，咱们一个班。你们三个都是师范专业啊，都是一个班的？”

“怎么，你不同意啊！一个班的，都是师范专业的。”

“你好好说话！怎么老是呛人啊？不会客气点儿！”妈妈和小姨同时说。

“嘿嘿嘿，这个范明强问的也是有点意思嘛！”姊妹三人各伸出一只胳膊互相搭着肩，另一只手拿着手机笑眯眯地看着围观的人们，尤其是高大俊朗的范明强。

“你们都叫什么名字？怎么辨认你们啊？”

“我叫梅——”她在地上写了两个字“尕尕”，“认得不？”范明强看了老半天，也不敢读出来，他拿不准读什么，可能是“gǎ”。围观的人们没有一个人上来读一读。是不认识，还不愿显露自己，那谁知道？

这时邵振教授挤到前面，对着三胞胎姊妹及给她们送行的人：“你们是四川的吗？你叫梅尕尕！四川的方言——尕尕。”

“哎呀，我就叫梅尕尕嘛，是三妹儿，小老三。啊，老师，您真有学问！是教授吧！”

梅尕尕顿了顿，指着她的两个姐姐：“她叫梅朵朵，我们老二，小二子；她叫梅秀秀，小老大，大姐大嘛！”

范明强翻了翻眼皮：“哎呀，真麻烦，将来以后，怎么叫你们秀秀、朵朵和尕尕呀？长得都一个样子……”

“嗬，你们都是师范班的啊，我也是。啊，交个朋友吧！”刚刚挤进来的人，歪戴着棒球帽，一副变色眼镜，翘着嘴巴，还有一个朝天的鼻子……

大家一看朝天鼻子，就觉他有点儿不伦不类，怎么看都好像不会被人喜欢。三胞胎姊妹就有这样的感觉，她们假装没有听见，因而也没有接这个朝天鼻子的话茬，侃侃地和那个同班的范明强说个没完没了。

“老头儿，给看一会儿东西——我去买点儿吃的。”说着，没等邵振教授答应，朝天鼻子就火急火燎地走了。

没办法，邵振教授就只好站在那堆东西旁边认真地看着，耐心等着朝天鼻子回来。

30 分钟，一个小时……太阳毒辣辣地尽力宣泄着疯狂的热度，像火烤一样，弄得人们汗流浃背，邵振教授也是满脸汗水。

“你看这老人，大热天的，看了这么长时间了……”梅秀秀幽幽地说。

“嗨，这孩子真差劲——没半点惜贫顾老的心，唉！”梅朵朵不禁有些唉声叹气。

这时候梅尕尕不禁有些生气：“老人家不要给他看了！他让你看，你又没答应他，这大热天，谁受得了？就是受得了，也不给他看！没半点礼貌的东西，老先生——您回家吧！我给看着，丢了东西，我也不管，更不赔他，活该！”

“受人之托，忠人之事。小孩子不懂事，还是要多原谅，唉！这孩子，也真有点不懂事——”

9 月，干旱少雨，夏末秋初的阳光，更是炽热难挨。邵振教授满脸通红，虚汗淋漓，不免有些头昏眼花……

人们不禁也有些气愤，七嘴八舌，骂起了这位朝天鼻子新生。

“什么东西！”

“七短八长，不懂人情事理……”

“缺少教养的东西!”

“这个孩子,怎么能这样? ——”

“唉,现在的年轻人啊……都这样!”三胞胎姊妹的爷爷,反反复复地搓着手,不停地哀叹着。扭过头去,对着三胞胎姊妹语重心长地说:“你们可不能这样。学会做人,比什么都重要!”

此时的朝天鼻子和他的父母、爷爷奶奶坐在小卖部的凉亭中喝着冰镇的饮料,吃着路上买来的西瓜,看着长长的报名注册的队伍,心想:“着什么急啊,等热气过去,轻轻松松地报到注册多省事。”

太阳渐渐爬到了最高的空中,像一团火球翻滚着向大地冲击,似乎树荫也少了许多,即使有些稀稀落落的树影也难以阻挡这火球般的炽烈。看东西的邵振教授想到树荫下远远地看这些盆盆罐罐、大包小包,可刚想移动,他就觉着双脚像钉在地上一样,赤橙黄绿青蓝紫,“彩旗——气球——人群——车流——雪碧——三胞胎姊妹……”他眼前突然一黑,邵振教授如一座大山倾倒那样,颓然差点趴到地上。多亏正在闲谈的范明强、梅秀秀、梅朵朵和梅尕尕几人赶紧地扶住邵振教授,邵振教授才没有摔倒在地上。排队等着报到注册的学生和送行的爸爸妈妈爷爷奶奶姥姥姥爷们,许多人都忘记了排队,前来救助教授,打伞、扇风、喂水、打120叫救护车……

范明强维持着秩序,把里三层、外三层围住的人群疏散开来,好让周围的空气流通畅快,还摸摸老人身上有没有什么救急的药物。三胞胎姊妹的梅尕尕坐在地上把邵振教授搂在怀里,动也不敢动,梅秀秀和梅朵朵以及范明强翻看着邵振教授一个个口袋,摸出救心丸,一位围观的中年妇女赶紧拧开一瓶矿泉水,慢慢将两粒救心丸喂给邵振教授,邵振教授涨红的脸慢慢缓和了一点……

救护车来啦，呜哇呜哇……救护车载走了教授，到了医院。

救护车“呜哇呜哇”的叫声，也惊动了正在吃喝的朝天鼻子和给他送行的爸爸、妈妈、爷爷、奶奶以及七大姑八大姨们。他们不知发生了什么事情，很是惊奇，赶紧跑过来想看看热闹，这个朝天鼻子一看，没想到昏迷的这个老人，就是在太阳底下给他看了一个多小时行李的老头子。朝天鼻子一家没敢挤到前边，他们怯怯地退出人群，也没有敢去拿他们的那一堆东西，只是远远地看着那一堆像牛粪一样的大包小包。朝天鼻子远远看着范明强和三胞胎姊妹重新排队报名、注册，他始终没敢去排队报名、注册，想等这几个人注册完走了，他也少丢点人……

一个又一个再一个……三胞胎姊妹才进入报到大厅，就引起了轰动。大家把三胞胎姊妹围住问个没完没了。尤其是那些好事的负责报到注册的老师更是问这问那：

“啊，哦！三胞胎姊妹！你是？”

“梅秀秀。”

“你是？”

“梅朵朵。”

“那你就是梅什么了？”她们不认识这两个字，只好这样问。

“尕尕，嘿嘿，就是很小的意思，四川人！”

几个工作人员还不罢休，就围上来：“怎么能认出谁是姐姐、妹妹？”

“看这里，”梅尕尕摸着自己脖颈，“右边有一个黑痦子，是小妹我。”

“她，大姐大，什么标志也没有。她，”梅尕尕把二姐拉过来，“也有一个黑痦子，在左边。我们是左姐右妹，中间是大姐大——”

“就你多嘴。”梅秀秀笑着说。

“你个小三子!”梅朵朵也嫌她多嘴。

梅尕尕不高兴地说:“以后不能叫小三子了,难听死了,再叫不理你。叫三妹儿!”

“你们说了也白说,难道我们还要看看脖子再认识你们啊?”工作人员嘻嘻笑着说。

秀秀、朵朵、尕尕跑出大厅,长长的队伍一点儿也没缩短,范明强还等在那里。看到三姐妹跑出来,他很高兴地没话找话说:“报到完啦,顺利不?怎么这么长时间啊?”

“怎么你还没走啊?”梅尕尕问。

“等你们啊!都一个班的。”

三胞胎姊妹的送行人员也围了上来,接过三姐妹的报到注册的材料以及交学费的发票等。

“这些东西,那个人还没拿走,我看咱们给他带上吧?一个班的。”范明强和三胞胎姐妹以商量的口吻说。

“为什么给他带上?丢了喂狗,狗都不吃!”梅尕尕说着就想踢那些大包小包,一把被她爸爸拉住。

“要宽以待人嘛,尕尕,可不能这么刻薄?带上,给他一个教训……”爷爷叮嘱。

梅尕尕反正不提这些东西。范明强和梅秀秀、梅朵朵提起朝天鼻子的大包小包和那些盆盆罐罐,带着她们送行的队伍,由学姐、学长领着去他们各自的宿舍。

朝天鼻子不知从哪里钻了出来:“唉,这是我的东西?”

范明强以及三胞胎姊妹和她们的亲朋一下站住,回过头来,看到朝天鼻子和他的那一群送行的人追了上来。

“是你的啊？刚才做什么去了？”

“买了点吃的。”

“买点儿吃的就一个多小时啊？知道刚才发生了什么不？”

“我又没叫他老看着。”

梅尕尕抬起头来，指着朝天鼻子的脑袋上边：“你们看，那里冒烟呐，缺德烟！你看那狗，刚才躲厕所里去了啊？”是的，朝天鼻子后边老远的地方，确实有一个正在烧水的临时锅炉冒着浓浓的黑烟。

“你怎么说话啊？”

“你怎么骂人呢？”

“他愿意给看东西，你管得着吗？！”

“是他自己晕倒的，也不是我们推的？”

“他晕倒是他的事，和我们有什么关系？”

朝天鼻子的“随行人员”七嘴八舌地说个不停。

梅尕尕正要上前和朝天鼻子理论，被梅秀秀、梅朵朵，还有他们的父母拉住。看热闹的人们围了个里三圈外三圈，都气愤地看着朝天鼻子。

朝天鼻子和他的“随行人们”还想辩驳几句，正在报到大厅外边搬运行李货物的后勤张师傅、刘师傅等几个人实在看不惯这一群人，拿起小扁担走了过来，气愤地说：

“再强词夺理，我拿小扁担子，抽你们这些王八羔子，横竖不懂的东西！你们这一堆人，也不值他老人家的命！知道不，人家是专家、教授、博导、书法家，全国闻名，你们是些什么东西？一个个缺少教养的玩意儿！再多说话，小扁担子抡你。”说着，张师傅和刘师傅，还真的把小扁担抡了这么两三圈，小扁担子发出呼呼的声响，把朝天鼻子及送行的人吓得屁滚尿流。

俗话说，鬼还怕恶人。别看给这个朝天鼻子送行的人有十来个，他们知道工人师傅们，都是“擀面杖吹火，直来直去”、说什么就是什么的性子，你那十来个人又能怎样？更何况，正如张师傅和刘师傅所骂的：

“你们干的那叫人事？一扁担把你们的狗屎砸出来，让你们满地找牙！”

缺了理，就矮了三分，又看到抡起来的小扁担子，闪出一道道白光，他们还有什么胆子？只好灰溜溜地躲到一边，看着朝天鼻子进到大厅报到和注册。

负责注册的几个阿姨，也知道前边邵振教授晕倒发生的事故，更是不看朝天鼻子一眼，故意不给他注册报到：“整理好了，再过来——”咔嚓一声把朝天鼻子的一堆材料扔到一边。让过了几个人，才拿过朝天鼻子的材料，给他签字盖章，又扔给朝天鼻子，朝天鼻子什么也不敢说。

范明强、梅秀秀、梅朵朵、梅尕尕则跟着学姐、学长，向自己的宿舍走去……

二、兵哥哥，你好！

当天晚上7点半,1201班第一次班会,同学们正在自我介绍:

“我叫高小英！来自梁山水泊。《水浒传》一百单八将,英雄排座次,就是我们那个地方。”

“我叫方冬玲,海南,你呢?”

“新疆乌鲁木齐——艾则孜·阿佩金英。”

“西藏拉萨的白玛德吉……巴扎嘿。”

“云南大理的肖青青,我们那地方好啊,旅游胜地。”

“我们几个都是长沙的,惟楚有才,于斯为盛!”

“我们几个来自京畿重地,保定市的——张芳盛、姚丽娜、冯秀叶。”

“我就是本地人,缘阳市区的,孟菲斯——是也!”

“我,北京的——周圆。”

……

三胞胎姊妹又成了令人好奇的主角,被围在了中间。

“你们是哪地方的吆?”

“四川的嘛。”

“啊,四川成都的姑娘美丽又温柔吆?全国美女最多的地方。美哉!

美哉！”

“你们三人是咱们班的老大难哎，到时候，谁能分得清你们啊？”

班主任周晔和代理班长陈芳梅、团书记方美倩只是介绍了学校以及中文学院情况和注意事项，就让同学们好好休息，准备迎接明天的军事训练。

第二天，七点整，新生军训就开始了。同学们对军训兴趣十分浓厚。

“壮哉，军人；美哉，青年！”海南小妹方冬玲看个不停，心里默默念叨着。

“啊，兵哥哥，你好！”川妹子梅尕尕不由得小小地默念了一声。

“中国青年人，个个像兵哥；铜墙铁壁好腰身，飒爽英姿，意志坚强，好迷人！”白茹在心里一边暗暗弹着吉他，一边快快乐乐地小声默默地唱着……

理工大学新生军训开始了，中文学院新生 1201 班的军训也开始了。穿着一身迷彩服军装，1201 班的学生个个精神抖擞，很是兴奋。站在他们面前的兵哥哥一米八五的大高个，古铜色脸庞，一身合体军装，飒爽英姿，挺拔伟岸，引起不小的轰动和赞叹。再看看其他班的教官，个个都是那样英俊潇洒。三胞胎姊妹、海南小妹、湖南妹子等七八个女同学围在一起，笑个不停，赞叹个不停。

陕西老范，也就是范明强，保定大个张芳盛以及那个朝天鼻子游前偲心里就有些酸酸的，不免“嫉妒”起来。保定大个张芳盛瞥了瞥这些黄毛丫头几眼，酸酸地说：

“难道我们就不是‘壮哉，此汉；美哉，青年！’？”

范明强也用眼睛瞥了几眼这些美眉，向着她们嘿嘿笑了几声，敬了一个礼，然后不软不硬地背了几句诗：

“你，一会儿看云，一会儿看我；我觉得，你看云时很近，看我时很远。哎呀，吃葡萄不吐葡萄皮，不吃葡萄倒吐葡萄皮，酸——”

高小英、三胞胎姊妹、海南小妹几个女生瞪了范明强、张芳盛几眼，嘻嘻笑着说：

“把你们满嘴狗牙都酸掉了……”

“集合！”教官的哨子很干脆很利落地响了几声，“成四路纵队，集合！”教官的命令简洁扼要，干净利索，不容置疑。

梅秀秀：“干吗？还挺严厉的啊——”

梅朵朵：“还一脸严肃，挺吓人的——吃人啊！”

海南小妹：“哎，兵哥哥——我们可是小女子唉！”

梅尕尕：“嗨，兵哥哥，简直是酷毙了！”

游前偲：“什么兵哥哥？拿着鸡毛当令箭！军训，还真拿着当回事啊……”

“严肃点！不要说话，动作要迅速。”教官不苟言笑，笔直地立定在那里，如一棵青松，威严地耸立在悬崖峭壁上。

新生们立即寻找自己最恰当的位置。

“请注意，女生在前，男生在后，按身高自动调整位置。”教官发号施令。

“大家注意，立定！向左——转。前排第五位同学，到第八位同学的位置，第十位同学请到原第五位同学的位置……第二排……最后一排……请注意，都记住自己前后的位置，今后就这样站队，听清楚了吗？”

“听清楚了。”声音很低，也不太整齐。

“请注意，干净利落，一起大声回答——听清楚了吗？”

这次声音很大，同学们一起大声喊：“听清楚了——”

高小英是个严肃认真的山东大姐，她看到刚才还嬉皮笑脸、漫不经心、一盘散沙的1201班，不知怎么搞的，在教官几声号令下，个个严肃起来，人人抬头挺胸，双手下垂，两脚并拢，直视前方，俨然一个部队，她感到非常惊奇！

“下面我讲四点意见，”教官说：“一、自我介绍一下，东方陆军大学大三学员——程昱，今后叫我小程，或叫程昱就行了；二、从现在起，你们不是大学新生，而是新入伍的解放军战士——学员，你们也不是 1201 班，而是 1201 步兵连，必须服从命令！令行禁止！不折不扣，形成良好的纪律观念和集体荣誉感；三、准备迎接最艰苦的训练，不怕苦，不怕累，增强国防意识，意志坚强；四、其他生活等各方面情况，请向你们辅导员周老师或临时班委会反映……”

“周老师讲话吗？陈芳梅、方美倩有话要讲吗？”

周老师和陈芳梅、方美倩都摆了摆手，表示不说了。

“那好，立定——稍息；立定——稍息……”

“哎哟，好厉害吆！”保定妞儿姚丽娜小声嘟囔着，冯秀叶也小声地赞叹，“好有水平哎，你看人家讲话，干净利落——”

“注意，第四排第九、第十两位同学不要讲话……”

“一二一，一二一……一——二——三——四——”

“一——二——三——四——”

“齐步走——立定——齐步走——立定——”

……

上午 9 点 30 分，红日烈焰，浩瀚的南湖送来的也是飘飘摇摇的热风，蒸煮着 1201 班的学员们，让他们个个汗流浃背，湿透了迷彩军装。

学校的球场上、操场里、大楼前、马路旁，到处是军训的新生队伍，立定，稍息，向前——看，齐步——走，向左——转，一——二——三——四——的呼声此起彼伏，响彻理工大学的各个角落，使整个大学生机勃勃，气象万千。

上午 10 点，烈日当头，1201 班及所有其他军训的学员们，汗流浃背，满脸汗水。

“立定，稍息——休息 20 分钟，喝点水，整备整备……”

同学们都跑到树荫下,个个都像稻草捆子那样,颓然坐在地上,海南小妹、三胞胎姊妹和保定妞儿甚至都半躺半卧在地上。范明强、张芳盛和山东大姐帮着陈芳梅、方美倩等几位临时班干部,赶紧把一瓶瓶矿泉水递给每位要喝水的学员。同学们这时已没有了那么多的闲言碎语,都抓紧这20分钟的宝贵时间休息,喝水降温。

休息了一会儿,三胞胎姊妹、海南小妹、湖南妹子们抬起头来看看教官程昱,不禁有些抱怨:

“这小程,忒心狠——”云南大理的肖青青幽幽地说。

“没有一点儿怜香惜玉的意思!”梅朵朵有些抱怨地说。

“啊,美哉,少年! 兵哥哥,程昱。”维吾尔族姑娘阿佩金英身体素质好,还有这么一点儿精神。

张芳盛嘿嘿笑了几声,说:“程教官,她们叫你呢,你也到这边树荫下休息休息……”张芳盛坏坏地又笑了笑,指着山东大姐高小英、海南小妹方冬玲、藏族姑娘白玛德吉以及三胞胎姊妹等十几个女同学说。

高小英、方冬玲赶紧挤了挤位置,让出一块地方,喊着:“程教官来坐下,也休息一会儿。”程教官还在刚才的太阳底下,笔挺地在那里站着。肖青青和高小英指着张芳盛,悄悄骂他:“你简直就是一个大大的坏蛋……”

程教官向这一堆女生走来,女生们马上有了精神,鼓掌欢迎,都高兴得不得了。可是程教官却红着脸,向这些姑娘们招了招手,做了个谢谢的手势,越过了她们,到了站在一棵大香樟树下的范明强、张芳盛等几个男同学那里,和他们聊了起来,弄得山东大姐高小英以及其他几位女生很是不满。

“你看这么大一个教官还害羞呢。”梅朵朵说。

梅秀秀狠狠瞪了梅朵朵一眼。梅朵朵可不管姐姐梅秀秀瞪眼,指着高小英说："把他拉过来，让教官交代交代，对咱们有意见哪？他肯定还没有——高高姐，想办法把他搞定！"

高小英："小尕尕，做梦吧——你，今晚肯定有一个美梦！"

1201 班一堆堆坐在一起的女同学们看到她们个个兴高采烈的样子，不知道发生了什么事情，也跟着欢乐起来。

"乐什么乐？二八点儿！"游前偲独自躺在树荫下的草地上，愤愤地说。他实在不愿意参加军训，甚至有点反感军训，他说："军训有什么用，我们又不是大头兵，不军训我不也挺好。"所以他看到同学们累得个半死，还嘻嘻哈哈的，这些"二八点儿"还一个劲地"兵哥哥……兵哥哥"，让人肉麻万分，他的气愤就不打一处来，他很想找这些二八点儿吵吵架，可是没有找到合适的由头，也只有无可奈何和生闷气的份儿。游前偲服服帖帖地躺在草地上，他哪有过这样的经历？躺在草地上就像前两天和父母一起睡在五星级宾馆里的席梦思床上一样熨帖、舒服、惬意……

"集合！"程教官的哨子响起，又干净利索地吹了几声。20 分钟的时间瞬间过去了，这 20 分钟多么宝贵啊，这些新生从没觉得时间是如此宝贵，他们真不愿意听到"集合"二字，更不愿听到哨子吹响的声音。可他们现在是学员、是战士，这是"命令"，命令就必须立即执行，不少同学迅捷地爬起来集合站队，也有一些同学懒洋洋地站在队伍里。游前偲好像是睡着了，他对"集合"的哨声无动于衷。范明强、张芳盛走过去，把他踢"醒"，程教官也向这里走了几步，大声喊："游前偲，归列！"教官的命令，使游前偲浑身打了个激灵，身不由已地爬起来，站回队伍里。

"注意，集中精力，不要说话，第二排第三、第四两位同学，第四排第八、第九两位同学都不要讲话……"

“立定——齐步走——立定——齐步走——”

一上午的军训,终于结束了,同学们一下子感到无比轻松。

……

下午2点30分,哎呀,军训又开始了。

万里无云的蓝天,火辣辣的日头,向着大地,毫无遮拦。南湖的热风一点儿也不客气,毒辣的太阳直截了当、毫不吝啬地投射到理工大学军训的学员们身上,请他们品尝和体验阳光的滋味……

同学们上午的兴奋劲已磨蚀了不少,似乎中午还没有休息好,起床的铃声和集合的哨子声剧烈地响起来,使他们松弛下来的神经又马上绷紧起来。他们多么希望,哪怕这集合的铃声和教官的哨子声再推迟五分钟也好,然而那是绝对不可能的,军训就是军训,学员们呼啦啦都起床,好在夏天不用过多整理,他们乱哄哄地顾不得洗漱,抹了几把脸,急匆匆冲出宿舍大楼。

1201班的同学们不少似乎还是睡眼惺松,叽叽咕咕的言谈话语也少了许多,兵哥哥那魁梧的身材和那清脆而不容置疑的口令声也失去几分魅力。然而他们必须服从命令,听从指挥。

“请注意:集合! 按上午次序,集合——”程教官呼喊着说。

“立定,稍息。怎么少了三位学员?”程教官问。

“有两位同学董文芳、刘莉莉有些中暑或是来‘那个’了,请了假;游前偲不知为什么没来。”

程教官大致把上午训练的情况做了简单总结,总之是七分成绩,三分不足。程教官知道,希望学员向哪个方面发展,最好就从哪些方面表扬学员。这不,把同学们军训的劲头又鼓动起来。

今天下午训练的内容主要是站姿和坐姿。

“请注意站姿，它有七大要领：头部，要摆正，平视前方，炯炯有神；肩部，放松，两肩同一个水平线；胸腹，挺胸收腹，呼吸均匀；上肢……臀部……下肢……双脚脚跟并起，脚尖分开大约60度。听懂了吧？”

同学们异口大声地回答：“听——”那个“懂了”还没喊出，就有一声大喊“报告——”打断了同学们的回答，大家不禁哈哈大笑起来，整齐的队伍也不停地晃动起来。严肃、方正的程教官也露出少有的笑容：“游前偲，入列！”程教官又把刚才站姿的内容重复了一遍。

又问大家：“记住了吗？”

“记住了——”同学们异口同声地回答。

程教官问游前偲记住了没有，游前偲犹犹豫豫地回答说：“好像记住了。”同学们不禁又笑了起来，然而程教官这次没有笑，他很严肃地说：

“游前偲值得表扬，他迟到，不管是什么原因，来晚了还要来，这就是积极性，我相信他今后不会再迟到了！”

“你看那德行，朝天鼻子。下雨天，雨水还不都灌进肚子里？”梅尕尕厌恶地说。

“一走路，那晃来晃去的德行——”梅朵朵也有些厌恶。

“也要理解啊，这可能是教官的手腕。‘得绢之辱甚于受刑！’”梅秀秀猜测地说。

“不要说话，后排第五、六、七三位同学。站姿：抬头——挺胸——提臀——双脚脚跟并拢，成60度角……不要说话，听到了吗？！”

“站姿：抬头——挺胸——上肢——下肢……”

同学们听着口令，认真做着每一个动作。游前偲做得也很认真，同学们大汗淋漓，热情不减……

“二排第八位同学，抬头、挺胸——注意力集中！”

……

程教官：“作为军人，首先要站有站样，坐有坐姿。正如俗话说的——站如松，坐如钟，卧如弓，行如风！作为军人，即使是专业或便装，行止坐卧也与众不同——他们永远保持着军姿军容，尤其是我们的‘万岁军’！你看他们的行止坐卧，就算他们转业到地方，一走路，我们就知道，他们就是‘万岁军’的战士……”

“请坐下，注意：坐时要轻而稳；面带笑容，双目平视，嘴唇微闭，微收下颌；双肩放平，两臂自然弯曲放在膝上；立腰、挺胸、上体自然挺直。哎，好好好，就这样！”

“起立，坐下。注意——要立腰、挺胸、上体自然挺直；还要注意——面带笑容，双目平视。好好好，就这样！”

休息的时候，和上午比起来，教官程昱似乎不那么拘谨了。他来到坐成一圈的范明强、张芳盛以及三胞胎姊妹、高小英、方冬玲等十几个人当中，就和同学们聊了起来。他说：“我考上陆军大学，刚入学的时候，满是美好的憧憬。可是一军训，那叫一个苦啊，心里真有要打退堂鼓的打算，但还是坚持住了，后来慢慢适应了，才真正感受到军人的气质和尊严，不进行如此严格的军事训练，就不能成为钢铁般的军人。你们是没有这个体会的：‘军人——钢铁般的骄傲和自豪！’你们这个军训，尽管很严，但是和我们真正的军人相比，那根本就不叫苦和累。我们早上6点起床，一直练到晚上9点，累得简直无法形容。你们这个军训，只是让你们懂得纪律感和集体荣誉感，以增强国防意识和增强组织纪律性，这就达到目的了。”

程昱教官一边说着，一边挥舞着他蒲扇般的大手。据说手大福大，命大心大,能做大官,俗话说,“一手遮天”嘛。这是海南小妹方冬玲心里想的,她坐在程教官身边,眼不断地盯着程昱教官挥动的大手。当程教官的两只大手平放在他自己的膝盖上的时候,方冬玲情不自禁地伸出手放在教官的手上比较起来,并感叹了一声:“手真大,比我的两只手还要大!”同学们一看真是如此,高小英、三胞胎姊妹等不少同学也过来和程昱教官比起手来,方冬玲心里就不那么自在。甚至阿佩金英和程昱教官比完了手,还和教官紧紧握了握手,又掰起了腕子,她一只手不行,就两只手用力掰,程昱教官也不用力,任凭阿佩金英使劲儿,教官的手在那里纹丝不动。这引起了范明强、张芳盛的好奇,也过来和程昱教官掰手腕,范明强一下子被教官掰倒。张芳盛嘿嘿笑着走上前来,也伸出手来和教官掰手腕。两个人握紧放平,浑身用力,咬牙切齿,你倒我歪,互有攻守,势均力敌,打了个平手。程昱教官又握了握张芳盛的手,悄悄地说:“你是练过的,对吗?”张芳盛点了点头,笑了笑说:“霍家拳,张家腿。”这算是承认了,虽然同学们和程教官不能真明白“霍家拳,张家腿”是什么,但他们知道张芳盛不太一般。此时教官抬手一看,20分钟早就到了,赶紧吹哨集合。

这20分钟,对军训的同学们来说真是太宝贵了。

“集合,成四路纵队,集合。”教官的哨子,简直有些“心急火燎”地响了起来,“大家自由结成对子,互相指导练习站姿、坐姿。”刚才十分疲劳的同学们马上来了精神。

“坐下——立腰、挺胸,面带笑容,双目平视。”

……

又一下午的军训,很快就要过去了,同学们虽然很疲劳,但是他们还是有些收获的,再没有比有收获更令他们高兴的了,他们似乎也不那么疲劳了,此时的太阳渐渐失去了威力,洞庭湖也送来丝丝凉风,把刚才烦躁的心情洗去了点儿，然而教官的一句话“明天准备迎接更严酷的考验——正步走”，又把同学们的疲劳提到嗓子眼儿上来……

经过一夜的休息，第二天正步走的训练似乎也不太辛苦。特别是昨晚的拉歌搞得轰轰烈烈，程教官的《小白杨》《送战友》《说句心里话》《咱当兵的人》，使同学们看到那个严肃、严谨、不苟言笑的酷男，还有多情多义的另一面，很是打动姑娘们的芳心，连游前偲也感动了，所以今天他走正步很用力、很认真。

酷男程教官在休息时也和同学们说说笑笑，似乎在高小英、三胞胎姊妹等女生堆中也不再脸红，然而一到训练的时候，他还是铁青着脸，不容你不执行他的号令：

“第二排第三位同学、第五位同学、第八位同学、第十位同学、第十七位、十八位同学出列，立定——看齐——看我的正步走——”这几位同学做得不认真，也不很好，所以要单兵训练。

“军训无大事，细节见真情；酷毙程教官，羞涩爱脸红！”新疆阿佩金英和西藏阿妹白玛德吉，居然深情地读了她们好几天才写成的诗，同学们不禁热烈鼓掌，程教官的脸又红起来了。

然而军训可不是“无大事”，就在第八天，河南的石丽子和淮北的苏白军训开始后30分钟内先后晕倒在训练场上。

上午9点半，太阳把它的炽热，无情地宣泄在理工大学军训的学子，尤其是1201班的女娃儿们身上。洞庭湖水似乎也在助纣为虐，没有一丝风，它就像一锅正在烧开的热水，不断升腾起酷热的蒸汽，和气冲冲的太阳一起炙烤和蒸腾着军训的娃儿们。

“正步走——齐步走——立定；跑步走——齐步走——立定。”

……

冲啊——冲啊——站在队伍里的石丽子眼前一黑，刚跑几步，就倒向前面的山东大姐高小英，多亏高小英反应及时，回身将石丽子抱住，石丽子才没有摔倒。队伍马上乱了起来，同学们围了过来，程教官也跑了过来，让同学们散开，以保证通风。姚丽娜、冯秀叶、方冬玲拿来了几把遮阳伞遮住毒辣辣的太阳，大家七手八脚地把石丽子抬到树荫下。班主任周老师，班干部陈芳梅、方美倩赶紧拿来矿泉水。范明强、张芳盛跑着叫来校医，停在东院的救护车也开了过来，将石丽子送到市医院。

1201 班的同学们心里有些慌慌的，军训又开始了。不到半个小时，程教官喊着号子，“正步——”这个“走”还没喊出，苏白和石丽子一样，在“意志、精神、肉体”的搏斗中败倒，救护车再一次开过来又开走了，苏白被送到医院。同学们的情绪很不稳定，不到 11 点，程教官和周老师商量了一下，并请示领导，1201 班上午的军训提前结束。

下午 2:30，心有余悸的 1201 班军训继续进行，他们多么希望酷毙了的教官格外开恩，训练量小一些。然而看到教官那严谨、严酷的样子，他们也不禁打起了精神。其实，程教官还是放松了一些的。这时军训的总教官杜雷教导员和中文学院院长车轩、党委书记鞠红等一些人来到 1201 班队伍面前。程教官请他们讲话，杜雷、车轩、鞠红都摇了摇手，示意继续训练。他们和同学们一样久久地站在火辣辣的太阳下面，目不转睛地注视着同学们，又唤起了同学们军训的热情。

“桃李不言，下自成蹊！其身正，不令自行，其身不正，有令不行。”接下来的几天训练，虽然天气依然炎热，但是同学们咬紧牙关，坚持到底，训练还是比较顺利的，其中几位女同学因为个人原因耽误了一两天，也没误了最后的军训检阅。中暑的石丽子、苏白第三天就参加了训练,游前偲自此以后果然没有一次迟到现象……

检阅那天,天气有些凉爽了。他们迈着正步通过主席台的时候,听着范明强写的解说词无比激动,因而他们接受检阅的时候就很有精神,很认真,也很来劲儿,最终一举取得全校的军训检阅第一名。检阅结束,他们团团把程教官围在中心,把教官抛向空中,一连抛了四五次,不断地呼喊着:

"教官,壮哉;教官,美哉!"

"兵哥哥,你好!"

"你好,兵哥哥!"

……

那天晚上,也就是军训结束、接受检阅获得第一名的那个晚上,1201班为程教官开了一个简短的欢送会,有几位美眉给程教官递了小纸条,范明强看得很清楚,有新疆维族妹子阿佩金英、三胞胎姊妹的二姐梅朵朵、云南肖青青,文艺范儿白茹等,尤其是海南那个小妹妹方冬玲,偷偷把纸条递给程昱教官。范明强心里不免酸酸的,他就又想背诵那首诗"你看云时……"程教官突然举起他的手机,有一张女孩的照片……

"我的女朋友,一朵向阳花,在……"

"向阳花?"同学们问向阳花是什么。

范明强不屑一顾地说:"就是农村姑娘! 教官,你们是不是青梅竹马?"

程教官很干脆地回答:"是!"

同学们抢过教官的手机,这个女孩真漂亮,像谁啊? 范冰冰、李冰冰……

“都有点儿像哎!”当手机传到高小英、梅秀秀、肖青青、白茹几个人手里时,范明强看得清清楚楚,她们没看就给了旁边的同学……

范明强不无解恨地说:“嘿——小气的!”

第二天一早,1201 班不少同学要去为程教官送行,谁也没想到兵哥哥前晚已连夜撤回东方陆军大学。这时 1201 班所有同学都记起一件大事没办,程教官的通讯地址呢?这是他们军训以来唯一的重大“失误”。

军训刚刚结束,第三天,1201 班发生了一件大事,海南小妹方冬玲夜不归宿。因为军训,同学们都十分疲劳,又得整理内务,洗洗衣服,就更加疲劳,因此都早早睡了,一觉醒来,大家一看方冬玲的床铺好好的一夜未动,就知道这个小巧玲珑的海南妹子一夜未归。上午军训检阅取得了好成绩,她还和大家高高兴兴地庆祝,准备第二天为程昱教官送行。看到军训的教官们不辞而别,最难受、最接受不了的就是方冬玲,她不会有什么意外吧?和方冬玲一个宿舍的高小英、三胞胎姊妹等马上后怕起来,赶紧给方冬玲打电话,电话那头铃声不断,就是无人接听,一明两暗宿舍的那一宿舍的阿佩金英以及冯秀叶、姚丽娜也慌慌张张地跑过来,大家都把心提到嗓子眼儿了。三胞胎姊妹以及两个宿舍的其他女同学们不断地给方冬玲打着电话,高小英也赶紧把这个情况告诉给班主任周晔。一时间中文学院以及 1201 班都不安起来。班主任周晔说:“先不要慌,你们继续和她联系,我赶紧和院长、书记汇报情况。”

正在大家手忙脚乱的时候,梅尕尕的手机里传来了方冬玲的抽泣声,她说程昱教官不辞而别,她实在接受不了,就来到东方陆军大学,现在正在东方陆军大学政治处,见了程昱教官一面,他们的处长给她介绍了部队的情况、参加军训的纪律和程昱教官的对象。说程昱教官的对象是一个农村姑娘,而且人家考上了浙江大学,是一位大二的学子。东方陆军大学政治处的老师接过方冬玲的手机,对梅尕尕说:“方冬玲正在我们政治处,情绪比刚才好多了。我们绝对负责任地照顾好方冬玲同学,将派专车、专人,将方冬玲同学送到你们身边,也请你们告诉你们的领导,请不要担心,一定会‘完璧归赵’。”说完他还笑了笑。围着梅尕尕听电话的高小英、梅秀秀等,这才把心放到肚子里。高小英又赶紧将情况汇报给班主任周晔……

虚惊一场,虚惊一场——看来中文学院新生班得好好地进行安全教育和心理疏导,让同学们都能快快乐乐地学习好、生活好、工作好……

三、我们的迎新晚会

离上课还有20分钟,1201班的同学们早早就坐在教室里,等着著名教授邵振的到来。邵振教授的事业心十分强,住院没几天,就要求出院,唯恐耽误了同学们的课程。邵振教授的研究方向是文艺学,但教的却是写作课。

那天邵振教授晕倒在报到注册的现场,游前偲也感到有些歉意,想和他的父母一起去看看老人家,没承想遭到他父母的一顿训斥:

“看什么看,你有钱啊?是你造成的啊?和你有关系啊?”一下子把游前偲对邵振教授的歉意打了回去。而今天新生的第一次课就是邵振教授的,这不,一下子就和游前偲紧密“联系”起来,这使得游前偲少了些歉意,多了些忐忑不安。

离上课还有5分钟,邵振教授款款走进教室。邵振教授在1201班早已声名鹊起,这倒不是同学们早已知道邵振教授是全国知名学者,在文艺学研究上造诣颇深,而是他写作课的效果十分突出。代理班长陈芳梅和代理书记方美倩不断称颂中文学院多位知名专家、教授及好老师,其中佼佼者就有邵振教授,他不仅学问做得好,而且课也讲得好,成果十分突出。因此,1201班的新生十分渴望上邵振教授的课,而入学第一堂课就是邵振教授的写作课,1201班的同学们真是喜出望外。

邵振教授款款走进教室,同学们却很一致地回头看坐在最后一排的游前偲,大概都在想:

“你游前偲算个什么东西,让专家学者给你看东西,还中了暑,你还无动于衷,这还叫人吗?”

而当邵振教授走进教室的一刹那,游前偲就觉着心脏咔嚓被割掉一块,而当同学们都瞥他的时候,游前偲感到脑袋被掏空了一般。邵振教授当然不知道游前偲以及其他同学的想法和感受,他只是把同学们对他的赞许和肯定,当作对自己的鼓励和鞭策,同时多多少少也有一点点的快乐和享受。这是邵振教授几十年精于治学、全心服务的丰硕回报。他向同学们点头表示感谢,挥手下压。

同学们安静下来,全神贯注地等着邵振教授的第一句话,可是邵振教授走上讲台,没有急于讲课,而是首先在黑板的右侧写了两行大字:

写作是心灵碰撞溅起的灿烂火花和上帝传来的圣音;

而我们写作者则是点燃火花和传递圣音的美丽使者!

邵振教授是位小有名气的书法家,就这两行清秀、俊朗的行楷,像蓝天、白云、晴日、和风一样,是如此风行水上,自然而然。这让同学们激动不已,加之其对写作本质的形象描绘,一下子把同学们的心紧紧抓住,激起同学们无限的热情,大家赶紧把这两句话写在笔记本上,不少同学还拿手机拍了照。

“哎呀,太厉害啦!”姚丽娜悄悄与身旁的冯秀叶说。

冯秀叶拍拍姚丽娜的手,说:“不要说话,认真听课!”

邵振教授讲课。他说:“今天讲课的核心内容是‘学习通过写作’。”他在黑

板正上方唰唰写下今天讲课的板书,又是一行美丽娟秀的行楷:

第一章　绪论——学习通过写作

他讲:“一个不会写作的人,很难成为大方之家,汉语言文学专业及一切社会科学的学生,你不会写作,成绩再好(当然也不会太好),也很难说你是一位优秀学生。”

邵振教授接着讲:“所以我要求同学们记住这三句话:一、学习通过写作;二、要为实践‘学习通过写作’而奋斗;三、我的写作理想是什么?”

邵振教授在板书的大标题右侧空白的地方写下了这三句话,他给了同学们一分钟的时间,要求大家牢牢记住这三句话,并认真思考。

然而游前偲趴在桌子上,似乎停止了思考。其实他不同意邵振教授“学习通过写作”的观点。他想:“我小学、初中、高中,作文都不太理想,学习成绩不也名列前茅? 不也考上了你的这个名牌大学?”因此他对邵振教授的这一观点颇有些不屑。

虽然下课了,同学们还在争论不休,而游前偲却走出教室,在阳台的一个角落里,面对着墙壁,抽出一支“芙蓉王”牌香烟,在那里吞云吐雾,怡然自得起来……

邵振教授也到了阳台上,看到这位同学吞云吐雾,他走过来拍了拍这位同学。游前偲回过头来一看是邵振教授,十分不好意思,他赶紧把烟扔掉,邵振教授看清了眼前就是让他看东西的那位新生,说了句:

“我希望你把烟戒掉!”

游前偲瞥了一眼邵振教授,有点羞赧地擦身越过邵振教授进了教室。

第二节课，邵振教授请同学们讨论“学习通过写作”。同学们七嘴八舌地纷纷发言。

这时一直不发一言的范明强，不断转动着他那两个不大也不小的墨黑墨黑的眼珠子，不停地扫视着教室的每个角角落落，三胞胎姊妹、山东大姐、海南妹子、云南肖青青、新疆的阿佩金英和白玛德吉以及他有点讨厌的游前偲等人，然后他信心满满地举手，站起来，要求发言。

邵振教授看到很潇洒地站起来准备发言的范明强，见他穿着朴朴素素，但整整齐齐，十分得体，一米八三的身高，略带微笑的面庞，特别是眼睛，给人一种既亲和又睿智的感觉。同学们看到他要发言，都有些活跃起来，尤其是美丽大方而又身材高挑的新疆维吾尔族姑娘阿佩金英使劲地盯着范明强不放，期盼他来一个精彩的发言。

范明强再一次扫视了一下同学们，并且又似征询般地看了看邵振教授，说：“关于学习通过写作，无疑它是一个正确的命题。尤其是对我们中文师范专业的学生来说，更是如此！”

邵振教授感到非常高兴，毫无疑问范明强的立论既简练明确，又入情入理，这正是邵振教授所期盼的，他看着范明强，也不时地看一看其他同学。

范明强接着说：“我可以从三个角度来说明学习通过写作的客观性。第一，伟人毛泽东以及王蒙、刘绍棠，他们的学历都不高，都是通过写作学习了很多东西。”

范明强说：“第二，无论从文学创作角度，还是政论角度，学习无不通过写作。比如我们要创作一部小说，或是写一篇议论文……”

邵振教授听到这里，不禁欢欣鼓舞，他不禁慨叹：“后生可畏也！”范明强说：“第三，以我自身亲历的写作体验来讲，也是学习通过写作。我曾写过几篇短小的思想评论《务学不如务求师》《善于发现自己的才华》《书犹药也，善读之可治愚》《得之不难，失之必易》等，不用说这些观点的形成所需要的知识基础和认知能力，只看要做论据所需要的有关资料，就不知要查阅多少资料，并且还要梳理、选择知识点从而用到文章中去，哪一步不需要学习、学习再学习？"

第三节课开始了，邵振教授对同学们的讨论和发言，尤其对范明强的发言作了很客观的归纳、总结及点评。

接下来邵振教授又讲了——怎样学习写作，写作的四维结构、写作梦的实践等。邵振教授讲课不慌不忙，娓娓道来，同学们听得十分兴奋，没有一位同学瞌睡打盹。

课后邵振教授安排同学们一学年要写作10万字的文章，题材和体裁不限，或诗歌，或小说，或散文，或小议论文，均不限制，要反复修改，成文定稿，清笔正楷，端正书写。最终像正式出版的书一样，设计精美的封面、封底，要装订成册，还要写上"某某某著"字样，这是看得见、摸得着、读得出、留得住的，是献给未来的美好回忆，就等于出版了一部"著作"。这是一学年的写作课的具体可触的成果，只要这样坚持下去，不难成为写作能手。邵振教授说："久久为功，积久成圣。也如毛泽东讲的：'坚持数年，必有好处。''我们的胜利往往在于再坚持一下的努力之中。'这是毛主席的两句话，送给大家，当作我们写作的座右铭！"

此时恰好上午最后一节课的下课铃响起，邵振教授的写作课也刚刚讲完。同学们情不自禁地鼓起掌来，大家站起来目送着邵振教授离开后，才纷纷走出教室。

这几天的课，让同学们既紧张，又高兴，大学课和高中课就不一样，新鲜、别致、深入、有趣，同学们都大有收获。校园也那么美丽，颇有欲把"洞庭"比西子，淡妆浓抹总相宜的意境。

中南理工大学太美了。洞庭湖畔，岳阳楼下，山水相映，朝晖夕照，渔歌互答，嫩草修茸，绿树成荫，红花馥郁，绿鸟啁啾，高耸的教学楼，宽广的塑胶操场，熙来攘往的学子，五颜六色的衣着，把个中南理工大学装扮得如诗如画。

1201 班的儿女们以及理工大学的其他莘莘学子，天天都沉浸在这美丽和渴望之中。周日上午，天清气朗，他们两两成双，三五成群，怡然自得地盘桓于这优美的环境中。“哎呀，太美了！简直是美极了！”

一起散步的高小英、姚丽娜、三胞胎姊妹、石丽子、苏白以及那个保定大男孩张芳盛，也不住地激动和感喟……他们沿着洞庭湖畔打打闹闹，跑跑跳跳，浅吟低唱，兴奋得不得了。

高小英说：“哎，咱们也学学那些‘迁客骚人’吟诗作赋，写几首诗，抒发抒发咱们的情感。”大家都不免激动起来，跃跃欲试，他们七八个人围坐在石桌石椅上，或是你一言我一语，或是静坐长思，尤其是高小英、姚丽娜等拿出的初稿，还真像那么回事儿，并且她们坐在柳荫下的石凳上，围着浑圆的石儿，反复地琢磨、切磋、推敲，其诗曰：

中南理工大学校园三咏

一

一楼大观对君山，

半是涛曲半校园。

借得洞庭三分水，

八百书声到彼岸。

《琵琶行》与《雨霖铃》，

龙庭传书月阑珊。
深径曲畔通幽处，
柳下小憩纵横谈。

二

斜阳唱晚波潋滟，
那是洞庭此校园。
朝歌夕曲传布谷，
红掩绿映对君山。
斑竹几滴英皇泪，
一楼忧乐情大观。
书海涛声漏千滴，
焚膏继晷到林间。

三

八百洞庭一楼观，
借题发挥山水间。
草浅陆深树斑驳，
庠今序古意流连。
朝读经史声琅琅，
暮舞轻歌韵阒阒。
穷理尽善三不朽，
格物致知八千年。

她们反复吟诵，不禁又得意扬扬起来，有几个人在阿佩金英和白玛德吉的带领下，欢快地跳起了新疆舞和西藏舞。山东大姐高小英以及张芳盛气喘吁吁地说：

“要不上写作课的时候，让邵振教授给咱们看看？”

“这个主意好——”

“忒好了……”姚丽娜、冯秀叶、石丽子等七嘴八舌，都认为这是一个很不错的主意。

而坐在另一张石几旁边的孟菲斯，对他们的高兴熟视无睹，还在那里沉吟苦思，想一会儿就哗啦哗啦写上几句，然后又长思冥想，根本没有注意到她旁边的同学们，同学们这才注意到孟菲斯的心无旁骛和苦思冥想，他们看到孟菲斯写的诗：

浩浩洞庭水，欣逢盛世情；千载岳阳楼，大泽有云梦。

沃野寥远志，矗立九镇中；尧命斩巴蛇，后羿神射功。

仙居得天岳，缘阳是美称；临湖楼大观，晋邑独享名。

……

这简直就是五言排律了，看来还没结束的意思。孟菲斯一看几个人都来看她写的东西，就赶紧捂起来不让看：“我不是写排律，而是要写‘赋’。”她又打开，递给同学们阅读。张芳盛说：“要写赋，渲染到这里，就该进一步显露出赋体来，不然就喧宾夺主了。”孟菲斯说：“是的，下面你们看这样行不行？”

楚屈子，汉贾生，唐李杜，宋范卿。嵩焘子夏，声誉明清；左公御外，植柳西行；弼时救世，建国元勋；开慧殉难，捐躯牺牲；北望三镇大江东去，沧海流恒；南观日照白沙星城，韶山流冲。

同学们认真看着矮小瘦弱的孟菲斯，写起诗词歌赋来，却是如此豪迈大气。几个同学触景生情，也不禁诗兴大发。梅尕尕续曰：

九州方圆，神驰纵横；楼观鹳雀，绿波翻涌。今之缘阳，古之云梦，月朗通衢，昔之巴陵；大江大楼，千古揽胜。

高小英续曰：

大江称汨罗，屈子沧浪汹，浊则濯足，清则洗缨；幸杜墓处其上，赖屈祠而有神，端午龙舟，棹辞齐整，碧水荡漾，凭吊诗魂，遥看蓝墨水上游之美，斯文滥觞，岂不独乎？……

接着同学们也不管什么层次秩序，也不管什么重复累赘，也不再十分讲究合辙押韵，就七言八语，又胡乱地凑了不少。

冯秀叶、姚丽娜没凑上几句，她俩打开手机，就在网上搜索《缘阳赋》。正好看到理工大学著名历史学教授闵和顺，就有这么一篇《缘阳赋》。冯秀叶说：“干脆，咱们拿教授的几段，续到咱们的诗赋中，给咱们提提层次。”于是几个人打开自己的手机，搜索到闵和顺教授的《缘阳赋》，就寻章摘句起来，截出以下一段来：

乱曰:江河为百谷王,洞庭潴天下水。是观壮哉,斯德深哉。天将大任,盛世降哉,佑我黎民,殷实富哉。谦谦君子,祥云来哉,携以奇文,环宇诵哉!

这几个人坐在石几周围,一直待了三个多小时,几乎忘记了吃午饭,张芳盛说了句:“我不管你们了,吃午饭了去啊。”其他同学这才觉得肚子饿了起来,他们一边吃饭一边议论纷纷,还一边兴高采烈地说一定拿给邵振教授看看。

他们谁都没想到,邵振教授一看就赞不绝口:“谁写的?是你,是你,是你吗?还真有这么点意思!尤其是这个《缘阳赋》有诗有赋,有乱有赞,真个好文章!”

也就是十来天吧,《中南日报·副刊》就发表了这三首诗和《缘阳赋》,是邵振教授推荐到报社的,只是把总题目改成了《诗赋缘阳》,内容几乎一字未改就发表了。这几个同学高兴极了,全班的同学也跟着兴奋起来。

然而,姚丽娜、冯秀叶却有些不高兴,这几首诗虽说是大家一起写出来的,可署名却把她们两人排在后边了。

姚丽娜不满地说:“那第一首诗基本是我拿出的草稿,第三首诗是你冯秀叶写的初稿,是吧?那第二首是高大姐写的初稿,虽然大家都有所删减、修改,都署名咱也没意见,可主要是我们几个写的啊?”

“不行,咱们问问高小英,怎么回事?她可能知道些。”姚丽娜愤愤地说。

两个人气冲冲地到处寻找高小英,看到高小英正与范明强、张芳盛两个人在教室里谈论着什么。

“哦,你们俩在也没关系,高大姐,我们问个事:发表的那三首诗,你署名第一位，我们没意见，怎么把我们俩排在最后面？”姚丽娜用质问的口气问道，她这时甚至认为就是高小英捣的鬼。

其实高小英自从读了发表的诗作后，就感觉这署名排名有点不太恰当，但当时她也没十分在意，今天被质疑，她赶紧解释：“我也不知道怎么回事，可能是无意造成的吧。你们也别当回事。”

“怎么能不当回事？哪有这么做事的？是你干的吗？”姚丽娜气愤地一下子把问题挑明了。

“这么做事，反正不太好。”冯秀叶跟在后面也赶紧说了一句。

高小英很坦然：“我怎么会做这事？你们看我是做这事的人吗？”

一旁的范明强赶紧出来打圆场：“多大点事？消消气，日子长着呐，多写，多发表，什么都有了，是吧？”

姚丽娜红脸儿又转成白脸儿：“去去去，你掺和什么？”

范明强一看两个人非要把署名的问题弄个清楚，就知道这事非他出面解释不可了。他非常清楚，事情弄到这个程度，真和自己有点关系。

自从那天关于“学习通过写作”的发言后，邵振教授就很器重这个小伙子，有什么事情，邵振教授就难免多联系范明强。原来人家范明强家学渊源，父亲是陕西社科院的一位研究员，母亲也是某学院的一位教授。其祖父范宇与解放区的著名诗人兼戏剧家贺敬之是战友和同事。邵振教授就曾给范明强打电话询问写诗的这几位同学都有谁，范明强当时正和张芳盛在宿舍里闲聊，张芳盛一边给他回忆，他一边给邵振教授发短信，署名的顺序也就这么定了。

范明强作了这样的解释，似乎也合情合理。张芳盛也赶紧解释道：“你看我把我自己也排在了最后边，我们要知道发表，想排在前面，不就第一个说自己了？”

“误会！误会！实在是误会！”

姚丽娜、冯秀叶将信将疑，也不好再说什么，但是心里总不免有疙瘩，她们想：“就算是真误会吧，心里总觉很不舒服……”可事情也就这样过去了。

这时开学近一个半月了，代理班长陈芳梅和代理团支部书记方美倩也该到卸任的时候了，她们的最后一项工作就是帮助1201班及其班主任周晔建立起新的班委会和团支部。他们商量着制订了一些基本原则，当然这也是中文学院的要求：积极报名，竞聘演讲，民主推荐，认真考察，学院批准。这项工作搞得顺风顺水：班长范明强，团支部书记兼副班长高小英，全班45人，两人几乎全票当选。

游前偲也报名竞选班长，他不是团员没有资格竞聘团支部书记，因此他只好竞选班长，同学们看到他也竞选班干部都觉得好笑，然而他竟然也得了三票。这让全班同学感到非常惊讶，甚至连代理班长陈芳梅、代理团支部书记方美倩以及班主任周晔都感到这是件十分诡异的事情。偷着乐的姚丽娜、冯秀叶心想：就是想让你们丈二和尚摸不着头脑。她们知道游前偲不自量力报名竞选班干部，即使投他，他也选不上。而范明强、高小英也少两票，不能得全票。当然范明强和高小英也没投自己的票，而游前偲也真没料到自己才仅仅三票，怎么会这么少呢？他白白花了几百块钱请客了。然而他也高兴，那两票肯定是两个女孩投的，因为他知道男生是不会投他票的，他没请这些人吃饭。他想：“这两个投我票的女孩是谁呢？是不是对我有些那个……”想到这里，游前偲虽然没选上班长，而且票数少得可怜，但心里还是美滋滋的。

不管怎么说，1201班班委会和团支部的选举还是一帆风顺的，并很快步入正轨了。

班主任周晔也给了他们很大鼓励，提了些要求，尤其是班委会和团支部要团结一致,密切配合工作。

班委会、团支部工作热情高涨,也很有点儿积极性。

眼下就是中文学院的迎新晚会,1201班准备参加学院的“语言艺术展演大奖赛暨中文学院迎新晚会”,时间为12月20日。

“这可不是一个简单的事情,都是大学生了,得要艺术性,要有思想,有水平啊。”文体委员白茹说,团支部书记高小英也是这么认为。经班委会和团支部一起研究,拿出一个大概的原则:全员参与,共同提高;讲究艺术,内容丰富;生动有趣,教育性强;尽量原创,择优录选。总之要充分展现正能量。

游前偲看了这些,不无讽刺意味地说:“这可真‘高大上’了,就咱们,有那个水平吗?迎新晚会还要等到12月,那不成迎‘旧’了?”

山东大姐高小英很不满游前偲的泄气话,口气有些生硬地说:“游前偲!那你给定个标准,我听听?再说了,不等到12月,明天、后天、下周,你行吗?你说——”游前偲真没料到高小英如此不留情面,被质问得哑口无言,只是嘟囔着说:“那是你们的事,与我有什么相干!”

班长范明强又做了进一步的强调:“记住了:就这个时间、这个地方,准备好题材,来这里交流,都来,一个也不能少……”

一周后的周六晚上7点,他们在15号教学楼511教室,召开了一个创作汇报会,畅谈自己的创作素材和构想。

高小英、石丽子、苏白、方冬玲说了她们的故事:

米歇儿回到美国白宫,拿出“厚德载物”的题词给丈夫奥巴马看,并用刚学会的中文读给奥巴马听:“好多债务”。奥巴马听后忙说:“No! No! No!中国文字是从右往左读的。”于是,奥巴马用不标准的中文汉语读:

"无债多好……"

"我们这个故事，"高小英说，"借助中国语言的丰富性和多音性特点，来讽刺美国经济的衰退和歌颂我们祖国的繁荣富强，我们打算写成独幕剧来演。"

姚丽娜、冯秀叶一看自己没有找到很好的创作素材，就借着张芳盛这个老乡的关系，加入了张芳盛的小组。他们合作的创意是：

老板叫秘书去买玫瑰花，嘱咐她情人节送一朵就行。秘书到花店想到老板可能不止一个情人，于是打电话问："老板，你有几个情人？"老板答："是一个人。"她惊讶："11 个人？"他说："不是 11 个人，而是一个人。"她："21 个人？怎么又变成 21 个人了？"他耐着性子说："你听错了，其实一个人。"她："71 个人？怎么会那么多啊？"老板爆发了，吼道："就是一个人！"她："啊！91 个？天哪……"老板顿时崩溃……终于忍不住骂人了："二百五，是一个人啊。"女秘书："251 个人？！……"老板哭着直接晕过去了！！

张芳盛叙述自己编的这个故事时，就禁不住笑个没完，白茹以及姚丽娜、冯秀叶都乐得上气不接下气。都说："你个张芳盛简直是个天大的坏蛋，这么会琢磨人，简直是绝了！你真是个'鬼见愁'！"

范明强、阿佩金英、白玛德吉几个组成一组，阿佩金英十分佩服范明强，感觉范明强就是她们新疆的馕，香喷喷，甜滋滋，放多长时间都不变色、不变味。阿佩金英时常不住眼儿地定定地盯着范明强看，心想："你范明强干什么，我都支持。"10 月底 11 月初的天气，突然有点儿变脸，女同学们不得不都穿上长衣，这触发了范明强的创作灵感，于是写了这么一个故事片段，作为迎新晚会的创作素材：

太白金星问王母："最近娘娘为何闷闷不乐？"王母回答："唉，我最近发现玉帝总往人间看，现在我才知道，他是在看人间的美女。"太白金星："是啊，不光玉帝，很多神仙都在偷看。现在的人间，清一色的蕾丝配小高，低胸还露腰。"王母大怒："传旨下去，降温！降温！！从今天开始下雪，连下三天，雪停就刮风！！！"太白金星："遵旨，臣这就去办。"王母："等等，把中南理工大学中文学院划为重点，要加倍降温！"

太白金星向洞庭老龙王使了使眼色，老龙王低眉顺眼儿地赶紧说："不劳王母费心，小仙吹口冷气就成。"

阿佩金英看到范明强编的故事，把正喝的一口水"噗"地喷了范明强一身，笑得都喘不过气来，她用小拳头砸着范明强的肩膀，说："这不是骂我们吗？你个坏蛋！"白玛德吉也想上去捶范明强两下，但看到阿佩金英如此，就缩回手，站在一旁，紧紧抿着嘴似笑非笑。

谁也没想到第四个创作素材是一向默默无言、几乎听不到他说话的毛金灿写的，他自己暗暗地琢磨，想起了初中历史老师给他们讲的故事，当时同学们无不为之捧腹大笑。这时毛金灿改编了一番，编成了下边的故事：

土豪的儿子学习成绩不佳，一天课堂上老师问他圆明园是谁烧的，他说不是他烧的，老师当时就给土豪打电话说："你儿子最近上课越来越不像话了，我问圆明园是谁烧的，他竟然回答说不是他烧的。"回家后，土豪把儿子一顿毒打，第二天土豪打电话给老师说："昨晚他已经承认圆明园是他烧的了！老师，无论多少钱，我们家都赔！"

第二天，历史老师怒不可遏，对校长说："我问他圆明园谁烧的。他爹居然说不管多少钱他都赔，真是气死我了。"校长听了，语重心长地说："烧了就算了，你有所不知，他爹是政协委员、我市著名企业家、市长身边的红人，赞助过咱们学校，惹不起啊！对了，那个圆明园是哪个单位的？烧了叫他爹再盖一个嘛。"历史老师听了更生气，越级报告了教育局长……教育局长说："事情已经发生了，急也没用，当务之急是封锁消息，不能让记者知道是咱们学校的学生烧的，另外，那位同学先转学，叫他的家长配合做好亲友工作，消息不要外传，影响不要再扩大……"

第三天，市长来到该校，怒斥校长："你个龟儿子，书没读过几天，大字不识几个，你姐央求我半天，好不容易我弄个校长给你当，你给我惹出那么大乱子。马上要换届选举了，你知道出了这事对我有多致命？我问你，火势控制了没有？消防的来了吗？"校长说："当时我也不在现场，我也不知道小兔崽子是怎么放的火。"市长说："你赶快调查，第一时间直接报告我。"第四天，市委召开常委会，研究"火烧圆明园，破坏换届选举，扰乱社会治安特大安全事故"，做出五条重要指示：一、不管谁烧的，不管有多大背景，一查到底，绝不姑息；二、通知全市消防部门，立即组织灭火，封锁现场；三、通知市委宣传部，加强媒体监管，做好网络安全，禁止传谣信谣；四、主管教育的副市长，立即停职检查，教育局长撤职，校长开除公职；五、上报省委，听候指示。

公安局在市委领导下，对这事件进行了彻底调查，案情真相大白，原来圆明园的那把火，其实是历史老师为了报复土豪放的。历史老师最后全招了,说赤壁那把火也是他放的!

然而,谁也没想到,同学们挖空心思编写的素材,都没有被选上,倒是白茹翻唱的容祖儿的歌曲《挥着翅膀的女孩》和毛金灿的琵琶独奏《十面埋伏》被选上了。

12 月 20 号的中文学院的迎新晚会十分成功,相声、小品、诗朗诵、歌唱以及独幕剧等十分精彩。

1201 班的两个节目,一举获得大奖赛的两个特等奖,虽说不是完全原创,但其中一些元素还是有不少创新的。这就足够引起全院尤其是 1201 班不小的轰动,游前偲不无怨恨地说:"谁也没想到一向寡言少语的毛金灿'放了个屁',一鸣惊人。"白茹的吉他弹唱虽然早已声名鹊起,但是大家也都没想到她的独唱更是一绝。不仅如此,白茹还一边歌唱一边绘画,创作出了一幅《风筝女孩》的水墨作品,歌唱与绘画水乳交融,意境幽雅深邃,全场无不啧啧称赞。

1201 班当然就有了大名声,班主任周晔也感觉很有点光荣。然而使周晔始料不及的是,1201 班许多同学更多的是失落、彷徨和不满,他们费了很大力气而创作出来的作品,都没被选中,遭受了很大打击,他们不服气,也很落寞。就连一向宽容的山东大姐高小英和范明强也怨声载道,更不用说其他人了。

不过班主任周晔听到和看到这些,也多次劝解同学们不要计较:"人家不选我们的节目,自有其道理……你们都注意趣味性,忽视了思想内容,怎么行?"

坐在教室一个角落里正在全神贯注看书的游前偲,虽然大家谁也不会去理睬他,可是他也没真正读书,大家的议论、不满、牢骚及失落,他听得、看得真真切切,他不免有些幸灾乐祸,心想:"你们跳啊——跳啊——跳啊,瞎子点灯白费蜡了不是?”

1201 班迎新晚会的小失落,很快就过去了,因为大家都感觉大一第一学期过得飞快,转眼间期末考试到了。他们坐在考场规规矩矩地答题,没有人作弊,大家都想努力争取考个好成绩,快快乐乐地享受寒假,欢度春节。

四、1201 班的新动向

鞭炮声声里，相思过了年。元宵吃元宵，登程到校园。春日融融，同学拳拳。莘莘学子情，天地月团圆。

一转眼，中南理工大学新学期又开始了，1201 班的同学们再次相聚，欢声笑语此起彼伏，你追我打，嘻嘻哈哈，接连不断。这学期的课程也不是很多，除了邵振教授要求的写作任务外，其他课压力都不是很大。然而同学们似乎失去了上学期的新鲜感，除了开学之初重新见面的欢乐之外，他们很快就无所适从了，究竟该干点儿什么呢？似乎除了上上课，大家心里都空荡荡的。

男生宿舍 8 号楼 302 室的伍六一、彭东鹏、洪强、游前偲都集中在范明强、张芳盛、毛金灿的宿舍里。中南理工大学的学生宿舍，一般都是一明两暗，三间屋子。一明是公共活动室，也就是“厅”，同学们可以在这里读书学习，不过他们更喜欢在两暗的卧室里读书。范明强在读美国社会预测家、未来学家约翰·奈斯比特的专著《大趋势——改变我们生活的十个方面》。他半躺在床上，倚着枕头，被美国政治、经济和文化在 20 世纪 50 年代以后的发展变化所吸引。毛金灿和张芳盛认真地洗着衣服，游前偲、伍六一、彭东鹏、洪强在玩“捉王八”的扑克，其实就是扑克牌的“捉黑桃尖儿”，谁要是被捉了黑桃尖儿，就学一下王八爬，当然也不是真的趴在地上爬一段，只是在桌上用一只手的中指伸出在前，算是王八的头，其他四指立起来算是王八的爪子，爬来爬去，动作基本到位就行。这四个人不时大呼小叫，玩得兴趣盎然。然而即使玩扑克的四个人如此大呼小叫，也一点儿没影响范明强的读书兴趣。

这时候1201班的十来个女生，高小英、三胞胎姊妹、海南小妹方冬玲、大理肖青青以及阿佩金英、白玛德吉都闯进302室，高小英和梅尕尕看到这些男生，不无讽刺地说：

"嗬，真忙啊？"

"不忙，不就洗洗衣服嘛。"毛金灿一本正经地回答。

这时范明强把书放下，坐起来就问："怎么闯进来的？方老爹没有轰你们？"在理工大学有一个明确规定：男女生不能随便进入异性宿舍。8号男生宿舍楼的管理员方老爹不是个好说话的人，每天耷拉着脸，好像每个进来的女学生都是他的敌人，欠了他的债。整个8号楼的男生们都叫他"防"二爷，他是宿舍管理员里最严厉的一个。不过"防"二爷也有好说话的时候，对他说"来研究工作"或"来排练节目"什么的，他就会让你进来。高小英、三胞胎姊妹等就是这么进来的。

"你们是不是来助人为乐帮忙洗衣服的？那我们多谢了！"张芳盛笑嘻嘻地说。

"还是你们自己忙吧，你看你们忙的，都忙着'捉王八'呢？"高小英说。

梅尕尕看着打扑克的几个人，问："你们谁成王八了？"

张芳盛停下洗的衣服，说："他们都是王八！"

满宿舍人哄地都笑了起来。

这时候捉王八的也不捉了，张芳盛、毛金灿也不再洗衣服了，范明强也下了床，一本正经地坐在床沿上，男女生们或是坐在床沿上，或是坐在椅子上，扯起几天来的逸闻趣事。游前偲又仔细看了看高小英这伙子人，感觉投他票的人不会在这里边，自觉和她们没有共同语言，就冷冷地坐在靠窗的角落里，想心事，并偷偷听着他们的乱侃。

“大班，你该注意了啊。”姚丽娜说得比较直接。

“我注意什么啊？吃饭、睡觉、上课，三点一线？”范明强漫不经心地说，其实他心里明白着呢。

“你前面有三个‘雷子’，盯着你呢。”姚丽娜说着，紧紧盯着海南妹子方冬玲。

方冬玲的脸唰地红了起来，说：“你别胡扯！”

这时候阿佩金英很希望大家都给她一个眼神，说她也是个“雷子”，可是大家就是熟视无睹，反而都一起瞅着山东大姐高小英。高小英很是沉得住气，假装没有看见。

张芳盛冲着姚丽娜说：“我有‘雷子’吗？有盯着我的‘雷子’吗？”

姚丽娜心里一动，脸瞬间一红，赶紧俏皮地说：“有——”

“谁？”张芳盛问。

“傻大姐，《红楼梦》里的傻大姐！”姚丽娜说，大家哄地笑了起来。

“我看你就是个傻大姐！”张芳盛不无俏皮地回答，姚丽娜真有点意思，冯秀叶也有点意思，她俩是一个地方的，都是老乡，一起来上学，跑前跑后的，张芳盛对她们两个人照顾得很是周到。他风趣，身材又高大，学习也很不错，也算是个人物。张芳盛的一句话正戳在姚丽娜的心窝子上，姚丽娜的脸一下子红到脖子上。而冯秀叶和海南妹子方冬玲心里却是酸酸的。其实张芳盛觉得方冬玲很有点意思。

“哎，说起《红楼梦》来，范明强——你们七个，十二金钗，你们选谁？”高小英说。

“要我,我就选薛宝钗。富态漂亮不说,有钱啊!”游前偲在角落里,一听有人把他拉进圈子来,迫不及待地说。

“要不你叫有钱财(游前偲)呢？三句话不离你本行。”梅尕尕冷冷地说。

“要是我,就选史湘云,心直口快,没心眼子,省心！谁整天还和老婆斗心眼子？太累。”毛金灿慢吞吞地说了句,嘿嘿笑了两声,谁也没想到,一向不爱说话的毛金灿会抢先说话。

“要我选,反正不要林黛玉,多病,爱猜疑,小性子,说话尖刻,哭起来没完没了。”伍六一啰里啰唆地说了一大篇。

冯秀叶问彭东鹏:“你到底选谁?”

“除了这几个谁都行。”

“洪强,你呢?”梅尕尕问洪强。

洪强没有马上回答,思考了一番,说:“要不,妙玉吧。她面冷心热。”

高小英指着张芳盛和范明强说:“怎么,你们俩为什么不表态啊?”

张芳盛说:“非要选不可啊,也行。贾元春是不行的,贾迎春更不行,二木头,谁看得上?”张芳盛嘿嘿嘿笑了几声,说,“那就巧姐吧!”

海南妹子心里一动,感觉张芳盛是有意这么说,就微微笑着说:“就你张芳盛,一点儿也不老实!”

很久没说话的白玛德吉指着范明强说:“你怎么不选?”

阿佩金英也质问范明强:“你最狡猾,贼心眼子太多!”

高小英说:“范明强,你不选,我替你选一个吧——王熙凤,怎么样?”高小英刚说完就感到很后悔,好像她就是凤姐一样。

其实范明强在心底早就把十二金钗里里外外想了一通,他本不想说,可是高小英点了他的名，不说开来是不好的，于是他又端坐了一下，清了清嗓子说："我绝不会选机关算尽、太聪明的王熙凤。"

"那你选谁？"梅秀秀问。

"选谁？贾探春！漂亮，有文化，诗写得好，敢作敢当，敢扇她大娘的仆人王善保家的耳刮子，连王熙凤都怕她三分。"

梅家三胞胎姊妹以及方冬玲、姚丽娜、冯秀英，尤其是阿佩金英、白玛德吉都认为范明强总是有点与众不同。梅尕尕用那个古老的话题，有意要难为范明强，不服气地质问范明强：

"老婆和你妈都掉水里，你先救谁？"

范明强翻了翻白眼儿："你们这些女生们先回答！别老是质问我们！"

"对！"女儿国里尽朝晖的 1201 班的其他六个男生也异口同声地表示同意。

"都什么年代了，还拿这些无厘头的问题当问题。"范明强进一步强调说，"就是十二金钗，问题提得都有些——"

阿佩金英和白玛德吉心里也想："就是，挺难为人的……"

梅尕尕、姚丽娜以及方冬玲知道范明强想以攻为守，绕开难以回答的问题，她们不依不饶，穷追猛打。

"大班，不要绕弯子，十二金钗又怎么了？"

"是啊，十二金钗又怎么了？"游前偲、伍六一等有些不太明白。

而张芳盛只是笑个不停，似乎他很支持范明强这么质问。

不爱说话的毛金灿突然插了一句话："我就喜欢！"全场笑翻了天，要是别人说了也不过如此而已，他毛金灿这一说，就有些非同凡响，因为谁也不会认为这是毛金灿会说的话。

伍六一、彭东鹏、洪强也都说："咱毛哥们儿眼界高着呢，自从那个琵琶弹上天后，小尾巴就摇个不停，翘上天了……"

姚丽娜接着说："大班，你看——咱们阿佩金英，美丽高挑，两个水灵灵的大眼睛迷倒了咱们班一大片！"

阿佩金英其实心里十分高兴，她非常希望有人把这个问题点明，姚丽娜的酸，她不在乎，关键是终于有人说到她心坎里去了，但她假装生气地反驳："你这个小娜娜被谁绊倒，你当我不知道？"

"是谁？"姚丽娜不敢大声地反驳阿佩金英。

阿佩金英和姚丽娜的斗嘴，却引起几个人的忐忑，山东大姐高小英、白玛德吉以及梅秀秀和梅朵朵等，心里都敲起了小鼓鼓。高小英指着阿佩金英和姚丽娜说："你们可别乱说啊！"

阿佩金英和姚丽娜心里想："我还不知道你高小英的意思？"

范明强一直不说话，大家都觉得有些奇怪，山东大姐高小英、阿佩金英、白玛德吉以及方冬玲、梅秀秀、梅朵朵都不自觉地一起看着范明强。范明强站起来想出去，却被刚进门来的苏白和白茹挡了回来。

梅尕尕也拉回范明强，说："大班，你说完了再走不迟！"

范明强说："你们都说了，我还说什么？"

梅尕尕想："范明强太贼了，简直是聪明透顶……我决不能放过这个大班。"她赶紧把问题再拉回来，"哎哎哎，你们都中了范明强的圈套了，范明强——你究竟先救谁？"

这次大家一起催着范明强回答。范明强一看不回答不行了，其实这么一会儿他早已有了准备，他慢慢坐好，清了清嗓子，好像漫不经心地说："我谁也不救。"

同学们不由得一愣，马上惊讶起来，都在想："向来人五人六、衣冠楚楚的范明强，竟然说出这样的话来？"

范明强清楚地看出同学们的惊讶和不解，他不慌不忙地说了这样一个故事：

小区有个阿姨，现在不去跳广场舞了，改去学游泳！大家都问："你怎么改游泳了？"阿姨无奈地说："儿子和媳妇天天吵架，每次媳妇都问：'我和你妈掉水里你先救谁？'我不想为难儿子，所以就学游泳了！"

过段时间小两口又吵架，媳妇说："我和你妈掉水里你先救谁？"老公答："我不用下水，咱妈会救你的，她会游泳。"

媳妇不依："不行，你必须下水。"老公答："那你死定了！我不会游泳，咱妈肯定先救我。"

听到这里，大家不禁会心地笑了起来。

梅尕尕说："就你范明强会编——"

正在同学们说得兴高采烈的时候，曾经的代班长陈芳梅突然闯进范明强的宿舍说："快快快——快点，你们班吴劲松——快救救他，他不知得了什么重病，人快要不行了……"

五、吴劲松的“绝症”

中南理工大学是一所没有围墙的开放性高等学府，四通八达，气象万千，她是缘阳市一道亮丽的风景线。

不少市民及外地游客和理工大学的莘莘学子徜徉在这姹紫嫣红、文化氛围浓郁的高等学府中。她绝不同于其他一些名胜古迹。满腹经纶的专家学者、莘莘学子及市民和外地游客们组成了不一样的旅游图景，一心向学：

天行健，君子以自强不息；

地势坤，君子以厚德载物！

著名书法家邵振教授以及范增、沈鹏教授书写的名句熠熠生辉，浓厚的中华文化特质洗练着这些主人和客人的心灵，使他们有了奋进的精神和力量。

星期六，中文学院文秘专业 1205 班和师范专业 1201 班的同学们，轻松愉快地流连在理工大学美丽的风景中。1205 班和 1201 班经常一起上大课。

那个 1201 班曾经的代理班长陈芳梅急匆匆地闯入“范大班”范明强的宿舍，而那个吴劲松，其实是 1205 班文秘专业的一位哥们儿，是陈芳梅记错了。

那天，吴劲松的心情好极了，他的父母从西北老家给他寄来了几件刚买的新衣服，穿在身上簇簇亮，他和1205班的男男女女们忘情地在美丽的校园中散步。中南理工大学的阳春三月，风和日丽，湖水荡漾。教学楼前细柳摇春，岸畔柳林花海，湖水波纹潋滟，庭院蜡梅开罢，杜鹃花香；绿地之中迎春花开，牡丹怒放；甬路两旁香樟馥郁，暗香盈袖，中南理工大学简直是无处不春，到处飘香。这里是一树树樱花争春，那里是一爿爿山茶竞艳。蜻蜓摇曳踯躅，柳絮团团簇簇，充满了理工大学的每一个温暖的角落，绿意浓郁芬芳。

吴劲松的心情简直太好了，好得简直找不出一个形容词来描述他此时的惬意和欢乐。花海馥郁，柳絮飘扬，春阳高照，和风送暖。同学们唱啊，跳啊，无不恣情尽意享受着大自然给予的幸福和欢乐。

吴劲松和同学们一样，拍拍身上的泥土，吹吹满身的柳絮，挽了挽裤腿，哎呀，怎么脚脖子都是黑的？他又向上挽了挽裤子，小腿也都是黑乎乎的，这是怎么回事？得了重病？他的脸由红转白，摇摇晃晃站起来，走进了附近音乐学院教学大楼，急慌慌进了女厕，赶紧退出进了男厕，他几乎用尽了全身的力气，把裤腿又向上提到膝盖以上大腿根处，发现也是黑不溜秋的，他又用了很大的力气解开裤带一看，腰以下都是黑的，吴劲松终于站不住了，脸上一点血色都没有了，他用尽了所有力气刚走出厕所就晃晃悠悠地瘫倒在厕所门口，刚才的一切美好景色，蓝天白云，红日高照——变得一片漆黑……

下午3点，当吴劲松苏醒过来的时候，已躺在理工大学医院的病房里。医生、护士整整忙了四五个小时，检查、输液，忙得不可开交。他们经过多方面的检查，吴劲松除了心跳比较快之外，似乎没有其他异乎寻常的病变，然而为什么下半身变黑了呢？他们也拿不准吴劲松得了什么重病，抓紧时间赶紧把他送到省城长沙中南医科大学附属医院，学校救护车以最快的速度——呜哇呜哇呜哇——飞快地将吴劲松送到这所国内外知名的医院。

这时候已是下午六点二十分了。

中南医科大学附属医院看病的人太多了,虽是星期六,也是人山人海,急诊室也是人满为患,更不用说已到了下午医生都下班的时候了。现在人们的生活好了,无论大病小灾都惊恐万状,唯恐自己的幸福生活戛然而止,或者想更长久地享受幸福生活而延年益寿,所以就想要到大医院、名医院找专家学者来就诊问医。陪护而来的医生、护士也不敢大意,尽心尽力不时为吴劲松输液、喂药,以免他病情加重出现意外……

吴劲松现在是很清醒的。他想,看来自己真的快要不行了,医生、护士都是惊慌失措、莫名其妙的样子,都说明了自己病情的严重性。想到这里,吴劲松惊恐起来,他已经有些红晕的脸色又慢慢变白,跟救护车来的医生、护士赶紧上来给他检查,还是没什么异常,只是心跳又加快了些而已。

吴劲松那边不能很快地住院就医;而理工大学中文学院也跟着吴劲松的病闹翻了天,尤其是中文学院大一的六个班最是紧张不过。

吴劲松是个穷苦孩子出身,他来自于十分贫困的大西北,他能到遥远的中南理工大学来就学,不知克服了多少艰难险阻才如愿以偿。他的学习成绩并不十分理想,高考分数也是中文学院里比较低的,但是吴劲松学习劲头还是很高的,他平时生活十分简朴,从不乱花一分钱,吃饭也很简单,有时候只是买两个馒头就着两块咸菜条就是一顿饭了,他更不会到大街上去大吃大喝,常常不是在教室就是在宿舍读书、背书、抄书和练习写作,学习十分刻苦。

同学之间的情谊是最纯洁的,经常在一起上课的1201师范班和1205文秘班显得更亲密一些,不少人都知道吴劲松的艰苦,如今他出了这么大的事,同学们谁能袖手旁观?这么重的病,虽说有医疗保险,但其他花销也是很大的。

中文学院,尤其是1201班和1205班的同学们积极动员,深入号召募捐,以实际行动来救助同学。1201 班班长范明强、副班长兼团支部书记高小英以及班委会、团支部召开了联席会议，要求班干部带头，团员积极参与，全班一起努力，为吴劲松同学解危济困。虽然没有具体规定每位同学捐助多少，但是希望全班平均每人最低能够达到 50 元，并向平均每人 100 元努力。

班主任周晔和中文学院党委书记鞠红也参加了 1201 班的会议。她们两个人也没有多讲，只是要求不要有硬性规定和具体捐助数字，同学们都要自愿和量力而行，只要有助人为乐的这个心就行，并且要求同学们在这次募捐活动中，不断接受教育和提高社会实践能力。

应该说 1201 班的募捐活动是十分顺利的。周四的下午上完第二节选修课，趁着没课的时候，同学们举行了募捐活动。讲台上放着一个曾经装着矿泉水的纸箱子，纸箱子前面贴上红纸，顶上切开投钱的一条缝隙，纸箱子前面的红纸上有两行金黄色大字：

太阳从这里升起，

爱心温暖一世界！

这两行大字一看就是范明强的书写，清秀娟丽，给人一种朴质俊秀之感。

“哎，这出自谁手啊？是范明强吗？”苏白问石丽子。

“不知是谁，反正觉着就是挺好的。”石丽子回答。

“真的，当中没说募捐的半个字，却字字都在说捐助这件事，含蓄——这叫‘不着一字而尽得风流’！”苏白不禁赞叹说。

这时候邵振、朱烨两位教授和班主任周晔也来到教室，他们都早早跟范明强打了招呼，也来献献爱心。

募捐开始了，同学们纷纷走上讲台。

大班范明强 300 元。

书记高小英 300 元。

张芳盛 500 元——他家有钱，所以比别人多捐点。

阿佩金英 200 元。

游前偲这次也算高高兴兴地捐助了 30 元……

到了班主任周晔和邵振、朱烨两位教授，他们每人都拿出一个牛皮信封，后来范明强、高小英等几个同学汇总的时候发现，邵振教授 1000 元，朱烨教授也是 1000 元，而班主任周晔则是 600 元。

他们估计 1205 班以及中文学院其他班级也会积极行动起来，捐助的总数会是一个令人振奋的数字。然而谁都不会想到，除了 1205 班捐款数额和 1201 班基本持平外，其他班的数额少得令人打寒战，尤其是大四的学长学姐们。

晚自习时，得知捐款情况的 1201 班的同学们惊呆了！

“他们怎么没钱？咱们都有钱？”梅尕尕质问张芳盛。

张芳盛笑嘻嘻地对着梅氏三胞胎等几个同学说：“学长学姐事多，哪里不需要钱？”

“想想明天怎么办吧！”梅秀秀制止了梅尕尕和张芳盛的斗嘴，想明天到学校以及到市里大街上募捐的事情。

1201 班班委会、团支部没有因为学长学姐们的捐助少了而打消了他们为病危的吴劲松募捐的积极性。范明强说：

“我们认为对的事情，就要坚持做下去！”

“是的，‘走自己的路，让别人说去吧！’”山东大姐高小英也是这么认为的。在这个问题上，1201 班没有几个人持反对意见，他们热情很高，积极参与。

教室里，讲台旁边整整齐齐排着七八个纸箱子，上边都贴着红纸黄字，写的是范明强编的那两句话：“太阳从这里升起，爱心温暖一世界！”并且讲台侧面还码着一摞牌子，上边写着大班范明强撰写的关于吴劲松身患重病，需求紧急捐助的话语：

嘤其鸣矣，求其友声。相彼鸟矣，犹求友声！

我们行色匆匆，你我他都是亲人！请您停下脚步，这里向您求助了。

他，吴劲松，一位品学兼优的学子，家境贫寒，突患重病，生命垂危，正在中南医科大学附属医院进行抢救治疗，费用高昂，希望您伸出爱的援助之手！

十元不少，百元不多，积沙成堆，只是我们的点点心意！一方有难，八方支援。

太阳从这里升起，爱心温暖一世界！

1201 班每四个人一组，有三组到了缘阳市里募捐，还有三组同学在中南理工大学的北院、南院和东院的甬路边上募捐，他们在一张小课桌上放着募捐的纸箱子，旁边就放着范明强撰写的那篇募捐短文。

梅氏三胞胎姊妹和游前偲四人，到了缘阳市花园街。梅氏三胞胎姊妹很不乐意和游前偲一起搞这个募捐活动，这次她们仍是不拿正眼看游前偲；游前偲虽难免有点讨好，但得不到良好的回应，也只能讪讪地不甚理睬这三个女生。不过在他心中，很希望这三个女生出点小事，他好来个英雄救美……

“不管怎么说，我也是个男儿！”游前偲心里想着。来来往往的行人路过三胞胎姊妹和游前偲的捐助箱前，几乎没有不在这里驻足流连的。

“嘿,太漂亮了!”

“三胞胎姊妹?”

“都是理工大的?”

驻足的人们问个不停,梅秀秀、梅朵朵、梅尕尕心中不免有些忐忑,但多少也有点儿享受……

这时游前偲也很主动地站在三胞胎姊妹侧面,不停地回答:

“不仅是一个学校的,还是一个班的呢!请大家帮帮忙!”

这时三胞胎姊妹胆子也大了些,向驻足的人们送去微笑,似乎在说:“不要只看人漂亮啊,请帮帮这位病危的学子吧。”

不少人纷纷拿出钱,投在募捐箱里,还有那么几个投 50 元的,而投 100 元大钞的则不过一两个而已。三胞胎姊妹难免有些失望,游前偲更是感到失望。他们都在想:“是大家困难没钱吗,还是不信任我们?”他们来的时候是信心满满,没想到结果大大出乎他们的意料,从上午 9 点一直到下午 5 点半,募捐箱子只装了个半满而已。还有不少闲言碎语:

“是真的吗?”

“现在的事,有几个是真的?”

“弄了个三胞胎妹子募捐,能是真的?”

“前面还有两个募捐呢。”

“你看那桥头上、大树下、马路边到处都是!”

“还有的冒充大学生,跪在路边说是募捐学费的……”

听到这些,梅尕尕有些生气,不禁质问:“你们把我们当成什么了?”梅秀秀、梅朵朵赶紧拉住梅尕尕,不让她多言,免得惹出麻烦。

“呵,生气了!”一个小青年扮着鬼脸说,“这事多啦,把人都弄烦了……”说着,从钱包里掏出50元钱投在箱子里说:“我是看着你们长得漂亮,才助人为乐的——妹妹你大胆地向前走啊——向前走——”逗得周围的人们一片笑声,然而游前偲并没有笑,他像警犬一样嗅个不停。

下午6点半,他们回到学校,在宿舍里仔仔细细清点募捐来的款子,他们连续数了三遍,还是1105元。他们数了好几遍,很想能神奇般地再多出点钱来,然而数字是无情的,到底还是那1105元。三胞胎姊妹以及游前偲感到很是失望。

“不少了! 其他几个募捐点,都不过五六百元。多亏了你们三姊妹,不然,唉……”正好范明强也在女生宿舍里,他安慰大家说。

“不要泄气,明天接着来!”山东大姐高小英说。

梅秀秀缓缓地说:“明天我们可不去了。”

“要不,你们明天就在学校搞一搞,行不?”高小英商量着说。

梅朵朵说:“明天再说明天的吧,现在赶紧去吃饭,我饿得不行了!”

“咱们辛苦一天了,这么多钱,还不慰劳慰劳我们?”游前偲笑嘻嘻地说。

“拿这募捐的钱吃一顿? 嗨,你倒想得很美啊!”梅尕尕讽刺他说。刚刚在募捐的时候,游前偲给梅秀秀、梅朵朵和梅尕尕留下的一点儿好印象又打了不少折扣。

范明强、高小英、三胞胎姊妹、阿佩金英等,看了看游前偲,都没有理他,大家纷纷到食堂去吃饭。

第二天周一的下午三点,三胞胎姊妹就在学校里进行募捐。

还是一张小课桌,上边放着那个募捐的箱子,旁边用一个支架立着那个写着募捐内容的牌子,然而她们不是在一起了,而是分别在北院、东院、南院三个站点募捐。其实这是大班范明强耍的一个小聪明,他让三胞胎姊妹都穿上一样的衣服，制造一点小神秘和小轰动，或许能使募捐效果更好一些。三胞胎姊妹一起被录取，又同在一个班，已经有了不小的轰动效应，其他院系许多同学都知道的，但这所大学里有近四万在校生，毕竟知之者还是少数，有的即使知道也并没有亲眼所见，所以三胞胎姊妹分到三个募捐点儿去，果然引起了不小的轰动。老师、同学从北院、东院一直走到南院，还是惊奇得不得了。北院的这位姑娘怎么又在东院、又在南院，太神奇了！这些人情不自禁地又从南院到了东院又到了北院，还是那位姑娘……啊，明白了，三胞胎姊妹。他们好奇地想弄清楚，她们是不是长得完全一样。围观的人多了，自然募捐的钱也多了一些。

校园里的大学生还有教授、学者捐款还是比较多的，50 元、100 元的大钞就不少见了……

三胞胎姊妹不由得笑了起来，和他们一起来募捐的 1201 班的几位同学，张芳盛、伍六一、彭东鹏等等也都露出了笑容。

下午四点半，正是募捐的大好时机，班主任周晔和大班范明强突然来到她们面前，要求他们收摊。

“收起来吧！不搞了，不搞了……”班主任周晔说。

三个募捐点的三胞胎姊妹与和她们一起来的同学，很是惊讶。

“怎么？出事了？人不行了？”

“哎呀，怎么这么想啊？你们难道就不会向好的方面想？”范明强说，“先回去！”

吴劲松真的没有什么大病，或者说他根本就没有病。

当天，也就是星期一，南方医科大学附属医院看病的人比其他任何时候都多。吴劲松和跟随而来的学校的医生、护士不到 7 点半就来到医院挂号大厅，这里早已人山人海，大厅几乎是水泄不通。一直到了上午 9 点多，吴劲松终于来到专家面前，他的脸色显得不那么苍白蜡黄了，吴劲松真没想到给他看病的专家是个年轻的美女，她有着飘逸的秀发，圆圆的脸蛋儿就像他们老家又大又圆粉嘟嘟红亮亮的富士苹果，穿着医生的一身白大褂。吴劲松感觉自己似乎没有什么大病，甚或没有病，然而他又感觉大病缠身，心跳加速，而看到这么漂亮的“姐姐”，他更是不知所措，心跳加快。

医生姐姐用听诊器仔仔细细听了听他的心跳，掀起他的裤脚、裤腿看了又看，用纤细而修长的手指摁了又摁，然后以命令的口吻说：

“把裤子脱下来。”

这话对吴劲松来说好像是晴天霹雳，那怎么行？他的脸不禁涨红起来，可看到医生那不容置疑的口气和脸色，他只好慢吞吞解开腰带，背过脸去，一看跟随他的医生、护士，又不得不侧过身去。医生不等吴劲松脱下裤子，就向下一拉，哧溜一声，吴劲松的下半身，特别是那黑乎乎的两瓣屁股暴露在众人面前，吴劲松很不好意思，这时他的脸蛋儿已不是蜡黄蜡黄，而是红成了猪肝儿似的。

医生姐姐拿过医用镊子，夹着酒精棉球，在吴劲松的屁股上、大腿上、小腿上等地方不停地擦洗。然后又用镊子夹着棉球，蘸着水不断地擦拭，并且还在裤子上擦拭了半天，然后她在药单上，写了几个大字：“回家好好洗个澡！”

“啊？没病？”吴劲松惊诧不已。

“没病！”医生说。

“真的没病？”随来的医生、护士也很惊奇。

原来吴劲松的父母寄来的裤子掉色，把他的下半身染成了黑色，并非恶性病变。“没病！”这简直大大出乎吴劲松以及随来的医生、护士意料。他们悬着的心也都一下子落了地，每个人都无比轻松愉快，尤其是吴劲松，脸儿也不黄了，他真想在急诊室里欢蹦乱跳，想和前天在校园里游春一样的惬意和舒畅，他想大碗喝酒、大块吃肉，他想大声歌唱，他想唱《好汉歌》：

大河向东流哇，天上的星星参北斗哇……说走咱就走哇，你有我有全都有哇……路见不平一声吼哇，该出手时就出手哇，风风火火闯九州哇！

他怎样也抑制不住激动的情绪，出了急诊室，来了个徒手倒立，引得来来往往的病人、病人家属、医生、保安等不住侧目。保安准备冲上来，按住这个年轻人，以免发生意外……

“嗬，这小子——疯了！”

“疯了，简直是疯了！”

“怎么回事？是不是神经病——”

不过医院有不让大声喧哗的提示，却没有不让倒立行走的提示。跟随他来的学校医生、护士，很理解吴劲松的激动，笑了笑，赶紧制止了他。

下午2点，学校救护车载着几个人奔驰在回学校的路上。跟随来的校医王大夫给学校医院洪院长打了个电话，把情况做了汇报。洪院长下午4点给中文学院打了电话，将情况又告诉了院长车轩，院长车轩又告诉了书记鞠红，鞠红又告诉了1201班班主任周晔，周晔找来大班范明强，才把市里的和学校的募捐点一个个撤了回来。

下午快5点的时候，学校的救护车一直把吴劲松送到他的宿舍楼下，1201、1205以及中文系其他几个班的同学们看到吴劲松，心里说不出是什么滋味，如释重负好像不是，心中欢喜好像也不是，悲伤不已好像更不是……吴劲松下了救护车，想向跟随的医生、护士和司机师傅道别，说一声感谢，见了这么多同学在迎接他，他感觉有很多话要说，可就是无言以对，只好泪眼汪汪地赶紧回到自己的宿舍。

这时1201班的几个同学，范明强、张芳盛、游前偲以及刚刚从女生宿舍赶来的高小英、三胞胎姊妹等突然有了异样的感觉：

“人生无常啊——”

然而，募捐到的钱不多，但也不算少，这些钱该怎么办呢？

六、“财商”是个什么东西?

“钱——是个东西;又不是个东西。古人早就把‘钱’这个东西看透了。用得好就是个东西,用得不好就不是个东西。所以古人造字的时候就算出了‘钱’的宿命。一边‘重’,是‘金’——压死你;一边轻,是‘笺’——真贵重!对吧?”这是大家在商量怎样处理1201班的募捐款时,范明强抒发的一番感慨。

怎样处理这些钱,意见很难统一。除了对邵振、朱烨两位教授和班主任周晔的2600元的处理意见统一,即再退回给教授和班主任外,其他的钱,大家各说各话。

“其他怎么退啊?也不知谁捐了多少。”方冬玲说。

“就是,退了,还算不算咱们献爱心了?”白茹和石丽子小声地嘟囔着。

“要退都退,不退都不退,大街上、学校里,你退给谁啊?是不!”冯丽娜有些气愤又有些不屑地说,“我建议,干脆留作班费使用,或者遇到特殊情况再说。”

“要不,交到学院吧,让学院处理。”冯秀叶说。

“那不行!交到学院处理,咱们还有主动权吗?”全班同学几乎都不同意这个意见。

游前偲有更绝的处理方式,他说:“干脆全班45个同学均分,这多好!”

阿佩金英不禁笑起来:“哈哈哈,这个主意好,游前偲还可赚几个钱!”

梅尕尕说:“我还有更绝的,游前偲,我看这些款子都给你最好不过了!”全班同学七嘴八舌地呼喊起来:“好好好!对对对!”游前偲的小白脸儿不免涨红起来。

梅秀秀说了一句话:“你们班干部研究决定吧,我们没有意见。”

不过班委会和团支部,也没个统一意见。范明强说:“有时候复杂的事情,就要快刀斩乱麻——咔嚓,定就定了!知道‘高尔丁死结’不?高尔丁死结是怎么解开的?咔嚓一刀,问题解决了——”

“理,也是这么一个理。但我看还是全面点儿好!”高小英说。

体育委员张芳盛说:“就干脆点,任何事情都不会十全十美的。”

范明强说:“这样吧,我和山东大姐再商量商量,不行咱们再向鞠红书记汇报汇报,大家看怎样?”

张芳盛嘿嘿笑了两声,诙谐地说:“好好好,你们俩暗箱操作吧!”

山东大姐高小英的脸霎时涨红了,对张芳盛似有怒意,可是又不能多说什么,只好也假装镇静。这一切,瞒不了另一个有心人——阿佩金英,她听到张芳盛的话和高小英的瞬间变化,心里酸酸的,很不自在起来,可又很是无奈,她胖胖的脸一阵白一阵红,不自觉地瞥了一眼张芳盛,似怒非怒,满是怨气……

范明强也有点儿脸红,他赶紧强调:“如没大意见,暂时就这么定了,到时候学院有什么意见,再和同学们商量,怎么样?”

大家没有再提出异议。

第二天下午,范明强和高小英一起来到鞠红书记的办公室,没想到中文学院院长车轩等人也在这里。他们二人看到还有几位老师也在这里,赶紧退出鞠红书记的办公室。

鞠红书记的办公室不到20平方米，迎门对着的就是她的比较宽大的暗红色办公桌，办公桌的前面是一把沙发椅，车轩院长就坐在这里。办公桌侧后方摆放着两个三开门的书柜，放满了各种书籍，有鞠红书记的专业书，朱东润的《中国历代文学作品选》、钱锺书的《管锥编》《谈艺录》、郭绍虞的《中国文学批评史》、张炯主编的巨著《中华文学通史》10余本以及不少的西方哲学著作如《马克思恩格斯选集》《列宁选集》和尼采、黑格尔、弗洛伊德、荣格、康德的著作等。

在办公桌相对的另一侧，放着一张纯实木沙发，满屋子散发着幽幽的木香气。沙发末尾处放着一个三开门的铁皮文件柜，里面大都是理工大学近几年来下发和上报的公务文书、机关办公文案以及一些学生情况的资料，在文件柜的一个角上，放着一桶刚刚泡好的酸辣牛肉味方便面等。就是一米六长的办公桌上也只摆放着一台一体机电脑、一个保温茶杯及红彤彤的国旗、党旗，在鞠红书记面前放着一沓理工大学刚刚下发的一些文件，此外别无他物，显得干净利落。

这个时候书记鞠红正在召开中文学院党委例会，主题就是针对这次募捐活动，同学们所表现出来的助人为乐的精神以及个别不正确但很有代表性的错误思想及行为。她想由此“借题发挥”，引导和号召大学生提高政治思想觉悟，向雷锋同志学习，积极开展助人为乐，坚持党的艰苦奋斗的优良传统。

下午4点30分，开完会，鞠红书记把范明强、高小英，还有其他年级二十几个班的班长、团支部书记找来，因为这些班级也遇到了如何处理这些捐款的问题。范明强、高小英等都把自己班级的捐款情况、处理意见及同学们的争论做了简单的汇报，并且拿出了他们计划把捐款留作班费使用的设想。

鞠红书记在了解了各班的情况后，没有直接表态应怎样处理这些捐款更好,她只是把中文学院党委会的意见向同学们做了极其简略的介绍,并且讲了两个故事。

她说:“过去有这样一个故事,企业家的父亲有三个儿子。大儿子15岁,二儿子12岁,小儿子10岁。父亲给了每个儿子2毛钱,让他们每人买回5个烧饼,而当时每个烧饼是四分四厘钱。大儿子没有去,说钱不够;二儿子买回四个,剩2分钱;只有小儿子买回五个来,结果后来小儿子当了这个家族企业的董事长和总经理。”

鞠红书记接着说:“这个小儿子很聪明,他运用了数学四舍五入的理论,分五次,买回了五个烧饼。钱用得合情合理,发挥了钱的最大作用。在个人理财上,大儿子、二儿子的行为都不足取,从另一个角度讲,这也是‘财商’问题……”

“财商?”在座的同学们第一次听到这么一个词。高小英笑笑说:“老师,什么叫‘财商’啊?”

“啊,同学们读《富爸爸穷爸爸》就知道了。”鞠红书记接着说,“财商与你挣了多少钱没关系,它是你能留住多少钱以及能让这些钱为你工作多久的能力。我在对往届同学的调查中,问及对‘财商’概念的认识时,绝大部分同学表示陌生。问及一学期结束后经济情况如何时,大部分同学都坦然承认自己的消费已经超出计划范围,浪费十分严重,大吃大喝,花父母的钱不心疼,甚至有些同学还需要向别人借回家的路费,略有剩余的同学也想着如何把剩余的钱花完,只有极个别同学有储蓄的意识。可见,当前大学生的财商需要培养。

“所以我希望同学们结合党的艰苦奋斗的精神和我国‘俭以养德’的优良传统,在这次学雷锋百日活动中,助人为乐,学会理财,提高政治思想觉悟,至于怎样处理这些捐款,学院不做硬性规定,但不能完全作为班费使用,应做些公益活动,想交给学院管理行,你们自己管理也好,只要用在‘刀刃’上就算有了‘财商’!”

在回来的路上,范明强和高小英心里感觉明朗起来。

高小英说:“还是书记厉害,几句话就把问题点得这么清楚明白。”

“是的,一个‘财商’,就使问题轻而易举得到解决。要不说‘理论是实践的眼睛’呢。”范明强随声附和地说。

“我的意思,钱留在班上,用的时候仔细些,就是鞠红书记说的‘你能留住多少钱以及能让这些钱为你工作多久’,对吧?”高小英抬着头羞涩地对范明强说。

“那好,我也是这个意思。回去再把班委会和团支部召集起来,商量商量细节,找个机会给全班同学说一说就定了。”

问题很快得到解决,第一,这钱是因救急而募捐来的,应该拿出一部分用在一些公益活动中;第二,再拿出一千元资助吴劲松,让他买身衣服,包括羽绒衣等冬衣;第三,把邵振教授、朱烨教授以及班主任周晔的募捐款退还给本人;第四,办一张银行卡,将剩余的钱存起来,由生活委员伍六一保管,用时商量着办。

晚上7点半,范明强、阿佩金英、白茹、姚丽娜等几个同学到了邵振教授的家中,教授的客厅也是他的书房,一周遭几乎都是书籍,古色古香的暗红色老山榆书柜里琳琅满目。邵振教授热情地把他们让到沙发上,他坐在对面的写字台后边,师母倒来热腾腾的茶水。这时他们才真正体味到置身于书海中的感觉,心胸豁然开朗。师母的热情也使他们感到温暖如春。

范明强说明来意,邵振教授坚决不要退款,他建议把他的1000元送给吴劲松。

“邵教授,我们在募捐中准备拿出1000元资助吴劲松买衣服了,您还是拿着这些钱吧!”白茹说。

“不用了,我支持支持困难的同学也是应该的,你们谁有困难?请说话。”邵振到底也没收回他的1000元。

无独有偶,高小英、张芳盛、伍六一、石丽子和苏白到了朱烨教授那里,朱教授也没有收下那他的捐款,同样是建议用那1000元资助吴劲松,只是叮嘱吴劲松以及同学们要学会花钱等。

不过三胞胎姊妹以及毛金灿、彭东鹏几个到了班主任周晔家中,硬是把600元钱退还给了周晔老师。去之前,范明强和高小英反复告诉梅秀秀要想办法还给老师。周晔老师也是坚决不要,梅朵朵抱着周晔三岁的女儿阳阳,在逗着她玩的时候,悄悄把钱塞到阳阳的小口袋里。下了楼,梅尕尕给班主任周晔老师打了一个电话说明了情况。

周晔说:“你们等等,我有事找你们!”她赶紧从12楼坐电梯下来,三胞胎姊妹早已跑得无影无踪。

这一个礼拜,因为吴劲松的“病危”,把中文学院尤其是1201班搞得人仰马翻。不过1201班的同学们都感到十分高兴,他们觉得自己对社会和他人有了奉献,得到了充分的肯定。同时他们也感觉自己受到了教育,尤其是鞠红书记关于“财商”的论述,使他们如醍醐灌顶,并且感觉学会理财是刻不容缓的事情。

星期一下午上完课,高小英带着阿佩金英找到范明强,她说:“我有个主意,咱们是不是针对鞠红书记说的‘财商’和‘理财’问题,结合学校以及学院学雷锋活动,开展一次‘勤俭节约,学会理财’的活动?”

范明强感觉这个主意很好,马上说:“我完全同意,咱们找个时间先商量一下,拿出个方案,怎么样?”

“现在不就可以,还找什么时间?”阿佩金英说。

范明强说:“我不是这个意思,我是说咱们好好思考思考,大家心里有个谱,团支部和班委会坐在一起商量一下,拿出一个成熟方案,给学院打个报告,不是更好?”

“那好,明天下午没课,开个会怎么样?”高小英说。

“好,就这么办。”

会开得十分成功,方案也基本定了。首先,由班委会和团支部一起,在班上召开一次动员会,邀请鞠红书记做动员报告;其次,以 1201 班为主要对象,对鞠红书记提到的“财商”“理财”及“消费观念”和“实际消费”进行调查研究,写出调研报告;第三,召开“提高财商能力,勤俭节约,学会理财”主题班会;第四,以实际行动积极开展学雷锋活动。

理所当然,鞠红书记对 1201 班的活动给予了肯定。

鞠红书记兴奋地说:“这活动开展得非常好,典型性、针对性极强,很有代表性,学院大力支持! 你们看这样好不好,把你们的主题班会准备得充分点,把它开成现场会,我让学院各班班长、团支部书记和学院学生会、团委成员也参加,让全院各班也都积极开展这一活动。”

“行! 我们一定好好策划,不辱使命!”范明强和高小英无比兴奋。

不过范明强和高小英冷静下来一想,这绝非易事。在回来的路上,高小英不无疑虑地说: “范大班,话可扔出去了,你能做好吗?”

范明强也有些心里没底,可是在高小英面前,他觉着自己应该坚强点。他说:“高高妹——”这是范明强第一次称她为高高妹,而且这也是第一次有人称她为高高妹。范明强话没说完,高小英脸一红,抬起眼,狠狠瞪了范明强两眼,范明强假装没有看见,接着说:“开弓没有回头箭,什么事不都是人干出来的,是不?”

高小英脸更红了,她没敢抬头,只是点了点,表示完全同意范明强的意见。之后,两人也没再说话,默默走完这段路,各自回各自宿舍。

事情一开始,顺风顺水,“提高财商能力,勤俭节约,学会理财,从我做起”动员会开得非常成功。不过不是在1201班召开的,而是在中文学院全院学生干部大会上召开的,1201班的范明强在大会上表达了决心,做了重点发言;高小英宣读了“提高财商能力,勤俭节约,学会理财”的倡议书。

动员大会开得隆重热烈,鞠红书记重点做了“提高财商能力,勤俭节约,学会理财”的动员报告。邵振教授和朱烨教授在大会上分别做了发言。邵振教授主要从文学、文艺美学及文学批评的角度深入剖析了勤俭节约及财商理财的艺术价值;而朱烨教授则从中华优秀传统文化继承的角度深入阐述了“历览前贤国与家,成由节俭败由奢”的历史价值和现实意义。中文学院院长车轩在动员大会上也做了最后的重点发言,他不仅充分肯定了1201班发起的“提高财商能力,勤俭节约,学会理财”活动及其倡导的价值观的意义,而且进一步强调了中文学院每一位同学都应认真思考自己的“财商”“消费”“理财”及“勤俭节约”的理念和行为,并且车轩院长最后强调:现代的大学生必须践行“静以修身,俭以养德”,为实现中华民族伟大复兴的中国梦而努力学习和艰苦奋斗。

动之以情,晓之以理的书记、院长和教授们的报告,使绝大部分同学都沉浸在深深的思考中,包括不少与会的青年教师也都在想,自己上学的时候,包括初、高中和大学学习中,对父母的血汗钱是否有所敬畏,是否思考过“汗下土,泪长流;累断腰,花白头”父母的心酸和苦楚。也可能有不少同学陷入深深的自责中,开始认真思考书记、院长、教授语重心长的谆谆教诲。

散会后，学院专职团委书记翁华和班联会主席沈中闻把范明强和高小英留下，传达了学院党委书记鞠红的意见：把1201班的“财商”“消费”“理财”及“勤俭节约”的调查研究扩大到整个中文学院。如果可行并且调查结果典型、深入，具有突出的代表性，学院党委准备把这一活动报告给中南理工大学党委。1201班主题班会现场会召开之后，中文学院要求各班都要召开以“财商”“消费”“理财”及“勤俭节约”为主题的主题班会，在全院积极开展“勤俭节约，提高财商能力，学会消费和理财，向雷锋同志学习”的思想教育活动。

然而，让范明强、高小英始料不及的是，开展调查研究竟如此艰难，几乎难以进行下去，20天，几乎没有什么进展。

回到宿舍，范明强、伍六一、洪强、彭东鹏以及跟来的高小英几个人讨论起这些事来，感觉有些灰心丧气。这时，躺着听音乐播放器里放的龚琳娜《忐忑》和《法海你不懂爱》的游前偲突然插了一句：

“你们——一个个傻帽儿！谁会把隐私告诉你，是吧？”

正在洗衣服的张芳盛抬起头来，看了游前偲几眼说：“唉！游前偲你不正‘忐忑’和‘不懂爱’吗？怎么也关心起范大班和高高妹来了呢？”

“盛盛，你天天洗衣服，洗这么干净干什么？我是关心范大班、高高妹整天忙！傻帽儿们，告诉你们吧：这事要院领导支持才行。”游前偲一边“忐忑”和“不懂爱”，一边漫不经心地说。

张芳盛把刚洗的衣服晾在阳台上，进到屋里来，凑到躺着的游前偲面前，笑嘻嘻地说：“这倒是句人话！”

范明强和高小英听了游前偲和张芳盛的几句话似有所悟，他们应该向车轩院长、鞠红书记以及学校社科部《社会行为学》《行政管理学》专家、博士生导师张大凡教授请教。他们决心把这项工作搞好。他们想，这点事都做不成、做不好，将来还能做什么？

星期天下午4点左右，范明强、高小英带着伍六一、洪强、彭东鹏以及三胞胎姊妹，到了张大凡教授的工作室。张教授工作室里，西斜的阳光洒满半个屋子，月季、茶花馨香馥郁，沐浴在煦暖的春日里。工作室约40平方米，迎门放着紫红色写字台，写字台的侧面是学校给他配备的真皮沙发，写字台的背后也是一排紫红色的书柜。紧紧靠着写字台的是一个稍比写字台低一些的方桌，桌上放着一些半打开的书籍，稍显凌乱。范明强、高小英他们进来的时候，张教授正在查阅资料。他的助手姜莹莹赶紧把范明强几位同学让到沙发上，给每人倒了一杯菊花茶……张教授也赶紧站起来打了个招呼。范明强正要说明来意，张教授摆了摆手，很温和地说：

“我知道你们的来意，你们的车轩院长和鞠红书记都和我打了招呼，意思我清楚。你们的活动很有意义，我举双手赞成，全力支持！”他拿过高小英手中的问卷，仔仔细细地看了看，并做了不少修改。他深入浅出地谈了谈开展调查研究及召开座谈会的一些技巧等，比如怎样抓住人心啊，如何破题啊，以及如何提前设置好课题啊等等，讲得有理有据。最后张教授说：“如果你们允许的话，我也愿意参加你们的座谈会。”范明强、高小英以及三胞胎姊妹和伍六一、洪强、彭东鹏等，非常激动，他们迫不及待地说：“非常欢迎张教授参加。我们一定会把这调研活动搞好、搞成功！”范明强、高小英心想：“张教授亲自参加，是我们求之不得的事情，要知道，张教授是我国著名的社会学家，他甚至给几个省的省委专门搞过讲座，依靠他的影响力，没有不成功的。”

果然，中文学院大一至大四每个年级都开了一两个座谈会，而且开得十分成功。车轩院长、鞠红书记以及副院长方倩、副书记贺波在没有课、不开会的时候也来参加座谈会，他们必须陪同张大凡教授一起进行调研，照顾好这位70

岁高龄的博士生导师、教授。学院团委书记翁华全程陪同张大凡教授参加活动,张教授的助手姜莹莹也一直不离张教授左右。

范明强、高小英以及参加这次调研的其他各班班长或团支部书记以及伍六一、洪强、彭东鹏等人也十分高兴,心情简直舒畅极了。参加座谈会的同学们在进行座谈的时候,各抒胸臆,畅所欲言。范明强、高小英等获得了十分宝贵的第一手材料,并且他们也学习了调查研究的方法与技巧。

座谈会快要结束的时候,有点激动的范明强在一张 A4 纸上给高小英写了一句话,折叠了两下,递了过去。彭东鹏、洪强、伍六一看到这些,都有些好奇,都探着头想看看写的什么——情书?高小英接过来,也不知上边写的什么,就感到十分紧张,她赶紧把它放在上衣口袋里……彭东鹏他们小声地说:“我看看,不让看,有鬼啊!”

于是大家都把脖子伸得长长的,就是要看。阿佩金英看到这些,一刹那脸涨得红红的,心情紧张得不得了,那扑通扑通乱跳的心,几乎要蹦出嗓子眼儿,攥紧的手心满是汗水……范明强看到这些,心知肚明,他向高小英暗示了一下,说:“打开让大家看看。”只见上面一行清秀的字体写着:

世事洞明皆学问,人情练达即文章!

参加座谈会的 1201 班这几个同学不免恍然大悟,山东大姐高小英心想:“原来如此,我也颇有同感!”她那不安而复杂的心慢慢平静下来,她又想:“这个范大班弄得大家紧张兮兮的!”

而脸涨得红红的阿佩金英咯噔一声把心也放回肚子里,一身冷汗也慢慢消退,不过她隐隐约约地感觉,心里还是不那么踏实。

范明强、高小英等十来个参加调研的同学又连着用了一个双休日和周二、周三下午或晚上没课的时候，在一起把得来的第一手材料，比如收回来的问卷，召开座谈会的笔记，随机采访的录音和现场考察的录像，反复梳理、调整、提炼、精选，并在张大凡教授和学院鞠红书记的指导下，由范明强、高小英执笔写作调查报告。张大凡教授对此非常有热情，并专门分派他的助手姜莹莹全程参与指导，并且张教授反复要求姜莹莹要“积极参与，热情指导，绝不越俎，恪尽义务”。鞠红书记也指派学院团委书记翁华和姜莹莹一样全程参与了调查报告写作的指导。

经历了这么一系列过程，在定稿会上，高小英真是感慨万千，她说：“真想不到，真想不到，真是没想到！我们还有这水平！”

“我也真没想到，吴劲松的一次‘病重’，把咱们带到这个境界里。”范明强也是感喟万端。

因为张大凡教授参加了这个定稿会，车轩院长和鞠红书记以及张大凡教授的助手姜莹莹和学院团委书记翁华书记也都参加这个定稿会。同学们不住地感谢这几位师长。而这几位专家学者都说，这是他们的责任和义务，现在的成果都是同学们努力取得的。

张大凡教授说：“请你们牢牢记住这么两句话：一是‘实践出真知’；二是‘一千个声明，不如一个行动’！”

这时，很少说话的车轩院长也谆谆而深情地说：“还有一句话，你们也要牢牢记住，是汉代扬雄说的‘务学不如务求师’！好好向张老学习。”

在座同学们无不点头称是。散会后，三胞胎姊妹以及伍六一无不感慨地说：“都说‘可怜天下父母心’，我看还得再加一句‘可怜天下老师心’！”

回宿舍的路上，草长花香，欣欣馥郁。1201 班的同学们决心把后边的“提高财商能力,学会理财,注意个人消费"一系列工作,开展得有声有色,也算为大学办学做点贡献吧!

七、天上掉下个林妹妹

周末的傍晚，一轮通红通红的浑圆而硕大的日头渐渐沉入烟涛浩渺的洞庭湖。西南上空的弦月半高不低地悬挂在塔楼上。同学们沿着弯弯曲曲、细瘦悠长地通向各个教学楼的鹅卵石小路，嗅着幽深幽深的刚刚用电机割下并粉碎的青草散发出的馥郁新鲜的香气，刚才比较压抑的心情轻松了不少。

音乐学院旁，范明强、高小英、阿佩金英、伍六一挨挨挤挤地坐在草径小石子路左边的石板椅上，右边两排石板椅上也挨挨挤挤地坐着洪强、白茹、张芳盛和姚丽娜以及三胞胎姊妹和海南小妹方冬玲。

范明强说："唉，不容易啊！虽然咱们的'提高财商能力，勤俭节约，学会理财'前两个阶段完成得比较顺利，也算完成得不错。可是因为咱们的能力问题，没有按照预定的方案准时完成，耽误了半个多月的时间。"

"这有什么办法？"高小英说，"不过咱们毕竟付出了不少精力，也取得了一点点成绩，对吧！聊以自慰吧。"

对面坐着的张芳盛有些不满地说："你们不要过于自责，我就不太欣赏中国人的过于'内省'！必要的时候是要'吾日三省吾身'，但是我们也应学学西方的外向型性格，多看点成绩，什么事先干起来再说，是不？"

张芳盛还有话要说，阿佩金英赶紧接过话茬，说："盛盛说得对，我们不能老找差距，主要还是向前看。鞠红书记和翁华书记不都说了嘛：工作很出色，虽耽误了点时间，那是必然的，不足为奇，关键是做好下一步工作——怎样开好咱们班‘财商·理财·消费’主题班会的现场会。”

“那是，那是！”范明强赶紧表示肯定，阿佩金英心里感到十分惬意。

好久没说话的梅秀秀说：“以咱们班为主搞的这个活动，不少同学在花钱上细致了不少，消费也不那么随意了。就拿我们姐妹仨来说，花钱时不自觉地就想起父母的不易！就连游前偲似乎也收敛了不少。”

“谁在那里议论我？不要门缝里看人——都是扁的！”谁也没注意到三十多米远的石板椅上还坐着游前偲这个人。

梅朵朵接过姐姐的话，说：“一说这些，我们就掉眼泪，爸爸打电话来说：‘饿着了吗？冷着了吗？该吃吃，该穿穿，该花花，别省着，钱——我和你妈妈想办法！’”梅朵朵带着哭腔说。

这时梅尕尕也拿出纸巾，不住地擦着眼睛，还不断地擤着鼻涕，有些哽咽地说：“我现在特别想爸爸、妈妈，真想在他们面前，我们三个抱着爸爸、妈妈，然后放声大哭：‘爸——妈——真想念你们啊！’”

“所以，我们仨，决心每月至少节约200元，存起来。暑假回家，一不坐高铁，二不睡卧铺，我们坐硬座回家。省钱给爸妈买点‘君山银针’茶——”

这三姐妹说的话让大家无不想念爸爸、妈妈，山东大姐高小英赶紧把思路拉回来，说：“看来咱们的活动还是有些价值的，是吧？可是怎么开好咱们主题班会的现场会呢？”

“听听大家的意见……”范明强接着说。

“开就开吧，这有什么听听大家意见的？”姚丽娜认为这个事情简单得很，她说，“不就是书记讲讲话，院长讲讲话，我们表表决心，再多，就是请个教授来讲说讲说!”

范明强赶紧说:“娜娜的说法,切中时弊,一些主题班会过于形式化,自然其效果不会那么理想。所以我征求大家的意见,怎样搞得新颖一些、效果好一些、现场性强一些!”

张芳盛听到这里,不无揶揄地说:“嗬,不愧是大班,说话一套一套的。”

阿佩金英对张芳盛揶揄范明强很是不满,她感觉自己应该站出来为范明强仗义执言,就说:“张芳盛! 你自己不行,怎么还讽刺人……”

张芳盛嘿嘿笑了两声,说:“我知道了,我明白了,我晓得了,我恍然大悟了,嘿嘿嘿——我和大班是铁哥们——嘿嘿……”

一开始,山东大姐对张芳盛的揶揄也有些不太满意,心想:“范大班和我为这个主题班会现场会着急,你还揶揄人!”接着,张芳盛的“嘿嘿”又戳在她的心窝子上,她就更不满意了:“盛盛,你行,你拿个万全之策来,我就服你!”

张芳盛又“嘿嘿嘿”了几声,说:“咱们把龚琳娜、草帽姐、刘欢、宋祖英、郭兰英都请来,这主题班会就出彩了——”

张芳盛还没说完,就遭到不少人的呛声。“盛盛,越来越不像样儿了,你说话怎么这么无边无际啊?”

张芳盛“嘿嘿嘿”又笑了几声,接着背了一首诗:“短竿长线守蹯溪,这个机关那个知? 只钓当朝君与相,何尝意在水中鱼。”

一直没说话,坐在那里的范明强一开始就明白了张芳盛的揶揄,在他们的不断争论中,他心里就有了成形的想法。不过他也没有明白地说出来,一是他还要在肚里打几个滚儿;二是他要等一个合适的机会再说。他说:“夜深了,月亮都睡觉去了,我们也该回了。”

深夜还是有些凉意,傍晚时,天气还是有些热度的,所以他们穿得就有些单薄。这时他们才感到有些寒气袭人,纷纷站起来有些疲劳地向宿舍走去。

慢慢地,范明强和高小英落在后面,高小英问范明强是不是有了成熟的想法。范明强沉默了很长时间,说:“还不能这么说,先让我想想吧。”其实高小英对主题班会现场会怎样进行也有了一定的想法,她想两个人再找个地方交换下意见,听到范明强这样说,她也就没再说什么,两个人各自回到宿舍。

躺在床上的高小英心想:“范明强是个什么人呢?知识、能力,甚至气质、教养,无疑是班上一流的,大家都对他很服气。他有时候看着很直爽,可有时候又把心埋得很深,令人有些琢磨不透,就像刚才,他肯定有了较为成熟的想法,可是他不说……”想着想着,高小英就感觉自己沉浸在鸟语花香之中。兰花、茶花、月季、日日红、牡丹花、玫瑰花,一想什么花就有什么花,一簇簇、一丛丛地簇拥在她的身旁,雀鸣、莺歌、布谷鸣、百灵叫,袅袅飘远,声声入耳,不断触动她的心房。她置身于这莺歌燕舞、草味花香之中,感到十分惬意,十分幸福,十分激动,她跑呀、跳呀:“范明强你等等我,一个弱女子谁跑得过你个男子汉……”两个人沿着湖畔风景带,又好像沿着她们家乡梁山水泊的岸畔,跑跑跳跳,她不停地追着范明强,范明强也追赶着她,有时她很生气地喊他等一等,范明强站在一株茶花树旁,笑着满含情意地等着她跑过来,一把把她搂得紧紧的,使她几乎喘不出气来,她惬意、满足,可又惊恐、意乱:“我这可是第一次啊!”她不断地推开范明强,可又无能为力。阿佩金英来了,石丽子、苏白和方冬玲来了,白茹来了,三胞胎姐妹也来了,高小英急了,她用力一推,“啊——啊——啊——”

“老大——老大——老大——怎么了?”同宿舍的三胞胎姊妹都被高小英的呼喊吓醒,不断地呼喊高小英,高小英是这个宿舍的老大,她们都知道她在做梦。梅秀秀迷迷糊糊地说:“老大,是不是做噩梦了?”高小英想想刚才的梦,不禁有些心慌意乱，听到梅秀秀的质疑，不免有些心虚，她怕刚才梦中喊出范明强来了，心怦怦跳个不停，赶紧说："吓死我了，还是睡觉吧！"高小英看看手机，此时正是凌晨 3 点 50 分。

第二天 7 点 40 分，范明强、张芳盛、游前偲以及高小英、石丽子、方冬玲等，一起到教室上邵振教授的写作课，听到梅朵朵说起高小英的梦，范明强笑嘻嘻地问："高高妹昨晚做什么梦了？"

张芳盛"嘿嘿嘿"又笑了几声："什么梦？美梦呗！"

高小英的脸不由得刹那间涨红起来，她没敢把头抬起来，只讪讪地说了句"去你的！"便向前走去。

"不是梦见范哥哥了吧？"张芳盛突然说了这么一句。高小英走在前面假装没有听见。范明强瞪了张芳盛一眼，也没说什么。走在张芳盛后面的阿佩金英心又提到嗓子眼儿上来了，扑通扑通乱跳，她想怎么没有人拿自己和范明强开个玩笑，把他们联系起来，这恐怕与自己表现不够充分有些关系……她紧走几步跟上范明强，和他肩并肩走进教室，并紧挨着范明强坐在课桌前听课，她不住地斜眼儿看看聚精会神听课的范明强，范明强也偶尔侧眼看看阿佩金英，阿佩金英感觉十分温暖。

大课间的时候，范明强、高小英几个人围着邵振教授，把他们举办"财商、理财、消费"主题班会现场会的构思及方案向邵振教授请教，邵振教授给予了充分肯定，但邵振教授说："你们能实践自己的构思吗？"

高小英说："我们努力吧。"

邵振教授说："不是'努力吧'，要做就要做好，这就更要付出不一般的努力啊！正如我在写作课上说的，'方其搦翰，气倍辞前，暨乎篇成，半折心始'！"

范明强说："教授，我们明白了！"

邵振教授鼓励大家："努力吧，做好充分准备，正如古人说的，'凡事预则立，不预则废'！需要我出力的，请说话。"

"凡事预则立，不预则废"，这句话倒是提醒了范明强、高小英等人。上午11点40分，范明强和高小英商量，下午没课的时候，班委会、团支部一起开个会，拿出个成熟的方案，然后就着手准备，尽快把主题班会现场会开好，还得留出一定时间来，准备期末考试。学生嘛，还是要以学习为中心。"是吧，高妹儿！"

范明强的"高妹儿"，又不同于之前的"高高妹"，使得高小英心里咯噔一声，好像一朵玫瑰花砸在头上。不过高小英这次还是比较沉着，她没有慌乱，只笑笑地抬起头来，看着范明强说："你应叫我姐姐才对，我比你大一岁呢！"高小英正是20岁的花季年龄。

范明强说："还是叫妹好。"这句话使高小英想到那个晚上的梦。说着说着，他俩就到了第三食堂，人来熙攘、排队买饭、呼朋唤友的嘈杂声淹没了范明强和高小英的谈话。

会开得比较成功，学院团委书记翁华和班联会主席沈中闻也参加了他们的策划会，并提了不少建议。翁华书记说："你们有什么困难就说，车轩院长、鞠红书记都说了，有困难可以直接找我们。"

范明强清楚，有了院长、书记和老师们的支持和帮助，事情就成功了一大半，但是也需要他们自己积极工作。散会后，他们走在两旁开满玉兰花的云梦路上："大家工作都要有新思路、新突破和打开新局面的劲头，努力提高独立工作的能力，各自按照分工去做好工作。"

然而范明强没想到的是，他碰到了一个硬钉子——游前偲。

现场会不仅要通过文学艺术的形式感染人和教育人，使同学们提高财商能力,同时还要通过现实说法强化现场会的效果。其中有两个最好的例子,一是三胞胎姊妹每月节省200至300元,让她们以个人例子,来宣讲“财商、理财、消费”的现实意义。三胞胎姊妹愉快地答应了范明强在大会上发言的要求,并且决定让快人快语的三妹梅尕尕发言。

再一个例子就是游前偲。范明强知道游前偲不是一个好对付的“家伙”,他有意带上三胞胎姊妹,想给游前偲使一个“美人计”,没想到游前偲油盐不进,三胞胎是漂亮,有魅力,但是对游前偲不灵,三胞胎姊妹从没正眼看过他一次,投票选班长时,她们肯定也没投他,因此,游前偲不仅断然拒绝,而且爱答不理地说:“让我给你们背黑锅啊?当反面教材垫背啊?没门儿,休想!”说完,游前偲躺在自己的床上,戴上耳塞,听起他心爱的《忐忑》和《法海你不懂爱》来,任范明强和三胞胎姊妹如何劝说,游前偲不听不看,满耳都是龚琳娜的歌声。

游前偲似乎听得如醉如痴,你能怎样?范明强以及三胞胎姊妹只好就此作罢。

不过最后游前偲还是答应现场会上做做“反面”典型,然而这不是范明强的功劳。学院团委书记翁华出面做工作,和高小英一起找了游前偲。本来游前偲对山东大姐高小英也没多少好感,这倒不是高小英没正眼看过他,而是在他看来,高小英一点不温柔。他之所以同意在现场会上发言,是给学院团委书记翁华面子。

周三下午4点,也就是范明强和三胞胎姊妹找到游前偲的第二天,翁华书记让高小英把游前偲叫来,游前偲到了翁华书记的办公室,班主任周晔也在。游前偲显得非常局促,高小英给游前偲倒了一杯茶水,捧着递给他的时候,游前偲仔细看了看高小英一双胖乎乎的手,心里就觉着温暖了许多。他知道翁华书记让高小英把他找来的意思,在来的路上,看着两旁红红火火的茶花,他还得意扬扬地想:“范明强不过如此,他让书记找我谈话,我就会同意当他的‘反面教材’吗?哼,没可能!”可是看到高小英,他就感觉“没可能”的坚持有点动摇了……

翁华书记没有急于切入正题,她和游前偲寒暄了几句,说:“‘钱财’啊,你的学习抓得很紧,看你上学期期末成绩很不错啊!学生的根本就是‘以学习为中心’,这点你做得好。只是你考试的‘论述’部分有些薄弱,这说明你的逻辑思维能力要加强啊。”

就这几句话,说得游前偲不得不佩服翁华书记,书记一语中的,恰恰戳在他的命门上,他刚才路上的一切想法都被击得粉碎。翁华书记问游前偲:“老家什么地方的?听你说话,你普通话中还有点湖北武陵山区的口音,是那个地方的吧?”

“老师,是的。我就是武陵的。”

“哎呀,那地方日子过得艰难啊,贫困地区,教育也比较落后,你能考上这所重点大学,不容易啊!那地方缺人才呢!”

“确实不易,父母也真没少操心!”

“我知道你们家庭条件还是不错的,你爸艰苦创业不易啊。一分钱掰成两半花,你也得学着艰苦朴素点儿,是吧!”

这时候游前偲有些坐立不安了,他说:“老师,我知道你喊我来的意思,我答应在大会上发言,做做‘反面教材’。”

这时一直没有说话的高小英,听到游前偲的话,不禁敬佩起翁华书记做工作的细致和技巧。

翁华书记说:“怎么能说是反面教材呢?一是自我教育,二是教育大家。

这是地地道道的正能量，对吧？回去吧，好好准备，还有什么困难，需要什么，找你们班主任周老师，或者范明强、高小英也可以，直接到我这里来也行，怎么样？”

游前偲满口答应，班主任周晔老师心里也十分高兴，看到游前偲的转变，她心里也很高兴，然而她总觉得这个游前偲不十分可靠。

游前偲和高小英一起离开翁华书记的办公室。在路上，高小英抱怨游前偲：“你个‘钱财’，敬酒不吃吃罚酒，我们安排你不行，书记没说你就答应了。”

游前偲抬起头来直视着高小英，不屑地说：“你们怎么能和翁华书记比？”说着，游前偲采了一朵粉嘟嘟的月季嗅来嗅去，高小英的心不由得提到嗓子眼儿上来，她很担心游前偲会把粉嘟嘟的月季花送给她。“我是收下，还是拒绝呢？”不过高小英的担心完全是多余的，游前偲嗅了一路，分别的时候，他小心翼翼地把那朵月季花插在自己西服上衣的小口袋里，一朵粉嘟嘟的鲜花就这样盛开在游前偲的胸前。

1201 班的主题班会现场会十分成功，可以说是“文学艺术搭台，财商理财唱戏”，也可以说在范明强、高小英、白茹、张芳盛以及学院团委书记翁华和班联会主席沈中闻的精心设计和巧妙安排下，现场会十分顺利。

星期二下午，能容纳 1200 人的学校大会堂，座无虚席。中文学院的车轩院长、翁华书记、近 60 位教职工以及理工大学团委副书记赵立功和学生会主席刘勤也都来了。1201 班的 45 位同学坐在前六排正中的位置，中文学院广大师生也都参加了。宽大的讲台侧面是发言席，正面是文艺表演的舞台，多媒体幕布打着几个遒劲而鲜亮的大字标题：

提高财商能力 树立理财意识

——1201班“财商·理财·消费”主题班会现场会

大家一看现场会的多媒体会标，就知道又是邵振教授的书法。

文艺表演精彩夺目，高潮迭起。1201班白茹的独唱《父亲》和吉他独奏《母亲》催人泪下；毛金灿的笛子独奏《百鸟朝凤》欢乐、热烈，然而尽管他们的表演尽心尽力，十分精彩，但要和高小英与白茹邀请来的人相比，还是逊色不少。她们请来了中文学院“说唱艺术团”和理工大学“文艺表演队”，还请来了音乐学院和南方语言艺术大学表演专业的同学前来助兴。

大大出乎同学们意料的是，最后一个出场表演的是“范冰冰”。她的演唱毫无疑问技压群芳，用余音袅袅，绕梁三日，都不能形容“范冰冰”的精彩演唱。连车轩院长和翁华书记都没有想到，他们只是听范明强说他一个搞艺术的亲戚也会来助兴，真也没料到竟然是“范冰冰”。这其中只有张芳盛清楚，因为这是他给范明强出的主意。

“这是谁啊？范冰冰？”高小英问站在她旁边的白茹。

“不是范冰冰吧？好像是中央电视台的李思思！”白茹说。

“好像是王冠呢?!”阿佩金英也有些拿不准是谁。

“谁这么有本事，把她请来的?”高小英问张芳盛。

张芳盛说：“谁能有这么本事？范明强呗。”

“盛盛，你肯定知道是谁!”阿佩金英问。

“那当然，我们宿舍的都知道，就不告诉你们。”张芳盛俏皮地说，范明强侧耳听着他们一问一答，也假装充耳不闻，默不作声。

现场会当然不能都是文艺表演，主要还是它的主题“提高财商能力·树立理财意识”，首先是三胞胎姊妹的老三妹儿梅尕尕的演讲《从我做起，从现在做起，从小事做起　消费要理性，储存有计划，增强财商意识》。当梅尕尕深情地谈到父母为了她们三胞胎姊妹上学，一天上两个班，累得腰酸腿疼、汗流浃背时，不禁失声痛哭。站在梅尕尕身后的梅秀秀和梅朵朵，也是嘘唏不已，不停地拭泪。当梅秀秀把纸巾递给失声痛哭的梅尕尕时，三胞胎姊妹情不自禁地紧紧相拥而泣，台下也传来阵阵抽泣声和热烈的掌声。

坐在台下前排的车轩院长、鞠红书记不住地点头，和他们坐在一起的中文学院的教职工也热烈鼓掌。

邵振教授悄悄地对朱烨教授说："就应该这样，就应该这样……"朱烨教授也不住点头称是。接着，两位教授惊讶地看到游前偲居然也要上台演讲。此时，朱烨教授想到邵振教授不止一次地说过新生入学之际，游前偲让他晕倒的一幕。然而更令教授们以及车轩院长、鞠红书记、范明强、高小英惊讶的是，游前偲的演讲题目几乎和现场会的主旨唱了反调。本来范明强、高小英有意把"有钱财"安排在最后一个发言，意思并不是让他"压轴"，而是时间如果仓促的话就让游前偲把发言缩短。没想到主持大会的阿佩金英忘了这件事，游前偲也一改往日猥琐的形象，信心满满地走上演讲台，说起他的演讲题目：《俭则伤事，侈则伤货——我的财商意识、理财观念和理性消费》。一听这个题目，范明强、高小英首先被吓出一身冷汗，车轩院长、鞠红书记也很着急，团委的翁华书记几乎"停止了呼吸"，台下的同学们和老师们也都惊讶不已。

"这是怎么回事？"

"怎么跑了题了？"

"哎呀，何止是跑了主题啊？简直是在唱反调！"

班主任周晔有些急："我说嘛，这个游前偲就是不那么靠谱！可是，又不能把他拉下来吧……也只好听天由命了……"

游前偲早就预料到现场会出现的情况,他很不以为然,继续他的演讲。他说:"'俭则伤事,侈则伤货'一语出自《管子》,它讲的是一个适度的原则。其既提倡和鼓励人们消费,同时又要求人们在消费时要抱着求实而不是攀比的心理。在节俭与奢侈之间找到一个平衡点,让各方面都能得到适度的满足,那样,人们会生活得更加美满幸福。"

然后游前偲由国家说到个人,由西方说到东方,由古代说到今天,最后深刻检讨了自己的消费行为,并感谢学院和班级给了他一个学习和进步的机会。

他最后说:"让我们谨记'俭则伤事,侈则伤货'的古训,在节俭与奢侈之间找到一个平衡点,小则为了我们的身体健康和家庭生活,大则为了国家资源的更好利用和子孙后代的幸福。让我们做到既不过度节俭,又不浪费,掌握好这个平衡点,共同创造一个更加美好的未来!这才是辩证唯物主义的态度!谢谢大家!"

当游前偲最后一句"谢谢大家"说出后,全场爆发出热烈的掌声。车轩院长、鞠红书记和中文学院的教授、老师们由担忧到释然,大家都面露喜色。

车轩院长对鞠红书记说:"我倒欣赏这个演讲的深度、高度和新颖性。"

鞠红书记说:"是的,我也比较欣赏游前偲的钻研精神。"理工大学团委副书记赵立功和理工大学生会主席刘勤也走过来表示热烈祝贺。

团委书记翁华来到院长、书记面前兴奋地说:"可吓死我了,可吓死我了,这个游前偲真是个不可思议的家伙!"

鞠红书记说:"游前偲不是个好掌握的人,要多关心他一点。"

这时范明强、高小英也如释重负,他们深深地感觉到游前偲是个不可捉摸的奇人。现场会开得成功极了,也可以说大大出乎所有人意料。散会后范明强、高小英、阿佩金英、三胞胎姊妹和张芳盛等十多人围在一起,一路欢声笑语。同时大家也目不转睛地盯着范明强身旁的那个身材高挑的不知是“李思思”还是“范冰冰”的女孩。

高小英似有心似无心地问范明强:“这是谁啊?”

范明强慢吞吞地回答:“我妹妹啊。”

“什么妹妹?”阿佩金英急切地问。

方冬玲也假装俏皮地说:“是表妹吧! 什么表妹? 实话实说!”

她们都觉得这是一个“说不明道不白”的“表妹”,高小英心里更不是滋味,这还有什么可说的? 一定是“表妹”了。

“你看那个亲热劲儿,没有一点距离!”

高小英愈是咀嚼愈是感觉不出来这是什么滋味,她不由得怨恨起范明强来,怨范明强如此矜持,这不就不打自招了……

此时三胞胎姊妹的老三梅尕尕追问:“范明强! 究竟什么表妹?”

张芳盛笑嘻嘻地说:“是林妹妹式的妹妹吧,天上掉下个林妹妹——”

范明强身旁的这个女生抿着嘴,始终笑笑地没说一句话。

范明强笑了笑说:“告诉你们,她像我亲妹妹一样,我叔叔的女儿,我们一起长大的——范思冰。北方音乐大学的高才生,全国青年歌手大奖赛亚军,我的小妹——‘范四毛儿’。”

高小英听到这里,心里的一块石头咣当一声落了地,不自觉地说了句:“哎哟,可吓死我了!”

这句话只有和高小英一起走在后边的张芳盛和阿佩金英听清楚了。

张芳盛凑到高小英面前笑嘻嘻地问:“你——害怕什么? 她和你有关系啊?”

阿佩金英也不屑地看了几眼高小英,满是幽怨和嫉妒。

高小英胖乎乎的脸唰地涨红了，她没敢抬头，赶紧多走了几步赶上前边，仔仔细细看了看像李思思、又像范冰冰的范思冰，心中不免又掀起阵阵涟漪……

大家纷纷回到自己的宿舍，休息一会儿，洗把脸，准备去吃晚饭。

“哎，游前偲呢？”这时伍六一忽然想起游前偲来。“真的，一炮走红的游前偲呢？”

此时的游前偲正站在一个30米的高坡上，全神贯注地看着这个天上掉下的“林妹妹”——身高一米七二的范思冰。

八、我亲爱的60分万岁

1201班的同学们都没想到，期末转眼就又来到了。他们唯一应该做的就是赶紧整理整理情绪，认真复习，迎接期末考试。

然而他们还深深地沉浸在工作成绩的欢乐中，范明强、高小英等人在张大凡教授和邵振教授的指导下，撰写了近万字的调查报告《财商·理财·消费——中文学院大学生消费调查》，参加了理工大学“挑战杯”社会调查大奖赛征文活动，一举获得特等奖，并被推荐到省里，参加湖南省大学生“挑战杯”社会调查大奖赛征文活动，据说有望获得好成绩，也有可能被推荐参加全国大学生“挑战杯”社会调查大奖赛征文活动。他们简直太高兴了，这可是看得见、摸得着的东西啊。

十五不圆十六圆的月亮，笑嘻嘻地斜挂在柳树梢头。这天，一阵暴雨过后，从洞庭湖吹来的习习晚风，柔柔地梳理着同学们惬意的身心，把这些莘莘学子的喜悦表情深深地烙在圆月的脸庞上。看着波光粼粼的湖水，他们不禁想起就在前面的天下第一楼岳阳楼和范仲淹的“浮光跃金，静影沉璧”的美好句子。沿着洞庭湖风光带，蜿蜒崎岖，逶迤连绵前行，虽是晚上，也可以见到影影绰绰的岳阳楼，似乎近在咫尺，触手可及。他们温习着初春游历岳阳楼时，一起在岳阳楼上背诵范仲淹《岳阳楼记》的激动和深情，引得不少中外游客拍照,许多外国朋友不停称赞:“Good, good!”“Very good!”圆月跃升到半空,此情此景,他们多么想唱歌,他们想再一起背诵《岳阳楼记》,来为一学期的收获而高兴高兴。范明强起头:《岳阳楼记》,一、二,开始——

> 庆历四年春……至若春和景明,波澜不惊,上下天光,一碧万顷;沙鸥翔集,锦鳞游泳;岸芷汀兰,郁郁青青。而或长烟一空,皓月千里,浮光跃金,静影沉璧……

高小英哼起范思冰那天演唱的歌曲,实际上也是那个现场会的主题曲。开始同学们还是低吟浅唱,慢慢地就放开了喉咙。白茹还摘下背着的吉他,一边弹奏一边和着同学们欢唱。

这时伍六一悄悄走近范明强,说:“要不,咱们吃个夜消去吧?”

“拿什么去吃?”范明强反问。

“我那里不是有钱吗?”伍六一说。

“那不行!如果要动这个钱,要告诉班主任一声,何况是吃饭!”范明强说,“这样吧,今天我请客。”

同学们一听范明强请客,都很高兴。

梅尕尕说:“大班,真的?”

“那还有假?但不是吃,而是喝!”范明强说。

“喝?也行!几瓶啤酒下肚,也挺舒服的,回宿舍做个好梦。”张芳盛笑着说。

“美得你,张芳盛!”高小英一撇嘴说,“是品茗!”

“那也不错!”张芳盛“嘿嘿”了两声,大家起身向希望门走去,出了希望门不远的地方有一处很文雅的“学子茶馆”,理工大学不少学生都来过这里,可以一边悠悠地喝茶,一边纵论古今,畅谈家事国事。同学们来到这里一瞥,啊,真是个优雅的好去处,除了范明强、高小英,其他十几个同学都是第一次来到这里,显得手足无措,只好安安静静跟随着范明强、高小英,观察着这个茶馆。

茶馆一溜两排,中间是一个长长的走廊。走廊两侧的廊墙、廊柱都是古色古香的暗红色板壁和木柱,走廊的地板上铺着厚厚的地毯。走在上面,有着腾云驾雾般的美妙感觉。走廊棚顶若红若绿若蓝若黄,隐隐约约有些图案,暗暗的灯光若明若暗。走廊的两排,各有十几个茶室,每一扇茶室门上,都有一个文雅而籍古的喝茶故事,而两旁的廊壁上就是与这一故事相和谐的诗文水墨丹青。同学们看到这些故事,深感自己知识浅薄。

“你们看,这是三国《孙皓赐茶代酒》的故事……”白茹说。

“哎,你看这个,是晋朝王濛《今日水厄》喝茶的故事。”三胞胎姊妹的老二梅朵朵也说。

“你们快看,这是大文豪苏东坡喝茶的事儿,《东坡梦泉》——”梅秀秀也说。

范明强解释说:“苏轼被贬谪杭州来做通判,好友参寥子便撷新茶,钻火煮泉,品茶论诗,苏轼还作了一首《参廖泉铭》,曰:‘在天雨露,在地江湖。皆我四大,滋相所濡。伴哉参寥,弹指八极。……石泉槐火,九年而信。夫求何信,实弊汝神。’”

“你们快看这一则故事,《陆羽鉴水》——真这么神奇?”梅尕尕说,“简直令人难以置信!”她还随口说了句,“陆羽鉴水取南零,惊煞古今品茶人。”

“咦,这里还有易安居士李清照喝茶的故事呢。李清照的丈夫赵明诚坐归烹茶,在堆积书史中,言某事在某书某卷第几页第几行,以中否角胜负,为饮茶先后。”姚丽娜像发现了新大陆一样高兴得不得了。女同学们纷纷围拢过来，都不免啧啧称叹。

同学们纷纷坐下，大厅里没有人敢大声喧哗，同学们也安静下来，不住地小声说：“值得一来，值得一来……”

大厅的音乐池里有两位妙龄女子弹着琵琶，琵琶声悠悠扬扬细细密密传到大厅的每一个角落……同学们在两边的长条茶几旁围坐着，还要了两壶云梦竹叶皇和一壶芦崖白香茶，轻吮慢品。

这时范明强提议，是不是把游前偲也喊来。大家都有些不同意。

范明强说：“游前偲对咱们的现场会贡献还是很大的，应该说他给我们提供了另一个方向的好思路。”其实范明强有自己的小算盘，他猜想游前偲也不会来，一是晚了点，二是路较远，三是凭游前偲的品性，也不会来，他不过空口送个人情而已。于是他让高小英给游前偲打个电话，果然，游前偲拒绝了，虽说不上“断然”，但也比较“决然”。

游前偲说：“嗬，高高姐啊！这么晚了，怎么想起我来了？是不是又让我当反面教材啊？我正在复习呢！哼哼，你们就好好60分万岁吧！”然而他咔嚓一声断了通话。

同学们对游前偲的挖苦、讽刺听得真真切切。他们哪里料到，游前偲对他们的活动一清二楚，倒不是他游前偲盯梢，而是高小英一打电话说明来意，他马上就料到喝茶的场景。范明强也没料到游前偲会来这么一套，同学们更没有料到游前偲如此辛辣！

确实，游前偲击中了所有来喝茶的1201班的同学们，当前一个十分严重的问题摆在他们面前。如果说刚才在沿湖风光带，他们忘情地唱啊、跳啊，忘乎所以地在“学子茶馆”中品茗赏画，完全沉浸在欢乐中，那么游前偲的几句话，点明了他们那还比较模糊的担忧，让他们刚才一系列的忘情欢乐顿时熄火停摆。同学们只是闷闷地喝茶，没有了笑声。

“我说怎么样，游前偲就是个不按套路出牌的人。正经话，他说出来就很酸！”姚丽娜愤愤地说。

“那是，这个家伙，让人不好琢磨。刚才还不如不给他打电话呢！不识抬举，把咱们的茶趣一下子给浇灭了。”冯秀叶有些埋怨地说。

“这还不是范大班自作多情？”梅尕尕的话很尖锐。

“班长嘛，境界就是高。做工作要全面。”梅秀秀接过梅尕尕的话说，紧接着梅朵朵也说，“也别都怨范大班，游前偲就是这么一个人！”

高小英不自然地笑了笑说：“都不要怨天怨地了，游前偲的话虽然酸得厉害，但也有道理！赶紧抓紧时间复习功课，迎接期末考试是真的！”

这里几位男同学，比如伍六一、洪强、彭东鹏等，尤其是张芳盛很想讽刺讽刺游前偲，骂他几句“龟儿子”，可是游前偲一句话凿在他们的心尖儿上，十几个人便只是在那里默默地喝着闷茶，不发一言。此时他们耳中又响起班主任周晔的话。云梦竹叶皇和君山芦崖白香茶，大家喝得无滋无味，不到十一点，就草草收场，弄得茶博士及服务员也有些莫名其妙……

是的，班主任周晔在前一天晚上的班会上一再强调，学生的核心任务就是学习。同学们记起班主任周晔老师的话以及刚才喝茶时游前偲的狠话，心里就很不是滋味。

第二天上午快10点了，男生宿舍8号楼302室一明两暗的屋子里，伍六一、彭东鹏、洪强以及毛金灿还躺在床上，而张芳盛又在洗衣服，使伍六一的心情更糟了。彭东鹏嘟囔了一句：“张芳盛，你天天洗衣服，还洗不完吗？”

他们懒懒地躺在床上，死死盯住天花板想心事，他们多么希望天花板上有考题答案啊，然而上面除了吸顶灯之外，只有白花花的屋顶。

学院第十八周就全面结课，准备期末考试了。同学们明白期末考试不能砸锅，最低也得考个60分。假如挂科，不仅要交费补考，学院还要把考试成绩通过书信告知家长，这才是最要命的事。至于说因为学习不好，挂了科，在同学们中面子上过不去，他们才不在乎呢！这是因为“法不责众”，这类现象其实在理工大学各个学院比比皆是，甚至其他每个大学的每个学院也是有的。

“都是难兄难友的，谁笑话谁啊？是吧！”

洪强自我解嘲似的说，不过他很担心自己会挂科，而且更怕多个科目被挂，他还担心有的科目考试超不过40分，那样连下学期补考的资格也没有了，只有等毕业前补考这一锤子买卖了。他非常清楚自己这学期除了跟着范明强搞了点活动外，就没有认真抓学习，现在他多么希望哪怕科科都得60分啊，他都会高兴万分。

和洪强有着同样想法的还有范明强、游前偲、毛金灿、张芳盛、伍六一、彭东鹏等，他们也就比洪强略微强点儿而已。

张芳盛说：“唉，最要命的是考试成绩还要通知家人，这点也真够绝的！我就怕这点儿，父母拿着血汗钱让你来学习，结果是‘一地鸡毛’！”

伍六一说：“这点你不得不佩服范大班和那个‘有钱财’。范大班咱不多说了，这家伙不担心挂科。这个游前偲可真是个‘老鬼’，他现场会上‘放’了一把不说，昨晚还狠狠地酸了我们一下，现在学习也是不慌不忙，而且还偷着乐，讨厌死了！”

“快起吧，赖在床上，臭烘烘的，等人来抱你们啊？还埋怨我洗衣服，起来吃饭就中午了，范大班和‘钱财’六点就到教室去了。”张芳盛说。

伍六一、洪强等几个人懒洋洋地起床穿衣服，还不停议论。

“也邪门儿了，上学期考试，阴盛阳衰！前十名就一个范大班，而且还是个第十名，咱们范大班，怎么也得弄个前三名啊？”彭东鹏说。

十分不爱说话的毛金灿突然说：“可后十名里，咱们都在列啊！游前偲也不过是个中上游。”

嘿嘿嘿，张芳盛又笑了几声，说：“洪强，你第一；彭东鹏，你第二；小六子伍六一，你第三；我，张芳盛第四。嘻嘻嘻——都是倒着的，嘿嘿嘿！”

“这也真奇了怪了？不光咱们班如此，据说这是咱们中文学院的‘优良传统’！”洪强说。

“何止咱们中文——唉，何止咱们理工大……不说了，吃饭去，吃饭去……临阵磨枪，不快也光！”

这时游前偲从教室里回来，一边得意扬扬地哼着龚琳娜的《忐忑》，一边笑嘻嘻地看看这个，瞧瞧那个，又轻松愉快地一屁股坐在凌乱的床上，把正播放着的《忐忑》声音放得更大了一点，自己也跟着唱了起来。

这一下，气得张芳盛几个七窍生烟，实在没有办法，他们拿起饭卡和几本书，不得不到教室去复习功课。游前偲看到这些，心里确实是喜滋滋的，等到这些令他讨厌的家伙们离开宿舍，他就打开朱烨教授的《古代文学作品选》第二卷的《续齐谐记·阳羡书生》学习起来。

游前偲很有些困意，开始做梦。岸柳亭花，弥眼望去，洞庭渔歌，田田荷香。游前偲晃晃悠悠，驾着一叶扁舟，摇起双桨，在洞庭湖上游来荡去。山东大姐高小英嘻嘻笑个不停，游前偲本来不怎么喜欢她，可今天高小英羞答答的样子，使得游前偲颇有些怜香惜玉……看到她这个样子，游前偲放下了自己的不满，鼓了鼓勇气，大着胆儿问：“那次选班长是你投了我一票吧？”高小英回过脸来——啊！这哪是高小英啊？怎么是一堆骷髅？讨厌的高小英！游前偲刚想大叫一声,仔细一看,这不是三胞胎姊妹梅秀秀、梅朵朵、梅尕尕吗?你们从不拿正眼看我,今天怎么上了我的“贼船”?她们一边嘻嘻地笑着,一边不住地向他身上撩水。那次选班长的时候,她们中肯定有两个人投了我的票,一定是梅秀秀和梅朵朵,肯定不是梅尕尕,因为梅尕尕不仅没拿正眼看过我,而且都没和我说过几句话,还总是气哼哼地夹枪带棒地呵斥我:“一边儿去,你掺和什么?”你当我会管你的闲事儿?哼!不过看在梅秀秀和梅朵朵的份儿上,不和你梅尕尕计较而已!不过,梅秀秀、梅朵朵回了一句让我伤心一辈子的话:“我们凭什么投你的票?”啊,这不是阿佩金英吗?还有白玛德吉、冯秀叶、姚丽娜,你们什么时候上了我的船?怎么你们都这么怪怪的,都不拿正眼看我?这怎么对得起这满洞庭湖的荷花?小船往来穿梭于荷藕莲花的缝隙水路中。哎?这不是洞庭的莲花啊?这是什么地方?期末考试的试卷发下来了,试题就是《续齐谐记·阳羡书生》,哎呀,刚才我还看了呢,真幸运!怎么在小船上考试啊?哦,原来在这里啊,“前息树下”“寄鹅笼中”,大树和笼子怎么飘游在八百里洞庭湖中?这里还是八百里洞庭吗?这不是个大厕所吗?臭气熏天,虫蛆满地,苍蝇乱飞,污水横流,尿碱满池,杂乱无章……这里简直不是人待的地方,快快离开!游前偲不由得加快了双桨的划动,晃晃悠悠,晃晃悠悠,不要乱动,不要乱动……啊,翻船了!游前偲缓缓沉入湖底,他有些窒息了:快救人啊,救我——

“救你,我救你!”张芳盛说。

已是下午3点了,范明强、张芳盛、伍六一、毛金灿、洪强和彭东鹏几个人刚从图书馆里回到宿舍,开门的声音把游前偲惊醒,朦朦胧胧的游前偲迷迷糊糊地看看进来的几个人,感觉没什么话可说,自己床铺的馊臭味扑鼻而来,刚才的噩梦几乎已经忘得干干净净。等到宿舍的这几个人都躺在床上,看书的看书，打瞌睡的打瞌睡时，他悄悄起来，洗把脸，到食堂吃点饭，又找了个偏僻的教室去复习功课，他想："我和他们不是一路人，我要独辟蹊径……考得略微好一点儿……"

理工大学的考试向来是十分严格的，每一个考场，小教室都是两个老师监考，而大教室视其情况有三到四个监考老师不等，有一次一个大阶梯教室居然派了五个人监考。甚至邵振这样的老教授、博士生导师也得去监考，有时候还得请两个电工师傅监考。后来学校党委、行政就下发了文件，说是机关干部"下基层"，其实是解决监考人手不够的问题。尽管如此，作弊的问题还是难以杜绝。邵振教授对院长车轩气愤不已地说：

"这叫什么学风？我们那时候是这样吗？嗨，不说了，要说还不得气死！"

朱烨教授接过话头说："我们那时候考试，就一个老师监考，没一个作弊的！一考就是一上午，上厕所都不交头接耳，现在——"

车轩院长和鞠红书记十分不好意思，好像这些都是他们造成的。

年轻的副院长曾婧赶紧打圆场说："教授，您说高考严格不？硕考严格不？还不是每年抓到不少用高科技作弊的？据说下学期教室都安装摄像头，还有屏蔽仪，那可能就好点儿了。"

"问题不在这里，这是诚信的缺失，要不要强调建立'诚信社会'呢？"邵振教授无可奈何地说。

车轩院长和鞠红书记摊开双臂也很无奈地说："尽力吧，尽力吧！反正也就这样，毕竟作弊的是极少数。"

于是几个人一边说，一边走，各自回到办公室，准备开始更繁重的阅卷工作……

老师们都清楚，期末考试的阅卷是最烦人的。做学问和讲课，好的老师感觉这是一种享受,做学问,天天接受新颖事物;讲课,看到学生的求知欲和认真,是莫大的享受。而阅卷,不仅仅因为工作量大,而且一些同学的答卷不是大片空白,就是胡蒙乱造,甚至还有“白卷先生——张铁生”! 要不就是答非所问。比如说邵振教授的一道2分的考题:王琴琴病了三天,没来得及请假,班主任张老师让她补写一张请假条。要求:请以王琴琴的名义补写这则请假条。学生的答案:

张老师:你好!

补写请假条一张。

王琴琴

邵振教授在学院教师大会上说这件事的时候,不少老师都认为这是邵教授在讲故事,当他们看到试卷时,个个笑得肚子疼……遇到这样的试卷,哪个老师不是又好笑又好气? 所以他们认为教师阅一次卷等于过一道鬼门关。

果然老教授遇到了新问题。1201班的写作试卷,邵振教授比较欣赏的几个学生,其中就有范明强以及三胞胎姊妹的梅朵朵和梅尕尕、阿佩金英,都是在及格点上晃荡,邵振教授有点儿心疼。对范明强提提分放放手才能及格,可是根据学校规定,模范班干部或者先进个人不仅要求平均成绩突出,而且每科不能低于65分。范明强一学年的工作没得说,无论成绩还是开创性工作都是首屈一指的,评选优秀班干部是众望所归,可是如果有一科成绩不到65分,什么都玩儿完。邵振教授坐在办公室里,面对着范明强的试卷发了半个小时的呆,在他标准答案的草稿纸上写满了60分、65分……最后终于下定决心,给了65分。那么,梅秀秀、梅尕尕、阿佩金英呢? 当然邵振教授也失去了狠心,60

分,61分,真的是60分万岁了!

给完了分数,邵振教授又心跳加快,他不得不含了两粒速效救心丸,才算平静下来,并且还不住地自我安慰:“下不为例……”邵振教授一向治学严谨,从来没做过这样不讲原则的事情。

不过伍六一、洪强、彭东鹏和张芳盛以及两位女同学就没这么幸运了,他们差得多,甚至“三舍四入”都不够格。其他科目怎么样?还有一些人,正在忐忑着。

至于说游前偲,他是比较有把握的,考得再不好,也不至于只考60分,所以他看到几个人的狼狈相,尤其是范明强和梅尕尕,他就心情比较舒畅,有点喜形于色,就又哼起了他非常喜欢的歌曲——《忐忑》。

游前偲这样一唱,张芳盛等人以及范明强心里就都有些添堵,不免就冒起火气,可又无可奈何,总不能因为游前偲哼哼就打他吧。然而,又在洗衣服的张芳盛实在难以忍受,把洗衣水灌到了游前偲的床下。游前偲床下立刻就“水漫金山”。

张芳盛赶紧假惺惺地来赔礼道歉:“对不起,对不起——”

游前偲心里很清楚,也假装不以为意:“没关系,没关系……”

范明强心里其实也很清楚,心想:“就该惩罚惩罚这个家伙,谁让他幸灾乐祸?”不过他还是赶紧过来,帮助张芳盛拖地扫水。

洪强、彭东鹏、伍六一以及毛金灿也感觉比较解恨,他们也过来帮助张芳盛扫水,然而他们哪里是来帮忙的啊,他们是来帮倒忙的,故意把脏水扫得游前偲床下到处都是,皮箱、鞋子、书本更脏了不少。

游前偲对于这些也很清楚,不过他还是很高兴,他心想:“下学期第二周等着补考吧!补考一科200元钱,一盆脏水怕什么?让你们不学习?!爽,爽极了!”

在张芳盛几个人忙乱的同时,游前偲有些瞌睡了,他现在想的是明天晚上坐火车回家,要准备哪些东西。是不是给爸妈买点东西?这次他没有买高铁或是卧铺票,而是普通硬座,提高财商,学会理财,要有所表现。想着想着,游前偲脑海中回响着《忐忑》的旋律,真的睡着了。

范明强、张芳盛以及伍六一几个人都认为游前偲是假装睡着,不过他们报复了游前偲一下,觉着自己也有些过分,都躺在自己的床上,想着暑假回家终究是件快乐的事,虽是有不及格的科目,回家编几个瞎话,找几个借口,总而言之:“车到山前必有路,船到桥头自然直!下学期,也就是大二时,千万提高警惕,下不为例!”

然而,谁又知道下一个下不为例是个什么样子呢?

九、忐忑的青春

中南理工大学中文学院1201班绝大多数同学，从放暑假坐上火车时就不那么舒服了，他们表面上乐乐呵呵的，心里却总不踏实，这倒不是因为他们响应中文学院“不买卧铺、高铁票，回家坐硬座”的号召。要说这事，他们还是很高兴的，他们觉得这就是学会理财、提高财商的具体行动，还省了钱，给父母买了小礼物，在火车上他们拿出来进行比较，各有特色，大家都感觉自己买得好，也都感觉好像别人的更好。但不管怎样，给父母带上这些小东西，算是一点心意，“瓜子不饱是人心”嘛！

梅尕尕说：“伍六一，你买副《岳阳楼记》竹简，给你那没文化的爸妈，他们能欣赏得了吗？”

伍六一有些不太高兴，说：“你这是人话吗？就你父母有文化？你们买的‘君山青板鸭’‘南湖银鱼’‘平江辣干子’，都是吃的，就是认吃！没点精神品味。”

向来伶牙俐齿的梅尕尕一时语塞。梅秀秀、梅朵朵很想回击伍六一几句，然而也一时语塞。闷了很长一段时间，梅秀秀说：“伍六一，你把《岳阳楼记》拿给你的爸妈，他们认为没用，很可能把它扔到黄土高坡上，说明你爸妈——我就不多说了！”梅朵朵气哼哼地说：“‘食色，性也’，这是人的本质，知道吗？”梅朵朵听到姐姐们的反唇相讥，都很高兴。

梅朵朵咄咄逼人地说："伍六一，你说——快说——对不？你爸妈会说：'买的什么东西，不能吃，不能喝，不能用'，哗啦，从门口扔到黄土高坡上。"

伍六一笑了笑，说："绝对不会的，儿子买的东西，好坏他们都会珍惜，弄不好，还会珍藏起来，当传家宝呢！你那板鸭行吗？干脆，拿出来咱们吃了算了。你当父母在乎你买什么吗？关键是儿女的情意！"

梅朵朵笑了起来，说："说了大半天，就最后这句还是人话！唉，说点正经话，伍六一，你期末考得怎么样？"一句话提醒了伍六一，也提醒了周围一大片理工大的学子——这就是他们坐火车感觉不那么舒服的原因。伍六一立刻没了精神，他"嘿嘿"两声，说："哪壶不开提哪壶，唉！'性命'不保呢。"周围的同学们似乎也受到了感染，渐渐鸦雀无声了。特快列车把他们带入梦乡，第二天清晨就把他们送到父母身边，暑假就这么开始了。然而这个暑假恐怕有不少人像伍六一一样，快乐中掺杂了不少忐忑，伍六一想，游前偲这个家伙，天天唱《忐忑》、听《忐忑》，这回弄得不少同学都忐忑起来，这次的考试成绩，现在虽说还不知道，但伍六一、洪强、彭东鹏他们心知肚明，开学准备补考吧！

……

1201班的莘莘学子经历了一个暑假的整休，又风尘仆仆地奔向中南理工大学。

"嘿，伍六一，你也坐的这趟车啊？"第九车厢里，三胞胎姊妹正叽叽喳喳小声地说个不停，一抬头，就看见伍六一笑嘻嘻地站在她们面前。

"我就知道你们可能也坐这趟车回校，这不，我就一路找来。果然'不出吾之所料'！"

"车上这么挤，你能挤过来真不容易，谢谢六一！"梅秀秀微笑着说。

“这有什么,应该的!”伍六一在三姊妹挤出来的座位上坐下来。

“嘿——怎么是应该的呢?”梅朵朵问。

“孤单了吧?”梅尕尕问。

“看你们说的,我就这么没出息?都是老同学了,想念你们呢!找你们说个话,不是应该的?”

“那倒是。怎么样,暑假愉快吗?”

“哎呀,愉快,愉快!你们三个‘黄毛’肯定愉快,都在一起,有人玩,我们就不行了。”伍六一说。

“伍六一,警告你:怎么老是‘黄毛黄毛’的!再说就不理你了!”梅尕尕有点不高兴。

“嘿嘿,不说了,大小姐!”伍六一笑起来。

“这还差不多!”梅朵朵说。

“哎——伍六一,难道你老家没朋友吗?”梅秀秀看出伍六一这个暑假不轻松。

“哎呀,我可不是没朋友!咱不是有‘任务’吗?”

“有‘任务’?”三胞胎姊妹都疑惑起来。

说着,伍六一伸出三个指头,笑起来:“挂了三个,‘任务’艰巨呢!”

“你——挂了三科?”三姐妹都把头伸到伍六一面前,伸出三个指头,惊讶得不得了。

梅秀秀说:“这‘任务’是够艰巨的!”

梅朵朵说:“你暑假肯定轻松不了!”

伍六一说:“倒也快乐,得到父母不住的夸奖。”

梅尕尕很是惊讶:“什么?还夸奖?”

伍六一叹了口气说:“说来话长啊,回到家后,我就天天挂念着那封信!”

“信?”梅秀秀、梅朵朵、梅尕尕都忘记了什么信。

“不就是给父母的‘成绩单’吗? 我收到信后,就像小偷一样,没敢见阳光……”

这时候,梅秀秀、梅朵朵都把目光盯在梅尕尕身上,说:“尕尕,你怎么样?把我们三个给父母‘成绩单’的信,都给‘吃’了,是不?”

梅尕尕就很开心地笑起来,说:“我不就一门古典文学课没及格吗? 何足挂齿!”

“你是何足挂齿了,我行吗? 就只好在家里下功夫。什么‘凿壁借光’啊,‘邴原泣学’啊,‘囊萤映雪’啊,都用上了。”伍六一说。

说到这里,三胞胎姊妹都笑起来,说:“你就贫吧。”

伍六一自我解嘲地说:“不管怎么说,我还真是下了点功夫。父母一个汗珠摔八瓣,补考再不及格,上对不起天,下对不起地,中对不起父母,对吧?”

“嗬,咱们六一还真‘深明大义’!”三胞胎姊妹还是有点儿讥笑的意思。

“你猜怎么着? 父母看在眼里,疼在心上,一是净做好吃的慰劳我,二是在村子里不住的夸奖我:‘我六毛子真是长大了,天天在家念书,将来干大事呢!’村里人教育孩子也拿我当榜样:‘没出息的,你看人家六毛子,读出大书来,将来吃官饭呢!’我的小名叫毛子,排行老六,叫小六子也行。”

三胞胎姊妹忍不住大笑起来,引得周围乘客都不住看向这里,本来一上火车的时候,第九车厢的乘客们就惊诧于三胞胎姊妹,围住她们不住地问这问那,如今又把他们的注意力吸引过来……

梅尕尕说:“你真是个‘好榜样’!”

“尕尕,你不要老说人家伍六一,看看你自己吧?”梅秀秀说。

梅尕尕嘿嘿笑了两声:“我那是偶然,不足挂齿——”说着回过头去,不再说话。

“尕尕也是榜样。我们玩,她却抓紧时间复习,爸爸、妈妈表扬她,还让秀秀和我向她学习呢!”梅朵朵说到这些,梅尕尕假装没有听见。

“梅尕尕还笑话我,这是五十步笑百步吧?”伍六一接着说,“我一看父母这样,更感觉对不起他们! 于是就下狠劲帮助父母干点活,业余时间复习,这一下子,父母就更是夸奖我‘知情知理,还帮我们种庄稼’,村里人也就更加把我当成榜样,甚至骂自己孩子:‘一个个讨吃的,你看人家六毛子!’”

说着说着,这趟特快经重庆,过宜昌,路武汉,风驰电掣,一路顺风,到了缘阳!

洞庭湖畔的缘阳,美不胜收。缘阳车站还是那么雄伟,忘记了烦恼的伍六一、梅尕尕、梅秀秀以及梅朵朵,感觉缘阳的天、缘阳的地是那么新鲜、靓丽。

伍六一风尘仆仆地进了宿舍。现在他们的宿舍已不是大一时的 8 号楼 302 室了,暑假前,他们被分配到刚刚建好的 16 号宿舍楼 686 室,基本还是原来的构造,不过比从前面积大了些,楼层高了些,是高校很少有的电梯房。伍六一不会用电梯,还是一位陌生的同学帮他操作的。范明强、张芳盛、洪强、彭东鹏、毛金灿早就来到学校。范明强静静地躺在床上,正在聚精会神地读着司马光的《资治通鉴》,张芳盛还是呼啦啦地洗衣服,毛金灿似乎在研究什么五线谱,而洪强、彭东鹏正在全神贯注地盯着一尘不染的天花板想心事。他们一看伍六一进来,都坐了起来,张芳盛马上停止了洗衣服,顾不得擦手,就非常热情地接过伍六一的大小行李。

“六一啊,怎么样,暑假好吧! 带了什么吃的?”张芳盛说着,就在伍六一的提包里摸来掏去,一下子拽出一包东西,“哈,是大红枣,还都有鸡蛋大! 甜呢。”范明强放下书，马上凑了过来，洪强、彭东鹏这才真正停止了“观礼”白花花的天花板，凑过来，各自拿了两个大红枣，没顾洗就吃起来。只有毛金灿躺在床上动也没动，还在聚精会神地研究着他的五线谱。张芳盛笑嘻嘻地走到毛金灿的床边，拿开毛金灿的五线谱，凑到毛金灿的脸前：“嘿嘿嘿，灿灿——难道你也‘忐忑’起来了？”

毛金灿只是微微一笑，说：“你才‘忐忑’呢！盛盛，给弟弟递几个枣儿。”

伍六一不等张芳盛过来，就扔过去两个……这个时候，张芳盛、伍六一以及彭东鹏、洪强他们才想到喜欢《忐忑》的游前偲还没有到校。明天就要上课了，怎么晚上七点了他还没来呢？

“管他呢！咱们挂科还不都是这家伙的‘忐忑’闹的？”彭东鹏说。

“你挂了几科？”伍六一问。

“两科。你呢？”

“三科！”

“盛盛，你呢？”伍六一问。

“一个还不行？范大班如何？”张芳盛说。

范明强又停止了他的阅读，说：“边——角——边，是个手榴弹擦屁股……”

毛金灿有些得意，没等问，就赶紧伸出手，做了个“OK”的手势，意思是他没挂科，就继续研究他的五线谱了，至于游前偲的话题早就被大家遗忘。不过范明强可没有忘，他知道游前偲是个不按常理出牌的人，他想：“游前偲怎么还没到校呢？这可是个例外。”

第二天就开始上课了。今晚，范大班统计人数的时候，又着重询问了几个同学，比如山东大姐高小英等，都说没有游前偲的信息。范明强聪明一世糊涂一时，居然去问梅尕尕，结果遭到梅尕尕好一顿刺。

梅尕尕从来没拿正眼看过游前偲，今天范明强竟然问到了她，梅尕尕感觉很没面子，她涨红着脸，显得很气愤，说："范明强，你什么意思？游前偲去哪里，你问我问得着吗？"

这大大出乎范大班的意料，他问梅尕尕其实是无心的，他只不过偶尔遇到了梅秀秀、梅朵朵和梅尕尕，顺便问问而已，没想到她如此讨厌这个"朝天鼻子"。刚入校那半年来，同学们看到那个令人厌恶的"朝天鼻子"，时不时地在背后称他是"天漏"，后来不知为什么不这么叫了。或许是因为游前偲多少还是做过一些令人刮目相看的事，比如"提高财商"的那个发言等等。范明强确定游前偲没到校后，赶紧向中文学院报告了游前偲未到校的情况。班主任周晔也觉得意外，游前偲是不该迟到的，不过她也没放在心上，整个 1201 班的同学都没把游前偲没来学校放在心上……

到了大二，可没有大一那么松快了，周一课很多，周二课也不少，他们真正尝到了大二紧张的滋味，匆匆忙忙吃饭、上课、写作业，不少人还得认真复习，准备第二周双休日的补考，等等，早就把游前偲未到校的情况忘得干干净净……

同宿舍的几个人可没有忘记游前偲，毕竟那张不太整齐的床上空荡荡的。周三的晚上八点多，几个人不断打电话给游前偲，有时候是已关机，有时候是正在通话中，抑或线路繁忙，总之始终没有和游前偲联系上。大家尤其是范明强就没了底，他正准备向班主任周晔和学院党委书记鞠红汇报情况时，周晔急匆匆打来电话："范明强，游前偲到校了吗？"

"我们正准备向您汇报呢，他还没到校呢。"

"怎么回事，有知道的吗？"

“都不知道呢。”范明强回答说，“是不是先和他们家里联系联系？”

班主任周晔有些慌张，说：“先不要，绝对不要！我和鞠红书记汇报一下再说。”

游前偲未到校一事引起了极大轰动，不仅1201班，而且理工大学党委、行政以及当地公安也关注起来，成立了以钟副校长为组长，由当地公安、学校保卫处、学工办和中文学院为成员的“关于游前偲未到校情况调查”的领导小组和工作小组，至于游前偲，是失踪，是逃学，还是其他什么原因，都还不能确定，所以只好来了个不完全的公文式标题。

理工大学和中文学院先让班主任周晔以“家访”的形式，给远在太行山区游前偲的家打了长途电话。周晔和颜悦色地向游前偲的父亲说明打电话的“来意”，较具体地表扬了游前偲在学校的良好表现。尽管她表现出女性最擅长的慈爱和母性，但还是引起了游前偲父亲的警惕，不断地询问偲偲是不是出事了。因为之前学校和中文学院做了充分的底稿准备，所以周晔不慌不忙地应付了过去，并且巧妙地了解到游前偲已“按时”返校。这一下子，关于游前偲去向的问题，几乎上升到了刑事案件的高度。

游前偲的父亲说放心不下儿子，他也预感到游前偲出了问题，他连续给儿子游前偲打电话、发短信，都没有任何回音，这是从来没有过的事情。同时他多次跟班主任周晔联系，周晔要不就不接电话，要不就说正在开会，或者干脆就设置了“拒接”，甚至关机。于是他就拖家带口地到了学校，像游前偲入学时那样，住进了理工大旁边的云梦泽招待所，并放出话来，说“没了儿子，他们也都不活了，学校得赔”云云。当确知已开学四五天了，游前偲根本还没有到校，游前偲的母亲像疯了一样；游前偲的爷爷游丁丁用他那根枣木拐棍把钟副校长的办公室门敲出了许多个点子……

理工大学以及中文学院的领导真是有点慌了神，理工大学党委书记方迪新和余励燚校长都作了批示，钟副校长暂时放下其他工作，专门负责游前偲失踪事件，并要求理工大学保卫处积极配合缘阳市公安局。市局也不敢掉以轻心，分派了刑警大队副大队长——一位办案经验十分丰富，曾多次获得省、市以及国家优秀警察光荣称号，并多次立功受奖的冯铄警官专门负责此案。他们在昌宜火车站的监控录像中真的发现了游前偲的身影，游前偲背着崭新的红色阿迪达斯包，拉着蓝荧荧的拉杆箱，在车站广场被两位妙龄女子搭讪，然后跟着这两位女子向车站东北方向走去，然后走到了"天眼"看不到的地方，不知去向。警察和学校保卫处的郭伟处长、魏副处长连夜排查可疑车辆……上午快八点了，他们熬红的眼睛已有些睁不开了，突然钟副校长来电，让郭伟处长和魏副处长立即回校……

理工大第15号教学楼前，里里外外有上千学生围观，游前偲的父亲、母亲和爷爷以及不知哪里弄来了一伙子人，有十几个，黄头发、绿头发、蓝头发的男男女女，拉着两幅十多米长一米宽的白布条子：一幅上边歪歪斜斜地写着"为游前偲伸张正义，还我游前偲，理工大学负全责"，另一幅写着"儿啊，你在哪里？"。这两幅布条子一幅是用红色颜料写的，显得血淋淋的，令人恐怖；另一幅是黑墨汁写的，黑黢黢的，触目惊心。在15号楼上课的同学们人心惶惶，哪有心思上课，都围在这里，想弄清楚究竟发生了什么。

1201班的同学们更是担心。

范明强向山东大姐高小英说："我猜测，游前偲凶多吉少，是不是——"

高小英眼睛一瞪："你怎么这么猜测？你有没有根据？"

"怎么没有？要不，怎么会有这么长的布条子？你看那条子上的内容！"

高小英认真读了读，心里也慌张起来。

1201班的绝大部分同学都没有心思去上课了，一个个紧紧抿着嘴唇，一言不发。院长车轩、书记鞠红、副院长曾婧、副书记贺波以及院团委书记翁华不停地催促同学们去上课，然而同学们走了一批又来了一批……

保卫处处长郭伟和魏副处长奉钟副校长之命，来这一看，不禁非常惊讶，怎么一个事件闹到这个程度？可是他们也无可奈何，只能一方面催促同学们去上课；另一方面维持好秩序，以免发生意外……一会儿，前港派出所及驻校警务室的十几位民警也赶到现场，钟副校长和民警们商量，在事件还没搞清楚的情况下，就发生了闹事，事情不是那么单纯。他们做出三项决定：一、各学院立即督促本院学生前去上课，继续在这里围观的学生要受到纪律处分；二、由前港派出所和驻校警务室张主任、王副主任和保卫处处长郭伟，亲自找游前偲父亲谈明情况，他们破坏了学校正常教学秩序；三、请那些红头发、绿头发的奇装异服的人立即撤出！

两位所长很强硬，保卫处的两位领导则晓之以理……游前偲的父亲被游说后动摇了，可是红头发、绿头发的人态度还是很强硬，似乎没有停歇的意思。这时同学们都去上课了，只剩下游前偲一家子和这伙子奇装异服的人，没有了里三层外三层的围观，他们也就像泄了气的皮球，瘪了下去，只好到饭馆子吃饭去了。

然而1201班的同学们尽管都坐在教室里老老实实地听课，尽管是副院长曾婧教授的生动的语言学概论课，但其实他们谁也没听进去，满脑子都是游前偲……这个人其实也不是十分讨厌，尤其是三胞胎姊妹、张芳盛、姚丽娜、冯秀叶等一些人就感觉很是对不起游前偲，他们心里非常忐忑，好像游前偲的失踪与他们有关似的，中午大家吃得都很少，甚至不少同学饭买了却没有吃，就放在那里……

中午一点多,15 号教学楼下,又发出一声声撕心裂肺地哭喊:“儿啊,你在哪里?”这是游前偲的母亲在哭叫。游前偲一家子人和那些花里胡哨红头发、绿头发的人又扯起了布条子,在那里声嘶力竭地呼喊:“还我游前偲……”1201 班同学们的心一下子又吊到嗓子眼儿,他们纷纷跑到 15 号楼下,把那伙子人围得水泄不通。警察来了,保卫处的人来了,这次不仅钟副校长来了,学校党委书记方迪新和余励燚校长也来到现场,正在他们准备将这伙人强行带离现场的时候,1201 班班长范明强接到了游前偲打来的电话——

“大班啊,我是游前偲啊！挺想你们啊。”

“游前偲！你在哪里？你个混蛋!”

“大班,怎么骂人啊？有失风度!”

“你究竟在哪里？还不快说,王八蛋!”

“在哪里？先不告诉你。跟我来发财吧！来了再告诉你!”

“快说,你在哪里？这不是你的手机！学校和你们家因为你闹翻天了,你还不快回校?!”

“着什么急,等发个小财再说！你来不？还有伍六一、洪强、彭东鹏以及三胞胎姊妹,我保证你们都能发个小财!”

范明强有些气急败坏:“游前偲,你真是个王八蛋！你还发财？你听听现场的吵闹,还不是因为你？你的爸妈还有全家人,校长、书记、院长都在这里!”围在范明强周围的 1201 班的同学们既好奇又喜悦地听着范明强和游前偲的通话。

说着,范明强疯了似的狂喊:“游前偲……游前偲……在这里,找着了——找着了——”他疯狂地跑到院长车轩、书记鞠红面前,上气不接下气地说:“游前偲——游前偲——在这里——”

院长车轩、书记鞠红都想把手机抢过来，车轩院长接过来，电话那头已是一阵嘟嘟声，游前偲早已挂断了电话……

车轩院长、鞠红书记、范明强等赶紧来到理工大学书记、校长面前汇报了情况，书记、校长以及直接负责这项工作的钟副校长又把派出所所长、主任和保卫处长郭伟、魏副处长以及游前偲的父亲叫到跟前，说游前偲有了消息，他没有出事，请大家放心，并着重安慰游前偲的父亲："我们一定会把游前偲找回来，到时该怎样处理就怎样处理，这请你放心。"

"还要处理？"游前偲的父亲听了校长安慰中带有强硬的话语，倒抽了一口凉气，马上不放心起来，他感觉这次事情闹得有些大了，生怕游前偲再受个处分什么的。那些拉布条子的人听了情况，也感到有些不妙，没等警察驱赶就偷偷摸摸溜之大吉，准备背后再和游说以及游丁丁谈谈工钱。

这个时候，缘阳市局专门负责此案件的冯铄副大队长通过各种渠道搜集线索，尤其是游前偲打来的电话判断，游前偲可能是卷入了传销团伙。立即解救游前偲，粉碎这一传销团伙成了当务之急。其实冯铄副大队长一开始侦办此案时就意识到游前偲可能被骗入了传销团伙。种种迹象表明，游前偲就在300公里之外的舞阳县这个地方。

缘阳市局得到省公安厅支持，在舞阳县公安局的大力支持下，打算利用引蛇出洞的方式，将游前偲解救出来。冯铄副大队长告诉范明强、三胞胎姊妹几个人要怎么做……

范明强打了几次电话，才和游前偲联系上："'钱财'啊，你真能赚两个小钱，发个小财啊？"

"那是，错不了！"

"那干什么呢？我得知道啊！"

“一两句话说不清，得参加培训才行。”

“保险吗？”

“保险，我给你打保票！”

“我还是不放心的！”

“放心好了，我是个实诚人。”

“梅尕尕也在这里，让她问问你？”

一说到梅尕尕，游前偲就不知说什么好了，他有些激动地说：“行行行，有她，我更应该给你们做个保证了，是吧！”

梅尕尕从范明强手中拿过手机：“喂喂喂，游前偲，你要是骗了我们，小心你的狗头，我可是瞒着两个姐姐去你那里的。挣不了钱，找你算账！”

游前偲迭声地说：“是是是——那你们什么时候能来？”

梅尕尕把手机递给范明强，范明强说：“大约周六晚上 8 点吧，你可得接我们啊。”

“那是那是，好好，到时再联系——”游前偲马上挂断了电话。

周六晚 8 点，范明强、梅尕尕、张芳盛就到了舞阳县。游前偲没想到张芳盛会来，不过张芳盛来，他也开心，这家伙会点武术，打三五个人不在话下。游前偲哪里知道，传销组织的头头正在很远的地方盯梢呢，而传销组织的头头更没有想到，周围也有不少人盯着他们呢……

夜间 12 点多的样子，近一百人的传销团伙正在梦媛大厦 11203、11204、11205 三个大房间的地铺上做着美梦呢，咔咔咔，大门被砸开，刺眼的亮光照得他们睁不开眼，心慌意乱地坐了起来。看守他们睡觉的三个传销头头，企图溜走，张芳盛一脚把他们踹翻。

被没收了手机、身份证、学生证，分在三个房间睡觉的范明强、张芳盛和梅尕尕根本没有睡着,他们知道,此时自己的任务已经胜利完成！第二天中午就可以带着游前偲回到中南理工大学,和1201班同学们愉快地会合。这些天来,他们寝食难安,心情像游前偲爱听的《忐忑》一样,十分忐忑。他们想,以后游前偲再听《忐忑》,就把他的音乐播放器扔到粪坑里去,他们觉得有这个必要。

范明强、张芳盛和梅尕尕以及游前偲来到学校的时候,中文学院的领导以及游前偲的全家人都等在这里。是前港派出所所长和驻校警务室主任以及理工大学保卫处郭伟处长、魏副处长一起把他们送来的。同学们看到他们十分高兴,把范明强几个人围起来问这问那。

游前偲的父亲游说冲到游前偲跟前,不由分说,给了游前偲一个耳光,说:“你这个杂种,把老子气死了!”游前偲捂着脸一言不发,眼泪扑簌扑簌流了下来。游前偲的母亲,一下子拦住游说的第二个耳光,拉住游前偲哭喊着说:“娃子啊,你可把你老子老娘吓死了啊!”

游前偲的爷爷游丁丁也挤了过来,冲着气冲冲的儿子游说吼道:“你——靠后点,这是你打人的时候吗？动不动就打人,还不退出去!”游说没有办法,只好挤出人群……

游前偲没有敢和父母一起走出去,他回到了期盼已久的宿舍。在回来的火车上,范明强、张芳盛、梅尕尕给他讲述了学校、中文学院、1201班以及他的父母、爷爷,尤其是缘阳市公安局和派出所、警务室,为了他是怎样不辞劳苦地奔波……

梅尕尕说:“游前偲,你一个人牵动了多少人啊!”这是梅家三姐妹,尤其是梅尕尕第一次拿正眼看他和第一次郑重其事地与他说话。游前偲也讲述了被骗入了传销的经过,他说:“不是要提高财商能力,学会理财嘛,你有钱才能理财,是不？能多捞两个钱不是更好!”因而他就上了传销的贼船。“上贼船容易下贼船难啊！你们不知道，我身上带的3000多元钱都让他们骗去了，每天吃的是水煮萝卜土豆、清水白菜和糙米饭，咱哪吃过那些玩意儿?”游前偲觉着很丢人，他曾猜想回到班上同学肯定会看不起他，没想到同学们似乎比从前更热情了一点，尤其让游前偲感动和意外的是，这次张芳盛居然没有讽刺他，而且还把他的床单洗得干干净净，被褥铺得整整齐齐……

从此游前偲老实了很多，从前那阴阳怪气的劲头现在几乎没有了，但他的情绪一直很低落，甚至很少说话。游前偲的父亲知道游前偲被骗得已没有了什么钱，然而因为很气愤，没有给游前偲一分钱。伍六一就提议从募捐的钱中拿出一些资助游前偲，经班委会研究和班主任周晔同意，给了游前偲1000元。不久后，游前偲的母亲给游前偲卡上打了3000元，游前偲的生活、学习才安定下来。

1201班的同学们的学习和生活也转入正常状态……

十、我们的“孟菲斯现象”

游前偲事件牵扯了太多人的心绪和精力，包括准备补考的张芳盛、伍六一、彭东鹏、洪强、梅尕尕等，因为游前偲事件，好像一瞬间就混过了一周，可第二周双休日就得补考，仅有一周的复习时间，还得上课，时间太紧张了。伍六一不由得痛恨起游前偲来，要不是游前偲这小子乱“忐忑”，怎么会耽误一周时间？

这两天来，大家对游前偲的同情、宽容和谅解就不免渐渐淡了，这也正应了上学期放暑假前游前偲的预料：“龟儿子们，拿钱补考吧！”伍六一挂了三科，一下就交六百元，伍六一心疼得不得了，这六百元买点什么、吃点什么不好？如今又耽误了一周时间，补考再不过关，只得毕业前再补考，那不是糟透了！他想着想着就更加迁怒于游前偲。伍六一以及洪强、彭东鹏、张芳盛都躺在床上，看着白花花的天花板，胡乱地背着书：

帝高阳之苗裔兮，朕皇考曰伯庸。摄提贞于孟陬兮，惟庚寅吾以降。皇览揆余初度兮，肇锡余以嘉名：名余曰正则兮，字余曰灵均。……

唉，越是着急越是背不下来。

游前偲躺在床上看着白花花的天花板想他这一周来的经历，他不敢再听《忐忑》和唱《忐忑》了，他不仅仅觉着对不起大家，更觉着唱《忐忑》不吉利。好像他被骗入了传销组织，就是天天听《忐忑》、唱《忐忑》造成的。

范明强也没有出去，他没像以往一样到洞庭湖沿湖风景带或是校园风景园林中去散散步，此时他想起当代大词人蔡世平的词《生查子·空山鸟语》：

空山鸟语时，人若山中鸟。才嚼白云香，又啄黄花小。

鸟语别山时，人与山俱老。细听此山音，夜夜相思调。

范明强背诵着蔡世平的这首词，想到这首词足可以媲美晏几道、晏殊，甚至是苏轼的诗词。

此时，范明强也没心思喜欢“纤巧”了，一种隐隐的忐忑升腾起来。他清楚邵振教授对他是手下留了情的，从他和邵振教授的言谈话语中，范明强是体会得出来的。邵教授对他说：“范明强，以后再这样考试就不及格了。”

同时范明强也清楚，他这次的危机也是自己疏忽造成的，他暗暗下定决心——下不为例！范明强躺在床上，眼睛盯着天花板，不由得想到了上学期的期末考试。“上学期期末考试，成绩最优秀的不是高小英、梅秀秀、梅朵朵、方冬玲、石丽子及白茹，而恰恰是不显山不露水的孟菲斯，而且她的平均成绩为95分，这就意味着孟菲斯科科成绩都在90分以上，甚至是98、99分，这简直是不可思议的事情，也是中文学院从没有过的事情！就连见多识广的车轩院长、鞠红书记以及邵振教授、朱烨教授等都目瞪口呆。这个孟菲斯，一鸣惊人！为什么？”范明强一想到这些，一下子没了享受晚风霞韵的念头。

说起孟菲斯来，她确实名不见经传，搞活动她也没少参加，大家发言，让她上台,也能说两句,只是声音细细的,虽然说得有理有据,但引不起大家的注意。然而要说起她的家世来,也许会惊倒一大片人,她是孟子的第78代孙,说起来也是书香门第,至今还珍藏着祖上孟希文篆书对联:

忠厚传家久,诗书继世长。

他家祖祖辈辈都有文化,爷爷孟祥瑞就是马相伯的学生,是复旦大学的第一届毕业生,父亲孟凡征则是著名科学家,凡此,你能说孟菲斯是一般人物?只不过孟菲斯一向低调,从来没有炫耀过,就拿穿着来说吧,孟菲斯穿的几乎都是女性正装,显得文静利落,潇洒自然,但让别人对她有些敬而远之的感觉。孟菲斯反而就需要这样的氛围,可以使她更有自己十分独立的空间,做自己想做的事情,学自己想学的东西。这也正是孟菲斯学习优秀的根本原因。

范明强从大一到大二,不能说没有关注过孟菲斯,但他只是看到了孟菲斯的表象,娇小、美丽、文静,是个典型的南方妹子,缘阳本地人,喝着洞庭水、吃着缘阳红米上学,踏着31路公共汽车,一路就到了理工大学。她很少回家,更多的时间则是泡在图书馆的一个角落里,不显山、不露水。高小英、白茹以及阿佩金英等人,看到的孟菲斯与范明强所看到的没什么两样,甚至班主任周晔都没有怎么关注过孟菲斯,而邵振教授、朱烨教授这些给她上过课的教授以及一些讲师甚至对孟菲斯没有一点印象,更不用说车轩院长、鞠红书记这些人了。然而上学期期末考试成绩一统计出来,孟菲斯的名字就震动了中文学院,她答的一些论述题以及写的小论文,比起一些讲师,甚至副教授都不逊色。这一下,就使中文学院上上下下不得不刮目相看,并认真认真思考:为什么?

范明强不得不关注孟菲斯的思维模式。第二天是星期日,范明强上午9点才起来吃早饭，他打定主意把山东大姐约出来，走一走，谈一谈。正好，范明强进食堂时，高小英刚吃饱出食堂。

范明强不容置疑地说：“高妹妹，咱们搞个约会吧？”

“约会？”这一句话一下子就把山东大姐震得面红耳赤，心脏不禁砰砰乱跳，身不由己地跟着范明强又进了食堂。范明强给高小英买了一个茶叶蛋和一杯奶茶，范明强自己则买了两根油条和一碗红豆稀粥，两个人默默地吃着，都没有说话。范明强不说话，高小英不停地抬抬头，希望范明强和平时一样说说笑笑，可是范明强就是不发一言。而高小英也感觉无从谈起，她心想：“范明强心怀鬼胎，所以不好开口？”两个人很快吃完了饭，范明强站起来才说：“今天天气这么好，可别辜负这个好时光！到沿湖风景带走走……”高小英没说什么，就跟着范明强出了食堂，往西一拐，就是弯弯曲曲、逶迤连绵的小甬路。因为是星期日，沿湖风景带都是来这里旅游的游客或是附近来此观光和锻炼身体的居民，理工大学的学生并不很多，学生们此时还在梦乡呢。

范明强放慢脚步，高小英紧走了几步跟了上来。两个人在小马路上走了很长时间，还是没有说话。一路上来来往往的游人不断发出笑声，身穿五颜六色衣服的人不时从范明强、高小英身旁走过。高小英不知范明强葫芦里装的什么药，她猜范明强是不是要和她“摊牌”啊？“这事说明了也好，我也不会反对。”高小英非常期待范明强此时尽快挑明，她早就有了心理预期，也会给他一个正面的回答……然而范明强就是不发一言，两个人肩并肩地走着，说不上亲密，高小英心里很不平静，终于忍不住说：“范明强，什么事？这么神秘？”

范明强侧脸看了看高小英，说：“你猜？”

高小英脸一红，瞄了范明强一眼，说：“你当我是谁？不费那劲！”

上午10点，夏日的阳光还是很毒辣，范明强指了指浓浓柳荫下的长椅。两个人不紧不密地坐在那里后，范明强款款地说："不是咱们两个人的事哦——"

高小英的心咕咚一颤，这话似乎很值得琢磨。"不是咱们俩的事，又能是什么事？而什么事又值得这么来说！"想到这里，高小英不由得有点儿生气，就用质问的口气问范明强："你个范明强，小小年纪，怎么老打哑谜？我问你：咱俩的事是什么事？不是咱俩的事又是什么事？"

这时范明强意识到自己太绕弯子了，感觉很不好意思，就抬起头来直直地看着高小英，说："孟菲斯期末考试成绩为什么这么好？好得简直令人难以置信！"

高小英心想，就为了这个啊，你范明强弄了半天就为了这点子事纠结不已，她不免有些失望。不过高小英又想，他范明强为什么不找别人絮叨这事，而单单找我来说？可见我在他心中还是不一般的。这完全是私事，独独说与我，很显然我在他心中还是非同寻常的。更何况，她也曾不止一次地琢磨过这个问题。想到这里，高小英心里痛快了很多，她抬起头来，娇羞地说："就为这事啊？"

"是啊，不值得吗？"

"值得，值得！我也一直琢磨，总而言之，人家孟菲斯——第一，'功夫不负有心人'；第二，学习方法正确！"

"那是——不过——"范明强正想长篇大论地谈谈自己的想法时，那边苏白、石丽子、阿佩金英一大群人，说说笑笑地走了过来。他们没有挂科补考的问题，所以趁着天气还不太炎热的时候，成群结队地到了这里。他们看到范大班和高高妹，感到很好奇，苏白、石丽子、白茹向着范明强、高小英做着鬼脸，姚丽娜说："嗬，都在这里啊，怎么不找个秘密的地方？"

高小英和范明强都有些脸红。"不要瞎说，人家范大班还是个孩子呢！"高小英自我解嘲地说。

“他是个孩子，谁说的？他什么不懂？他比鬼还多两个心眼子呢！”冯秀叶反唇相讥。

“不要乱点鸳鸯谱啊，我们在说‘孟菲斯现象’呢！”范明强说。

“说这个，还这么神秘？”白玛德吉说。

站在一群同学后边的阿佩金英紧咬着嘴唇，目不转睛地盯着范明强和高小英，一句话也没说。

不过一说到孟菲斯的成绩，大家似乎都感觉真有一个“孟菲斯现象”存在。是的，“孟菲斯现象”很值得研究和关注。

已经是上午 11 点了，天气已是很炎热的了，这群欢乐的学子才纷纷回到自己的宿舍，开始研究起“孟菲斯现象”来。

孟菲斯已经知道 1201 班在研究她，同时她知道学院也在研究她。

首先，范明强到孟菲斯宿舍找到了她。那是开学第三周的双休日，下午 3 点多的时候。范明强说：“菲斯，干吗这么努力学习？出去散散心，怎么样？”

孟菲斯微微一笑，平淡地说：“等上 10 分钟，我把苏洵的《辨奸论》抄完，咱们就走。”

事有必至，理有固然。惟天下之静者，乃能见微而知著……昔者，山巨源见王衍曰：“误天下苍生者，必此人也！”郭汾阳见卢杞曰：“此人得志。吾子孙无遗类矣！”

……

凡事之不近人情者，鲜不为大奸慝，竖刁、易牙、开方是也……

用了15分钟，孟菲斯才把苏洵的《辨奸论》剩余的部分抄完，范明强就这样站了15分钟等孟菲斯抄完。范明强当然不会就这么干巴巴地只是站在那里，他在仔仔细细地观察着孟菲斯，而孟菲斯则旁若无人地坐在那里抄写，一行行娟秀的行楷硬笔书法从孟菲斯的笔端流泻出来。范明强不由得赞叹："好一位小书法家，真没想到在这里还有这么一位'班大姑'！"之后孟菲斯又用了大约1分钟的时间读了读《辨奸论》，才站起来准备跟着范明强出去。

"走吧，让你久等了！"孟菲斯说。

范明强和孟菲斯身高相差悬殊，一高一矮在理工大学沿湖风景带的柏油路上漫不经心地走着，一路上范明强不断奉承着孟菲斯："你那一手俊秀的行楷，无人能及！"

"是吗，怎能说'无人能及'呢？写字好的海了去了，我那算什么！"

"真是字如其人！和你一样，娴静秀丽！"

"范大班，今天是怎么了？怎么俗气起来了？你找我，不是为了奉承我吧？"

"我是真心佩服你呢！可是——你这么抄书，多麻烦，有抄的功夫，都能背诵了。"

"那不一样，孙犁就说过：'抄一遍，等于读十遍。'不是有句俗话——读书不如买书，买书不如借书，借书不如抄书吗？"

"咱们班就你一个人有这爱好，你这好习惯怎么养成的？"范明强说。

"从小养成的。爷爷、爸爸都有这爱好，是家传的。"

"家传？"

"是啊。爷爷就抄过《全唐诗》和《资治通鉴》；爸爸抄的都是科技书，所以后来从事的就是科技工作。不说他们，就我知道的曾祖父孟希文就抄了《史记》《汉书》《明史》等，现在还藏在我们家的书柜里，是我们家的传家宝！我和他们比差得远呢，不过我也抄了不少东西。”

“家学深厚，家学深厚！”范明强不由得赞叹起来，“这一定和你学习成绩这么好有关吧？”要说范明强贼精贼精的，果然不错，说着说着就回到他想要谈论的正题上来。不过孟菲斯也不傻，她说：“关系密切着哪。我不会像你们一样，临考前搞突击，这样即使考个好成绩，也不是真的好成绩，我是‘学而时习之，不亦说乎’！学习本就不是百米赛跑，而是42公里马拉松，需要耐力和坚持，是吧？”

范明强想了想，觉着不错，可是他说：“抄书，毕竟离专业学习远了点吧？”

“不远，比如，刚才我抄写的苏洵的《辨奸论》，是我精心挑选的。抄写了它，就是我永远的纪念和留给未来的美好回忆，而且还练习了书法，这些还都是小意思。”

“那大意思是什么？”

“学到知识。苏洵的文章，包括咱们学过的《六国论》《心术》和这篇《辨奸论》，不仅文笔好，写得深刻，是写作的范文，古人不就说过‘学会苏子文，科举不求人’吗，而且它还能带给我们丰富的哲学知识，像‘惟天下之静者，乃能见微而知著’和‘凡事之不近人情者，鲜不为大奸慝’以及‘善用兵者，无赫赫之功’等，你不觉得很有收获吗？只是走马观花地读，不会有这样深刻体会的，只有抄写，才会有机会如此思考。”

“真是如此，我从前也读过一些‘三苏’的文章，也只是读读而已。”范明强说。

“抄书还不止这些，它还能开拓我们的思维，让我学会从哲学、文化、审美和伦理等角度来看待社会以及事物，这叫‘积善成德而神明自得，圣心备焉’，在考试中当然会有好成绩的。”孟菲斯这一番长篇大论，让范明强不得不啧啧称赞。

星期三，补考的成绩很快出来了，补考的几个人都不住地谢天谢地谢老师，大家都及格了，不过成绩都不算高，最高的梅尕尕的也才76分，伍六一的一科仅仅得了61分，是不是老师网开一面不得而知，所以伍六一更是感谢老师。如今他们的心情稍微松快了一点，然而范明强给这些同学讲了“孟菲斯现象”后，在他们心中还是激起了不小的波澜，他们都在想：“看来我们很难和人家孟菲斯相比。”就是向来不服气、一向特立独行的游前偲，自从被解救之后，不仅不再唱《忐忑》了，而且也在不自觉中反思自己，尤其是范明强讲了“孟菲斯现象”后，他也感觉到自己的狭隘。山东大姐、三胞胎姊妹、冯秀叶、姚丽娜以及海南小妹方冬玲等，也很想从孟菲斯身上找出点灵感来。

双休日又来到了，这个星期六，高小英、三胞胎姊妹以及她们的姐妹们，除了孟菲斯，都起得很晚，都上午9点了，还在做着美梦……10点了，她们才零零星星地起床，把一周攒下的脏衣服集中来个大清洗。不要看这些女生平时穿得干干净净，光鲜亮丽，其实她们脸盆里、床底下也满是脏衣服。早饭是不吃了，和中午饭并在一起，要吃得好一点。吃了午饭，她们也不想到教室里看书。天气比较炎热，新生又是入校又是军训又是上课，大学里人又多了很多，到处是学生，到处都是五颜六色。她们也不想出去转转，学校里她们熟悉得不能再熟悉了，可玩的地方她们也都玩过了。于是她们躺在床上，像男同学一样，眼睛呆滞地盯着天花板想心思，想着想着不少人就进入了梦乡。无所事事，不睡觉干什么？

不过高小英睡不着，那天范明强和她谈了“孟菲斯现象”后，她也琢磨了一番，因为她们都是女生，自然就比范明强、张芳盛他们跟孟菲斯接触多一点，因而也就了解得多一点。孟菲斯抄书，高小英、三胞胎姊妹等女同学早就知道，但因为司空见惯，也就熟视无睹了！这么说吧，1201 班 45 位同学，除去 7 位男同学，再除去孟菲斯本人，另外 37 位女同学没有一位不知道孟菲斯抄书的事。可是她们都不以为然，甚至有不少人认为这是受累不讨好的愚笨做法。

三胞胎姊妹的梅尕尕跑到 1205 班、1203 班说：“我们班出了个‘怪人’孟菲斯，天天没事‘抄书’，磨手指头，费洋工。这不是公公背儿媳妇，受累不讨好吗？”为此三胞胎姊妹的两个姐姐梅秀秀和梅朵朵还狠狠批评了一番梅尕尕：“你怎么又背后乱发议论，如果你认为这是不对的，就应该直接对孟菲斯说，让她注意，对吧？不要背后乱议论人！”梅秀秀、梅朵朵就曾两次劝说孟菲斯不要再抄书了，但她们绝没有背后议论过孟菲斯。当然三胞胎姊妹内部也讨论过孟菲斯抄书的问题，虽说结论不明确，但共识还是有的，抄书费时费力，效果不突出。然而这一次不然了，人家孟菲斯考试成绩摆在那里，不得不让三胞胎姊妹思考，这是不是和孟菲斯抄书有些关联？

这样想的不仅仅是三胞胎姊妹，37 位女同学都曾多多少少这么想过，但经过范明强的询问可以确定的是——真有些必然联系。当然抄书也要和所学的专业知识有联系才行。问题确定了之后，范明强首先找到了山东大姐高小英，不过范明强还是称高小英为高妹妹，向她讲述了自己“美的发现”，并且还为此引经据典，从历史说到现实，展开了充分的论证，抄书——是一项有效的学习方法，孟菲斯成绩优异与她抄书有关。

至此，高小英以及三胞胎姊妹、冯秀叶、姚丽娜、白茹等也都有了统一的认识。高小英躺在床上睡不着，就只好看天花板，看天花板还是睡不着，就想孟菲斯抄书的事，想着想着，她更想进一步了解孟菲斯抄书的情况。这一了解不要紧，高小英以及三胞胎姊妹、冯秀叶、姚丽娜、方冬玲、白茹又发现了“新大陆”。

下午3点，高小英始终没有睡着，而三胞胎姊妹、冯秀叶、姚丽娜又实在不想再睡了，高小英就拉着她们几个人到了18815宿舍，也就是她们新搬进的18号公寓楼的第8层15号寝室。寝室里的肖青青、李媛媛好像还没真正醒过来，坐在床沿上犯迷瞪，她们看到高小英一伙人进来，虽然很惊讶，但也表示欢迎她们。

不过高小英她们也没放在心上，因为她们不是来打哈哈的，她们的目标是孟菲斯。孟菲斯正坐在床沿边的马扎上，就着床沿在整理笔记。这多少出乎高小英她们的意料，她们也记点课堂笔记，但马马虎虎，更没整理过笔记，甚至绝大多数同学没有记笔记。

梅尕尕上来就是一句："菲斯，笔记还要整理啊？"

这时候肖青青、李媛媛似乎清醒过来了，看到三胞胎姊妹几个人直接到了孟菲斯床前，肖青青就回了一句不软不硬的话："尕尕，你才知道啊，看把你吓的！我们斯妹总要找个时间，把一周的笔记整理得像一部专著！"

孟菲斯一看来这么多人，就从马扎上站起来，让大家坐下，也不再整理笔记了。高小英一看寝室里这么多人，不好说话，和孟菲斯她们打了一会儿哈哈，几个人就回到自己的寝室。高小英心想，还是自己单独找孟菲斯，让她谈谈整理笔记的心得。

"小英，让我说啊，做课堂笔记以及做读书笔记等，好像在如今的大学生中普遍已被抛到九霄云外去了。"孟菲斯说，"远的不说，就说咱们班，有几个认真做笔记的，包括你高大姐？"

"那是，我知道应该做笔记，但总是忘了。"

"其实，做笔记是一个极其重要的学习方法！"

“是的，对对对，我也知道，就是做不到。”

“光做笔记不行，还得整理笔记。”接着，孟菲斯打开了话匣子，她说，“古人学习讲究‘三到’——心到、眼到和口到，其实我认为还应加一‘到’——‘手到’。手到擒来，好记性不如烂笔头，是吧！”

孟菲斯继续说：“据考证，课堂45分钟，最优秀的学生集中精力听课不超过18分钟，那27分钟干什么去了？——走神了！如果认真做笔记，就可以提高注意力，如果能把注意力提高到25分钟，就十分了不起了！”最后孟菲斯总结了做笔记的几大好处，不过她只说出三条：“第一，献给未来的美好回忆；第二，把老师讲的知识点‘皆入吾彀中’；第三，学会老师的思维方法，像邵振教授、朱烨教授讲的课，简直就是一篇篇好文章，有这样的笔记，还不能提高你的思维能力？再加上这整理笔记……”

山东大姐高小英让孟菲斯再接着讲，孟菲斯嘿嘿地笑了笑，没再说下去。已经是夜晚10点半了，快到学校熄灯的时间，她们俩赶紧从白玉兰树下回到寝室……后来孟菲斯特意让高小英看了她整理好的一本本笔记，真的就是一本本“专著”！

于是范明强和高小英交换了一下意见，就在1201班开了一个主题班会，主要由孟菲斯介绍了她“抄书·背书·写书”和“做笔记·整理笔记”努力学习的经验，后来孟菲斯又在中文学院全院大会上介绍了她的学习经验，再后来理工大学校报刊登了中文学院院长车轩关于孟菲斯的长篇通讯《值得发扬光大的“孟菲斯现象”》，在中南理工大学引起强烈的反响。据说不少大报纸、刊物准备转发这篇通讯，特别是关于教育的报纸杂志。不久孟菲斯在全国小有名气的杂志《学苑》上，连续发表了五篇短论《读书要“四到”》《约取而实得》《得之不难　失之必易》《抄书·背书·写书》以及《做笔记与整理笔记》，也引起了不小的轰动。有些大报记者要来采访,都被中文学院挡回去了,这是应孟菲斯要求而挡回的,据说她的妈妈陈清照和父亲孟凡征都给她打来电话,让她不要这么张扬,还是谦虚点好。他们家有一个做人的原则——高调做事,低调做人!同时孟菲斯也怕耽误学习,所以让中文学院回绝了采访。其实中文学院以及理工大学并不希望孟菲斯拒绝采访,宣传宣传中文学院和理工大学有什么不好?不过孟菲斯坚持不采访,大家也就尊重孟菲斯的要求。然而"孟菲斯现象"的影响还是持续不断,尤其是中文学院1201班的同学们深受鼓舞,因为榜样就在他们身边。特别是孟菲斯不仅学习好,而且她文静、贤淑的气质也深深吸引了大家,不少同学在她的带动下,买来了精装的大十六开足有300页的笔记本,准备抄书和背书,至于写书嘛,还是先往后放一放。

然而1201班有极个别的特例——游前偲。他不能也不敢全盘否定"孟菲斯现象",但他想狼有狼穴,狗有狗洞,鼠有鼠道,他为什么非要学习孟菲斯的方法?

游前偲有自己的打算:"你们抄书,我背书;你们背书,我读书;你们做笔记,我用力听;你们整理笔记,我静思默想!"确实,游前偲在这几个方面狠下了功夫,只不过他有个毛病,一背书就迷糊,一读书就犯困,弄不好就迷迷糊糊睡了过去,而游前偲一静思默想的时候,不知不觉龚琳娜的《忐忑》又在耳中回响起来。游前偲现在不敢再喜欢《忐忑》了,他经常把两个耳塞塞进耳朵,来听迈克尔·杰克逊的《直到你满足为止》《肮脏的戴安娜》《他们不在乎我们》《无论发生什么》等等。

因而游前偲又孤单起来了,越是孤单,他就越要到迈克尔·杰克逊那里去寻找安慰,因而也就越喜欢起迈克尔·杰克逊来。

另外,游前偲的孤单,还不仅仅是因为同学们不喜欢他,还有一个更重要的原因,他的父亲游说恨铁不成钢,对他实行了经济封锁。游前偲的爷爷游丁丁对他儿子说:“你不要这么狠心,我那时是这样对你的吗?少给点行,不能太绝对了!”

游说说:“爸,你不要多管。不教训教训这个小子,他不知道锅是铁打的!”

站在一边袖手旁观的游前偲的母亲一边看着《甄嬛传》一边想,儿子是我身上掉下的肉,你封锁他,我只能救济他了。

十一、沙龙沙龙沙龙……

这么一晃悠，大二第一学期一大半就过去了，缘阳市此时的天气还是有点火辣辣的，假如下几场雨，还可以美美地睡上几个晚上。可是一下雨吧，又潮乎乎的，衣服晾不干，被褥几乎是“湿”的。北方来的同学十分不习惯这既热又潮湿的环境。像张芳盛、姚丽娜、冯秀叶等人，除了张芳盛无特殊反应外，姚丽娜、冯秀叶等同学去年满身长了不少小红疙瘩，加之蚊子咬，虫子叮，浑身痒得不得了，白天还好说，到了晚上，寝室里闷热、潮湿，同学们身上瘙痒难耐。

周五上午，因为调课，就上了那个“你不说我倒明白，你一说我反而糊涂了的”课。同学们昏昏沉沉，哈欠连天。

白天上课昏昏沉沉睡足了，周五晚上，同学们更是不想睡觉了，第二天是星期六，所以每个周五晚上，同学们先是在草丛里、甬路上，好好地喂饱蚊子虫子，到了 11 点多快 12 点的样子，再回到宿舍。由于刚才的兴奋和现在的痒痒，高小英、三胞胎姊妹、冯秀叶、姚丽娜、方冬玲、白茹就更加精神百倍。

“哎呀，真好啊，周五的晚上！碧蓝的天空，皎洁的月光，静静地洒向我的床头……过了星期三，真是幸福在眼前。这不就是现在？”姚丽娜来了些诗意的情感抒发。

“诗兴大发啊，”冯秀叶不无揶揄地说，“嘿嘿，我也说两句：啊，皎洁的月光，我对着你，可以什么也不想，什么也不说。”

这时候，比较娴静的方冬玲、白茹就带笑不笑地说：“叶子，你对着皎洁的月光，真能什么也不想、也不说吗？想谁，我们给你排解排解？”

姚丽娜一听就笑起来：“你们两个林妹妹，还不知如何，就给人家排解啊，好像你们是过来人似的！”

“你这个娜娜疯婆子，你才是——”

话还没说完，左侧寝室的梅尕尕过来说：“你们还不睡啊，都快一点了，还‘过来人’，疯婆子似的？”

姚丽娜说：“怕什么，反正明天有的是时间睡觉。不是说了吗，过了星期三，幸福在眼前，周五有精神，明儿睡一天。”姚丽娜说着就笑了起来。

“也是——”

冯秀叶也想插两句，那边梅秀秀也跑了过来，拉着梅尕尕回到她们寝室，说：“反正都睡不着，咱们说咱们的，你管人家干什么？我们又不作诗。”

高小英和三胞胎姊妹也是毫无睡意。

“哎呀，今天可上完了这个‘不明不白’的课了，好好休息休息。好课，上一天也不觉得疲劳；差课，上一分钟，也辛苦万分。”梅朵朵说。

“这倒是真的，”高小英说：“你说吧，他讲得不好，你还得去认真听课，学院吧，天天去查，查出勤率——”

“就是，出勤率不高，还批评同学们学习积极性不高，你们班干部还得天天挨批评！”梅尕尕说。

“那是，就说周四下午，余励燚校长的‘学术史课’，就连游前偲都主动地去上课了。校长的课出勤率哪用去查？再说了，人家也不用你查，出勤率100%。你和谁说理去？而‘你一说我反而糊涂了’的课，我们不去，还怨我们不好好学习。”梅朵朵也很无奈地说。

梅秀秀说：“高高姐，你向上反映反映，几个上课不太好的老师，让学院干脆换掉，要是都像余励燚、邵振教授、朱烨教授以及车轩院长、鞠红书记这个水平，大四的时候我们考研，专业课不用复习都行。”

“唉，学院不是不知道，他们也没办法，没有老师——”

高小英的话还没说完，那边的姚丽娜、冯秀叶以及方冬玲、白茹也不做诗意的抒发了，都跑过来，有些气愤地说：

“没老师？”

“没老师——”

“没老师……”

“没老师！”

“就拿我们当牺牲品啊，这是科学的态度吗？还天天让我们讲科学？”

“唉，不上课哪行？假如让咱们自学也行，可是——可是——可是，唉，不说了。”高小英也满是无奈，她不能多说什么，作为班上的团支部书记，她不能顺着同学们情绪说下去，她多少得维护点学院。此时尽管她完全同意三胞胎姊妹和冯秀叶、姚丽娜等几位同学的意见，但她也不能挑事，但她也不愿意上那个“你不说我倒明白，你一说我反而糊涂了”的课。还有几个老师，压根儿没想好好上课，只知道炒冷饭，上的内容和高中的课程雷同，甚至不如中学老师讲得透彻。

“唉！你有什么办法？都是老师，怎么就会有天壤之别？”想到这里，高小英就说：“算了吧！忍忍吧！没有过不去的火焰山，船到桥头自然直！”

梅尕尕、姚丽娜、冯秀叶就有些气愤：“那就再忍几天，再不行，就罢课？”

高小英一听吓了一大跳，梅秀秀、梅朵朵也惊诧不已，梅秀秀说：“梅尕尕，你胡说什么？逞什么能！那课是随便罢的吗？”

高小英也说：“这话不能随便说！”她想赶紧把敏感话题岔开，接着说，“看你们这个德行，穿得叫什么样子？”三胞胎姊妹和白茹、方冬玲等都不自觉地看看自己，又看看大家，羞涩地笑起来。

姚丽娜说：“这怕什么？在寝室还不就像在家里一样？”

梅朵朵也说：“就是嘛，在家里爸爸、妈妈都不怕，还怕你们这些女同学？”

18812寝室的朗声大笑，引来了隔壁18811、18813寝室的“抗议”，阿佩金英、石丽子以及肖青青、李媛媛跑过来，阿佩金英说：“都两点多了，你们也都没睡啊？”

肖青青说：“说什么了？说给我们听听。”

三胞胎姊妹等几个人就禁不住嘿嘿地笑起来，说：“不告诉你们。”

李媛媛说：“不说，我们也知道，想汉子了？”

“不说，我们就不走了？”说着，阿佩金英就躺在高小英的床上，高小英说：“她们不说，我告诉你，我们啊，要搞‘沙龙’啦！沙龙——沙龙——知道了不？都三点了，睡觉吧，要不明天起不来了。”

这个时候，大家也觉得很有些疲劳，纷纷躺回自己的床上，不一会儿1201班几个寝室就安静下来，年轻人就是这样，说睡就睡过去了，一场场美梦就等着这些鲜活的女生。

高小英在梦里还是沙龙——沙龙——沙龙……

应该说这是有原因的，这个周一上午，鞠红书记讲授古典文学的时候，特别插叙了“学而无友，则孤陋而寡闻”的故事。

她说：“你们存在一个大问题，那就是‘学而无友，孤陋寡闻’，不仅我们学校存在，许多大学皆是如此。学而无友怎么能行？无友，就难免孤陋寡闻！”

接着鞠红教授就讲了《三国演义》的“三请诸葛”的故事，从进曹营一言不发的徐庶走马荐诸葛开始，大家就可领略到诸葛亮周围的文人墨客、贤士达人是怎样之多。徐庶初出就帮助刘备打了一个大胜仗，扭转了刘备的颓势，他就与诸葛孔明往来密切。颍川司马徽、博陵崔州平、颍川石广元、汝南孟公威诸人皆有大才，诸葛亮岳丈黄承彦，据说才干居诸葛亮之上。诸葛亮的哥哥诸葛瑾是东吴重要谋士，其弟诸葛均志向凌云，才气贤俊，还有一个哥哥则是曹操的重要谋士。帮助刘备夺取蜀川的凤雏庞统与诸葛亮神交久矣。文学作品源于生活，“人以类聚，物以群分”，就是这个道理。

高小英在被阿佩金英几个人追问的时候，无意中脱口说出沙龙来，就源于鞠红教授的讲学，一下点醒了高小英的神经。

高小英朦朦胧胧进入梦乡。哎哟！中南理工大学还有这么一大片玫瑰花园，怒放着这么多红玫瑰、黄玫瑰、紫玫瑰、白玫瑰、粉玫瑰、橘红玫瑰、蓝玫瑰。一望无际，姹紫嫣红，美不胜收。高小英嗅着、品着，花香醉人，沁人心脾，芬芳馥郁，要是范明强在多好！想到这里，她不觉脸有些发烧。远远地看着范明强向她走来，越来越近了，越来越近了，这个范明强，注意脚下，不要踩坏玫瑰！唉，真是的，范明强怎么连根拔起了一捧玫瑰花，向她跑来，踩得玫瑰花东倒西歪，红的、白的、蓝的……高小英的情绪一下子低落了，跑来的人到了跟前，高小英一看，原来不是范明强：“怎么是你？我又没请你！游前偲，你来干什么？”

她看到游前偲来到他面前，单腿跪地，“姐姐——”喊着就把拔下来的一大捧玫瑰花献给她，高小英想多亏了是游前偲，她可以很干脆地拒绝，要是范明强也是这样，她可怎么办啊？她不屑地看了一眼游前偲，说：“你想干什么？”扭头就走，不料游前偲像狼一样向她扑来，高小英一惊，“啊”了一声，把三胞胎姊妹吵醒了。

梅秀秀说："又做噩梦了啊？"

梅尕尕说："日有所思，别想太多了！"

梅朵朵说："睡吧，睡吧，天快亮了。"

说完，三胞胎姊妹很快进入了梦乡。高小英还有点清醒，她要强迫自己睡觉。高小英看看手机，快五点了，得抓紧时间好好睡一觉。她有个习惯，一睡不着了，就背课文，她静静地躺在床上，默念着《红楼梦》中薛宝钗的《临江仙》："白玉堂前春解舞……"

高小英是非常了解薛宝钗的，"好风凭借力，送我上青天"，春天没有东风怎么行？但是春天更需要腊月的蓄积和酝酿才行。她既清楚又朦胧地又看到那片玫瑰园。范明强真的向她慢慢走来。在玫瑰园里，范明强走得是那样小心翼翼，唯恐踩着任何一株玫瑰，怕碰落任何一片玫瑰花瓣，高小英心里很是愉悦，这才是范明强。范明强来到她跟前，对着她，是那样近，只感觉他喷出的气都打在她的脸上。

高小英不由得后退了几步，说："干吗这么急匆匆的！"

"哟，妹妹叫我，我能不快点儿？"

"是姐姐，不是妹妹。"

"是姐姐，那就更要麻利点儿，是吧！什么事啊？这么急！"没想到这句话倒把高小英问住了。高小英本来也不是伶牙俐齿的女孩子，被范明强一问，不觉一时语塞，愣怔了半天说不出话来。

范思明见状说："要不，我送你一朵玫瑰吧？"

高小英一下子就激动起来，可是范明强没有去做，高小英也没让他去做。如此随便乱采乱摘，多不文明，还是到花店里弄上 11 朵玫瑰，才是真心实意……

不过高小英说："你保证鞠红教授上课时，说过我们的学习存在着'学而无友，孤陋寡闻'问题，缺少了'学友'吗？我们是不是要搞些沙龙活动？"

范明强步步向她逼近，伸出胳膊要拥抱她，高小英不禁一激灵，醒了过来，一看手机，都9点多了，明媚的阳光透过窗子的纱帘儿，毫不吝惜地铺洒在她们床上，三胞胎姊妹还在梦中。高小英决定向范明强建议，在1201班办一场沙龙。

没想到范明强对此也很感兴趣，他说："我一定积极参加。"

高小英也没有推辞，但是她要求范明强一定要出谋划策，予以她全方位的支持。

中文学院院长车轩和鞠红书记也给予大力支持，并表示有时间他们也会来参加。

南湖，实际就是洞庭湖的一个小角落，"东南角"的八角楼是一个很优美的地方，它远远地伸向南湖的纵深地带，这里有个水泥砌就的假山，高高跃起，需要拾级而上，才能登上这个八九米高的八角楼。在这里遥望洞庭湖的万家灯火，沿岸如繁星点点；尤其是南湖百千风景，虽是晚上，更是水墨丹青，写意迷蒙。现时虽也算是盛夏之际，炎热的太阳不时炙烤着大地，可到了晚上，小北风儿一吹，颇有"天气晚来秋"的惬意。这里木屋竹篱，三层小楼，一层160多平方米，各种小吃，可以说应有尽有。来中南理工大学旅游散步、访学求知的人以及理工大的学子们，可以说没有一个没登过这八角楼。高小英他们组织的第一次沙龙选在这里，自由自在，又诗情画意。

范明强没能够参加这第一次沙龙，大学学工部王部长找他谈话，初步了解范明强竞聘学生会主席的意愿及工作设想。1201班的高小英等11位同学，坐在南湖八角楼的西北角的竹编凳子上，围在一起，一边喝着凉茶、雪碧、矿泉水，还买了一些冰棍儿。

今天的沙龙闲谈的并不是什么重大话题，而就是前两天，也是在“八角楼”这个地方，发生在理工大学的一个“重大”事件。

本周的星期三晚上7点，竹篱木屋谢绝了一切登楼远眺的人们，举行了一场不大但非常热闹而又非常离奇的婚礼。新郎就是外经贸学院房大维教授的博士研究生李桐元，新娘则是中文学院在籍大三学生童珍珍，他们包下了这个金不换的地方。

博士李桐元和童珍珍本来想请外经贸学院院长、书记和一些老师以及中文学院院长、书记都参加他们的婚礼，并且李桐元希望自己的导师房大维教授能前来为他们证婚。没想到院长、书记以及老师们，虽然没有明确反对他们这个时候举办婚礼，但是很明确地建议他们推迟一下婚礼时间，比如明年童珍珍毕业后，对是否参加他们的婚礼也含糊其辞。而房大维教授则断然拒绝为他们证婚，并且反对他们在这学期举办婚礼，他显得十分气愤。甚至那天李桐元和童珍珍正在举行婚礼的时候，几个教授，尤其是中文学院的邵振教授，在八角楼下，气愤地斥责这对新人是“疯子”。

“简直就是疯子，疯子，疯子……”

“没道理，毫无道理……”

“疯了，疯了，简直就是疯了！”

本来看热闹的人很多，加之八角楼封楼，前来旅游和散步的人没能登上八角楼观景赏风，很是气愤。邵振等几个教授这么一愤怒，三角楼下就聚集了黑压压一大片人。楼上是欢天喜地，觥筹交错，楼下则怒气冲天。

这事很快传得很快，学生从四面八方聚拢过来，这几个教授的博士生、硕士生也都来了。他们看到自己的博导气愤得脸都变了形，就好言劝慰，想着把老师拉回去。邵振教授的博士生小芳、小琴和小玲，对他说："教授，咱不生气。气坏了多得不偿失。"邵振教授一看这情况也消了三分气恼，就想，是的，真没办法。正准备离开时，千不该万不该小芳和小琴说了一句在邵振教授听来很不是滋味的话语。

"这事和咱们又没关系，是吧！"小芳说。

这话太不中听了，没想到，小琴又火上浇油地说了句："咱不管这些闲事！"

邵振教授一听这话，不禁有些愠恼地说："怎能说没关系？这怎么是闲事？这是咱们学校不？学校出了事，你光彩啊？"

听了邵振教授的话，小芳、小琴几个学生，不敢再惹自己德高望重的博导，她们也知道这个时候和老师辩驳没有用，但男大当婚，女大当嫁，《宪法》和学校规章制度又没规定不让大学生结婚，教授也管不了。当然了，这个——这个，"到底有些过分……"

小芳和小琴这么想着，在邵振教授和小芳、小琴后边走着的小玲，一看这尴尬的局面，赶紧出来打圆场。她紧跑几步，对邵振教授说："咱们先回去，讨论讨论，看看怎么办。实在不行，就向校长反映。"

邵振教授说："是的，这事学校应该有个态度！"如此，小芳、小琴和小芳簇拥着邵振教授回去了，没想到，他们再到八角楼时，那里已经偃旗息鼓，人去楼空，就好像刚才热热闹闹的场景没有发生过一样，愤愤不平的那几位教授也不见了人影。至于说这个婚礼为什么仓促结束，就不得而知了。

这个事很快传到学校党委、学校宣传部、学工部等有关部门，不仅仅是邵振教授找了党委书记和校长反映情况，其实已有不少人早就把情况上报给学校党委和各部门……甚至《缘阳日报》还来了一位副主编到学校采访。学校党委专门责成宣传部应付这些问题。党委宣传部徐部长的回答很简单，就两句话:《宪法》和《婚姻法》,没说在籍适龄大学生不能结婚。在籍大学生结婚,根据现实情况,我们不提倡,不支持,不鼓励。

十二、度你到红尘……

谁也不会预料到高小英的沙龙活动能搞到什么程度,就连高小英心中也没有底,更何况范明强没有参加。高小英想,范明强如果参加,她心里还有点儿着靠,这倒不是高小英没有主见,只是从前班里或学院搞点儿活动,都是二人一起策划,往往是范明强负责,这次高小英独自开展活动,就隐隐约约有这么一点不踏实。

小客厅也就是十一二平米,坐上十一二个人不算挤,也不算松快,十几个人把竹编凳子围了一圈,中间放一张不大的竹编圆桌,圆桌上边的房顶上挂着一个八角形的吸顶灯,不明不暗,有点暧昧的灯光照射着每一位来这里的顾客。

高小英简单地来了个开场白:“咱们的沙龙活动算是开始啦,计划两周搞一次,时间和地点以及内容临时确定。沙龙虽说自由发挥,无拘无束,但是也不能无边无际,大家一定要充分准备抓热点问题。像今天的话题‘在籍大学生能不能结婚’,就是个热点,和咱们也很接近。”

高小英认为,她这么一号召一启发,同学们肯定争先恐后发言,争得面红耳赤。她万万没想到,三胞胎姊妹、姚丽娜、冯秀叶以及张芳盛等人,不是你看看我,我看看你,就是你推我搡,希望他人首先发言。这么下来,就是徐庶进曹营——一言不发,冷场了。

梅尕尕似乎想说,梅秀秀一使眼色,梅尕尕就把话咽了回去,接着梅秀秀就推了推身旁的张芳盛,说:“你今天怎么哑巴了? 你先说吧。”

张芳盛嘿嘿笑了几声,大家都以为张芳盛要开始发言了,都等着认真听,因为张芳盛有两个习惯,在寝室里,一有时间就洗衣服;还有就是准备发言的时候,总是先嘿嘿地笑几声,然后就连讽带刺地说上一番。这次同学们还是这么认为的,没想到今天有些例外,张芳盛嘿嘿几声,却没了下文。又冷场了很长一段时间,高小英使劲看了看游前偲,希望他像那次财商活动时发言那样,能放个通天炮,抛砖引玉。游前偲也想抢先发个言,他想的是,法律都管不着的事,又与你我何干? 但当他看到高小英使劲看他的时候,就不免有些受宠若惊,于是他咽了口唾沫,想着要给高姐姐争口气,说几句像样的话,不知为什么脱口说出的却是:“我倒想在籍结婚呐,还不知媳妇在哪个丈母娘的肚子里转腰子呢?”没想到游前偲这句土得掉渣的话,却是效果颇佳,立刻引起全场的哄笑。

张芳盛又嘿嘿笑了两声,说:“那我就先说两句,‘抛玉引砖’吧。在籍大学生结婚,是挡不住的。”这句话犹如晴天霹雳,将在座的同学们轰得惊天动地,都不免张着大嘴“啊”了一声。张芳盛不禁又嘿嘿嘿笑了几声,说:“还有事实婚姻,也是存在这种情况的!”

同学们听了张芳盛的一番话,不禁沉思起来。高小英听了游前偲和张芳盛的发言,只能安慰自己,到底不那么冷场了,她说:“谈点扣题的……”全场又鸦雀无声起来。

这时,游前偲诡异地笑了两声,说:“我给你们讲个故事吧,虽有点离题,也比冷场强点儿吧?”大家认为也是,游前偲就讲了起来。

“魏晋时期,有个文化团体叫竹林七贤。领袖人物是嵇康,其家世、外貌、文才样样不凡，这么一个人，他只活到39岁，就被司马氏杀了。他临死之前，神态自若，让他哥哥把琴带来，弹了一曲《广陵散》。所以我们今天有个词叫‘广陵散绝’。

“嵇康有位朋友山涛，也是竹林七贤之一，有一次向司马氏推荐嵇康当官。嵇康给山涛写了一封信。理由很怪异，他说他常常十天半个月不洗澡，身上长满了虱子，不适合做官。其实这是他不愿意做司马氏的官，所以故意以嬉笑怒骂的态度写的这封信，这一封信不是写给山涛的，根本是写给司马氏的，这就是一种对独立人格的追求。‘鸾翮有时铩，龙性谁能驯。’知识分子要坚持独立人格，说说容易，做起来很难，嵇康做到了。”

同学们对游前偲说的这些，其实也知道一点，不过从游前偲嘴里说出来，大家都觉有点不以为然。

梅尕尕说：“咱们，嗨，我真想说——唉，不说了！”

梅朵朵一把拉住梅尕尕，说：“就你多嘴。”

游前偲一看得不到大家的喝彩，也觉得有些索然无味。思前想后，游前偲强词夺理地说：“你们不想听，我还不想说呢，哼！”同学们一听这话，也觉着有点对不住游前偲。

高小英，敲了敲竹编圆桌上边的玻璃转盘，说：“哎哎哎，大家安静安静，其实‘竹林七贤’聚在一起谈论，也算是沙龙呢。咱们还是讨论在籍大学生能不能结婚的问题。要不这样，咱们排队，人人都说行不？”

张芳盛又嘿嘿笑了几声，说：“高高姐，你先说，也来个‘抛玉引砖’。”

高小英说：“好，我先说，下面就你张芳盛说。”

一下子大家都笑起来，高小英也马上明白过来，怎么应了张芳盛“抛玉引砖”的话呢？就赶紧纠正说：“抛砖引玉，抛砖引玉。”

张芳盛又嘿嘿了两声，说："好吧，你说吧。"

高小英讲，她一开始认为，大学生在籍怎么能结婚呢？无论条件和政策都是不允许的啊。可是她采访了著名社会学家郭颖慧教授之后，就改变了态度。高小英说："这个问题，要具体情况具体分析，有条件是可以结婚的，法律法规也是允许的。特别是两个人的婚姻是为了爱情和生活、工作的需要，只要不是为了寻求刺激，我们也不必坚决反对。当然这也主要是郭颖慧教授的观点。我现在也是这么认为的。"

说完，同学们也滑稽地给了高小英几个掌声。张芳盛嘿嘿地说："那就我说吧。我和'有钱才'访问了鞠红书记，她说：'这是一个矛盾的两难问题，怎么选也不能全对，当然也不会全错。依我看，在籍生最好不要结婚，现实不允许的……'要我说呢，学习这么紧张，结婚还得烧火做饭，养家生孩子，哪忙得过来？更不用说经济问题，我们毫无收入，还办婚礼等浪费资财，加重了父母的负担，于心何忍 。"

高小英对游前偲说："你说说吧。"游前偲斜眼看了看大家，只说了三个字："没得说！"大家一下子又陷入了沉默中，停了老半天，梅尕尕说："咱们班，有在校外租房居住的吗？"

"肯定会有。"张芳盛说。

这时候，白茹还是插了一句话，说："咱们班，谁都有可能在外租房住，但那个小妮子儿——方静深，是绝对不会的。"

"真的，她肯定不会。"梅秀秀、梅朵朵等一伙子人无不这么认为。

1201 班的方静深确实是一个怪人，她的学习也相当不错，但是她的努力学习，其根本动力是探究佛性禅理。方静深也和同学们说说笑笑，但绝不会疯打疯闹，让她失却了清静和寡欲之心。她整天和同学们张口闭口的就是六祖慧能和“菩提本无树，明镜亦非台。本来无一物，何处染尘埃”。

游前偲头脑出现了方静深的影子，一副古板的样子，然而在张芳盛眼里的静深却是不同的样子。在他眼里，方静深虽不是班上最漂亮的，但也有不少动人之处，长圆脸，宽宽的高额头，微微笑起来，一双长长细细的眯眯的眼，很是迷人，应该说方静深身条是美丽的，不胖不瘦，不算太高，腰板挺直，是真正的亭亭玉立。然而这一切还在其次，最显眼的还是她的穿着，她的衣服也不是很多，经常穿着的不是深灰色就是浅蓝色的长袖、长裤腿的服装，方静深有两套裙装，只是在宿舍穿过，尤其她穿的鞋子，不是皮鞋，更不是高跟鞋，而是麻绳纳的千层底尖圆口黑布鞋，都是她母亲亲手给她缝制的，还有是她自己到缘阳市的中老年服装店买的，服装店的导购员们盯着这位“异类”，目瞪口呆：

“你说说，唉！现在的大姑娘哪还有这样穿戴的?”

方静深看出人们异样的目光，但是她毫不在意，有时候她付了钱，穿着那套衣服就走出店门，几个小店员挤出小店儿翘头探脑地看个不停。

方静深简直就是个异类，不少老师学生都知道中文学院1201班有这么个人物，因此不少人希望一睹芳容，然而方静深的芳姿却难得一见，她很少遛弯、逛街，她也经常锻炼身体，跑跑步，踢踢腿，打打太极拳，但那时候同学们还在睡回笼觉。当校园里人声如潮的时候，方静深已在自己的床上盘腿打坐，闭目入静，仔仔细细咀嚼“佛祖拈花，迦叶微笑”了。

18815同寝室的那三位同学石丽子、肖青青、李媛媛以及一明两暗另一寝室的史芳菲、刘大同、方美美、齐桂玲一开始还很惊奇，到如今则见怪不怪了。一开始，石丽子有时候实在忍不住，就在方静深身旁坐下，逗她说：“深深，我叫你阿弥陀佛，我叫你得道成仙——”说着就推她一把，方静深睁开眼只是笑笑，接着还是闭上双眼，小声地默念着：

“桥跨虎溪，三教三源流，三人三笑语；莲开僧舍，一花一世界，一叶一如来！”

“一花一世界，一木一浮生，一草一天堂，一叶一如来，一砂一极乐，一方一净土，一笑一尘缘，一念一清静。”

然后方静深睁开双眼，很认真地给石丽子和同寝室的几位室友说：“心若无物，就可以一花一世界，一草一天堂。而整个世界也便空如花草。”

石丽子她们听了，很想大笑一番，然而却怎么也笑不起来。开始石丽子她们真觉得好笑，然而仔细想想“一花一世界，一草一天堂……”很是有一番境界，自己不免也有些“一笑一尘缘，一念一清静”起来。

方静深者，旁若无人也！石丽子诸人，视若无物也！然而石丽子、史芳菲就不免在同学间说起这奇异人士，使得1201班的同学们也跟着惊诧起来，阿佩金英、梅尕尕、白茹、甚至高小英以及范明强等，都不免到18815寝室看个究竟。游前偲也就是从这个时候开始很看不起方静深古板的样子，然而，方静深很沉静，任你千钧霹雳而我依然岿然不动。

中南理工大学东南角的八角楼西北角的沙龙活动，谈在籍生结婚的正题不多，而跑题议论起方静深的不少：怪人、奇人、难人、囧人，总而言之，不是普通人。鞠红书记专门找来方静深谈过，她认为方静深只不过喜欢佛教文化和佛教文学而已。书记认为方静深既然喜欢，也就难免见样学样。然而范明强、张芳盛以及三胞胎姊妹，尤其是张芳盛和梅秀秀总认为方静深不同寻常。

理工大学的体育场上，红红的塑胶跑道上，零零星星的散步者精神十足地锻炼着，走路、跑步、伸胳膊踢腿、练武打太极。方静深跑跑步，踢踢腿，走走路，不时在身高1米9、专注于打太极的丰子瑜面前走过，使丰子瑜心绪十分不宁。一开始丰子瑜也没有怎么关注方静深，只认为她是一个老气横秋的姑娘而已，时间长了,丰子瑜发现这个姑娘很不一般。

在他旁边,同样起得很早练武,一招一式转圈圈、腾挪跳跃的张芳盛,此时看上去和丰子瑜没有什么交集,其实他们是很要好的朋友。方静深有时候跑步到这里不自觉地就放慢了脚步,甚至于不知不觉地就停在他们身旁伸伸胳膊,踢踢腿;扭扭屁股,晃晃腰。时间久了,内外兼修、文武齐备的丰子瑜的身心被搅得乱七八糟,丰子瑜就此走了心。

张芳盛专心致志练他的张家拳,没有注意丰子瑜慢慢走到张芳盛面前,拉住张芳盛的胳膊,说:

“盛盛,她很迷人!”

大汗淋漓的张芳盛看看丰子瑜,再瞧瞧方静深,非常佩服丰子瑜的眼力。

“怎么样? 给你介绍一下?”

“那太好了。”

“不行——不行……”

“为什么?”

“她,天天打坐禅静,‘一花一世界,一草一天堂’的,想入空门,做尼姑呢。”

“不会吧? 怎么可能! 事在人为。”

“好吧,介绍一下倒不是什么难事,说起来你们还真是天生一对呢!”

“是吗?”

原来丰子瑜是理工大学体育学院篮球专业的大三学生,篮球打得好极了,上高中时,曾参加过全国高中学生南方赛区篮球比赛,是冠军队的主力队员,后来又参加了全国的比赛,现如今不仅是理工大学篮球队的绝对主力,而且还和余励燚校长一起,都是缘阳市男子篮球的核心队员。而方静深呢,静如止水,安如萍花。

张芳盛嘿嘿笑了两声，说："你们俩，一动一静，一阴一阳，一强一柔，一叶一花，正是'文武之道，一张一弛'，天生一对儿！"

说着，张芳盛来到方静深面前，目不转睛看着方静深，不说一句话，时间长了，方静深渐渐地就慌了神，说：

"有事？"

张芳盛走过来指着丰子瑜说："那个家伙，我的老朋友丰子瑜，国家一级运动员，他就很佩服你。"

"是吗？我有什么可佩服的？"

张芳盛一看时机成熟了，指着丰子瑜喊："丰兄，过来——我给你们介绍介绍。"

"——方静深，我们班同学。"

"——丰子瑜，体院高才生。"

之后，方静深、丰子瑜以及张芳盛还是风雨无阻地在理工大学体育场上练武、打太极、扭腰踢腿。时间一长，张芳盛就一曝十寒起来，再后来就不见了踪影。丰子瑜和方静深一开始也没有觉察出来，过了很长很长时间，他们才有所知觉，马上明白了张芳盛的意思。

方静深："这个张芳盛，还多心起来？"

丰子瑜："不提他了，今晚有一场篮球比赛，咱们缘阳市市队和颍阳市市队对打，势均力敌，肯定很精彩。去吧，请你看看我的表现。"

方静深本来是不应该去的，因为每晚上完自习，她都要回寝室打坐入静，但她竟然不知不觉违心地答应了丰子瑜的要求。晚上7点比赛，下午4点，一辆奥迪小轿车就把丰子瑜和方静深接到缘阳市体育馆，下午七八两节朱烨教授的古典文学课都没上，这是方静深第一次旷课。

球场一色的木地板，很是光滑，但是踏上去一点儿也不打滑，显得舒服熨帖。方静深坐在球场边的球员席上，目不转睛地看着丰子瑜练球——跑跳腾挪，云龙首尾，方静深紧紧抱着丰子瑜扔给他的运动球衣外套，一股股汗臭味不时地袭击着方静深，可是方静深倒是觉得这就是男人的味道。

4 点练球……5 点练球……6 点吃饭……7 点赛球……8 点赛球……9 点结束……

方静深跟着丰子瑜转来转去，她的一双眼睛一直没有离开过丰子瑜。在回学校的路上，他们坐在送他们回校的奥迪轿车里，挨得很紧，丰子瑜抓住了方静深细瘦的手，方静深想抽出来，可是她怎么能抽得出来。

回到寝室，同寝室的石丽子、史芳菲就不断地追问："你干什么去了——干什么去了？从来没有过的事？"方静深一时语塞，不过她想了想，说：

"看比赛去了。"

"什么比赛？"

"篮球。"

"和谁？"

"和他。"

"他是谁？"

方静深感觉没什么可隐瞒的，就直言不讳地说："丰子瑜！"其实同学们也早就知道方静深动了"凡心"，只不过明知故问而已，然而当方静深这么干脆地把事挑明了的时候，大家又满满都是嫉妒："看把你骄傲的——哼！嗨！唉！"全校最好的汉子却落在这个小尼姑手里，石丽子心想："我们几个哪个不是要身高有身高，要相貌有相貌，怎么也轮不上你个小尼姑啊！"想着想着，她们就更加愤愤不平起来，说起话来多少有点讽刺挖苦意味，然而方静深没有反应，石丽子也无可奈何,只好躺在床上,渐入梦中……

方静深其实看出了同学们的意思,这反而更加加深了她的直觉,她盘膝而坐,想安静下来,她在心中默念着"一笑一尘缘,一念一清静",然而还是抹不去丰子瑜矫健的身影,此时她倒想起曹植的《白马篇》:"控弦破左的,右发摧月支。仰手接飞猱,俯身散马蹄。狡捷过猴猿,勇剽若豹螭……"

渐渐地,方静深也躺在床上进入了梦乡,明天肯定又是一个好日子……

不到半年,也就是那次关于在籍生能否结婚的沙龙活动之后的半年,1201班传来一个谁也没意料到的大新闻——方静深和丰子瑜在校外租房同居了。方静深的理由是:"丰子瑜五大三粗的什么也不知道,整天一身臭汗,生活也没个规律,我得好好照顾他!我对佛学也仅仅是感兴趣而已,将来考研方向就是佛学文学。"

在1201班,范明强和高小英举行第五次沙龙活动的时候,张芳盛笑个没完,说:"我说什么来着,1201班也有校外租房居住的吧。"

十三、教你学武术

以前三胞胎姊妹一直是吃则同桌，睡则同室，行则同止，玩则同乐，简直是形影不离，很少能看到她们单独行动。然而现在不同了，她们几乎都单打独斗起来。

班委会和团支部改选了，班长是张芳盛。梅尕尕则当了班团支部书记，开会、搞活动、做思想工作等等，忙得不亦乐乎。梅秀秀则要向张芳盛学武术护身，还剩下一个梅朵朵就要经常跑单了，她有些无所适从，因此梅朵朵对姐姐梅秀秀就很有意见，梅朵朵冲着梅秀秀撇撇嘴，说：

“学什么武术？你那弱不禁风的样子，还学武术，你的心思我还不知道？”

不过，梅朵朵对妹妹梅尕尕倒是没有什么太大意见，团支部书记工作忙点儿，也算情有可原。

一次，梅秀秀凑到两个妹妹面前，问：“你们看张盛芳，怎么样？”

梅朵朵：“你可小心点儿，那个家伙，不是什么好东西！我挺讨厌他的，一肚子‘坏主意’！”

梅尕尕说：“这也是，‘男人不坏，女人不爱！’不过这得你自己做主，千万不能被恋爱冲昏了头脑！”

当然梅秀秀也不是没有头脑的人，这一年来，她静观默察，才下了决心，之所以还有些犹豫是因为张芳盛大一的时候学习成绩不太理想,虽是一科不及格参加了补考,不是什么大事,但梅秀秀还是比较看重成绩的,所以她要“以观后效”。后来,梅秀秀就非要向张芳盛学武术,其实是想对张芳盛来个近距离观察,她不说我喜欢你或说我爱你,而是要向张芳盛学武术护身。梅秀秀想这是一种退可守,进可攻的战略手段,也可以说是“将欲取之,必先予之”的战略战术。

张芳盛在1201班所佩服的人不多,比如孟菲斯、白茹、方静深等,不过他最佩服的还是范明强,有些事总会和范明强说说。范明强劝他:“你和人家梅秀秀一定不要耍心眼,我知道你贼心眼子多,但心诚则灵,百巧输一诚。”张芳盛之所以佩服范明强,一是因为什么事都瞒不过范明强,再者就是范明强是“正”,张芳盛是“邪”,从某个角度讲则是“‘邪’不压‘正’”。这个道理张芳盛也都知道,但他颇不以范明强之言为意。他想:“心诚则灵,‘邪’不压‘正’,但不等于不需要智慧。”几天来,张芳盛看着很忙,天天要做班长的工作,闲下来就看书学习,实际都是做给梅秀秀看的,就是假装不搭理梅秀秀向他学武术的事,见了梅秀秀也和平常一样,有话说几句,没话就嘿嘿一乐了事。其实这正是张芳盛的鬼主意和小聪明。他深知自己最大的缺点就是沉不住气儿,他这样不冷不热,不急不躁,目的就是抻一抻梅秀秀的脾气。果然这些弄得梅秀秀摸不着头脑,她几次想提这件事,不过也有些不好意思,时间稍长,梅秀秀就有些坐不住了。

梅朵朵就说:“我说什么来着,张芳盛就不是什么好鸟吧!”

梅尕尕则说:“你们急什么急,他在吊你们的胃口呢!”

其实梅秀秀、梅朵朵也有些如此想法。可是又过了几天,还是没见张芳盛吐口。三胞胎姊妹就有些沉不住气……

周五下午上完了第一二节课，第三四节没课的时候，张芳盛和梅尕尕一起商量班级工作和团支部相互协调工作，到特殊学校慰问演出和传达学院关于预防诈骗通知的事宜，在 15102 教室里，还没谈到正题，梅尕尕就质问张芳盛："我看你就是个奸诈之徒。"

张芳盛嘿嘿嘿，乐了几声说："咋啦？咋啦？"

梅尕尕说："别假装正经！"

张芳盛说："我怎么了？"

梅尕尕说："你还不清楚？装糊涂。"

张芳盛这次不嘿嘿地笑了，很郑重地说："老三啊，学武术，哪这么简单的？"

梅尕尕说："你装什么装，你那武术，假的吧！花拳绣腿吧？"

张芳盛嘿嘿笑了两声："明天、明天——告诉你，练功可苦呢！"

果然这个晚上，张芳盛给梅秀秀发了一个短信，上边写着："秀秀同学，从明天开始教你学武术，到时候想退可不行，开弓没有回头箭。"

梅秀秀收到这个短信，有些意外，这么长时间了，今天突然收到张芳盛的短信，有些不真实的感觉。心想："你张芳盛到底沉不住气。"

梅秀秀把张芳盛的短信拿给一起散步的两个妹妹看，梅朵朵说："我说什么来着，这家伙就不老实，还'同学'，他这是留一手吗？"

梅尕尕说："不管他，他故弄玄虚呢，今天下午我就教训了他一番，这不就给你发了短信。"

梅秀秀这才明白张芳盛发短信的原因。梅尕尕说："秀秀，你也晾他三天，放他三天鸽子再说！看他什么反应？"

张芳盛果然没能沉住气，又发了两次短信，才有个短信回应，就一个字

“好”！周六的早上他特意到18栋女生楼前等着，快到6点了，还不见梅秀秀，于是就打电话，接电话的是梅尕尕，还没说话，梅尕尕就咯咯咯笑个不停，说：“看来，你张芳盛还是比较认真的，告诉你，你得以诚待人。”梅尕尕又咯咯笑了两声，说，“你也有沉不住气的时候?”张芳盛这才明白怎么回事。

又等了10多分钟，已是6点25了，穿着一身运动服的梅秀秀才姗姗来迟。

张芳盛看到青春靓丽的梅秀秀，不禁有些动情，他很想迎上前拉拉梅秀秀的手，但他还是没有去做，只是嘿嘿坏笑了几声，说：“走吧，你可不能打退堂鼓啊。”说着他在梅秀秀眉头上轻轻敲了一下，于是两个人并肩向万樟苑跑去。

这一切都被躲在18812寝室的梅朵朵、梅尕尕看得清清楚楚，二人举手击掌，不禁相视而笑……

要说张芳盛武艺十分高强，谈不上；要说不高强，他还确实有两下子。方静深、丰子瑜和张芳盛一起早练的时候，丰子瑜有点不服气，他想：

“我一个一米九的篮球健将，难道不如你一个一米八五的花拳绣腿的张芳盛?”

丰子瑜几次想和张芳盛比试比试，张芳盛都是没有应战，连说：“不行、不行、不行——”

于是丰子瑜就十分肯定地认为，张芳盛的武术更多的是空架子，不实用。不过时间不长，丰子瑜才真正认识到了张芳盛的厉害。也就是张芳盛确定教梅秀秀武术之前的这个周一，丰子瑜想和张芳盛比比握力，没想到张芳盛握住丰子瑜的手腕，丰子瑜感到如骨折般的疼痛。丰子瑜就有些恼羞成怒，企图把张芳盛撂倒，于是两个人就真动了手，丰子瑜不知怎么就被打飞了起来，还多亏张芳盛扶了他一把，他才踉踉跄跄地没有摔个狗啃泥，站稳后，丰子瑜也抱双拳，说：“这回服了，看来你还是有两把刷子的。”张芳盛也抱双拳，连说：“抱歉,抱歉……”这时候,方静深还没到,丰子瑜说:“多亏静深不在,才没丢了大丑。”后来丰子瑜把挨摔的事告诉方静深,于是方静深和丰子瑜都非常佩服张芳盛。

早晨6点半了,梅秀秀跟着张芳盛来到万樟苑,这里有一处万樟书院。

万樟苑是个幽深僻静适合晨练的好地方。顾名思义,这里的香樟树,虽没万棵,但也是密密麻麻一大片,香樟林立,叶覆枝盖,馥郁芬芳,袅袅飘远,三四亩地的样子,明清两代不少名流都曾流连盘桓于此。人以名显,地以景名,学以院著,院以铭记。这里是中南理工大学独特的发思古幽情的学习圣地。

张芳盛、丰子瑜和方静深的锻炼,由原来的体育场又选择转移到这里来,就很有些“静以修身,俭以养德,心旷神怡,宠辱偕忘”的神智和清幽。他们在这幽僻静深之地,练武习艺,就觉得自己也不同了。方静深和丰子瑜锻炼身体已是满头大汗,他们看到梅秀秀跟着张芳盛过来,马上就迎了过去,说:“秀秀,好好学武术,盛盛有真功夫呢。”

张芳盛则接过来说:“锻炼身体吧,多少学点儿,比不学好点儿!”

梅秀秀斜了张芳盛一眼,说:“你忒看低了人,我怎么学不会?”

方静深瞪着大眼,对张芳盛说:“盛盛,你不要弯弯绕,如果秀秀学不好,那都是你的问题。”方静深又凑到梅秀秀耳旁小声说:“盛盛是个好儿郎呢。别再试探了——抓住吧!”

从此,梅秀秀真就和张芳盛学起武术来,专心致志,一丝不苟。张芳盛教得也算比较认真。

这么一晃,三个多月就过去了。梅秀秀学得认真,张芳盛教得也算认真,但是梅秀秀太晚练武,所以她就有点苦不堪言,原因有二,一是张芳盛教得认真,要求也严;二是梅秀秀学武术的目的是考察张芳盛这个人,因此有时候她也就有些三心二意，所以就苦不堪言了。再一说，三胞胎姊妹都有睡懒觉的习惯，这一下梅秀秀每天5点多就要起床，5点半就要到万樟苑，7点30分才回来吃早点，接着8点上课，天天如此，日日坚持，梅秀秀真有过打退堂鼓的想法。可是一想到张芳盛习武的习惯和精神，她浑身也就充满了力量和精神。用现在时髦的话语来说就是充满了“正能量”。再者说，学武术就要讲姿态，一招一式，不得马虎。而梅秀秀的一些动作就需要纠正，这么一纠正，张芳盛有力而又温热的大手就不时地握住梅秀秀的温软的小手。梅秀秀有时候就故意做得不好，让张芳盛过来给她纠正，不过张芳盛很快识破了她的小主意，他说：“你的小点子还瞒得过我？”说着就把梅秀秀小手紧紧握住不松开，梅秀秀几次想把手抽出来，都没能如愿，梅秀秀红着脸说：“要不梅朵朵说你不是什么好东西呢？”说完两个人笑嘻嘻的，什么话也没说，就准备吃饭上课。其实这一切早被方静深和丰子瑜看得真真切切，两个人偷偷一乐，会心地笑了起来。在回寝室的路上，方静深紧走几步，追上梅秀秀，悄悄笑着说：“怎么样，发展了？”

梅秀秀也眉开眼笑起来，说：“你都看到了，看来是有点意思了，但还没有‘本质的飞跃’！”

方静深说：“你们俩真是针尖儿对了麦芒儿，都是一千个心眼子，算了吧，你们可千万不要‘聪明反被聪明误’哦。”

梅秀秀说：“没关系，我还不知道他？到时候我会让他鹞子抓老鹰，扣环儿了，想跑都跑不了！”

方静深心想，这两人一个赛一个，心眼儿都多。

范明强忙于校学生会的工作，而且还要值班，所以范明强似乎淡出了1201班，但是范明强和张芳盛联系还是很多的，因为他们的工作要互相帮助才行。班里的大事小情张芳盛也和范明强说说，范明强也真心地给以支持。可以说，范明强的根基就在1201班以及张芳盛这里。加之三胞胎姊妹的大力支持,所以张芳盛的班长工作顺风顺水,无论什么工作,只要张芳盛嘿嘿嘿一乐,就算完成了50%。所以梅秀秀就认定了张芳盛。

梅秀秀说:“你张芳盛有什么了不起!”说着就在张芳盛的胳膊上咬了两口,张芳盛看了看这个牙印儿,冲着梅秀秀嘿嘿笑了几声,不知该说些什么,梅秀秀却哭了起来,说了句不着边际的话:“你可得把学习搞好啊!”

不过真正使梅秀秀下定决心的,还是后边发生的一件事。

周六的夜晚,虽是明月高悬,梅秀秀看在眼里,她想到了住在乡下的姥姥和奶奶家的小山村。她兴致勃勃地要到缘阳市岳阳楼广场去看那里的千万人广场舞。

那千万人的广场舞,简直是热火朝天。地灯高亮,把跳舞的人装扮得五颜六色,姹紫嫣红。

歌曲点燃着舞者和梅秀秀、张芳盛悸动的心。

给我一匹骏马/我越过高高山冈/换上我的红装/我一路放声歌唱/天地间/一幅画/我在画的中央/我是草原上/火火的姑娘……

摘下星星送给你/拽下月亮送给你/让太阳每天为你升起/变成蜡烛燃烧自己/只为照亮你……你是我的小呀小苹果儿/怎么爱你都不嫌多/红红的小脸儿温暖我的心窝/点亮我生命的火/火火火火火/你是我的小呀小苹果儿/就像天边最美的云朵……

梅秀秀紧紧抱住张芳盛的胳膊,抿着花瓣儿一样的小嘴,陶醉在这五颜六色中,几乎停止了心跳,听得痴迷极了,她再看到广场上醉心的舞蹈,蹦啊跳啊，不禁把张芳盛的胳膊抱得更紧了。每一曲终了，她抬起头来，眼睛一眨不眨地看着张芳盛说：“多美啊！”

张芳盛也深深沉浸在这艺术氛围中，一曲终了，回过神来的张芳盛看着梅秀秀温驯而多情的眼睛，听到她的赞叹，情不自禁地拉过梅秀秀，对她说：

“你是我的小呀小苹果儿，就像天边最美的云朵……”

梅秀秀拧了一把张芳盛的脸蛋，痴痴地问：“你怎么不唱：‘怎么爱你都不嫌多’！”

张芳盛嘿嘿又笑了几声，说：“怎么爱你都不嫌多——”

夜已经很深了，早就没有了公共汽车。怎么办？路很远，打车吧。然而，车也不是那么好打的，他们穿过了几条小巷子，到了茜草巷。

穿行在茜草巷中，在深巷的一个大黑门洞旁，他们看到了几个黑影不停地拽动拉扯。

“大哥，你饶了我们吧，行行好，饶了我们吧……”一个女孩子怯怯地颤抖着说。

“小妹妹，想死哥哥了……”三个黑影一边拉扯一边数落着，淫邪地笑了起来。

“大哥，您行行好，饶了我们吧，我给你跪下了——”一个男人哀怜地求饶着。

“去你妈的……”几个青年一把把青年推倒在昏黄灯光下张芳盛的面前。梅秀秀赶紧藏躲在张芳盛身后，小声说：“咱们——怎么办？”

“怎么办？是福不是祸，是祸躲不过。看看怎么回事吧！”

“这闲事，咱们管得了吗？”

“看着办吧。你紧紧靠墙，不要动。”

“不行,我报警吧?”

“看看怎么回事再说。”

说着,张芳盛站在巷子中间,说:“怎么回事?”

“救命啊！他们要……”那个女孩子气喘吁吁地哀求着张芳盛说。

这时,在地上跪着的男人也赶紧过来,慌慌地急促地说:“救救我们啊,救救我们！他们是——”

“怎么回事？先放开她。”张芳盛很生气地说。

架着女孩的三个人,把姑娘放到地上气势汹汹地说:“干什么的,多管闲事？让开!”

“说清了再走!”

那个下跪的青年偷偷扶起被撂倒在地上的女孩,慢慢地绕出来,想悄悄地离开这个是非之地。躲在一旁、紧紧靠着小巷子墙壁的梅秀秀看出那三个家伙不是好东西,想过来帮助张芳盛,可她就是迈不动脚步,好像不会走路了一样。梅秀秀在各个口袋里翻找手机,手机在哪里啊？她到底也没找到手机。

那三个黑影子,看到张芳盛单枪匹马,带着一个更漂亮更有气质的女孩,于是色胆就大了许多。“跑了那个,还有这个,哈哈……”

于是就冲着张芳盛大喊:“躲开,少管闲事,放走了那个,把这个留下！我们有刀子!”

这时候,小巷子前后也堵了不少人,看到这情况,大家都知道那三个家伙不是什么好东西,有的就赶紧溜了!

那三个黑影手里真有刀子,他们晃动着明晃晃的刀子向张芳盛步步逼来,跑在最前面的影子,还没来得及挥舞刀子,不知怎么的,刀子就被打落在地上,两只手似乎一点力量也没有了,趔趔趄趄就倒在了地上。后两个黑影也不知怎么的，就被张芳盛死死攥住握着刀子的手，疼得龇牙咧嘴，动弹不得。那个趴在地上的家伙试图爬起来从背后偷袭张芳盛，可他刚刚站起来，就被张芳盛一个飞脚又踢倒在地上，实实在在地趴在地上没有起来。

被攥着手腕子的两个家伙仰着头一看张芳盛，就知道自己遇到"真家伙"了，心想："人家没怎么动手，就把我们弄成这个德行，想逃掉都不行。"于是他们赶紧向张芳盛讨饶："哎呀，你是爷，你是亲大爷！哎呀呀，轻点儿——轻点儿——亲大爷啊！手腕都折了啊！"

这时前后巷子里已又来了不少围观的人，他们看到这三人讨饶的狼狈相，都忍俊不禁。

"饶你不难，到派出所，说清楚了就饶你。"张芳盛说。

"饶了我们吧，认你是爷了！我们请你吃饭，放了我们吧！"

"放了他们，咱们还是走吧？多一事不如少一事！"梅秀秀这才走到张芳盛面前来。

"咱们不能走啊，这事得弄个清白才行。"张芳盛说。

"是吗？"梅秀秀疑惑地问。

"闪开，闪开，闪开……哪里打架了？"警察来了。

原来，梅秀秀握在手里的手机，没有找到，她也没能够来得及报警，是她身旁看热闹的人报的："茜草巷，有一伙子人在打架，都动了刀子……"

"谁打架？谁打架？你们站好！"警察不管三七二十一，把那三个动刀子家伙扶起来，让他们举起手来，紧紧贴在墙上，说："站好了，不许动，别说话！"

"你干什么的？也站在那墙边上！"警察指着张芳盛厉声说。

张芳盛说："我是见义勇为！"

梅秀秀说："他是见义勇为！"

围观的群众也七嘴八舌地说:“这个大个子是见义勇为!”

“是不是见义勇为,到所里去说。”于是那三个家伙以及张芳盛和梅秀秀都被带到了茜草巷派出所,一些围观的群众也呼啦啦来到派出所,然而警察没让他们进去,警察说:“你们不要进来,在门口等着,都不要走,有事还要找你们。”

茜草巷派出所几个值班的警察分别审讯他们,包括张芳盛和梅秀秀。

“你们真是中南理工大学的吗?”

张芳盛、梅秀秀都拿出了自己的身份证和理工大的学生证,递给警察。

“哦,还真是理工大的?这么晚了,都干什么了?”

“来岳阳楼看广场舞了!”

“看那个有什么用,还打架?”

“不是打架,是见义勇为!”于是张芳盛和梅秀秀把事件的来龙去脉交代了一遍。他们在不同的审讯室,回答基本是一样的。

“谁能证明你们不是打架?那一对恋人呢?”

“跑了,你就没有证明了,还不是打架?不过,你一个人打趴了三个,不简单啊!怎么,会功夫啊?”

梅秀秀一听,赶紧回答:“他真有点功夫呢!”

“你们大概也是一对恋人吧?见义勇为?”警察说着,就站起来走到派出所门口说:“你们也都进来,他们打架是怎么回事?”

站在门口看热闹的人已走了不少,剩下的也就十个左右的人了,大家都说是见义勇为,可是缺少被救的那对恋人的关键证据,还需要进一步落实。

已是晚上1点多了,张芳盛、梅秀秀的手机被警察收去,几次手机响,都不让接,最后才把手机还给了他们。

梅朵朵、梅尕尕看到姐姐梅秀秀也没回来,就打电话问范明强,原来张芳盛也没回宿舍。这是从前从没有过的事情，所以他们才反复拨打手机，又总是无人接听，知道一定出大事了，都急得火烧火燎。

手机终于接通了——“你们在哪里？还不回校。”梅尕尕急切地问。“马上回，马上回，不要急，没事——”梅秀秀回答。

范明强从梅尕尕手中接过手机，问：“盛盛，是不是出了事？你实话实说。”

“真的没事，很快就回了。”

“怎么现场声音这么乱，你在什么地方？”

梅秀秀从张芳盛手中抢过手机来说：“我们在茜草巷派出所，盛盛见义勇为呢，真的没事，把情况说完就回去了。”

在派出所——见义勇为——范明强、梅朵朵、梅尕尕还是心急得不得了。他们匆匆忙忙下楼，跑到校大门口，打车到了茜草巷派出所。

茜草巷派出所一下子来了这么多人，刘克所长赶紧把他们挡在派出所大门外。然而刘克所长毕竟还是很有经验的老警察，他深深知道这些初生牛犊不怕虎的学子，什么事都干得出来。他安抚道：“不是不让你们进，是地方太狭窄，你看这么多人都在外边，怕影响办案，都进不来。你们先到我们接待室喝杯茶，休息休息，怎么样？”

刘克所长的话软中带硬的，于是范明强对同学们说：“人家在办案，都这么说了，我们就先到接待室等一等吧。”于是一伙子同学呼啦啦就进了派出所。刘克所长还要一一给他们倒茶，同学们不好意思，梅朵朵、梅尕尕两人赶紧把刘克所长的暖水瓶抢过来给同学们倒水，刘克所长不禁有些目瞪口呆：梅秀秀——又一个梅秀秀——还有一个梅秀秀，原来是三胞胎姊妹。刘克所长觉得很新奇。于是就很和蔼地说：“你们好好待着，需要的时候马上喊你们。”

那三个黑影，很快就现了原形，经过茜草巷民警的审讯，三问两审，原来他们是由郑州流窜到信阳、武汉、长沙而到缘阳市犯案的歹徒。其中两人是网上追逃的犯罪嫌疑人，还有一人有命案在身。张芳盛以及梅秀秀勇斗歹徒的事迹基本确定，并且是立了大功的。根据群众反映，民警连夜又找来了那一对溜走的恋人，他们叙述了被救的经过，与张芳盛、梅秀秀的述说，三名犯罪嫌疑人的交代以及群众的佐证一致，证明张芳盛以及梅秀秀确实是见义勇为。

派出所刘克所长和几位民警领着张芳盛、梅秀秀，把他们带到派出所接待室，他们见到前来接他们回去的同学，都显得十分激动。刘克所长简要地向同学们介绍了案件经过，并向张芳盛、梅秀秀说："在没弄清楚案件情况之前，我们必须按照程序办事，所以对你们也不太客气，这些请你们原谅和理解！"

说着，所长站起来热情和张芳盛握手，说："你立了大功，我们要通报你们大学，希望大学褒奖；我们也要上报市局，来表彰你们见义勇为的英雄事迹！"

"这样吧，小孙、小吴，你们两个开着咱们那辆面包车，把他们送回学校吧。快去快回，免得有紧急任务，可不要误事啊！"

张芳盛、梅秀秀和来接他们的同学们，但到了学校。晨曦微露，张芳盛有些疲劳，然而梅秀秀和同学们则还很精神，尽管一宿没有睡觉，可他们还是兴奋得不得了，尤其是梅秀秀，她说："我吓得紧紧贴在小巷子的墙上，恨不得挤进墙缝里去。手机就在口袋里，可怎么找也没找着，我很想去帮助一下盛盛，但当时就不会走路了！我躲在盛盛的背后，倒成了见义勇为、勇斗歹徒的英雄？"这次梅秀秀也和张芳盛一样嘿嘿傻笑了起来……

张芳盛听到梅秀秀的一番话，也来了精神，说："秀秀在，我就有力量，你躲在我后面，不是在躲着，是给我力量呢！"同学们想想也是，高小英说："梅秀秀没有像那一对恋人那样溜走，还想上去帮你，不是大英雄是什么！"

十四、大学开来一辆奥迪车

张芳盛、梅秀秀以及范明强、梅朵朵、梅朶朶他们回到寝室，已是清晨5点了。刚才在车里和回寝室的路上除了张芳盛有些困意外，大家都很兴奋，尤其是梅秀秀，她对于今天的“奇遇”高兴得合不拢嘴，然而一回到寝室，一夜没睡的他们立刻哈欠连天，鼻涕淋漓，眼泪满眼，他们顾不得洗漱，躺到床上，马上进入了梦乡。

上午，快12点了，这四个女生还没有醒来的意思。同寝室另一侧卧室的冯秀叶、姚丽娜、阿佩金英、白茹看到梅秀秀三胞胎姊妹和高小英四人这样，不禁想今天怎么啦，别是有什么问题吧。冯秀叶、姚丽娜、阿佩金英和白茹就有些担心，几个人赶紧跑到梅秀秀她们的寝室，把她们一个个拉起来，说：

“哎哎哎，下雨了，下雨了……吃饭去啊。”

大家都知道，喊起睡觉的人，最有效的呼喊就是“下雨了”“吃饭了”，能使沉睡的人迅速清醒过来。然而今天这一招不灵，拉起这个，倒下那个。梅秀秀她们几个人都说：“别闹了，困死了，再睡一会儿。”

“今天怎么了，这四个人?”冯秀叶说。

“太奇怪了!”阿佩金英说。

“吃‘迷魂药’了?”姚丽娜调侃地说。

说完几个人不免叽叽嘎嘎笑个没完。

冯秀叶几个人弄不醒梅秀秀们，她们看看梅秀秀、梅朵朵，梅尕尕以及山东大姐高小英睡得香甜，喘气自然，呼吸顺畅，料定不会有什么问题，于是几个人撂下死猪一样睡觉的三胞胎姊妹和高小英，就下楼去吃午饭，然而几个人心里总是有些疑惑，今天这是怎么了？

冯秀叶、姚丽娜、阿佩金英和白茹草草地吃了几口饭，就匆匆忙忙地回到宿舍。

寝室里空空如也。床铺也没收拾，乱七八糟的一床被褥。

“这是怎么了？”阿佩金英疑惑地说。

“弄不好和张芳盛有关，他和梅秀秀打得挺火热的，热恋呐！”

阿佩金英拿出手机给范明强拨了电话：“喂喂喂，范大班，昨晚好像发生了什么大事，梅秀秀几个人不是傻睡觉，就是玩失踪。她们去了哪里？你肯定知道吧？”

“知道，干什么？”范明强回答。

“干什么？关心呗。你在哪里啊？”姚丽娜也问。

这时，手机里传来一阵阵笑声，叽里呱啦地乱说：“谁啊？叶叶、娜娜，我们在这！”

范明强在手机里也嘿嘿嘿笑了起来，说：“在我这里。”

“白关心你们了……”姚丽娜假装气愤地说。

“快来吧。”

几个人一起来到男生宿舍，听了他们的故事，同学们又佩服又高兴。冯秀叶、姚丽娜和方冬玲，她们早就知道张芳盛有两下子，而且人也不错，聪明、正直、义气，尤其是他的武艺高强，并且她们还知道，张芳盛的武艺是祖传，绝不是花架子。

冯秀叶、姚丽娜、方冬玲看着同学们的高兴劲儿，感觉自己成了“多余人”和“局外人”，慢慢地退出范明强的寝室，她们感觉还没有睡足，回到寝室再睡回笼觉，三个人什么话也没多说，躺在床上，还是目不转睛地盯着白花花的天花板想心事，怎么也睡不着，似乎张芳盛勇斗歹徒，梅秀秀藏在身后拉后腿的影像不时地幻化在眼前，迷迷糊糊地她们又幻化出张芳盛、梅秀秀立功受奖，站在主席台上神采奕奕和得意杨杨的样子，她们在台下还得为人家鼓掌，就不免掩面而泣……哗啦，寝室门打开了，高小英、梅秀秀、梅朵朵、梅尕尕和阿佩金英、白茹一起回到寝室，准备吃晚饭。冯秀叶几人纷纷坐起来，脸色阴沉，都感觉无话可说……

不到两天，《缘阳日报》在二版头条报道了张芳盛、梅秀秀见义勇为，勇斗歹徒，生擒逃犯的英雄事迹，题目是《莘莘学子见义勇为，徒手斗歹徒生擒逃犯》。很快《中南理工大学校报》也用了半个版面的篇幅报道了张芳盛、梅秀秀的英雄事迹，题目是《路线教育结硕果，我校学子勇擒逃犯》。这两篇通讯不约而同地也都把梅秀秀说成是英雄，这就使得冯秀叶、姚丽娜、方冬玲，甚至白茹都颇有些不满：脚都迈不开步，吓得不会报警，藏在人背后拉后腿，“这也叫壮举？”几个人很是有些不以为然。

谁也没想到的是，连梅朵朵对姐姐梅秀秀的“壮举”也有些不以为然。这倒不是她不希望姐姐成为英雄，而是梅秀秀现在天天和张芳盛缠在一起，跟他学武术，上课坐一起，散步手拉手，眼里哪还有两个妹妹？

其实梅秀秀和梅朵朵、梅尕尕也还是经常在一起吃喝玩乐，只是次数比以前少多了也是真的。梅秀秀忙于搞对象；梅尕尕忙于工作，于是梅朵朵就特立独行，希望遇到梅秀秀、梅尕尕没有遇到过的人，听到梅秀秀、梅尕尕没有听过的事。

星期日,上午9点多不到10点的时候,梅朵朵漫无目的地在校园里溜达。反正缘阳市,也就是中南理工大学所在的地方,秋冬之交的季节,简直是人世间气候最和美的时候。梅秀秀早就跟着张芳盛学武术去了,梅朵朵带着十几个同学,去养老院慰问老人们去了。本来她也在其列,而且她也更应该支持梅朵朵的工作。但是她今天没兴趣,原因很简单,就是赌气:"不去,就是不去!为什么? 心里不痛快! 为什么不痛快? 不告诉你!"梅朵朵一点办法也就没有了。

梅朵朵今天没有像平常一样睡懒觉,她7点多就起床了,起床后她先是仔仔细细梳妆打扮了一番,不到8点,就下了楼,在理工大的一条条马路上说是散步,实际上是随心所欲地溜达,玉兰路、樱花路、茶花路、橡树路……不小心梅朵朵差点碰上姐姐梅秀秀和张芳盛,远在缘阳书院也就是万樟苑的边缘,她看到了这两个人正在学武,别说还真像那么回事,姐姐一招一式也算有模有样,张芳盛的指导也中规中矩,然而越是看到这些,梅朵朵就越是不太舒服。梅朵朵想:"学武术,你们也可以叫上我嘛,难道我还会横刀夺爱?"于是她就不想再看下去了,向回走。她登上十几个大理石台阶,上边就是中南理工大学贯穿东西南北的十字通衢——南北通衢的为洞庭大道;东西通衢的是中南大道。

也正在这个十字路口处,一辆奥迪轿车缓缓地、缓缓地停在梅朵朵身旁。车窗慢慢落下来,一个面庞白净、清秀,戴着暗红框眼镜,文质彬彬的青年男子,探出头来,问梅秀秀:

"同学你好,请问咱们大学南大门怎么走啊?"

梅朵朵一看这个帅哥,莫名其妙地就有些好感。虽然看不出他的身高,但估计不比张芳盛矮,而且比张芳盛有气质。这些想法在梅朵朵脑海里一闪而过，见这位帅哥问路，就详细地告诉这人，还唯恐人家听不明白自己。

帅哥说："哦，谢谢——同学！"就把头缩回车里，升起的车窗，又慢慢放了下来，又说，"出了南门，那边有加油站吗？"

梅朵朵真没想到又可以和帅哥说话了，她欣然地告诉帅哥说："出了南大门，向前走大约二里地的样子，见路向左转弯，再直走，见路再向右转弯，大约半里地的样子就到了。"

"啊，哦，你真是个善良的同学！"帅哥从车窗招招手，表示感谢，梅朵朵就感觉帅哥是那样温良恭俭让……车开走了，开出不到50米，车又停了下来，帅哥探出头来，伸出手招了招。梅朵朵紧跑几步，赶上来，帅哥说："干脆，一事不烦二主，你做好事也做到底。我是临床医学院的老师，才刚报到，还不熟悉这里的情况，你把我带到加油站，我再把你送回来，你看好吗？"

梅朵朵犹豫了一下，但她还是答应了帅哥的请求，这是老师，不会有什么问题，更何况是位文质彬彬的帅哥，梅朵朵就很高兴地上了这辆奥迪车。

车停在加油机旁，加油员来到车跟前，帅哥一边下车一边大声说："加满，不不不，加400元的吧。"帅哥下了车，在身上摸来摸去，什么也没摸出来。他就又走到车旁，说："同学，对不起，我上午换衣服，忘带银行卡了。你有钱吗？200元就行，我回到长沙的家里，马上给你打到银行卡上，实在没有办法，不然回不了家了。"

梅秀秀没想到帅哥会向她借钱，她还是犹豫了一下，不过她又想："这么帅气的人，又开着奥迪车，怎么会只骗你200元，肯定是凑巧了。"她想到曾看过的一个港片《巴士奇遇结良缘》，心里又想："不就200元吗，骗就骗了。"可是，她兜里也就几十元，她对帅哥说："对不起，我没带这么多钱。但我有银行卡，可这里没有银行啊。"

帅哥说："这没关系，加油站可以用卡加油，加200元，我回家马上就还给你。你下车去摁密码，我躲得远远的，你看怎么样？"

梅朵朵听了这些，心想："这哪是骗子？肯定是个富二代！"她笑眯眯地下了车，插卡，敲密码，加油。帅哥站在远处，拿着相机咔嚓咔嚓四下照相，"啊，这地方太美了！"帅哥给梅朵朵也照了几张，然后上车，送梅朵朵回校。这时，大约是上午11点多，梅朵朵直接到了食堂吃饭，她感觉今天畅心快意！

嘀嘀……嗒嗒……有短信来了。

梅朵朵笑嘻嘻地拿出手机，打开短信后，她的笑容凝固了，脸色像死灰一样，俏眼儿直瞪瞪的，没了光彩，浑身发抖，身子慢慢瘫软，像稻草捆子一样咕咚一声瘫倒在吃饭桌子底下，她晕厥了。

因其是周日中午，吃饭的人并不是很多，但是这么大的第三食堂也有百十号人就餐，近旁的人赶紧围了过来。其中有几个学医的学长学姐，他们很内行地予以施救，并把围观的同学们疏散开来。有同学拨打了120，一位戴着金丝眼镜的学长说："没有太大问题，一时急火攻心，慢慢会好起来的。"在这里就餐的1201班的周圆、李媛媛、孟菲斯一看是梅朵朵，赶紧给梅秀秀、梅尕尕、高小英以及范明强、张芳盛打了电话，这些人以及伍六一、彭东鹏、游前偲和不少1201班的女同学几乎同时来到三食堂，而120救护车也及时开到三食堂门口，同学们赶紧把医生带到梅朵朵面前。

梅朵朵在几个学长学姐的施救下，已经比较清醒了，脉搏和呼吸也基本恢复正常，前来救护的120医生经过一番检查，认为她没有大问题，于是救护车又开走了。

怎么回事儿？梅朵朵看到姐姐梅秀秀、妹妹梅尕尕，还有关切地看着她的范明强、张芳盛、高小英等，她看看这个，瞅瞅那个，哇的一声哭了起来。

张芳盛没见过这样的场面，感到束手无策，梅秀秀、梅尕尕一人攥着梅朵朵的一只手泪流满面。还是范明强有些经验，他走上前来，说："哭出来，就好了！你大声哭，大声哭，把委屈都哭出来。我看还是先回寝室吧，回去再说。"

说着，张芳盛来到跟前，背起梅朵朵，梅秀秀、梅尕尕在两边扶着，直接到了寝室。大家这才弄清楚了怎么回事，梅朵朵那张卡里的1.2多元可能都被那位"帅哥"盗取了，那可是三胞胎姊妹半年的生活费啊！如此巨款被盗刷，怎能不心疼？同学们一边安慰三胞胎姊妹，另一边范明强、张芳盛、高小英等几个人商量了一下，决定由高小英和阿佩金英赶紧将情况向中文学院汇报，再由范明强、伍六一到理工大学警务室报案。张芳盛留下，一方面照顾三胞胎姊妹，特别是梅朵朵，另一方面考虑考虑怎么救济一下三胞胎姊妹。

很快，中文学院院长车轩、党委书记鞠红派人和辅导员兼班主任周晔一起亲自前来慰问，了解情况，并随后向理工大学作了汇报。学校警务室和保卫处马上介入案件处理。案子并不难破，那位帅哥确实是位富二代，然而他绝不是大学老师，而是一个只知吃喝玩乐的混混。他之所以能盗取梅朵朵的银行卡，关键是他在梅朵朵输入密码时拍了照。当警察一周后破案将其抓获时，一万多元早就被这个混混挥霍殆尽，只追回3000来元。同学们非常同情三胞胎姊妹的困境，纷纷伸出援手，但是张芳盛告诉三胞胎姊妹不要接受支援，自己多想办法……

梅朵朵这几天不知道是怎样过来的，自责、后悔、懊恼，五味杂陈，有两天她甚至没去上课。梅秀秀、梅尕尕也很难过，但是她们还是不停地安慰着梅朵朵。

"朵朵，这有什么，丢点财，去点灾，是吧！"梅秀秀说。

"车到山前必有路，船到桥头自然直。谁能一生没个三灾六难的？"梅尕尕劝解姐姐梅朵朵。

张芳盛还不改他的老毛病，嘿嘿笑了几声，说："听'姐夫'的——"话还没说完，梅朵朵居然抬起头来笑了，说："去去去，谁是'姐夫'？"

梅秀秀说："哎，盛盛，你老实点不行啊？"

梅尕尕说："张芳盛，你要是不老实，我就削了你！都什么时候了，还嘿嘿嘿的？"

"不就是一万多块钱吗？'姐夫'有办法！"张芳盛说。

"盛盛，别胡说啊。"梅秀秀地说。

"哎哎，我是说真的，告诉你们三个，我有办法，而且你也有办法。"张芳盛指着梅秀秀说。

三胞胎姊妹有些莫名其妙，围坐的同学们也摸不着头脑。高小英、石丽子问："什么？"

张芳盛嘿嘿地笑了几声，说："不告诉你们！"

尽管梅朵朵及梅秀秀、梅尕尕不接受同学们的捐助，但是同学们还是接二连三地送钱给三胞胎姊妹，而且不是班委会或团支部组织号召，都是自愿的行动。团支部书记是梅尕尕，她怎好为自己的姐姐募捐？班长是张芳盛，"姐夫"又怎好为自己的"妹妹"组织捐助？再说，张芳盛胸中早就有了较为成熟的解决方案，而且好像只有范明强知道一点内幕，所以范明强这次没有实际行动，只是言语安慰，使得梅秀秀、梅朵朵和梅尕尕对范明强很有些看法。

梅秀秀说："他怎么不像从前那么实在了——"

梅尕尕说："是啊，范大班今天怎么如此不……"

梅朵朵说："谁能想到？"

三胞胎姊妹对范明强有微词，范明强只是无所谓地笑了笑，弄得三胞胎姊妹摸不着头脑,似乎张芳盛和范明强藏着什么秘密似的。

张芳盛、梅秀秀见义勇为、勇抓逃犯后的第三周,也就是梅朵朵被盗取银行卡的第二周,中文学院就盛传张芳盛、梅秀秀会立功受奖的消息。不仅张芳盛、梅秀秀要立功受奖,就是茜草巷派出所也会受到嘉奖,理工大学也会受到表扬。理工大学,尤其是中文学院培养出这么两位优秀的英雄典型,捎带着1201班及其班主任周晔也光荣起来。

果然,周一下午4点,理工大学在学校会堂举行表彰大会,通令嘉奖张芳盛、梅秀秀见义勇为、勇擒逃犯的英雄事迹。大会开得简短而有质量,中文学院院长车轩、书记鞠红及学院其他领导和全院师生,理工大各学院学生会、团委及学生代表与会,中南理工大学党委邱副书记和副校长钟舒与会并讲话。缘阳市副市长、公安局高涵局长宣读了缘阳市政府授予张芳盛以及梅秀秀"见义勇为荣誉证书"及奖金:张芳盛五万元、梅秀秀一万元。理工大学也分别奖励张芳盛和梅秀秀各一万元奖金。

张芳盛、三胞胎姊妹一扫前两周的阴霾,都高兴得了不得。1201班的同学们都很高兴,包括近来比较落寞的游前偲也有些兴奋,他想这事要轮到我身上该多好。

"怎么样?"张芳盛跟梅秀秀、梅朵朵、梅尕尕说,"我说有办法解决朵朵被骗的损失吧? 这不解决了?! 还需要我帮助你们吗? 你们还讽刺范大班铁公鸡一毛不拔不?"

张芳盛这次没有嘿嘿地笑,很郑重地说:"我给你们一万元,算是慰问梅朵朵。"张芳盛还没说完,梅尕尕几个人就发话了。

梅尕尕说:"你这是干什么?"

梅朵朵说:"我们自己有钱了,要你的钱干什么?"

梅秀秀可没有多说什么，她想："张芳盛给不给，我们要不要，都无所谓。同学们在我们那么困难的时候，纷纷给予帮助，我们虽谢绝了，至少也要拿出一些钱给班上表表心意。不过——"梅秀秀微微一笑，心想："盛盛给点，也没什么不能接受的。"

张芳盛没等她们说完，接着说："我自己也要留两万，那两万捐给1201班搞活动，比如去缘阳市福利院搞慰问什么的……"

美好的计划还没一点眉目的时候，也就是张芳盛、梅秀秀得到嘉奖的当天晚上，远在四川成都的三胞胎姊妹的爸爸、妈妈打来了电话，问："朵朵被骗的事情，是怎么回事？"无论梅秀秀怎么解释，父母就是不放心，说："明晨4点22分，我们乘6222次航班到缘阳市，大约7点30分坐大巴车到学校。"梅秀秀反复讲不要来了，真的没事，问题已经解决了。在电话里，妈妈说："我怎么能不来？我们能放心？"

这时在电话里传来了爸爸和妈妈的争论。爸爸说："不用去，孩子都大了，出了问题让她们自己解决，咱们不能代替。"

"这不能听你的，再大她们也是孩子，你就知道省事，找借口不去。你到底去不去？票都买了！"妈妈气势汹汹地说。

"不去了。退票。"爸爸说。

"不去？你必须和我一起去，什么事你也这么抻着——"说着妈妈就哭了起来，"你到底去不去？不去就和你没完！你就这么放心？"妈妈哭得伤心极了。

梅秀秀赶紧插话："妈妈，你不要着急。来不来都行，这个梅朵朵，真是的，我不让她告诉你们，她非要告诉你们。事情都解决了，你们要来就来吧，多带点儿辣子，其他的东西不要带，这里什么都有。我居然成了英雄，还得了奖金，两万元呢，补上那被骗的一万多元，还剩好多钱呢，我给你们买好吃的！”

梅秀秀一锤定音，妈妈在电话里对爸爸说：“她们都让去，你去不去？快说。”妈妈心情好了许多，爸爸终于愉快地回答：“去去去，怎么不去？她们都让咱们去，为什么不去？就当是一次旅游吧！”

十五、女人是所大学校

要说起来,现在人人都是地行仙。轰隆隆——飞机 4 点 22 分起飞,飞行了 1 个小时 40 分钟,一口气就由成都飞到缘阳,坐一个半小时大巴,又从机场奔到中南理工大学,差不多是早上 8 点的样子,梅甘实和段菜花,也就是三胞胎姊妹的爸爸、妈妈,到了理工大学的大门口——希望门。

前来接爸爸、妈妈的除了梅秀秀三姐妹之外,还有张芳盛、高小英和范明强。

梅甘实和段菜花见了自己的三胞胎女儿,一看都好好的,神采奕奕,不少胳膊不少腿,梅妈妈拉住梅朵朵、梅秀秀就哭了起来,说:“你们仨,这么折腾,可把妈妈吓死了! 咱宁愿不当英雄,也别被骗!”

范明强、张芳盛、高小英站在梅秀秀、梅朵朵、梅尕尕身后微微笑着,而作为爸爸的梅甘实站在段菜花后边也是微微笑着,似乎在说:不要哭啦,你的宝贝女儿们这不都好好的吗? 三胞胎姊妹本来也是微微笑着的,但是看到妈妈泪流满面,也就跟着哭起来。

梅秀秀:“哭嘛子吗,不哭了嘛。”

梅尕尕:“都挺好的嘛,哭啥子嘛?”

事情都因梅朵朵引起来的,梅朵朵无话可说,看到晾在一边的爸爸,她赶紧上来拉住爸爸的手哭起来，梅秀秀、梅尕尕一起拉住爸爸、妈妈的手，向他们介绍了张芳盛、范明强和高小英。

“这是班长张芳盛。”

“这是老班长范明强。”

“这时老书记高小英。”

梅尕尕指着自己：“新书记，我，梅尕尕。”大家都笑起来，梅甘实、段菜花也跟着笑起来。

张芳盛、范明强、高小英这才仔细打量了梅爸爸和梅妈妈。秃了半个头顶的梅甘实，显得有些老相，而段菜花穿得很新潮，看不出居然是三胞胎姊妹的妈妈，简直就是三胞胎姊妹的亲姐姐。

梅爸爸还是站在梅妈妈身后眯眯眼笑笑的，不言不语，还是段菜花说：“都上课去吧，不要耽误学习。我们先找个宾馆住下，中午一起吃个饭。”三胞胎姊妹答应着，梅尕尕替张芳盛三人也答应下来：“行行，我们都来。”

中午，张芳盛、范明强、高小英和三胞胎姊妹都来到宝利来帝皇大酒店和梅爸爸、梅妈妈一起吃饭。本来范明强、高小英是不来的，但是三胞胎姊妹硬是拉着他们俩，盛情难却，也就来了。张芳盛和他俩不同，他表面上说：“你们全家先聚一聚再说。”其实他心里是一定要去的，甚至自己都计划好了，想在梅爸爸、梅妈妈面前献个殷勤。

“吃——吃、吃，别客气。”梅甘实话不是很多，他就是这一句话，再就是一个劲儿地给范明强、高小英和张芳盛夹菜。

“喝——喝、喝，你们都喝……”段菜花的话就多了。

“秀秀、朵朵、尕尕不懂事儿，你们多担待点儿。”

“要好好学习，互相帮助，多包容点儿。”

“有机会到我们成都去旅游……”

“真是的,你们——”她指着三胞胎姊妹说,“怎么不给同学倒饮料啊?”

梅妈妈说一句,张芳盛都抢先说:“谢谢阿姨!”

张芳盛显得特别活跃,斟茶、倒水,像个店小二一样跑东跑西,三胞胎姊妹,尤其是梅秀秀,看在眼里,不时偷偷做个鬼脸儿。梅妈妈看在眼里,也想:“这小伙倒是挺机灵的。”

范明强、高小英也不住地说:“您放心,秀秀她们姐儿仨挺优秀的!”梅爸爸、梅妈妈也看出来了,这两个人比较亲近。

梅爸爸不停地看看这个,看看那个,再看看三胞胎女儿,笑嘻嘻地不说一句话,就是不停地给这个夹菜,给那个夹菜。菜非常丰盛,但辣子多了点儿,典型的四川风味。辣鱼、辣肉、辣鸡,还特意点了辣羊排,等等,梅爸爸、梅妈妈没想到范明强、高小英、张芳盛吃不了辣椒,在梅爸爸几句“吃吃吃”和不停地夹菜中,辣鱼、辣肉、辣鸡、辣羊排就到了他们的碗里,把这三个人辣得脸红脖子粗,嘴唇发麻,尤其是高小英,根本吃不得羊排,羊的膻腥味重,又是辣的,梅爸爸还把三条辣羊排全夹到高小英碗里,这时,梅妈妈说:

“吃吧,吃吧,好吃呢,辣香辣香的……”

高小英看到碗里这三条辣羊排,简直就像让她生吃肉似的难受,可盛情难却,高小英只得硬着头皮吃下去。

张芳盛不吃辣椒,可是他爱吃羊排,然而他只吃了一小条,还是梅爸爸夹给他的。今天,张芳盛想,在“老丈人”面前不能太放肆了,要文雅一些,要显示出自己的温良恭俭让和文化素质来,张芳盛想:“假装,也得装出来!”所以张芳盛一改从前大大咧咧的脾性,一本正经起来。梅爸爸、梅妈妈此行的目的就是了解一下梅朵朵是怎么被骗了钱,梅秀秀怎么见义勇为了。这半天没有时间问这些，反而看到梅秀秀和张芳盛的关系似乎非同一般，过来人的梅爸爸、梅妈妈于是担心了。吃饭后，梅妈妈悄悄说：

“你个梅甘实，还说不来，不来能放心？”

“怎么不放心？孩子大了，该让她们自己做主了，咱们就不要多管了！”

“这叫什么话？怎么不要多管了！你真是个煤矸石！”

梅爸爸经商很实在，把煤里边的矸石捡得干干净净，所以顾客都愿意买他的煤，时间久了场地里就有一大堆煤矸石。人们就给他起了个绰号叫“煤矸石”，后来梅爸爸干脆就叫“梅甘实”了。

梅爸爸送走了范明强几个人，回到酒店后就坐在沙发上，默默不语地听着段菜花“审讯”梅秀秀、梅朵朵和梅尕尕。

梅妈妈说：“你们，啊，你们仨，都是怎么回事？”

先是梅朵朵讲了她被骗的经过，不过省去了帅哥、奥迪的事，梅妈妈不太在意梅朵朵被骗了1万多块钱的事，她最在意的是梅朵朵上了陌生人的车，她说：

“你个傻朵朵唉，不幸中的万幸啊！1万多块钱算什么，更何况你姐姐又给你补了回来，实在不行咱们可以挣，不就是多卖几车煤的事吗？一个女孩子怎么随便就上陌生人的车？”

段菜花从川西穷苦农村到成都打拼，先是卖菜，后来承包了菜市。本名叫段彩华，后来人们就都叫她“段菜花”了。段菜花说：“叫人家把你拉跑了怎么办？小命丢了怎么办？我的傻朵朵哎！以后千万不要上陌生人的车，也不要和陌生人讲话！你们仨都应注意……”

回过头来，梅妈妈指着梅秀秀和梅尕尕说：“你们俩也有责任，没跟你们说不要跑单吗？怎么让她一个人跑单？”

梅尕尕说:“妈妈,我事情多啊。再说,单不单的也是相对而言,是吧?”

“事情多,事情多,你是国家主席啊?”梅妈妈说。

“国家主席,我肯定不是,我是团支部书记。”梅尕尕嘿嘿笑了几声。

“你不要贫嘴,书记怎么啦?没时间啊?”梅妈妈说。

“妈,要处对象也不能跑单吗?”梅尕尕很有点不满。

梅妈妈一时语塞,还真不知道怎么回答,只好说:“那要看情况。”

说到这里,梅秀秀就有些坐不住,梅朵朵跑单被骗,确实与跟她们在一起少了有点关系,尤其是她自己。她本不想多说,可是梅尕尕一提到处对象的事,她认为梅尕尕接着要把自己和张芳盛的事情说出来,就马上向梅尕尕使眼色。梅妈妈早就把这些看在眼里,何况刚才吃饭的时候她就有所察觉,于是就把目光转移到梅秀秀身上。

梅妈妈质问:“你递什么眼色,打什么暗号?你当我看不出来,你和那个张芳盛什么关系?你当我看不出来啊?什么关系?说——”

三胞胎姊妹中,应该说梅秀秀最是妈妈的乖乖女,然而这次却不然了,她很生硬地说了句:“知道了,那你还问!”

梅妈妈一愣怔,没想到乖乖女居然如此顶撞她,不免有些生气,就提高了声音,大声说:“你说什么?把你们养这么大,学会和妈妈顶嘴了!”

“是啊,不搞对象,能成见义勇为的英雄吗?!”梅秀秀不知为什么说了这么一句话。

梅妈妈敲着宾馆卧室的电视柜,大声质问:“不搞对象,就不能当英雄,这是什么逻辑?”

在里边卧室睡觉的梅爸爸,本来睡得就不十分踏实,梅妈妈大声质问和敲击电视柜的声音把他吵醒了,他睡眼惺忪地站在门口说:“什么大不了的事情?"

"'煤矸石',你怎么不说她们?"她指着三胞胎姊妹说,"别的没学会,学会和大人顶嘴了,还偷偷搞对象!"

梅尕尕劝妈妈说:"你让秀秀说完再发火嘛,是吧!"

"呵,你也说我发火错了!"梅妈妈更是生气了。

这时梅秀秀上前来抱住妈妈的脖子撒娇般地说:"妈,我完完全全向你交代,还不行吗?"

梅爸爸说:"我当什么大事呢,搞对象哪个不是偷偷摸摸的?这事,我就不掺和了。"说完他又躲进里间卧室,一边假睡,一边听着梅秀秀的交代。

梅妈妈听了梅秀秀的交代后,气消了不少,说:"这些你怎么不早和妈说,我和你爸不同意咋办?告诉你,我可能不同意啊。保定离咱们家这么远,我想看到你也不容易。"

梅爸爸在里屋听了这话,就笑了起来,这话的意思就是默许了梅秀秀和张芳盛的恋情。

这时就听到梅尕尕说:"离家是远了,可离北京近啊!坐车一个小时就到北京天安门了。"

梅朵朵赶紧接了梅尕尕一句话,说:"人是地行仙,远在天外,不误回家吃午饭。"梅朵朵不知怎么来了灵感,编了这么几句顺口溜。梅爸爸在里屋,梅妈妈在外屋,听了梅朵朵的话都笑了。

张芳盛听了梅秀秀关于她妈妈审讯她的经过,心里高兴得不知如何是好。梅爸爸、梅妈妈走了后,按梅秀秀的话说,是"过了明路了",胆子就比从前大多了。然而,梅秀秀又怕梅朵朵跑单,就经常拉上梅朵朵,三个人练武术,压马路,逛大街,唱卡拉OK。梅秀秀倒是很自在,但是张芳盛就有些不太自在,感觉两个人受了限制。而梅朵朵更是不自在,她想:“你们俩的事,我掺和什么?碍手碍脚的!”再后来,梅秀秀叫梅朵朵一起来,梅朵朵不是借口有事,就是直接回绝,说:“你们的事,我掺和什么?”梅朵朵就不来了。

梅秀秀对张芳盛说:“唯有爱情是最自私的。”

张芳盛捧着梅秀秀的脸颊轻轻吻了一下她的鼻尖儿,说:“心诚则灵,灵则诚心……”

梅秀秀说:“你可得把学习搞好啊!学习不好说什么也不算数,干什么也白搭,对不?”

“那是——”张芳盛应该说深刻明白了这个道理。人家范明强、高小英,上一学期,也就是大二的第一学期就入了党,张芳盛就是因为大一第一学期没注意挂了科,而失去了加入党组织的机会。

周二下午,中文学院教师例会结束后,鞠红书记把张芳盛、梅尕尕以及孟菲斯、白茹和毛金灿几个人找来谈话。明年,他们将被确定为发展对象,希望他们积极靠近组织,好好学习,打好群众基础,争取早日成为共产党员。这之中特别指出的是张芳盛。鞠红书记说:“张芳盛,你可要努力,上一次组织发展,我都为你遗憾!就因为一科不及格,未能加入组织。这是原则规定,没什么可说的。这次为什么你又入围了?都是因为你的见义勇为和立功受奖。共产党员就是要临危不惧,挺身而出,为了国家和人民的利益勇于斗争,不怕牺牲!希望你戒骄戒躁,努力工作,认真学习,能够经得住组织的考验。”

张芳盛参加了这次谈话十分高兴,走到哪里都嘿嘿笑。

在回寝室的路上,栀子花香扑鼻而来,在一棵栀子花下,张芳盛搂着梅秀秀,两个人低头嗅着栀子花香,梅秀秀说:“盛盛,自从受了表彰后,你有些浮躁,你应该注意些,又快期末考试了,千万不能再挂科了!”

"好的,听你的!"

"我的笔记比你全,重点、要点都有,是不是——"

"明白,你的,就是我的。"

"那不行!你应该看着我的来补齐你的笔记,这样吧,离期末考试还有二十来天,你用八天时间补笔记,十二天看你自己的笔记复习考试,怎么样?"

张芳盛又重复说了一句:"好的,听你的!"

接下来几天,班上活动比从前少多了,然而这些人谁也不如张芳盛下功夫。他趴在寝室的床铺上抄笔记学习,引起伍六一、彭东鹏、洪强的注意,就连游前偲也对张芳盛哼哼两声,说:"早干什么去了?再去风光啊!当班长啊,飘啊!"游前偲甚至有些解恨,心想:"让你再当班长!你就下学期好好补考吧!"

伍六一看在眼里,对张芳盛说:"盛盛,难得啊,你这么用心抄笔记,有'动力'吧!"

张芳盛说:"是啊,我觉悟了。"

彭东鹏也嘿嘿笑了两声,说:"怎么觉悟的?看来,有了女朋友就是不一样!"

洪强从被窝上坐起来,说:"男人这一辈子,都得让女人管着,前半辈子是妈妈,管你吃喝拉撒睡,成为大小伙子;后半辈子是老婆,她管什么?什么都管!"

这时候,很少说话的毛金灿,也把视线从天花板上移到洪强身上。

伍六一听了,也坐了起来,嘿嘿笑了两声,说:"这方面咱们盛盛最有体会,其次就是范大班了。"

范明强虽然看着天花板,但他在默诵着苏轼的词"花褪残红青杏小,绿水人家绕",根本没有听到伍六一提他的名字。张芳盛虽然认真抄着笔记,但伍六一等人的高谈阔论,他是句句入耳。

一旁的游前偲,不敢再喜欢龚琳娜的《忐忑》和《法海你不懂爱》,就连迈克尔·杰克逊的歌,不知什么时候也不喜欢了。当然,这个时候他也顾不过来听歌了,他要抓紧时间复习考试,至于其他的——比如当个班干部什么的,他不行,但学习要超过其他人。本来游前偲不想掺和伍六一、张芳盛的东拉西扯,可这些人顾此失彼的行为,使他不能平静下来,于是游前偲也坐起来,把两条腿耷拉到床边,面对着大家,很不屑地说:"《水浒》里边的潘金莲、阎婆惜、潘巧云、贾氏,《红楼梦》中的王熙凤,还有那个鲍二家的,难道不是女人?"说着他就又躺在被窝里专心致志地看着他的天花板。

很久没掺和闲谈而认真背宋词的范明强,游前偲的议论他却一字不落地听清了,就说:"'钱财',你这点说对了——"他拿起手机来,在网上查了这么一段话,说,"我给你们读一段关于女人的最哲学的话:有了好女人的抚慰,男人的心才会平静;有了好女人的教导,男人才不会花心;有了好女人的帮助,男人才会做出一番事业来!好女人多,世界才会太平,才会和谐!咱们盛盛就深刻体会到这点了。"

游前偲一听范大班支持他说的话,就来了精神,他说:"我再给你说句更精彩的名言——女人是所大学校!"

"女人是所大学校?"这句话引起包括范明强和其他人的极大兴趣。彭东鹏恍然大悟了似的说:"'钱财',别看你很讨人厌,有时候还真能说句有道理的话,从你那次讨论'财商'的发言,我就看出你还有点水平。"

说实在的,很少有人称赞游前偲,今天范明强和彭东鹏居然都说他好,游前偲十分高兴,他说:"还有更深刻的呢!"

洪强问:"是什么?"

游前偲说:“优秀女人是重点之重点大学,类似于北大、清华这些211、985学校;好女人就是咱们这一类,在211、985大学边沿上转圈圈的学校;普通女人呢,就是二本、三本普通大学了;当然还有潘金莲、阎婆惜、潘巧云、贾氏、王熙凤,这些所谓坏女人,也是大学,不过那是——冒牌大学!”

“那是哎,找个好女人,就跟咱们考上个好大学是一样的啊!”很少说话的毛金灿也很感慨。

伍六一说:“凡是男人,都要在这个大学里毕业,假如找了王熙凤、潘金莲这样的女人,在她们这种大学里毕业,那就惨了。”

“哎,张芳盛,你的女朋友属于哪一类大学?”彭东鹏问。

张芳盛感觉不好回答,就假装没有听见,装出很认真抄笔记的样子。伍六一下了床,提着张芳盛的耳朵说:“听到了吗?彭胖子问你呢。”张芳盛嘿嘿笑了笑,说:“不谦虚地说,属于211、985吧!”

自这以后,班上的所有38位女生就有了各自的标签,什么211一号、211二号、211三号,或是985一号、985二号、985三号,有没有是普通大学的?有的,但是男同学不敢说出来。

十六、再送你一朵玫瑰花

时光荏苒,白驹过隙。大三第一学期开学又过去了好些日子。

在18812女生宿舍,冯秀叶、姚丽娜再不愿意和三姊妹住在一起了,天天低头不见抬头见的,她们心里十分不舒服。于是就和孟菲斯、方静深对换了宿舍。第二天是周六,可以睡懒觉,今晚同学们尽情地聊天。

“你们说,彭东鹏这小子,写了那么多小说,咱们看着也都不错,可就是发表不了。”梅朵朵说。

“现在的事谁说得清!”

“管那么多干吗?睡觉!都1点多了。”

男生宿舍,彭东鹏也在想这个事,小说就是发表不了,他很不理解,他在梦中也在慨叹:“唉,真难啊!”

然而这些还不是彭东鹏最难的事。近来,彭东鹏的日子不太好过。一是学习成绩上不来,班上团支部书记梅朵朵找他谈话,班主任周晔也找他谈话,周晔说:“别留级啊!知道留级什么意思吗?首先是你离开了可爱的1201班,再就是要多交一年的学费,那可是不小的开销啊!”彭东鹏的压力一下子就大起来了。二是他写了那么多小说可就是发表不了,尽管如此,彭东鹏毫不气馁。贵在坚持,他暗暗下功夫,心想:“总有一天会成功的!”可张芳盛、洪强不断地“骚扰”他,给他卸劲儿,特别是张芳盛对他说:“做梦娶媳妇去吧,哪有这么简单? 又想学好,又想成小说家,告诉你一句格言:逐二兔而不得一兔!”这些彭东鹏根本不在乎,他心想:“有不少大家可都是在讽刺挖苦,甚至打击下成功的。”他甚至设想过,他成功的那天,全班同学又是如何奉承他、讨好他,到那时,班里的同学们都会对他眉开眼笑!

然而,这些都是小事一桩,彭东鹏最大的难题是他的老婆要带着他刚刚满周岁的女儿团团来缘阳探亲,这不仅在1201班,就是在中南理工大学都将是一个爆炸性新闻。

开始,他是坚决反对老婆来探亲的,现在《中华人民共和国高等教育法》也好,《婚姻法》也好,虽然没说大学生结婚是违法,但是在大学,学生结婚并不提倡,像彭东鹏这样,结了婚,还生了孩子,可以说是绝无仅有的。所以彭东鹏接到老婆东北大姐马大芳的短信的时候,首先是吓得要死,短信是这样写的:

“你个没狼(良)心的,我就要到你那里探新(亲)。”

“你千万别来啊!”

“我就区(去),不花你的前(钱),为什么不让区(去)?”

“你来,住哪里啊?”

“这不要你草新(操心),组(租)房住。”

“好老婆,你千万别来,让同学们笑话!”

“不让我区(去),是不是有鬼啊?”

“我一个穷学生,谁看得上啊?”

“那你为什么不回新(信)?”

“你要来,我就和你离婚!”

“我一看,你就是个陈十(士)美,这不,把里(离)婚说出来了。告诉你,让区(去)也区(去),不让区(去)也区(去)。”马大芳一会儿打来了电话,不是马大芳的声音,而是女儿的声音:“爸——爸……想、想、想你——”咔嚓,电话断了。

彭东鹏有老婆的事,知道的人不多,这次恐怕纸里包不住火了。马大芳文化程度不高,初中没毕业就回家帮忙了,所以短信中尽是错别字。到了这个时候,彭东鹏是一点办法也没有了,他知道马大芳说到做到,绝不放空炮。马大芳来缘阳探亲,已是板上钉钉的事情了,彭东鹏所能做的只能是想个办法“瞒天过海”,别让学院以及班上同学们知道。这些天,他挖空心思地想办法瞒住大家:校外租房,不行,这事很敏感;住宾馆,和校外租房居住一样;干脆请假,哄她几天,回家,不行,马大芳看着大大咧咧,实际上粗中有细,谁也骗不了她,她是非得进学校、进学院,甚至进班级的。看来这次是无论如何都要丢人了。

彭东鹏实在无可奈何,他只好请范明强、张芳盛来想办法了。

“盛盛,找两个人喝点儿酒去?”

张芳盛仔仔细细地看了彭东鹏几眼,说:“哦哦哦,太阳从西边出来了?又不是什么节日,喝什么酒?”

彭东鹏也笑嘻嘻地说:“怎么,不想去啊?”

“为什么不去?还有谁?”

“要不叫上范大班?”

“行啊,让不让带女朋友?”

“最好别带,男人的事,带女人干什么?”

彭东鹏和张芳盛说定了之后,就找到了大班范明强:“强强,和盛盛喝次酒?”

“怎么,有事啊?”

“没事就不能喝点酒?”

“有事就说,喝什么酒?你不实话实说,我们不去。”

“你看,你看,谁叫咱们是铁哥们呢?喝酒的时候详细和你们说。”

“行,叫上伍六一吧,我请客!”

说实在的,彭东鹏不是没钱,但钱都是他老婆马大芳的,她毫不吝啬地给他钱。她开肉饼店,日进千元以上,纯利润能有五六百元,供彭东鹏上大学以及他的妹妹、弟弟上学不是什么难事。马大芳做肉饼实在,个大、馅多、味美、价廉,天天供不应求。马大芳的父亲是村支书,不管是村里还是个人没有他算计不到的事,有句老话叫“下棋看三步”,这个马大芳的老子马老大,是个“下棋看十步”的人,每做一件事,后边都有他预想的结果等着他。马老大在村里很有威信,他的闺女在镇上卖肉饼又实实在在,父女俩就都很有名,也正因为父女俩都成了名人,所以他们的肉饼买卖日益红火。马大芳和彭东鹏是一个村的,两户人家是村子里的两极:马大芳和她老子马老大是村子里最富的;而彭东鹏家则是最穷的,原因是父亲彭老大外出被摩托车撞了,摩托车主跑了,不知去向,而彭老大失去了干重活的能力,只靠彭东鹏母亲一个瘦弱的女人干活,还要养活彭东鹏三兄妹,还有爷爷奶奶。本来作为大哥的彭东鹏要退学,顶家过日子,母亲就是不同意,说砸锅卖铁也要供仨孩子上学。她说:“不好好上学,咱们家这穷根儿就扎下了,永世不得翻身!”彭东鹏的妹妹和弟弟也很懂事,个个学习优秀。彭东鹏考上了大学,妹妹彭东琴考上了县重点高中,弟弟彭小鹏也考上了县里最好的初中,三个孩子都在上学,哪弄钱去?父母两人跑了十多天借钱,连五分之一的学费都没凑起来。怎么办呢?

彭东鹏说:“不上大学了,天无绝人之路。”

妹妹彭东琴也说:“让哥哥去上!”说完就趴在做饭的锅台上,抽抽搭搭哭了起来。

小弟说："要不我不上了，可我什么也干不了啊！"小弟弟心眼儿多，他真怕失学会落到自己身上。

包括彭东鹏的爷爷奶奶共七口人，都呆呆坐在饭桌前，哪还有吃饭的心思。

彭东鹏站起来，好像下定了决心似的说："不上了，我去打工，扛麻袋。"说着，眼泪就掉了下来。

这时大门开了，一阵热热的卷着青草味道的风吹了进来。

"哎哟，马哥，快屋里坐。"彭老大在饭桌旁站了起来。

村支书马老大把一捆钱扔到桌上，说："这是一万五，数数看对不。自己再贴补点儿，够三个孩子上学的了。你们先吃饭，我也不多坐了。钱不够再说，误谁也别误孩子！算是借你们的，什么时候还都行，等孩子们都出息了再说吧！这是大芳的意思。不能还就算了，说好啊，我可不是黄世仁！好，我走了。"

前后不过几分钟，问题解决了。彭父彭母不免有一番感慨："唉，还是有钱好啊！"

彭母说："人家大芳这孩子很不错的，牛高马大的！"

好事来得这么快，而又不明不白，彭家一家人既高兴又忐忑。

彭父说："甭管怎么说，这也算是个好事。但我总觉得心里不那么踏实。"

彭母说："唉，走一步说一步吧。人穷志短，马瘦毛长，好赖眼前的事过去了。"

彭东琴说："将来咱们加倍还他！"

坐在桌边吃饭的爷爷很少插话。然而听到这里，他插了一句："马老大这个孩子，我是看着长大的，别看他老实巴交的，贼着呢，他哪做过赔本的买卖？"

"唉，我就不踏实在这里。"彭父说，"今年的问题解决了，明年呢？后年呢？

琴琴、小鹏上大学呢？将来拿什么还账啊？”

彭母还是很高兴的，她说：“别想那么多了，也别把人家支书看扁了，现在不是搞‘路线’教育吗，支书也说了‘他不是黄世仁’。再说了，孩子不是一个接着一个长大了嘛。”

彭东鹏比较顺利地上了中南理工大学，妹妹、弟弟也顺利上了自己理想的中学。

彭东鹏在与范明强、张芳盛以及伍六一一边喝酒一边闲聊中，把自己老家那里的情况描述了一番。

伍六一说：“怎么那东北大姐就成了你老婆了？接着说说。”

彭东鹏说：“先别聊这些了，你们给我想想办法怎么‘瞒天过海’吧？”

“我有办法，我给她打电话，向她动之以情，晓之以理，再吓唬她两下子，看她怎么办？”伍六一说。

“这也不失为一个好办法。”范明强说。

“小六子，你当她是谁啊，能忽悠我早忽悠了。”彭东鹏说。

张芳盛嘿嘿嘿笑了几声，挺了挺身子，说：“不行，你回趟老家，劝她不要来。”

范明强说：“你们总是把简单的问题弄复杂了，所以想不出一个好办法。我告诉你们啊，只有把复杂的问题弄简单了，才能拨云见日，透过现象看本质，想出好办法。”

这时张芳盛也不再嘿嘿笑了，他问：“你有办法？”

“有，你就说，对错我不在乎。”彭东鹏估计范明强有了好办法。

“说说看！”伍六一说。

“很简单，四个字，‘实话实说！’”范明强伸出四个指头，又伸出食指与中指,做了个胜利的手势,说,“跟同学、跟老师、跟领导都实话实说,你又不犯法,又不违规,怕什么?这样既有面子,又有里子,而且同学、老师和领导都会帮你一把。”

张芳盛对范明强佩服得不得了,他想:“正所谓百巧输一诚啊。”

“是,这才是正道!”伍六一由衷地说。

彭东鹏眼前豁然开朗,是的,这有什么可遮掩的。彭东鹏很高兴地举起半杯生啤,说:“好,就这么办了。”

彭东鹏高高兴兴地到前台去埋单,前台说:“已经付过钱了。”“谁?”“那个总是嘿嘿笑的小伙子。”张芳盛有三万元奖金,埋单这事是范明强和张芳盛商量好了的。

范明强、张芳盛负责向学院反映这些情况,并且通过梅尕尕、梅秀秀、阿佩金英等给班上同学们透露消息,彭东鹏和伍六一呢,准备热烈欢迎马大芳。

马大芳带着彭东鹏的女儿来探亲的新闻,真如一颗原子弹,将同学们炸得惊疑不定。

“告诉大家一个爆炸性新闻,彭东鹏有老婆,还有孩子,他老婆马大芳要带着孩子来探亲了!”阿佩金英十分惊讶地告诉每一个见到的同学。

周五晚上 8 点多不到 9 点的时候,天气稍微有点热,18812 女生宿舍的八个人,再加上近来很少来这个宿舍的姚丽娜、冯秀叶等十来个人,在学校玫瑰路上散步,有滋有味地传递着令人难以置信的新闻。

“尕尕,不是开玩笑吧?”冯秀叶说。

“不可能的,哪会有这样的事?”姚丽娜半信半疑地说。

“怎么不是真的,谁都没想到鹏鹏这小子,整天胡说八道,这事却瞒得很严实,竟然偷偷娶了老婆,生了孩子!”高小英说。

“什么时候来啊?”白茹问。

“什么时候倒没说,反正快了。”阿佩金英说。

“哎呀,来了怎么办啊? 她长得怎么样?”石丽子问。

“说高高大大,应该也过得去的。”梅秀秀说。

“要是学校知道了咋办? 不受处分啊?”白茹和方静深都有些担心。

高小英笑了笑说:“这请你们放心,不违法,不违纪,受什么处分? 告诉大家,不仅不会受处分,学院对此已经有了安排,不过学院也说了,这事不提倡!”

过了两个多星期,人们渐渐忘了马大芳要来探亲的事。一个周六的下午,天气还算凉快。1201 班,高小英、白茹、石丽子、苏白以及三胞胎姊妹等人一边在学校主干道香樟路上散步,一边齐声唱着雷佳的《送情郎》:

送郎送到那大门边,
毛毛细雨呀不见天,
愿得老天它落大雨哎,
郎在妹家住半年。

“喂喂喂,你们是中文学院的吗?”30 多米开外的一个大个男生,向着几个女生高喊。

“是啊。”姚丽娜、冯秀叶大声回答。

“嘛子事吗?”梅尕尕、梅秀秀、梅朵朵一起问。

“我们一看,就知道你们是中文学院的,三胞胎姊妹嘛,谁不知道?”那个大个子男生很高兴地说,“找你们中文学院彭东鹏的,请帮帮忙。”

“啊,谁找彭东鹏?”白茹问。

一辆大红色奥迪车缓缓地停在三胞胎姊妹她们身旁。“是我,你们认识小棚子吗? 哦,就是彭东鹏。”

彭东鹏小名叫棚子,他们家那些年家里穷,住的房子就像草棚子,他的父亲顺口就给彭东鹏起了个小名——小棚子。后来上小学,老师费了一番心思,给他起了大名,叫彭东鹏——东方是太阳升起的地方,鹏的意思更不用多说了,大鹏展翅,更何况“棚”与“鹏”谐音,何其妙哉。小学老师向彭父解释老半天,彭老大大字认识不到半斗,实在弄不清“大鹏”是个什么东西,只知道可以飞到九万里那么高,就说:“听老师的,不过飞那么高干吗? 有口饭吃就行!”于是小棚子就成了彭东鹏。

梅朵朵看到奥迪车,赶紧躲到梅秀秀的身后。高小英、梅秀秀、梅尕尕等无论如何也没把奥迪车——马大芳——彭东鹏联系起来。车窗落下,车门打开,一位白白胖胖、牛高马大的女人走下车来,向着高小英她们微笑着,款款走到副驾驶室把打开,一个长着喇叭花一样小嘴的女孩被她抱下车,同学们无不惊讶地脱口而出:

“啊,马大芳——马大姐——彭大嫂!”

马大芳抱起女儿团团,就问:“知道小棚子吗?”

冯秀叶说:“何止知道啊,我们一起的。”

“一起的?”马大芳心想,“你们一起的,那我和谁一起的?”

她又问:“小棚子在哪里?”

“哦,你就是马大姐吧?”高小英问,“你放心,他天天念叨你,想你呢!”

这句话真假先不说,但是马大芳爱听,她脸上慢慢展开了玫瑰花一样的笑容,说:“给他打个电话,就说孩子来了。”

路灯下,高小英、梅秀秀等都围拢过来,看着马大芳的奥迪车,轮流逗一下团团，团团高兴得不得了。在同学们身后的梅朵朵也暂时忘记了奥迪车的阴影，看到这一幕，来到小团团面前，小团团一看，傻眼了，心想："姨姨们长得都一个模样？"

彭东鹏飞快地赶了过来，后边还跟着张芳盛、游前偲几个人。范明强没有来，他在学生会主持活动。当彭东鹏接到高小英打来的电话，慌了手脚，一惊一乍地说："坏事了，坏大事了！走、走、走！咱们走！"弄得伍六一他们也不踏实起来，半路上，彭东鹏说："来——来了！"他们这才知道马大芳真的来了。

马大芳看到彭东鹏气喘吁吁地跑来，后边还跟着一伙男同学，就有些放心了，她不冷不热地把团团抱过来，递给彭东鹏。没想到一岁半的团团不认他这个爸爸，马大芳让她喊爸爸，小团团却说出了一句："你个没良心的！"

"说什么？"梅秀秀问。

"没良心的！"梅朵朵说。

"嘿，怎么说了这么一句？"梅尕尕感到很逗。

"这有什么难理解的，耳濡目染。"姚丽娜说。

"可不能这么教育孩子！"高小英说。

彭东鹏也没想到，在电话里女儿奶声奶气地喊爸爸，亲切得不得了，可一见面她却喊自己"没良心的"，他十分尴尬，悄悄跟马大芳说："怎么教孩子说这个？"马大芳瞥了一眼彭东鹏，满是埋怨，却什么也没说。

高小英、冯秀叶以及梅秀秀催促彭东鹏快上车，跟马大芳走，彭东鹏还不好意思，张芳盛、伍六一和毛金灿三推两搡就把彭东鹏推上了车，游前偲也想上车，姚丽娜一把把他拉下来，厉声说：

"你上车干什么？"

游前偲也学张芳盛笑了几声："跟着去，弄顿好饭吃，还可以看场好电影！"

这一晚上，1201 班无论是男生们，还是女生们，都没睡好觉……

1201 班的 812、813、814、815 以及 816 女生宿舍，受到了马大芳、彭东鹏的冲击，大家都很不平静。

帝皇大酒店的一间高级房间里，马大芳和彭东鹏正在交谈。

“你个没良心的，忘了我没?”

“你不要胡猜疑啊。”

“你班上这么多漂亮的女同学，有知识，有文化，你没看上的?”

“我没钱，没权，人长得又不咋的，学习也不理想，就你看上我了，还担什么心?”

“你们班那么多女孩儿，男的就六七个，她们还不抢破了头?”

“这些女孩儿，贼着呢，有几个能入她们的眼? 到现在我们七个，我不算，还有六个人，只有一个半有那么点儿意思，就是张大班一个和范大班半个……他们俩要人有人，要范儿有范儿，其他几个根本入不了那些女孩儿的法眼……”

“你也不行?”

“也就是你看我还行! 告诉你，我更不入她们的法眼。”

说着，彭东鹏拿出他写的 20 多万字的小说，对马大芳说：“你读读，我天天有工夫就干这个——写小说，我要当个小说家!”

马大芳拿过厚厚一大沓稿子，一看上边密密麻麻写满的字，就高兴和骄傲起来，说：“俺们娘儿俩没瞎眼!”说着马大芳攥住彭东鹏的手，要往自己怀里拉，这时，彭东鹏另一只手从书包里拿出一朵玫瑰花，送到马大芳面前说：“再送你一朵玫瑰花!”

马大芳突然把彭东鹏推开，问：“你什么意思? 那年你送我 9 朵玫瑰，说是

‘坚定的爱’！为什么今天只送1朵?”

彭东鹏一听乐了,小声说:“唉,秀才遇见兵,真是有理说不清。”他打开手机,让马大芳亲自看,马大芳一看,手机上是这样写的:1朵,你是我的唯一;2朵,你浓我浓;3朵,我爱你……999朵,天长地久;1001朵,直到永远。

彭东鹏问:“明白了不?”这时,团团突然喊了一声:“爸爸——”彭东鹏一下子激动起来,女儿第一次当面喊他爸爸,这感觉真是太美了!

十七、八饼十汤百滋味

事实证明,马大芳担心彭东鹏完全是多余的,几天来,马大芳偷偷窥视彭东鹏的言行举止和前来探望的范明强、张芳盛、伍六一以及高小英、三胞胎姊妹,尤其是通过对心直口快的阿佩金英、姚丽娜打探,可以确定彭东鹏没有什么问题。但是,现在没有,将来不好说。

于是马大芳打定了主意:你小棚子走到哪里,我跟你到哪里。写小说,我支持你,你想当小说家没钱,我有的是钱,助你成功!

马大芳不仅开肉饼店很赚钱,她老子马老大是个种粮大户,同时还有奶牛养殖场。这不,这次来探亲,她就找到马老大,说:“老爷子,到缘阳,坐车很麻烦,给我点钱买辆奥迪。”

马老大没多想,就说:“行,买就买吧,早晚的事。”于是马大芳不到半天工夫就把奥迪车开回了家。

彭东鹏除了上课,就和女儿团团在一起嬉戏,使得马大芳十分高兴。再有空闲时间,彭东鹏就写小说。彭东鹏这样做,除了爱好外,也是做给马大芳和马老大看的:我绝对没有三心二意,你们多心干什么?所以马大芳和彭东鹏的小日子过得顺风顺水,轻松愉快。马大芳及时将缘阳的情况原原本本地汇报给了马老大,马老大也放心了不少,心想:“孙猴子再能,能跳出如来佛手心去?”

马大芳和彭东鹏只在帝皇大酒店住了三天,就在理工大学附近的奇家岭租了一套两室一厅一厨一卫的房子,住了下来。1201 班大部分同学,尤其是范明强、张芳盛、伍六一、游前偲、高小英、三胞胎姊妹等人不止一次来过,马大芳次次都热情地接待,做肉饼给他们吃。游前偲吃顺了嘴儿,来的次数最多。彭东鹏很是厌烦,甚至下逐客令说:

“以后你不要再来了!”

游前偲说:“我又不是冲着你来的,我是来看嫂子的!”

游前偲走了后, 马大芳就批评彭东鹏说:“你怎么这么对待同学?”

彭东鹏说:“全班没有不讨厌他的。”

马大芳说:“他们讨厌归他们讨厌,咱不能这样,来者是客,做买卖更是这样。”

快一个月了,马大芳一点也没走的意思,班主任周晔以及鞠红书记也来过两次,以示组织的关心和爱护,希望马大芳能够早日回到老家,以使彭东鹏早日静下心来学习,也怕马大芳和彭东鹏惹出事来。

彭东鹏也很想让马大芳赶快回家,可是催促马大芳回家不能出自他的口,以免伤了和气,引起误会,那由谁去说呢? 张芳盛、伍六一都行。

这天,也就是周五晚上,彭东鹏邀请范明强、张芳盛、伍六一以及梅秀秀来家吃肉饼,吃饱喝足后,几个人就开始聊天。

范明强吃了两块哈密瓜,开玩笑地说:“彭大嫂,咱就不走了,放寒假和鹏鹏一块回家吧?”

谁都没想到,包括彭东鹏都没想到,马大芳很大方地说:“我真有这个意思,也可能就长住下去了,这里好做买卖,我想开家肉饼连锁店,学生的钱好挣!”

几天来,马大芳开着她的奥迪车,带着女儿团团,在缘阳市大街上,尤其是中南理工大学周边进行市场调查,发现不少小饭馆的饭菜不仅贵而且很不卫生,当然更谈不上特色风味了。她想,可以把家传的东北肉饼在这里开一家分店,一家人能长期在一起,还能看住小棚子。

马大芳看准了,说干就干。

马大芳租下奇家岭华帝大厦旁边向阳的两间铺面。马大芳东北肉饼连锁店开业了,大门两边还有一副对联:

八饼十汤百滋味物美价廉

三茶六饭千般长童叟无欺

马大芳并不懂得经商要讲究什么“理念”或“文化建设”,她说:“我就知道赚钱,当然是‘良心钱’。”可是不少文化人路过这里,包括邵振、朱烨教授等在内,都夸一句“经营理念不俗”呢!马大芳的肉饼足有十来种,什么猪肉的、羊肉的、鸡肉的、鸭肉的,至于说汤类也不少,鸡蛋汤、海米汤、紫菜汤、番茄汤、虾米汤,并且肉饼薄皮大馅,个大肉多。三胞胎姊妹就提出了疑问:“你一个小店,能每天做这么多种类?”

马大芳说:“我今天是茴香的,明天是香菇的,后天是韭菜的,提前预告,吊他们的胃口。”

梅朵朵说:“那倒也是。”

梅秀秀悄悄地说:“胆大心细,非同一般!”

这话不假,马大芳认准了就干,任彭东鹏反对,马大芳也丝毫不会犹豫。

刚开始,中文学院的鞠红书记并不赞成学生的家属在学校周边开店,她找车轩院长商量,他们也都是老干部遇到了新问题,不知如何是好。

鞠红书记说:“怎么办好呢?”

“要我说啊,管,管不了;说,说不动。只好假装不知道,任其发展,自生自灭。反正还有一年多点儿,‘彭驴子’就毕业了。让时间去解决问题吧!”车轩院长自我解嘲地说。

开业那天中午很热闹,店外洋鼓洋号,店内热火朝天,每人手里肉饼两张,“心满肚饱”一碗汤,5元能吃饱,8元吃更好。

从此,马大芳东北肉饼连锁店办得顺风顺水,日进斗金。马大芳经营她的肉饼店,请了保姆照顾女儿团团,至于说彭东鹏嘛,马大芳说:“不用你操心,上你的课,写你的小说。”有空闲时间,她开着红色奥迪车,带着彭东鹏和团团在缘阳市转转街,兜兜风,小日子过得幸福自在。此外,马大芳一心一意地想办法“让俺小棚子成为小说家”。

说起彭东鹏想成为小说家,还得从他上初中的时候说起。自从小学老师给他起了“彭东鹏”这个名字,彭东鹏就想干出一番大事来。起先他是想当大老板,挣钱给父母花,天天吃大饼炒鸡蛋加白菜炖粉条。后来他又想当军事科学家,造大炮。到了考上初中,一个暑假没什么事,彭东鹏就读小说。彭东鹏也有自知之明,中学学习必须搞好,要想办法考上重点大学,站稳脚跟,再写小说,当小说家。考上了大学,而且是自己理想的大学,他想应该为自己的理想而奋斗了。他还给自己起了一个很文化的笔名——彭间之。是啊,名作家都有自己的笔名,比如《家》《春》《秋》的作者巴金、《子夜》《腐蚀》的作者茅盾,所以我彭东鹏要成为小说家也得有个笔名,对,就叫——彭间之。没想到同学们也好,或者他熟识的其他人都好,没有几个人称他彭间之,倒是人们叫顺了口,都叫他彭驴子,然而彭东鹏也不以为意,仍叫这个笔名。

彭东鹏下定决心写小说,当小说家,甚至于考上了中南理工大学后,费了九牛二虎之力从经管学院转到文学院,为的就是圆自己的小说家梦。

在中文学院学习的时候,彭东鹏的业余时间几乎都用在小说写作上了,并且他下定决心,排除万难,争取胜利!学习不好也不怕,彭东鹏始终牢牢记住老师说的:性痴则其志凝,世之落拓而无成者,皆自谓不痴者也。对,就是不痴难成才,我必须坚持到底,并且我要把发表的第一篇小说献给马大芳。

彭东鹏也开始怀疑起自己,于是就仔细挑选了几篇自己满意的作品寄给了曾经鼓励和支持自己写小说的几位老教授,很快有了回音。

唐教授的短信:"是!你懂得?"

汤教授的短信:"好!你明白?"

常教授的短信:"行!你晓得?"

方教授的短信:"啊!你知道?"

黄教授的短信:"哦!你难道?"

十八、你知道什么是文化?

彭东鹏对几位教授的回答感觉有些莫名其妙。几位他十分尊敬的教授的短信“你懂得”“你明白”和“你晓得”他根本不懂得、不明白和不晓得。“哎呀,教授嘛,有知识,有文化,说起话来就是含蓄、委婉,似是而非。”

这时候,马大芳有了一个想法……

这天,阴雨蒙蒙,云梦大街的街灯朦胧,形形色色店铺的霓虹灯闪烁,似真似幻。马大芳开车载着彭东鹏以及女儿团团,来到省作协主席、小说家兼文艺理论家甄步凡的楼前。

没想到全国这么有名的小说家、文艺理论家住的也就是个三室两厅,彭东鹏暗自感慨。甄步凡非常热情地接待了他们。马大芳做了自我介绍,并把自己精心烙制的各色风味肉饼装在一个精致的食品盒里送给甄步凡。甄步凡很高兴,哈哈笑了起来,说:

“啊,这是拜师的见面礼吧?好好好,我收下了。”

马大芳一看甄步凡是个实在人儿,十分喜悦。甄步凡从茶几上拿出水果和糕点给团团,团团也很乖,不住地说:“谢——谢,爷爷!”

甄步凡打开肉饼盒子,拿出一个来品尝着,说:“你们的肉饼,我去吃过,三鲜味道尤其好啊,你们车院长介绍给我的。小彭啊,我看过你写的东西,还得努力啊!”

“是啊,请老师多多指教。”

“你可要有个思想准备,我可是十分严格,爱批评人啊。”

“严师出高徒!”

一谈到写小说,马大芳就插不上话了,她看着甄步凡大口品尝着他们的肉饼,就感觉有了底气,她趁热打铁,说希望甄步凡经常光顾小店。甄步凡哈哈笑了起来,说:

“好啊,好啊,不过咱得说好,钱该给多少给多少,公是公,私是私,要不我也不去!”

甄步凡在肉饼盒里翻出一个砖头厚的油纸包,说:“这是什么?要是来这一套,我可下逐客令了,年纪轻轻的怎么学起这个来了?你们认为文学、文艺,就没有一块绿地了?告诉你们,文学要真诚,真诚是文学的生命,这些年,文学艺术滑坡得厉害,就在于一些搞文学艺术的人不真诚!”

甄步凡拿起那个油纸包,硬塞给彭东鹏说:“肉饼我收下,这个你们拿回去,记住——君子之交淡如水,人间正道是沧桑!以后多到作协走走吧。”

回到出租屋,马大芳随意拿了几篇彭东鹏写的短篇、中篇小说寄给几家省级文学刊物,结果很快就发表了,不过署名不是彭东鹏,而是当代赫赫有名的小说家王娣。

这就让彭东鹏感到很疑惑了,我的小说以王娣的名义能发表,用我自己的名字就不行?彭东鹏在马大芳的点拨下,分别找了几篇名作家在出名前写的并已公开发表的小说,比如《刘家凹逸事》《名人之后》《小说疯》《风水》《你以为你是谁》等,以彭东鹏的名字署名寄出,结果只有《中华文学》编辑部有了回音,不过不是录稿通知,而是严厉批评彭车鹏的剽窃行为,其他几家刊物都是泥牛入海,没有音信。

这时候的彭东鹏像古代老和尚来参禅“见山只是山,见水只是水”一样,忽然顿悟了,也终于明白了几位老教授“你懂得”“你明白”“你晓得”的深刻含义。于是他愤然弃笔,认真学起自己的专业来,甚至很后悔那时候为什么由经管学院转到中文学院来,如果不转院,学经济,弄不好和马大芳会是很好的经商夫妻档。

从此,彭驴子就像变了个人一样,人活泼多了,腰板儿也挺得直直的,说能写点儿小说就写,不能写也不强求,但必须学好专业课,毕业后找个好工作。他似乎也明白了许多:“况味世事,人生百态,谁知谁能怎么样?”不过彭东鹏还是喜欢读书,尤其是古典名著,比如《红楼梦》《西游记》《水浒传》《三国演义》《聊斋志异》《儒林外史》,还有《说唐全传》《说岳全传》《杨家将》等。至于现当代小说,他只喜欢张恨水的作品。有人问他为什么,他只是回答:“你懂得!”“你明白!”“你晓得!”

从此彭东鹏小说家的梦想几乎就没有了, 古人有一句俗话,叫作——人算不如天算!

这话也应在马大芳的老子马老大马震岗的身上。他支持独生女儿买奥迪车去探亲,看那个“没良心的”小棚子,结果马大芳“肉包子打狗——有去无回”。开始马大芳说在那里开个肉饼分店,马震岗也没多想,他认为,两个孩子不想分开也是可以理解的,所以表示支持马大芳在缘阳市开分店。马老大心想,等小棚子一毕业他们就会回老家松花江,接下他这一摊子生意。马震岗真是没想到,马大芳居然说要再开一个分店,在缘阳这个地方把东北肉饼推向全国,这就大大出乎马震岗的意料了。

于是马震岗开着黑瓦锃亮的奥迪,一溜烟儿就到了缘阳市中南理工大学附近的马大芳东北肉饼连锁店,把正在忙碌的马大芳惊得大嘴张了老半天,又哆嗦了好几下子,才喊:“爸,你怎么来了? 也不打个招呼?!”

马震岗已经在肉饼店门口站了好长时间,看到那副对联,他就有些高兴,心想:“对联写得还真不错,文化人就是不一样。这个小棚子,还是有些文化!”他站在门口,引起很多人围观,他是一个东北大汉,身材魁梧,大圆盘子脸,浓眉大眼。他没有回答女儿的问话,只是用两只大眼贼似的扫来扫去,把小店的角角落落“扫”得“干干净净”,才问:“小棚子呢?”

“上课去了。”

“怎么,星期天还有课? 不错呢,学习挺努力啊!”

“还算可以,他们搞沙龙呢。”

“沙龙? 沙龙是个什么玩意儿?”

“我也不知道是个什么玩意儿。我给他打个电话,让他快回来。”

“不急,还是上课吧,别耽误学习。”

马震岗虽这么说,然而马大芳还是给彭东鹏发了一个短信,说:“爸来了,快回!”

彭东鹏一看短信也惊讶得几乎断了气,心想:

“这老家伙,怎么也不打个招呼,就突然冒出来了?”

他知道这个“爸来了”,是马大芳的爸,绝不会是那个行动不便没出过远门的彭父。他似乎知道岳父来的目的,马上关掉了手机,假装没有看到短信。他知道马大芳看不到他的回信,就会打电话催他回去,可是他不愿见老岳父。这倒不是他不尊重马震岗,而是像所有姑爷都不愿见老岳父一样,他也毫不例外有“排斥老岳父”的情结。果然,马大芳见小棚子很久不回信,又连续打了电话,却总是“已关机……”。马大芳狠狠地骂了句:“小王八蛋,这个‘没良心的'!"马老大马震岗说:"算了,也没什么急事,我去睡一会儿。"

彭东鹏知道场面会变成什么样,他偷偷乐了一下,赶紧拉回思绪,集中精力参加沙龙活动。

彭东鹏把短信给范明强看了,向范明强讨主意。两个人不能大声说话,因为今天沙龙活动特意请来了著名青年文化学者、哲学家贾家淦主讲"当代文化模式及其文化建构",甚至邵振教授、朱烨教授以及车轩院长、鞠红书记都来到现场。出于对专家的尊重,两个人用笔和纸交谈。

彭东鹏写:"事儿你都知道,老爷子来了,怎么办?"

范明强写:"你躲到幕后,马大芳有办法。"

彭东鹏写:"不行,老爷子狡猾狡猾的,大芳应付不了。"

范明强写:"沉默是金,能言是银,少说为佳!"

彭东鹏写:"也不行,他会直接对准我的,不说是不行的!"

范明强写:"那就送你两句话,'顺情说好话,耿直万人嫌'! 更何况那事八字还没一撇呢。"

彭东鹏写:"明白。"这句话正合了彭东鹏的心。

范明强写:"不说了,认真听吧,好好思考,准备提问吧!"

贾家淦是我国著名学者、教授、博导,他此次路过缘阳市,登上岳阳楼看看古今风貌,很是惬意。然而更让他惬意的是,他有一个一起读博的女同学甄珍,正在中南理工大学哲学院工作,他顺便看看老同学,叙叙旧,也是件美事。更何况缘阳市是一座文化古城,如果在这里有新的发现,那真是一举多得。贾家淦给甄珍拨了电话,说是到了缘阳市:"怎么样,一起喝个茶? 老同学怎么也得管顿饭吃?"

没想到甄珍在电话里说:"老同学来了,欢迎欢迎! 可惜,我在德国慕尼黑啊!"

"啊?我刚才给你们学院打电话,说你在家呢。"

"他们秘书不知道啊!我在慕尼黑!赶不回去了,不过我会好好安排你呢。"

甄珍是哲学院院长,她从心底不愿意看到这个老同学,主要是看不惯贾家淦那副高高在上、自以为是的德行。当然原因也包括她与贾家淦的观点不同,道不同不相为谋。其实甄珍就在办公室里,她告诉秘书:"贾家淦再打电话,就说我出差到国外去了。"贾家淦不相信老同学去了慕尼黑,刚才打电话给学院秘书,秘书说她还在呢,突然又出国了?他于是就又打电话到办公室,这次秘书很乖巧,甜甜蜜蜜地说:"喂——贾专家啊,我们院长出国了。到哪里?我们也不好问,反正不是欧洲就是美洲。"不过女秘书又说,"我们院长说了,要好好接待您,不过现在在搞群众路线教育和反腐,所以不好大张旗鼓,今天由我们陈副院长招待您,这可是陈副院长自己掏腰包接待您的啊!明天下午,我们院长还安排您去中文学院的文化沙龙演讲。明天晚上,由中文学院招待您!"

甄珍院长向车轩院长也做了交代,听讲的人不要太多,20 多个人,管顿饭就行了。

车轩院长久闻贾家淦的大名,从内心里也真心佩服贾家淦。他听到甄珍院长让他招待贾家淦十分高兴,不过甄珍再一次打来电话,说她在德国慕尼黑,车轩就有些疑惑了,他想昨天晚上还和甄珍喝茶聊天,怎么一天间她就到了慕尼黑呢?车轩院长颇有些疑惑。正好中文学院 1201 班 20 来个同学要搞第九次沙龙活动,主题内容是"当代文化模式及文化建设",真是来得早不如来得巧,这正是贾家淦的"拿手戏",何不让贾家淦来沙龙主讲"当代文化模式及文化建设"呢?

让车轩院长没想到的是,1201 班的同学们几乎都来了,甚至其他班级也来了不少同学。方静深把丰子瑜喊来听沙龙讲座。范明强、张芳盛以及三胞胎姊妹也想弄清楚老师们天天挂在嘴边上的文化到底是什么,所以都来了。

伍六一、彭东鹏、梅秀秀以及三胞胎姊妹的窃窃私语引起了贾专家的注意,他不自觉脱口而出:“啊,美女!”

报告厅的同学们一下子惊讶起来:“什么? 美女?”报告厅一时鸦雀无声,又很快嘈杂起来。坐在贾专家身旁的车轩院长也惊讶不已。不过贾家淦毕竟是专家、学者、教授和博导,他讲道:“这就是‘文化’,有什么可大惊小怪的!”

全场一下子安静下来。

贾家淦接着说:“我喜欢的美女是东方女性——头形椭圆,头发稠密、柔软、黑亮、脸上边微圆、下边微尖,曲线柔美,这也是历代公认的东方美女标准脸型,比如董卿、章子怡,还有在座的这几位。”他指着三胞胎姊妹等。全报告厅又有些骚动,不少人都站起来一睹芳容,贾专家接着讲:“而西方对美女审美标准呢比较宽容,各种风格的女人都可以得到认同。因为他们比较注重个人风格,如果只是漂亮,而缺乏鲜明的个性,是没有办法受到关注的,比如安吉丽娜·朱莉、杰西卡·贝尔、戴安娜王妃……”

彭东鹏说:“这就是大家,胡说了一番,还能扯回来。”

大约 1 个小时 20 分钟,贾家淦的文化沙龙讲座结束了,满头大汗的贾家淦如释重负,信心满满地准备回答同学们的问题。

沉默了很长时间,也没有人站起来提出问题。车轩院长很是着急,他担心同学们提不出问题。果然贾家淦四下里看看,侧过脸去看看车轩院长,又抬起头来看看同学们,说:“要不——”

这话还没说完,范明强站起来举手,说:“我有一个问题,想向专家请教。”

车轩院长一看是范明强提问，就放心了。

范明强说："专家，您好！您今天的讲座很精彩。"说到这里，贾家淦专家面露喜色，说："你讲，什么问题？"范明强接着说："那么以您的学识，您所讲的'文化建设'中的文化，其根本含义是什么？据我所知，自20世纪50年代，关于文化至今大约有近两百个定义，那么您所说的是哪一种认知呢？"

车轩院长面露喜色。

贾家淦转过脸，对车轩院长说："你的学生很有水平。后生可畏，后生可畏！"然后，贾家淦又啊啊两声，才向同学们说，"这个同学提的问题好啊，可见同学们学习认真，思考问题深入，我们就要提倡这样的努力学习和不断钻研的精神！"

无奈的贾家淦接着说："这位同学的问题提得很好，也正是我在深入思考的问题，现在我考虑得还不太成熟，为了更负责任地回答，我把问题带回去，再给你们一个书面的回答，好不好？"

报告厅哗啦鼓起掌来，不知是为范明强鼓掌，还是为贾家淦的"诚恳与真挚"鼓掌，车轩院长也轻轻鼓了几下……

接着张芳盛也举起手来，梅秀秀拉了他一把，说："你提什么问题啊？看刚才范大班把老师难得。"

车轩院长一看张芳盛要提问，心想这家伙肚子里也有点儿东西，就让他说。

张芳盛说："老师您好，今天的讲座很有知识性、理论性和启发性，我们充分认识到当前的文化建设对于实现'伟大复兴的中国梦'意义非凡，那么我的问题是——第一，您能不能给我们勾勒一下，我国当前的文化态势；第二，在这之中，你能否分析一下当前我们还有哪些文化糟粕需要剔除、扬弃以及怎样文化重建？"

在座的邵振教授、朱烨教授以及唐婷研究员、鞠红书记和哲学学院的两位副院长都对两位学生提出如此深刻的问题感到有点儿沾沾自喜。

车轩院长一看贾家淦有点尴尬，赶紧拉过麦克风来，说：

“这位同学提的这个问题，要说简单回答也容易，要说详细回答也很复杂。如果简单回答同学们会不满足；要说详细回答则没有这个时间，我建议，是不是让贾专家也带回去，一起给我们一个书面的回答？”

坐在车轩院长身旁的贾家淦赶紧回答：“好好好，一定一定。”

同学们听了，不禁哗啦一下子笑了出来。

于是报告厅里又一次响起了热烈的掌声，而且十分热烈，经久不息，不知道是鼓给谁的。

路上，参加沙龙的同学们议论纷纷。

“你说，什么叫文化？”

“不知道！”

“听讲座了，还不知道？”

“听讲座了就能知道？不知道就是不知道。”

“说起来，我们天天讲‘文化建设’，可到底什么是文化？”

晚上10点，彭东鹏在自己的宿舍里又待了半天，才回到马大芳的肉饼店。

彭东鹏四下里看看，说：“来啦，在哪里？”

马大芳说：“谁来啦，连个爸都不叫？”

“嘿嘿——”彭东鹏连着笑了几声说，“累死了！累死了！”

“听个课，累什么累，讲的什么，听得这么累？”

“讲的‘什么是文化’。”

马大芳听了，有点儿不知所云，就说：“你们这些大文化的人，净弄些闷葫芦,哪如我卖肉饼实在!”

第二天,马老大没有心思去旅游和看风景,想着跟孩子们先谈好了今后怎么办再说。

彭东鹏和马大芳两个人一晚上也没睡踏实,两个人商量着怎样对付老头子。以马大芳的话来说,对的事情就要坚持;而彭东鹏呢,则认为应该先把老头子哄欢喜了再说,投其所好,再让老头儿高高兴兴地回去。然而两个人商量来商量去,也没个准主意。

马老大没心思去旅游,他带着三分气去见马大芳和彭东鹏,张口就说:

“小棚子,这主意肯定是你出的。她大芳哪有这心思?”

马大芳赶紧把问题揽过来,很不高兴地说:“爸,你别冤枉人,你也太小看我了!”

马老大说:“你们究竟是个什么打算? 实话实说,别藏着掖着的。”

“反正还有一年多就毕业了,我打算多学点儿东西,回去也有用。”彭东鹏笑笑地说,从表面看很真诚,没一点虚的。

“你呢?”马老大问。

始终不说话的马大芳紧闭着嘴,心里说:“这个‘没良心的’,去了趟沙龙,就狡猾起来,还不是把我卖了!”也只好说,“我再好好考虑考虑吧!”

马老大就有些生气,说:“不用考虑,现在就说。”

马大芳实在没办法,也只好说:“先按照那个‘没良心的’说的,暂时这么办吧。”这就弄得马家岗子屯的老支书马老大没脾气了,软也不是,硬也不是。

周二下午没课,范明强、张芳盛和三胞胎姊妹以及高小英等人,听说彭东鹏的老“东山”来了,买了不少水果来前来看望。马老大马震岗激动得不得了,说:“不愧是文化人,多懂事,哪像这两个不知好歹的混账东西!”

在闲聊中,张芳盛嘿嘿笑了两声说:“大伯,您幸福啊!儿孙满堂,还有一大摊子事业,好啊!”

听到这话,马老大十分惬意,满脸沟沟坎坎都充满了笑意,赶紧谦虚地说:“哪里哪里,操心啊!”

伍六一说:“儿孙自有儿孙福啊!”

老半天没说话的范明强说:“鹏鹏和马大嫂是您老教育得好啊!”

马老大说:“哪里哪里,老了,跟不上了!”

“嘿嘿嘿……”张芳盛说,“马大嫂和鹏鹏理想远大呢!要把你们家祖传的东北肉饼推向全国,就等于你们家农产品的深加工,产值就会翻倍。您老就是肉饼大王啊!马大嫂是董事长,鹏鹏就是总经理,你们在东北老家过着小日子,钱就像水一样,哗啦哗啦流到银行卡上啊。”

“回家继承产业和肉饼推向全国不矛盾,可以统一起来啊!”梅尕尕说。

“鹏鹏还可以写小说,您老享天伦之乐,在家里待烦了,就到各处连锁店走走,指导指导工作,兼旅旅游,多好啊!”范明强几句话说到马老大的心坎上。

马老大心想:“这伙贼娃子,转了半天来忽悠我啊!”不过他心里也不得不佩服这伙“贼娃子”有文化,站得高,看得远,心想:“我真的老了——”马老大不好意思也没有充分的理由反驳这些“贼娃子”,不得不想通了,就说:“你们这些文化人,不愧是有大文化的,把我这个没文化的‘历史主义’弄得一点办法也没有。唉,儿大不由爷,由你们折腾去吧。”

“唉,你们有大文化的人天天说文化,我问一句,什么是文化?”

范明强等人一下子发了蒙,就七嘴八舌地说:“我们回去研究研究给你个‘书面回答’。”

不过支书马老大也没再追问,看着一个个“贼娃子”,他就觉得喜欢得不得了。

十九、诗成自点头

自从那天晚上范明强、张芳盛、高小英以及三胞胎姊妹等人，几句话把马大芳的老子马震岗点化了，他们就一直有点沾沾自喜。

另外，他们也有自己的打算，都想着如果毕了业找不到工作，回老家的城市或县城或乡镇加盟马大芳连锁肉饼店也是不错的就业方式。那个赵婷婷，她办了个网站，在网上帮村里人卖菜，后来又在网上卖肉包，八月十五就卖月饼，一个村子200多户人家，全让她带得发了大财。

同学们都想好了，毕业后就和马大芳搞连锁店，也是不错的出路。

今年的中秋节和国庆节巧遇，国庆节刚过完接着就是中秋节。

“天下还有这么美好的事，两个节连起来，放这么长的假！”冯秀叶无比高兴地说。

1201班没有几个同学回家，不像其他班一样，一到过节就“唱空城计”。1201班没回家的一伙人围着校园花径转圈圈，他们望着十五不圆十六圆的月亮，十分轻松愉快。

姚丽娜说：“就这么几天假，回家有啥好？来来回回辛苦疲劳不说，把父母给的血汗钱都交给了铁道部，多不划算。想念父母，现在有视频电话，在视频里和爸妈说说心里话，不和回家一样？”说着就打开手机。

“爸、妈,我想死你们了!”

“想死我们了怎么不回家?”

“不是为了省钱吗?还可以学习学习,还能玩玩儿!”

“学习谈不上,玩玩儿倒是真的,对不?”

“看你们说的,我就这么不懂事?”

“那——是真想我们?”

“那还有假,是真想!”

“没钱了吧?”

“嘿嘿,你们非要给点儿,我也不反对!嘿嘿!”

“你们看,怎么样?这不就等于回趟家?留下来,吃月饼,赏明月,多么富有诗情画意。挤出时间来还能看看书,背背诗,读读小说,多好!这不就是叶叶说的‘美好的事情’!”

“嘿嘿——”张芳盛又笑了几声说,“哟,你们还挺诗情画意。”

姚丽娜和冯秀叶很不满地“哼”了一声,扭头落下了几步,离张芳盛远远的,她们还没忘记梅秀秀和张芳盛在一起,梅秀秀夺了她们所爱的事儿。这一切,三胞胎姊妹都看得一清二楚。

梅朵朵对冯秀叶和姚丽娜也很不屑地“哼”了一声,小声地对姐姐梅秀秀说:“真不值得……”

梅秀秀眼睁睁地看着张芳盛说:“自作多情?”

张芳盛又笑了几声,什么也没说,显得有些尴尬。

高小英、阿佩金英以及范明强、伍六一、游前偲都看得清清楚楚。高小英拉来梅秀秀,拍拍梅秀秀的肩膀,示意她不要多说。白茹也凑过来,摸着梅秀秀的脸蛋儿,小声地说:“你们俩出双入对,我们能没想法?”白茹也学着张芳盛嘿嘿笑了几声,做了一个鬼脸儿。回过头来拍了拍方静深,又拍了拍丰子瑜厚实的肩膀,说:“祝你们节日快乐!心想事成!”

方冬玲说:“唉,是啊,还真的有一对儿没来呢!”

“谁啊?”阿佩金英问。

“谁?你吃了人家这么多肉饼,就把人家忘了?”方冬玲笑着回答。

“那倒是,真不该呀。马大嫂的肉饼比中秋月饼好吃!和我们乌鲁木齐的肉饼一样,味道鲜美。”阿佩金英说。

“人家中秋节歇业,旅游去了,凤凰城、张家界,有钱就是任性!”姚丽娜很羡慕地说。

“那当然,马老爹同意了他们搞连锁店,能赚钱,没负担,不旅游干什么?”冯秀叶紧跟着说。

“怎么能把穷哥们儿忘了?要不是咱们点化了马老爹,他们能那么愉快?应该再请咱们吃肉饼!”游前偲很及时地插了这么一句话。

“这个游前偲,还想吃?”梅尕尕小声地说,然后又大声说,“咱们班谁没吃过人家不花钱的肉饼,想把人家吃垮呀?说好啊,今后再上人家那里吃肉饼,都得付钱!别没脸没皮的!”梅尕尕显得很是不屑。

“那是!”老半天不说话的范明强很肯定地说,“再说了,老白吃人家也不是个事儿,更何况主意是人家彭东鹏自己想的,只不过通过咱们说出去而已!”

张芳盛又嘿嘿笑了几声,说:“你别看这个彭东鹏,还真有点儿鬼心眼儿,几句话就把榆木疙瘩脑袋的老丈人‘点化’了,问题迎刃而解了。”

说到这里,游前偲也说:“你们说到点化,我背首诗,点化点化你们,唐代诗僧齐己的五律《寄松江陆龟蒙处士》,知道不?”说着就愣愣地从高小英手袋里要过记事本,一边抄一边背:

万卷功何用，徒称处士休。闲欹太湖石，醉听洞庭秋。

道在谁开口，诗成自点头。中间欲相访，寻便阻戈矛。

张芳盛“嘿嘿”两声，说：“‘钱财’还是很了不起的。‘闲欹太湖石，醉听洞庭秋’，一个‘闲欹’一个‘醉听’，就把诗僧齐己怡然自得、安逸闲适的情境给我们形象生动地刻画出来了。而更富意境、更富哲理的还是接着的两句‘道在谁开口，诗成自点头’。从字面理解写诗不过是有意境的事情，内在境界没达到，怎么写都写不出好诗句来。更深一层理解应该是，做任何事情，只要功夫到了，也就自然天成、大巧若拙，见山只是山，见水只是水！”

游前偲一听就十分高兴，他听不出张芳盛对他的揶揄，倒认为张芳盛对他赞赏有加呢，于是就信心十足地说：“我也给你们写首诗，绝不不亚于齐已的！”说到这里，游前偲脑子转了几个圈圈儿，于是他拿出笔来，又从高小英那要过那个记事本，说：“就写这上面。”题目是《闭门》：

外事休关念，灰心独闭门。无人来问我，白日又黄昏。

灯集飞蛾影，窗销迸雪痕。中心自明了，一句祖师言。

“‘有钱财’，这是你写的诗？什么烂诗啊！”冯秀叶不屑地说。

“就是，什么‘无人来问我，白日又黄昏’；什么‘飞蛾影’，又是‘自明了’，这就是诗？忽悠我们？”姚丽娜赶紧为闺蜜撑腰。

游前偲站在一旁，笑嘻嘻地不说话，显得胸有成竹。

冯秀叶说：“像这样的诗，我一天可以写一百首！比如：‘今晚半月日，明晨霞满天’;又曰:‘唧唧虫鸣香,磔磔秋芹白’。你看怎么样?比你的不知高明多少呢!”

“我看,这几句真比‘有钱财’的水平高多了!”姚丽娜很是激动,怎么也没想到闺蜜有如此诗才。

石丽子和苏白说:“我看游前偲的诗写得还不错啊。虽说不上十分好,但总算还过得去。”

苏白说:“那是,我看很有意境!”

石丽子说:“到底是不是游前偲写的?别像那次财商演讲一样,咱们被他忽悠了!”

此时的游前偲一言不发,他走到一旁偷着乐。

孟菲斯和方静深在一旁也不说话。

“这是你写的诗?”冯秀叶说。

“就是,根本就不是诗!不过四六句而已。”姚丽娜跟着说。

“哈哈哈,”游前偲实在忍不住,不禁奸笑起来说:“这可不是我写的诗,告诉你们吧,这和‘道在谁开口,诗成自点头’是姊妹篇,都是齐己的诗!不信你们去查《全唐诗》。”

偷着乐的孟菲斯和方静深也笑出声来,说:“就是,就是,这个‘有钱财’也学坏了,你们都忘了那回的狼狈相了。”

同学们一下子明白过来,都笑着说:“这个‘有钱财’,一看就不是一个好东西,三番五次地给我们挖坑。”

冯秀叶、姚丽娜更是尴尬,她们很不好意思,就笑着骂游前偲:“你真不是个好玩意儿!”

“对不起,真对不起!我可没别的意思,我突然想,咱们为什么不来个赛诗会什么的？也搞他个‘道在谁开口，诗成自点头’！”

“哎，你别说，游前偲有时候还真有些想法。”高小英说。

范明强对班长张芳盛、团书记梅尕尕说：“真可以办一场赛诗会。如果办得好，可以再在全校办一场。”

游前偲一看他的建议得到这么多人的首肯，就又高兴起来，不免有些得意忘形。他和张芳盛说：“你那奖励的钱还有吗？拿出点来，下馆子，吃点饭，怎么样？”

张芳盛嘿嘿笑了两声，说：“你个游前偲，就是忘不了吃！就是下馆子也不叫你。”

“那你可得把我叫上！”游前偲唯恐下馆子不叫上他，可怜兮兮地赶紧说。

1201 班确实要搞一次诗歌创作大赛。伍六一说：“搞什么诗歌大赛啊，现在写诗的比读诗的还多！”

很少在大众场合说话的毛金灿说：“你们立足点就不对，怎么不看看现在那些写诗积极性高的，自办诗刊、诗报，自费出版诗集和举办诗歌沙龙等，作品虽良莠不齐，那也是真性情的抒发啊！”

“那是，现在生活好了，有了闲情逸致，都在追求精神生活。”白茹说。

毛金灿接着说：“据不完全统计，就自办的诗刊、诗报来讲，全国就有两三千种，这是物质生活提高后必然的精神需求。”

“管那么多干啥？”游前偲说，“让张芳盛赞助这个诗歌竞赛活动。”张芳盛确实打算从自己的奖金中拿出 3000 元，在 1201 班搞一次诗歌创作比赛：一等奖 1 名，500 元；二等奖 3 名；每人 300 元，三等奖 6 名，每人 100 元。优秀奖 15 名，每人 50 元。还要成立小组委员会，组长当然就是他张芳盛了，梅尕尕和阿佩金英为组委会成员。

“盛盛,你不要因为‘掏了钱’,就既当运动员,又当裁判员吧。”游前偲说。张芳盛虽不会去当“运动员”,但还真想当“裁判员”,却遭到了不少同学的反对,尤其是游前偲。他想:“如果真是那样,我游前偲写得再好,也得让你张芳盛给刷下来。”

为了避嫌,张芳盛成立了范明强、高小英、彭东鹏的三人评委小组。张芳盛之所以把彭东鹏拉进来,是为了让他掏点钱,搞点赞助。没想到这三个人都不愿当评委,都认为自己没这个能力。最后他们决定1201班全体同学都是评委,以无记名投票的方式决定名次。张芳盛在学院鞠红书记的支持下,特聘了邵振教授和房欣然博士、席伶俐博士这两位副教授为顾问。

第三个星期一的下午,张芳盛、梅尕尕、阿佩金英三位同学来到中文学院鞠红书记的办公室,他们希望学院再给他们的诗歌竞赛一些帮助。一是费用资助,他们计划让同学们把自己的诗用毛笔抄写下来,也算是一次书法展览,需要大约1000元;二是场地赞助,他们希望借用中文学院办公楼的三楼楼道,把同学们抄下来的这些诗,挂起来展览,让大家欣赏和评析。

鞠红书记说:“这是大好事啊,支持都怕来不及,哪有不同意的?还有什么困难,尽管说。只要合理、能办到的,都没问题。”几个人十分高兴,尤其是张芳盛。

几天来,张芳盛、梅尕尕、阿佩金英三个人一方面整理同学们交来的诗歌作品的纸质版;另一方面把同学们交来的电子版一首首重新编辑,把这些诗歌作品放到1201班的群里,让同学们阅读、评比。令张芳盛、梅尕尕、阿佩金英意外的是,同学们阅读非常积极,而评论则十分冷淡。他们号召了多次,应者寥寥。但是他们没想到同学们对抄写自己的诗歌用来展览,比诗歌创作的积极性还要高。大家根本不需要中文学院的1000元资助费,自己掏钱买来宣纸、图画纸、彩笔等。不会书法的，就到美术学院去找同学帮助。没想到美术学院的同学们也非常积极，连游前偲也找到一个小“美眉”孙英。当游前偲把自己的名字写给她时，孙英读成了“游前思”，游前偲很多情地悄悄地赶紧给她纠正，是“偲”（cāi），不是“思”，是帅而有才华的意思。孙英又读了读游前偲创作的诗《回忆》：

翻开布满尘埃的画卷
你有你的浓墨重彩
我有我的水墨诗韵
明晃晃的太阳是你
用炽热温暖万物灵长
素洁的月亮是我
淡淡的光影已经足够

当黑暗的天空升起你的笑脸
生命有了不一样的意义
当夜幕再次降临
在黑暗中捕捉你伟岸的身影
把时间做成一张书签
最美的定格在曾经相遇的时刻

把历史写进来
作为万代传诵的模本

回忆是一团千缠万绕的细麻
永远无法找到它的线头和轨迹
回忆是一江春水
就让它流入你我共同的心扉

回忆占据着我的思绪
却不知何时想起、离去
忘却过去
日月交替
牵手
走向宇宙的永恒和唯一

孙英不由得对游前偲就多了一些认真,竟然很羞涩地说:"这是写给我的诗吧!"游前偲一下子心花怒放,竟然口吃地说:"那、那好,写给你的,送、送你!"两个人精心构思,根据游前偲诗歌的创意,紧紧扣住诗的内容和意境,用书法和装饰把这首诗装点得朦朦胧胧。

然而,还有更绝的,有人请美院学设计的同学专门设计创作。

1201班的周圆说:"请什么?我谁也不请,就请我爸——周大璐同志!"周大璐在中国美术界和书法界,是如雷贯耳的人物。这么说吧,就算是中文学院的邵振教授和周大璐比起书法来,都还有些差距。周大璐的书法,3000元一个字,普通人根本见不到,假如周大璐公开到缘阳来,市委书记、市长也得出面迎接,省、市美术协会、书法协会还要开个欢迎会。要到中南理工大学来,那就会被写进校史中,这是荣耀!不过他这次是被周圆悄悄喊来的,周圆为了自己诗的书法创作和艺术装饰,和爸爸周大璐有过一番“较量”。

“周大璐同志,你到缘阳来一下,我想您老人家!”

“不要老是周大璐、周大璐的,没大没小的。”

“作为人,咱们是平等的,你我都是‘同志’!”

“什么事? 这么想我!”

“爸,想就是想,还要理由?”

“圆圆,你不知道我忙啊?”

“有多忙? 我这么努力学习,您不想我?”

“想,怎么不想! 现在不行,等几天我不忙了再说。”

“那不行,现在坐飞机来,有急事。”

“什么? 出事啦?”

站在爸爸身边的妈妈新凤琴一下子非常着急地问:“出事啦?”

“妈妈,您别急,没出事,是好事。我写了几首诗,看着不错,请爸爸帮帮忙,给抄一下,加些小图案,装饰装饰,争取得个大奖! 我们班同学,个个都下了功夫请名家。哼,我也请,就请周大璐同志!”

周大璐说:“就这个啊,还得我去? 我给你在缘阳找个人怎么样?”

“不行,妈妈和爸爸,你们俩都得来,坐飞机,一上午就到了。”周圆挂掉电话,一会儿,周大璐发来一条短信:“下午三点,在希望门接我们。”周圆一看短信就乐了,自言自语地说:“还是爹亲娘亲!”想到这里,周圆就偷偷地乐。和周圆一个宿舍的郭平平、刘祎霞、宋倩平就笑嘻嘻地问:“怎么,神经了?”

“你们才神经呢! 告诉你们一个好消息,我爸爸周大璐同志和妈妈新凤琴同志要来看我了,今天下午到,让我在希望门前接他们! 啊,爹亲娘亲,十分亲,百分亲,万分亲!”

不到一周的时间，也就是第四周的星期二下午，1201 班的诗歌创作及书法展览布置完毕，接连几天中文学院大楼三楼都是熙熙攘攘的，更有不少人驻足流连于周圆的诗歌前，不住地交口称赞："诗写得好，书法更好！这字怎么这么熟悉啊？好像是著名书画家周大璐的手笔！"他们哪里知道，这真是周大璐的亲笔。

幸福的时光

周　圆

我有很多很多小小的心愿
希望哪天有自己的梦幻庄园
有阳光，有落地窗，还有白色床单
有大海，有日出，还有饭后的休闲浪漫
我有很多很多大大的梦想
梦想一个人去看太阳，去流浪

你喜欢有着梧桐树的庭院
我偏爱大片大片的香樟
以及门前向日葵和薰衣草的清香
你说我是你的小太阳
看日光倾城，来去的路上，有你的陪伴
如果问我喜欢什么样的生活
有种诗意，有种清新
那么近，那么远

远离城市的喧嚣，远离钢筋丛林
像一匹自由的千里马，游走在幸福的赛场

不是海子的面朝大海，春暖花开
只是想做一个淡淡的孩子
不浮不躁，不争不抢
不去计较浮华之事，不去强求
淡然地过着自己的生活
不要轰轰烈烈，只求安安心心
刻下来的幸福时光，简单而又平凡
如果你也渴望，请给我最诚挚的欣赏！

1201 班的同学们也多次来到展览现场，一方面再读读自己写的诗歌，另一个方面也暗暗和同学们写的诗比较一下，同时也看看谁的诗前面驻足的人多。几乎 1201 班的每个同学都很满意自己的创作，心想："你有《我是一朵云》，我也有《一株等待的树》，谁比谁差多少？不行咱们比比！"

看似风平浪静的诗歌创作大赛，在不少同学心里掀起层层涟漪，甚至是惊涛骇浪。张芳盛心想："唉！写诗真是'道在谁开口，诗成自点头'。"而搞竞赛则又成了"横江欲渡风波恶，一水牵愁万里长"。班长张芳盛、团支部书记梅尕尕以及阿佩金英又遇到一个没想到的难题。

二十、1201 班的缪斯世界

举办诗歌书法展，这是范明强给张芳盛的第一个借题发挥的锦囊妙计。

当时，张芳盛一听范明强的建议，马上就有了心得："只要搞成功，那就是一件大好事。"那个夜晚，回到宿舍后，张芳盛抑制不住兴奋，就把范明强的"妙计"用短信给领导小组另两位成员梅尕尕、阿佩金英发了过去。很快，梅尕尕、阿佩金英就都回信了。

梅尕尕的短信："发什么神经？都半夜了！不过点子是不错。"

阿佩金英的短信："恍然大悟了！"

张芳盛的回复是："一举多得呢，古人曰：'一举而三役济！'"

梅尕尕回信："管他几'济'，睡觉，明天说。"

阿佩金英问："何谓'一举而三役济'？"

"何谓'三役济'啊？宋代一个还不错的宰相丁谓干的大好事，应该是'百般千赢'吧。"张芳盛说。

"明白了。"阿佩金英说。

深更半夜，和梅尕尕一个宿舍的两个姐姐梅秀秀、梅朵朵以及高小英都睡得十分香甜，本来梅尕尕也睡着了，因为张芳盛给她发短信，她醒后久久不能入睡。而对面的宿舍里，手机短信铃声也响个不停，梅尕尕悄悄来到阿佩金英床前,吓得阿佩金英"啊"的一声差点儿喊出来,还好梅尕尕及时捂住了她的嘴。阿佩金英一下子坐起来,一看是梅尕尕,小声说:"神经病,干什么吓人!"

"这么晚了,还不睡?吵得人家睡不着,和谁谈情说爱?"梅尕尕问。

"和你姐夫——张芳盛!"

说着,阿佩金英就把她和张芳盛的短信聊天记录拿给梅尕尕看,两个人不约而同地笑了起来。正在睡觉的孟菲斯、石丽子被吵醒了,迷迷糊糊地说:"快睡吧,这么晚了,还发神经。"

阿佩金英和梅尕尕相视一笑。

在范明强、高小英的出谋划策下,张芳盛、梅尕尕、阿佩金英把这次参赛诗展览搞得有声有色。

中文学院教学楼三楼的诗歌展览,诗配画,画配诗,诗画相得益彰;书法写诗,诗在书法中;书法有诗,诗因书法名!前来参观展览的师生络绎不绝。张芳盛、梅尕尕、阿佩金英和出谋划策提建议的范明强、高小英以及1201班的其他同学,这几天感到无比兴奋。不少人都想:"我还真有两下子!"

1201班的同学们,下了课,吃了饭,聊着天,不知不觉地就会来到中文学院教学楼三楼,欣赏一番自己的"成就"。

石丽子、白茹、苏白站在她们写的几首诗《倚着青春的脚步曼舞》《童趣》《银河岸边的玫瑰花》《风筝》《天·地·人》前,欣赏着美术学院学长学弟抄写的诗句和做的装饰,无不美滋滋的。

白茹站在自己的诗作前似有所悟:"关键是'做',说做就做!这就能成功。"

有句俗话:吃顺了嘴儿,跑断了腿儿。1201班同学们就是这样,他们不自觉地来到自己的诗作前欣赏了一遍又一遍。就连帮助他们进行书法抄写和搞装饰插图的美术学院的同学们,也会不自觉地前来欣赏自己的作品。曾热情帮助过石丽子的樊高昇听了石丽子、苏白的议论,也深有感触地说:"你们这些大诗人,心里美吧?"

石丽子说:"那是,这就是我们的'缪斯世界'!"

然而,展览第三天就出了事,也算是件大事。周圆爸爸周大璐抄写的两首诗,不翼而飞了。

"鞠书记,呜呜呜……我的诗歌条幅没有了,不知哪去了,呜呜呜……"周圆一边哭泣,一边诉说。

"不会吧,你再仔细找找。"鞠红书记说。

"看了,都找了,四幅,丢了两幅!"

早上不到七点,鞠红书记起床,洗漱完毕,准备给儿子做点早餐。她刚刚打开天然气灶,周圆的哭诉电话就打了进来。她匆匆忙忙开着自己的"大众"赶到办公室。1201 班以及其他班一伙同学正安慰着很伤心的周圆,说:

"没关系,丢了,还有底稿,再抄就是了,有什么好伤心的?"

没想到,周圆听了更伤心地大哭起来:"呜呜呜,你们哪里……哪里知道,呜呜呜……"下面的话周圆是不能说出来的。

鞠红书记一边安慰周圆,一边拉着她到自己办公室里。这时游前偲也挤到鞠红书记面前说:"我的也丢了一幅。不过没关系,也不值什么钱,我想办法再搞就行了。"

总共丢了三幅展览的诗歌条幅,两幅是周圆的父亲周大璐抄写和配图的诗歌条幅,另一幅则是游前偲的,也就是孙英帮助抄写的、游前偲想在孙英面前显摆的那一幅。

中文学院非常重视诗歌条幅被偷的问题,中文学院院长车轩和书记鞠红感到十分惊讶,怎么还会发生“窃诗”的事件？必须严格追查,以防再次发生。鞠红书记把张芳盛、梅尕尕、阿佩金英以及范明强、高小英找来,安排他们晚上下了自习就把展览的条幅收起来,第二天七点再挂上去,防患于未然。特别是诗好,书法也不错的,要格外注意。“你们就抓紧时间评比,至于丢失的作品咱们也得下大功夫追回来,问题不难解决,用中文学院教学楼大门口的‘天眼’,一看就知道了。”

果然,很快就找到了“盗贼”。在大楼门口,先后出现了两条“鬼影”,一男一女,是谁？真让人想不到——一个是游前偲,另一个是帮助游前偲抄写的孙英。这两个人是不是“共犯”？不是！不到半夜一点的时候,游前偲大摇大摆地进了大楼,十来分钟后,这个“鬼影”就不慌不忙夹着卷起的条幅出了大楼。相隔不到一小时,一位身材矮小的女孩儿,蹑手蹑脚地进了大楼,也是十来分钟,她轻手轻脚地离开中文学院。

三胞胎姊妹中的老大梅秀秀就很疑惑,说:“怎么还有人偷‘有钱财’的诗?”

梅尕尕说:“真是萝卜白菜,各有所爱!”

梅朵朵也说:“树林子大了,什么鸟都有!”

高小英笑了笑,说:“咱们不要说这么难听的话。”

游前偲和孙英对自己“窃诗”的行为都“供认不讳”。孙英“窃诗”的目的很单纯,就是看着游前偲诗写得好,被感动了,还有这么一点点儿对游前偲的喜欢。

孙英交代说:“我可不是偷啊,就是想‘摘’下来保存,而且小游说是送给我的,怎么能说是‘偷’？你们要,我再给他写一幅就行了。”一天后,孙英又拿回一幅新的挂在展区,这事也就算过去了。

游前偲“窃诗”就不那么简单和纯粹了，他还强词夺理，说：“就这么两幅诗歌条幅，都是老同学，留作纪念，有什么大问题？是吧，鞠书记？”可就是不交回来。

“游前偲，你怎么这么认为？人家同意你‘留作纪念’吗？再说了，你这样难道不影响人家周圆的评比？更何况周圆的作品是名家手笔，我不说‘偷’，可你能这么‘摘’去吗？我希望你能够完璧归赵！”

“老师，我爱不释手啊！”直到离开书记办公室，游前偲也没直接说要拿回来。等了两天，鞠红书记又把游前偲叫来，说：“再不拿来，我们就要报警了。给你讲明白一点，周圆告诉我，这四幅诗的配图和书法是她爸爸周大璐的作品，周大璐你知道不？我国当代著名书法绘画大师，他的一个字3000元都得不到，你想想你的偷盗情况多么严重！”鞠红书记加重了最后一句话中“偷盗”两个字的语气，并接着说，“限你30分钟拿回来，算你‘摘’去的，否则我们立即报警。”游前偲一听，没有任何转圜的余地，也吓坏了，不到20分钟，就将周圆的两幅诗画拿来了。

其实游前偲比猴子的心眼儿还多呢。他在周圆接父母来理工大学的时候，听周圆喊爸爸“周大璐同志”，又看到周大璐的书法，就更觉着周圆的父亲周大璐非同寻常，他偷偷摸摸到网上一查，差点从椅子上掉下去。

“哎呀，这么厉害的老家伙！”

于是他就打定主意，要弄到周圆的诗画，怎么弄？张口要，周圆能给他？一百个人排队，也轮不到他游前偲，只有一个办法——“偷”，不，“说‘偷’多难听，应该叫‘摘’。”游前偲为自己偷诗画找借口，可他真没想到问题的严重性，一个字3000元，这两首诗歌足有几百个字，再加上插图，游前偲打开手机上的计算器算账，吓得毛骨悚然，虚汗淋漓。游前偲不由得一路小跑，把周圆的两幅诗画拿来交给鞠红书记。这时游前偲想起刘向《说苑》中的一句话：“骄不与罪期而罪自至，罪不与死期而死自至。”想到这里游前偲更加后怕了。他自言自语地说：“我的亲爹哎，开学初上了贼船，入了传销团伙；如今怎么又差点蹲了大狱？这可不是玩儿的。”这些日子，尽管美术学院的孙英不时地约他出去玩儿，游前偲始终逃不开“后怕”的阴影，因而有时候就显得有些心不在焉。游前偲越是这样，孙英就越觉得游前偲“高深”，因而就越对游前偲有些意思。

周五的下午 3 点 50 分，理工大学余校长和图书馆周馆长突然一起来到车轩院长办公室，说要见见周圆。车轩院长和鞠红书记一看这阵势马上就明白了。周圆来到车轩院长办公室，校长和馆长很是热情，很客气地让她坐在对面的沙发上。

余校长说：“你们1201 班好啊，很有开创精神，尤其是你们这次诗歌大赛搞得有声有色，很成功。听说你的诗歌写得很出色，尤其是书法抄写也很突出，学校打算收藏你这四幅诗画作品。这不，我把图书馆周馆长也请来了，和你商量商量。听说你爸爸来学校了，学校也接待接待，下次来一定打招呼！”

周圆毕竟是见过大场面的，显得很大气，她不慌不忙地说：“非常感谢余校长、周馆长和车院长、鞠书记的看重！行，我回去好好考虑考虑。”几句话就把校长、馆长、院长、书记“撂在这儿”。“回去好好考虑考虑”是同意还是不同意？他们也把握不准，可是对周圆来讲，则有了很大的周旋余地。

周五晚上 9 点多，周圆就给爸妈打视频电话：“爸、妈，又想你们了，在视频里，好好看看你们俩，也有点事给你们汇报一下。我那四首诗画作品，学校图书馆要收藏，我想听听你们的意见。”

周大璐说：“不是说了吗？展览评比完了就拿家来。咱们不要声张。”

“爸，不是我说出去的，是他们自己发现的。”周圆很委屈地说。

确实如此，图书馆馆长周水也有点了不起。他的诗、书、画、歌、棋都很有一套。1201 班搞了个诗歌大赛，他多次到中文学院三楼前来参观，一眼就认出这四幅诗画的书法是周大璐的，到中文学院一问，果然不错。他马上找到余校长作了汇报，谈了图书馆要收藏的想法。余校长完全同意和大力支持。没想到周大璐并不同意周圆把诗画作品给学校收藏，他倒不是认为自己有多了不起，只是认为还是低调点好。

周圆说："周大璐同志，我不同意您的意见，这四幅诗画，是我的吧？我有决定权。母校嘛，都提出来了，就算价值连城又怎么样？"可以预料的是，诗歌大赛结束后，这四幅诗画的命运肯定与众不同。很快这个消息也传到张芳盛、梅尕尕、阿佩金英以及范明强、高小英那里。怎么给周圆的诗评奖？一等、二等、三等，还是特等？大家很难办。

范明强说："有什么难的？咱们不要管那么多，学院和学校会有办法的。"

一晃就到了 11 月中旬，大赛的三位顾问：邵振教授、房欣然博士和席伶俐博士也把他们的意见拿了出来，他们选出了 50 首诗。一、二、三等奖以及优秀奖就从这 50 首诗中产生不会有大问题，至于谁是一、二、三等奖，他们就不拿意见了。这时候，1201 班通过无记名投票也选出了 50 首诗歌作品，与顾问老师看好的没有太大出入。班上以邵振等顾问圈定的作品为基础，参照同学们的初评意见，请全班同学再讨论一番，基本就可以确定名次了。

周二的下午 2 点 30 分，为了不受打扰，张芳盛特意找了楼层比较高的 15601 教室，也就是第 15 号教学楼 6 楼 1 号教室。

开始，1201 班同学们都静默观察，你不说话，我也不说话。张芳盛、梅尕尕、阿佩金英一再地启发："大家讲啊，错了也没关系。"同学们还是你看看我，我看看你，笑一笑，挤挤眼儿，就是不发言。没有办法，张芳盛说："那我就先说吧。我看周圆同学的四首诗都不错，特别是《幸福的时光》，直抒胸臆，有情有理,意境创设优美:‘有阳光,有落地窗,还有白色床单;有大海,有日出,还有饭后的休闲浪漫,梦想一个人去看太阳,去流浪。’这一个个生活场景,被勾勒得栩栩如生,令人遐思和期冀。”

梅尕尕完全不同意张芳盛的意见。可是她想反驳,又不好意思,尤其是当着老同学周圆的面。正当梅尕尕纠结要不要发言时,姚丽娜站起来,笑笑说:“我完全同意班长的意见,周圆的诗真的不错。大白话入诗,几乎就是宋代‘以文为诗’的翻版,好啊——”姚丽娜最后一句特意拉长声音说。

不少同学听到这里,笑了起来,不难咂摸出其中的滋味来。

冯秀叶赶紧说:“是啊,尤其是这几首诗的书法和插图,简直就是,高、大、上!”

“咱们只评诗歌创作,不评书法和美术。”阿佩金英马上纠正。

同学们这次不笑了,都听出了姚丽娜、冯秀叶的弦外之音。周圆也听出来了,她只是笑了笑,心想:“确实,要说我的诗,充其量也只能说写得不错。”她清楚地知道,姚丽娜、冯秀叶为什么这么说。

1201班同学们又沉寂了一段时间。范明强一看这种窘况,就站起来说:“说实在的啊,我的诗——”他突然停顿了一下,同学们都认为范明强要为自己拉票呢,所以都很诧异,这可不是范明强平时的作为。范明强接着说:“我的诗就只好名落孙山了!但有两首诗我觉得写得真不错,一是郭平平的《假如我是一只蜉蝣》,一是刘祎霞的《牵牛花的哲学》。她们写的是象征诗,在手法上和舒婷的《致橡树》类似,要不然大家再读读郭平平和刘祎霞的诗……”同学们听到这里,就都打开手机读了起来。

假如我是一只蜉蝣

郭平平

假如我是一只蜉蝣
在我还不会飞的时候
我就是天地间最快乐的精灵
仰着光滑的小脑袋
睡在甘甜泉水的温床里
滚动我透明的眼珠

假如我是一只蜉蝣
我已长出一对褐绿色的翅膀
我绝不相信人们的那句话
——朝生夕死
我奋力扑着我薄薄的轻翼
去寻觅梦寐以求的爱情
是啊,爱情
她对我们胜过一切稀世珍奇

假如我是一只蜉蝣
我不食不饮,更不会感冒
当我听到了死亡的召唤
我仍要颤抖着四肢去追逐太阳
纵使轰然毁灭,也在所不惜

作为一只蜉蝣
我认定自己的渺小
于是
短暂的生命终将变得伟大
在黄昏的大树脚下
河流讲着古老的故事
坐在花蕊上细听
也能忘记了时间

牵牛花的哲学

刘祎霞

我必须在清晨绽放
不像有些人
以蜷缩的姿势
荒废时光

我感恩每一滴晨露
将其收藏于心
不像有些人
将自然的慷慨
当作应得

在污染的空气里

我的脸会变红

不像有些人

无论气氛怎么尴尬

都能面不改色

阳光正盛时

万物竞展风姿

而我

早已羞涩地闭上了眼睛

范明强说:"在这里,蜉蝣和牵牛花,既是自然之物,又不是世界中的自然之物,实际更是诗人,也就是郭平平和刘祎霞心灵中的第二自然所寄托的意象和象征物。两首诗分别扣住蜉蝣和牵牛花的自然生存特点,并与诗人的心灵印记桴鼓相应,托物言志,寓情理于蜉蝣和牵牛花,自况并'况'人,推及至社会、人生。《假如我是一只蜉蝣》表现了蜉蝣以及人的顽强生命力、乐观达人的生存态度和不朽意志。而《牵牛花的哲学》运用对比和烘托的手法,歌颂了牵牛花纯真、羞涩、自谦和甘愿奉献的精神,并批判和讽刺一些人的'蜷缩''懒惰'和龌龊、阴暗的心理。我认为《假如我是一只蜉蝣》和《牵牛花的哲学》形象性强,艺术力度高,感染力突出。"同学们不得不佩服范明强,他的分析有理有据,就连周圆也很服气。

本来张芳盛评介周圆的诗好时,游前偲就想反驳张芳盛,没想到让姚丽娜和冯秀叶抢了先。范明强发完言,游前偲也想反驳范明强,可感觉是狗咬刺猬无从下口，于是就只好自己为自己的诗歌叫好了。他晃晃悠悠地站起来，说："我的诗也不错，要不我的诗画为什么被'偷'？并且我还收获了爱情呢……"他的话还没说完，全班一下子大笑起来，游前偲再也说不下去了。

高小英站起来替游前偲说了几句话："真的，我看'钱财'的诗画也很不错，情真意切，是爱情的表白与抒发，好诗大家理应关注关注。"游前偲听了很感动，他想站起来感谢感谢高小英。同时他还想，那次选班长，高小英是不是投了他一票？这时，很少在大众面前说话的方静深说："有两首短诗，大家也应关注一下，一首是姜卓的《南湖夜游》，另一首是王中华的《续写》。你们打开手机读读。"

南湖夜游

姜卓

月黯风静雾锁江，斜倚芦花枕沁凉。

遥望禹锡青螺吟，愿卧南舟湖岸香。

续写

王中华

戈多死了，

可能死于等待中，

不会来了。

可我还要等，

直到我也死去。

尽管路的前方，

有个人，

如等待戈多一般，

焦急地，

等我。

方静深说:“这两首诗,一首是绝句,一首是朦胧诗,虽短,却写得很美。《南湖夜游》有唐诗风情,尤其二、四句,无理而妙。‘芦花’怎么能‘斜倚’?‘湖岸’怎么能‘香’?然而在诗中,由于作者心灵的酝酿,它就‘斜倚’和‘香’了,正是这样无理而妙的强化,才把姜卓南湖夜游的闲适和对历史上赤壁战争的感慨予以对比,就把现实与历史悖逆的情状烘托和书写出来了。《续写》很显然是对现代派的戏剧《等待戈多》的‘续写’,它似乎告诉我们‘戈多死了,可能死于等待中’,‘可我还要等,直到我也死去’。然而尽管如此,‘有个人,如等待戈多一般,焦急地,等我’!其实这就是人类生活的一种本质存在和特殊的人文心理。这两首诗各有特点,绝不亚于其他的诗歌,我们千万不要以诗歌的长短论英雄。”姜卓和王中华心里十分高兴,她们没想到自己的诗还有人青睐,不自觉地就向方静深投去感激的目光。

“盛盛,难道咱们只能在邵振教授划定的50首诗中找出路,评等级?难道这之外的就不行?”伍六一坐在最后一排,也没站起来就问张芳盛。他接着说,“不一定吧,我看王泽瑞的诗也不错。‘开学已三月,知识没少学;从来不上网,全都靠自觉!’这打油诗怎么了?也是真性情的抒发嘛!朴质无华,大巧若拙,怎么不好?鲁迅还写了不少‘打油诗’呢。张打油的打油诗不也流芳百世?我给你们背几首。《咏雪》:‘江上一笼统,井上黑窟窿;黄狗身上白,白狗身上肿。’再一首,还是《咏雪》:‘大雪纷纷落地,真是皇家瑞气;再下三天何妨,放你娘的狗屁！'"刚背完诗，伍六一自己也忍不住笑了起来，引得旁人也都忍俊不禁。

梅尕尕笑得流出眼泪，说："你伍六一就贫吧。"

一下午就在同学们的争执和嬉闹中过去了。最后又来了个无记名投票，得票率较高的有张芳盛、范明强、方静深以及游前偲的诗，再突出一点儿的还有陈桂枝的《一粒，沙》、刘训的《你》、柯艳玲的《秘密》、马慧的《牧羊人》、张曦予的《书签的独白》、廖珍菊的《新芽》、高智珍的《因为你笑了》和谢玉的《轨迹》等 20 多首诗。不过，伍六一推荐的王泽瑞的《打油诗》名次还是没有上来。张芳盛说："请同学们关注这些诗歌，一、二、三等奖基本上就从这里面产生了。有意见快提，过时不候。"

二十一、我情愿和你化作一团火焰

1201班诗歌大赛评奖，没有张芳盛想的那样困难。开始他认为评奖竞争肯定会非常激烈，弄不好会造成班上不团结，自己也可能得罪人。没想到大家的诗歌创作积极性虽高，但差距也大，这就为评奖打下一个易评价的基础；再者，通过公开评介和诗歌创作展览，同学们也都心中有数，尤其是有邵振教授以及两位博士房欣然、席伶俐的把关，评比过程比较公平和公正。

张芳盛把他和梅尕尕、阿佩金英确定的一、二、三等奖及优秀奖名单拿给范明强、高小英看了看，说："怎么样？还可以吧？"

范明强说："任何事情都不可能十全十美，只要做到公平、公正就可以了，再好也会有人有意见，我看可以，公布吧。"

第二天，也就是星期三的下午，张芳盛把评奖结果发到1201班的群里：

一等奖：

《牵牛花的哲学》（作者：刘祎霞）

《假如我是一只蜉蝣》（作者：郭平平）

二等奖：

……

三等奖：

……

优秀奖：

……

令张芳盛想象不到的事情还是发生了。

男生宿舍的几个人，好容易有了点空闲时间，就心安理得地躺在宿舍的被窝里，希望让脑袋放放空，好好享受享受轻松的时刻。

伍六一半开玩笑地问张芳盛："我那'烧饼郎'至少评个二等奖吧，怎么连个优秀奖也没得上？"

张芳盛躺在床上，将视线移开天花板，扭头对着伍六一说："你的诗写得好啊，鞠红书记读了，高兴得一口茶喷了一桌子。名气可大了去了呢！我们倒是想给你评个特等奖以上的奖项，所以就给你弄了个'等外奖'，靠边站了。"

"我的诗写得那么好，幽默、风趣、诙谐相生，这么好的诗，不给我评个特等奖于心何忍？"

"张芳盛！"游前偲忽地坐起来，冲着张芳盛骂起来，"我的诗写得那么好，你怎么给我弄了优秀奖？高高姐都说不错，孙英也喜欢得不得了，怎么也不能只是优秀奖。"

张芳盛也忽地站起来，套上拖鞋，骂了句："你再说一句，我把你塞到床底下去！"

游前偲知道张芳盛有这个能力，他没想到张芳盛会暴怒，吓得语塞，老半天才说："你压制我！我的诗至少也得是个二等奖！"

"你还想评奖？你干的那是人干的事吗？"

“呜呜呜,你给我评这么低的奖,连孙英都看不起我,把她摘去的诗画又还给了我,还说以后不联系了。”游前偲泪流满面地说着。范明强以及伍六一、洪强没等游前偲说完,就赶紧把张芳盛拉到一边。

张芳盛余怒未消,骂伍六一说:“都是你这个家伙惹的事。怪不得大家都说你天天就会贫!”

伍六一说:“游前偲是失恋了,才迁怒于你的。”

“走,出去遛遛,天气还算暖和。纠缠这些事干什么?”范明强说着,拉起张芳盛就走。

他们几个人来到学校缘阳书院东侧的菊园,秋高气爽,暖洋洋的太阳斜照,金黄色、大红色、蓝紫色、粉白色等各色各样大朵大朵的菊花竞相怒放,菊香浓郁,色彩斑斓。沿着菊花小径,范明强、张芳盛、伍六一、洪强缓缓地走着。菊园不是很大,但菊花、菊径、菊榭、菊廊、菊厅,前后勾连,错落有致,交相辉映。在怒放的菊花小径空闲处,还有不少奇形怪状的石头,上面雕刻着苏轼、欧阳询和当代书法名家启功、范曾、邵振等人写的各种书法字体的菊花诗。

“这不是高小英她们吗?”正在读菊花诗的范明强抬头一看,高小英、周圆从那边走来,也正搜寻着一块块雕刻着菊花诗的石头。

1201班的诗歌创作大赛刚刚结束,大家对诗歌更感兴趣了,范明强、张芳盛、高小英、伍六一以及三胞胎姊妹在菊海诗林中一边徜徉,一边读着菊花诗。

“你们看,这不是居大不易的《咏菊》诗吗?写得真好!”梅秀秀小声地读着。

一夜新霜著瓦轻,芭蕉新折败荷倾。

耐寒唯有东篱菊,金粟初开晓更清。

“‘耐寒唯有东篱菊，金粟初开晓更清。’就像在写现在一样。场景太逼真了！”梅朵朵说。

这里又有一块菊花石诗，是晋朝陶渊明的《和郭主簿》其二。

芳菊开林耀，青松冠岩列。
怀此贞秀姿，卓为霜下杰。

“同学们来看，这里连着几块菊花诗，这是李商隐的《菊花》。”石丽子说。

暗暗淡淡紫，融融冶冶黄。
陶令篱边色，罗含宅里香。
几时禁重露，实是怯残阳。
愿泛金鹦鹉，升君白玉堂。

黄　花

〔宋〕　朱淑真

土花能白又能红，晚节犹能爱此工。
宁可抱香枝上老，不随黄叶舞秋风。

“朱淑真是谁啊？”有人问。“大家不知道？据说她是朱熹的侄女，诗词创作可以和李清照媲美，作品比李清照还多，是俺们安徽的大才女！”石丽子很自豪地说。

高小英问大家:“怎么没有《红楼梦》是林黛玉、薛宝钗她们写的菊花诗?”

“怎么没有?在那里。”梅朵朵指着菊廊说,“那廊顶上都是,还有金陵十二钗的肖像呢!”说着同学们呼啦啦进了菊廊,纷纷读着林黛玉、薛宝钗等写的菊花诗。

高小英说:“说起菊花诗来,有许多雷同的地方,而《红楼梦》里的菊花诗,不仅艺术性强,而且既不重复他人,也不雷同自己,实实在在难得!也确实应该是‘林潇湘魁夺菊花诗’,李纨评得也很到位。”

同学们纷纷坐到菊廊两边的长椅上,一边休息一边抬起头来读着《红楼梦》里的菊花诗,这是薛宝钗的,那是贾探春的,还有贾宝玉的。这两首就是林黛玉的《咏菊》和《问菊》:

咏　菊

潇湘妃子

无赖诗魔昏晓侵,绕篱欹石自沉音。
毫端蕴秀临霜写,口齿噙香对月吟。
满纸自怜题素怨,片言谁解诉秋心?
一从陶令评章后,千古高风说到今。

问　菊

潇湘妃子

欲讯秋情众莫知,喃喃负手扣东篱。
孤标傲世偕谁隐?一样开花为底迟?
圃露庭霜何寂寞,鸿归蛩病可相思?

休言举世无谈者，解语何妨话片时？

“写得真好，我看比李白、白居易的菊花诗写得好。李纨是怎么评的?”梅朵朵问。

“也不只是李纨，是几个人一起评的。”范明强接着说，“李纨的评价是——题目新，诗也新，立意更新；又说巧得却好，不露堆砌生硬。真的，你们说‘口齿噙香’一句，人家是怎么想出来的？史湘云的评价是‘偕谁隐’‘为底迟’，真真把个菊花问得无言可对！我说，她们能评诗，咱们为什么不借题发挥，也评评咱们写的诗?”

张芳盛说：“是的，是的，强强，我没忘，很快我就去实践咱们的第二条锦囊妙计。”

“我建议，让那些暂时没获奖的同学，写写评论、创作体会等，到时候我们连诗歌和评论一起整理好，出本书。来他个‘四个一点’：自己拿一点，学院出一点，企业筹一点，卖书赚一点。这是我的第三条锦囊妙计。”范明强说。

同学们一听都非常感兴趣，心想：“这个范明强，就是鬼主意多。”

此时不远处传来颤颤巍巍的《千年等一回》的歌声，在菊花丛中，一位穿着十分新潮的高挑女孩儿款款亭亭地直向菊廊走来，只见她上身穿着大红的蕾丝短袖小衫，下身一条黑色短裙，在寒意袭人的深秋，显得格外引人注意。她不太流畅的歌声时断时续地传来：

千年等一回——

等一回啊——

千年等一回——

我无悔啊——

是谁在耳边——说　爱我永不变

只为这一句　啊——断肠也无怨

雨心碎——风流泪——

梦缠绵——情悠远——

西湖的水　我的泪

我情愿和你化作一团火焰

啊——啊——啊——

接着,这个女生突然坐在范明强身边,同学们感到非常惊讶:这是谁啊?怎么回事?

范明强更是惊疑不定。他感到尴尬、难堪,还有点儿受到了惊吓,他想站起来,离开这个是非之地。没想到这个女生一下子搂住范明强的双肩,说:“强强,你难道忘了我吗?”

“哪有的事啊?”范明强涨红了脸,着急得不得了,他再想站起来,可女生紧紧搂住他的双肩,让他怎么也起不来。

张芳盛、伍六一、三胞胎姊妹以及孟菲斯、方静深、石丽子、白茹他们似乎都明白过来,范明强移情别恋了!张芳盛心想:“这怎么会是范明强干的事?”洪强更是认为范明强简直没出息极了,吃着锅里的,看着碗里的。孟菲斯、方静深以及石丽子、白茹、方冬玲刚才对范明强的好感瞬间消散。梅尕尕冲到范明强跟前,很生气地问:“怎么回事?”

“什么怎么回事?就是这么回事!”这女生赶紧护着范明强,生怕范明强受了委屈似的。

高小英看到这些,一下子傻了眼,缓不过劲儿来。看到这女生和范明强亲密无间的样子,她站起来,含着泪花,晃晃悠悠离开了菊园。张芳盛赶紧向石丽子、白茹、方冬玲、方静深使了使眼色,几个人就急匆匆追着高小英离开了菊园。

梅尕尕再次质问范明强:"你实话实说,这是怎么回事?"

范明强死死看着这女生,说:"你到底是谁啊?我好像不认识你。"

"怎么不认识?你怎么能不认识?"这女生说。

伍六一:"强强,你就认了吧!"

范明强说:"伍六一,你又贫,认什么认?"

洪强也嘿嘿笑了两声,说:"啊,你就认了吧!"

"到什么时候了,你也跟着伍六一贫。"范明强说着,趁这女生不注意手一松的时候,猛地站起来甩开她,说,"你是谁啊?"

"你个没良心的,我把全身心都给了你,你怎能说不认识?"

这句话把张芳盛、伍六一、洪强以及三胞胎姊妹惊得几乎跳起来。"什么,这还有什么可说的?"

梅尕尕几个人此时非常同情这个女生。孟菲斯来到她跟前,蹲下来说:"咱们不在这里说了,"她指着张芳盛几个人,说,"我们会帮助你的。走,咱们到外边悄悄说去,不让这些'坏蛋'听到。"

孟菲斯软软地这么一说,梅秀秀、梅朵朵拉着这女生从东门离开菊园。她们唯恐与从南门离开的高小英碰在一起。范明强终于松了一口气,张芳盛只是冲着范明强嘿嘿笑着说:"我们不知不觉地成了大大的坏蛋和'没良心的'!"

梅尕尕逼问:"到底怎么回事?"

伍六一又嘿嘿笑了几声，说："你先回宿舍吧。"

范明强、张芳盛、伍六一、洪强和梅尕尕去了食堂，边吃饭边说，只是几个人饭吃得无滋无味，梅尕尕还是不停追问范明强怎么回事。范明强说："我也不知道怎么回事！真的，我向你们保证，我不认识她。"

张芳盛说："那人家还能冤枉你？"

"那女生，好像有点病吧？"洪强说。

"谁也别贫了，我再问你，强强，说的是真的？"张芳盛说。

范明强说："你还不相信我？真的不认识。"

张芳盛说："既然这样，我帮着处理吧。"

花开两朵，各表一枝。石丽子、白茹、方冬玲、方静深追出菊园南门，追了好远，才拉住高小英，都说："你先不要把这当回事。情况还没弄清楚，你伤心什么？我们看那个女孩子好像不太正常。"

高秀英没有大哭大叫，她擦了擦脸上的几滴泪花，说："其实我和范明强也没什么，只不过互有好感而已，充其量牵牵手、散散步。"

方静深说："据我看，强强不会做这种事，你要相信他。这个女生好像真有点儿问题。"

"人心隔肚皮，做事两不知。谁敢保证……"方冬玲冒冒失失地说。

"玲玲，你怎么这么说话？这不是火上浇油吗？"白茹批评她说。方冬玲也觉得此时这么说是不太合适，连忙道歉。

高小英说："玲玲实话实说，很对。"接着，她站起来，说，"走，咱们吃肉饼去，我请客。"

几个人到了马大芳的肉饼店，马大芳一看是她们很高兴，十分热情地迎过来，拉她们到后边厨房里去吃肉饼。高小英说："不，就在厅里吃，先说好，要钱呢，我们就吃；不要钱呢，我们立马走人！”

马大芳说：“哪那么认真了？以后给钱行不？”

“不行，一手交钱，一手交货，十个肉饼，五碗粉丝肉末汤。”

马大芳只好如数收了钱。

几个长餐桌旁吃饭的人看到这情况，都笑了起来，心想，还有这样做买卖的？

高小英她们回到宿舍已经快十点了……

梅秀秀、梅朵朵和孟菲斯劝说那女生就麻烦了许多。那女生一出菊园东门，又唱了起来：

千年等一回——

我无悔——

我情愿和你化作一团火焰——

啊——啊——啊——

孟菲斯说：“咱们不唱，等到舞台上再唱，多好！”孟菲斯断定这女生精神上出了问题，所以她处处顺着这女生的情绪，一方面投其所好，另一方面巧妙地引导她说出自己的情况。

这女生名叫邱小月，是电子工程学院大二的学生，家庭条件优渥。父亲是个私企老板，有的是钱，因为她是独生女，父母宠爱有加，要月亮不给星星。父亲邱世万就说：“月月，我的宝贝儿金疙瘩，我这么拼命搞企业，还不是为了你？”妈妈吴月月为专职太太，相夫教子，只要女儿学习好，她对女儿绝对百依百顺。确实，邱小月从小学到大学都是学霸。在理工大学，邱小月还是她那个年级的学霸。她琢磨了电子工程学院的每一个理工男,觉着他们乏味极了,没有一点文学修养和诗情画意。上学期在理工大学第26届学代会上,学生代表邱小月一眼就看中了帅哥范明强。"啊,就是他了,千年等一回……我情愿和你化作一团火焰!啊——啊——啊——"邱小月在心里美滋滋地唱着。

散会后,邱小月紧紧赶了几步,追上范明强说:"强强,晚上有时间吗?我请客。"

"对不起,我们晚上还有会。"

"会后也没关系,晚点儿怕什么?"

"太晚了!不方便,再说吧。"

后来邱小月几次拦住范明强。一个月前,也就是理工大学满院丹桂飘香的一个夜晚,范明强和毛金灿从迎新晚会回来的路上,又被邱小月拦了下来,不得已,范明强拉住毛金灿一起和邱小月坐在一棵桂花树下的松木长椅上。浓浓的桂花香和松木长椅的松香,一阵阵袭来,微风吹过,桂花雨,散落他们一身。邱小月感到无比幸福,她要的就是如此浪漫和富有诗意的生活。范明强的学识也让她佩服得五体投地。毛金灿一看邱小月紧紧贴着范明强,几次想离开这个"是非之地",都被范明强死死拽住。毛金灿马上明白了他的意思,他就挠了挠范明强的手心,悄悄离开。不到十分钟,范明强接到一条短信:"请你速归!"马上范明强又接到一个电话:"请你速归!"这都是毛金灿使的计,范明强借机脱身离开。邱小月茫然不知所以,坐在长椅上,飘香的丹桂落满全身,她也浑然不觉。

孟菲斯以及梅秀秀、梅朵朵了解了范明强、邱小月的交往过程,心中一半欣慰一半苦涩。欣慰的是范明强是个正人君子,也为高小英高兴;苦涩的是为邱小月,她这么痴迷范明强,可怎么办哪?这时候,邱小月又拿出一沓钱,让孟菲斯、梅秀秀、梅朵朵转交给范明强,让他加强营养。

孟菲斯说:“不用,他父母都是教授,不缺钱。”

邱小月一听更向往了,说:“他有钱是他的,这是我的一点心意!”于是就硬塞给了孟菲斯。

第二天,张芳盛、孟菲斯以及梅秀秀、梅朵朵把钱又交给了电子工程学院的党委书记罗坊,让他转交给邱小月,至于原因,张芳盛也没多说。

过了一个多月,邱小月又颤颤巍巍地唱着“千年等一回——我愿和你化作一团火焰——”来找范明强,弄得范明强十分尴尬。多亏张芳盛、伍六一以及孟菲斯、方静深劝好了高小英,劝阻了邱小月。范明强也向高小英作了解释,高小英释怀了,但她还是认为,范明强要是不招蜂引蝶,能有人向他唱“千年等一回”吗?

范明强、孟菲斯和方静深也及时向学工部以及电子工程学院汇报了邱小月的精神状况,中南理工大学医学院心理学系教授、省心理学会副理事长、中文学院车轩院长的妹妹车花对邱小月及时进行了心理干预,邱小月的情绪渐渐平稳下来。

丹桂飘香,菊花争艳,雪花纷飞,梅花傲霜。

学期末,同学们结束了一切社会活动,复习、考试,之后便放假了。

“春雨惊春清谷天,夏满芒夏二暑连,秋暑露秋寒霜降,冬雪雪冬大小寒。上半年来六二一,下半年来八二三。一年三百六十五,寒暑两易春秋赶。日月星辰迟迟日,天之骄子知冷暖。”

新的一学期,在“白玉堂前春解舞,东风卷得均匀”的时候,1201 班的范明强、张芳盛他们,坐在 16315 教室里,聚精会神地听着中南理工大学哲学学院院长甄珍博导的选修课“思维科学的程序”,院长正讲到德国现代马克思主义者,第二代法兰克福学派最重要的哲学家哈贝马斯关于“批判——沟通——重建”的创新理论。突然，范明强接到学院鞠红书记和学工部办公室主任任婧的紧急短信：“不管何种情况，请立即到学工部，十万火急！”

范明强一惊，何事如此“火急”？向来处事不惊的范明强心里也不免扑通扑通跳个不停，坐在他右边的高小英和左边的张芳盛都能感受到范明强的焦虑，他分别让高小英和张芳盛看了看手机，就赶紧离开教室，随后不放心的高小英和张芳盛也跟着出了教室。全班同学以及甄珍教授看到他们三人离开教室奇怪不已。

来到学工部，学工部部长刘智均简单地向范明强解释了原因。邱小月正在西湖边，寻死觅活，说见不到范明强就要跳湖，警方要求学校立即派人去解决问题，尤其是要带上范明强。范明强只好答应，他又想了想，说：“是不是让张芳盛、高小英也去？他们也能帮忙。”刘部长想想也行，就把张芳盛、高小英一起带上。不到三个半小时，几人就从缘阳到了杭州，见到了“我愿和你化作一团火焰”的邱小月，不过不是在西湖岸边的雷峰塔上，而是在西湖派出所里。

阳春三月，风光妩媚，在理工大学的玫瑰园里，成双成对的男男女女，花红柳绿，秀色可餐。只有邱小月茕茕孑立，形影相吊，她心事重重地走来走去。邱小月想：“我凭什么形单影只？我是学霸，我是富婆，我是靓女，这么一大片红玫瑰、黄玫瑰、蓝玫瑰、粉玫瑰，怎么就没有我的那朵玫瑰？为什么？”邱小月颓然地坐在玫瑰园石凳上呆若木鸡。从下午四点一直想到深夜，第二天，邱小月就到了西湖。这个地方真美啊，断桥、白堤、绿荷、红花，然而没有一点儿是属于她的。“强强，你在哪里？‘我愿与你化作一团火焰！啊——啊——啊’！”邱小月想登上雷峰塔，可是没有上去，她想和范明强见上一面，看来是不可能了。“你这个不知好歹的强强，后悔吧！永别了。”邱小月登上了望湖楼。

西湖边，邱小月纵身一跳……

水光潋滟晴方好，淡妆浓抹总相宜的西湖边，音响也是不知疲倦地唱着：

千年等一回——

等一回啊——

千年等一回——

我无悔啊——

二十二、鲁肃的魅力

当邱小月越过望湖楼的栏杆，纵身一跃，站在她身旁的几个青年男女，在邱小月翻越栏杆的一刹那，吓得“啊”了一声，三个人跑上前想抓却没抓住邱小月，邱小月像蓝色的蝴蝶一样——扑通落进西湖里。

没等楼上的人跑下望湖楼，邱小月就被岸边的十来位游客救上岸来。邱小月秋毫无损，在警务室里，邱小月脱下湿漉漉的衣服，换上了女警的衣服。女警温柔地说：“小妹妹，你这么漂亮，怎么这么想不开？”

邱小月呛了几口西湖水，似乎突然明白了许多，眼睛一眨一眨的，似乎也有了气息。她沉默了很长时间，红润的瓜子脸儿，挂着几滴泪花，半吞半吐地叙述了事情经过，说完，不由得放声大哭起来：“我一定要再见到范明强。”

范明强跟着学工部长刘智均到了西湖派出所警务室，邱小月看到范明强身旁的高小英，虽然很不是滋味，但她不禁又想唱“千年等一回——”，可这次她忍住了，只是冲着范明强、高小英以及张芳盛笑了笑，和范明强说：“我想明白了，总之我要谢谢你，你给了我憧憬和梦想。”然而，邱小月向范明强投去期望的目光，她多么希望奇迹会发生，然而范明强也没多说什么，只是说：“谢谢，实在对不起，辜负了你的一片好心。”他把高小英拉过来，紧紧攥着高小英的手，向邱小月作了介绍。邱小月很失望地低下了眼皮，然而也时不时地抬起眼皮死死盯着站在范明强身旁的张芳盛,张芳盛和邱小月目光只接触了一次,武艺高强的张芳盛就赶紧躲在范明强身后,再没敢和邱小月对视。

邱小月的爸爸邱世万和妈妈吴月月也到了西湖,他们知道女儿对范明强的追求,他们是无条件同意女儿的选择的,这倒不仅仅是对独生女儿的溺爱,更是因为范明强的家庭条件不错。

邱世万来到西湖派出所警务室,一看女儿还有些苍白的脸和可怜兮兮的狼狈相,又心疼又愤怒,他和老婆吴月月心疼地紧紧握着邱小月的手,一边愤怒地盯着范明强,心里骂着:“不知好歹的东西!”

邱世万认为女儿寻死觅活,范明强就是罪魁祸首,邱世万盯着范明强说:

“明强,你和小月的事,是不是再考虑考虑?将来我那一摊子事就是你们的了!”

“叔叔、阿姨,这是我的女朋友高小英,我们恋爱近两年了……”

邱世万的脸色马上黑了,高小英紧紧搂住范明强的胳膊,抿着嘴不敢说话,也不知该说些什么好。

张芳盛不失时机地马上跟着说:“叔叔、阿姨,你们看,他不答应邱小月,正是负责任,出于尊重,是不?”

邱世万脸色开始有点阴转晴,想了想,说:“这个孩子倒会说话!”说完他和吴月月也盯着张芳盛不放,心想:“这小伙子也不错,高高大大的,又会说话。”

学工部长刘智均一看谈话有些离题,就说:“现在不是说这个话的时候,你们私下里慢慢去谈,我看还是按照刚才说的,邱小月先回家调理调理,再说后边的事情,范明强几位同学也耽误了不少功课,还急着回去上课呢。”

事情就这样过去了。邱小月回家休息了一个多月,她们学院的党委书记兼院长罗坊教授带着心理学系教授车花到邱小月老家浮云镇看望了她两次。

回校后，车花教授多次对邱小月进行心理干预和疏导，邱小月流着眼泪说："车教授，你就是我的亲妈，我明白了'千年等一回'是等不来的。'我愿和你化作一团火焰'没化成，结果浇了自己满身湖水。"说完她苦笑了几声。

车花教授说："你终于明白过来了。"说着，车花教授拿过邱小月的笔记本，用硬笔书法，把苏轼的《蝶恋花·花褪残红青杏小》写给她。几行清秀的行楷，邱小月看了，心里感觉特别舒服、熨帖，有力量，她笑着离开了。车花教授向邱小月挥了挥手说："有想不开的，就来找我。"

第二天下午一点多，范明强、高小英以及张芳盛回到理工大学。在高铁上，范明强对高小英和张芳盛说："这次谢谢你们了！"然后，他拉过高小英的手说，"咱们关系也算明确了吧！"张芳盛嘿嘿笑了起来。"不过咱们俩不能像盛盛那么没出息，两个人天天黏在一起。"范明强接着说。

"就看你有没有出息了。"高小英很自然地让范明强握着她纤长的手。

张芳盛说："可惜，咱们那'批判——沟通——重建'的创新课没听到，真遗憾。"

"没关系，咱们找甄珍教授去，让她给咱们补补课不就行了。"范明强说。

"人家那么忙，能行吗？"高小英不无担心地说。

"没问题，现在哪还有大学生要求补课的？咱们一说，甄珍教授感动还来不及呢！"

果然，甄珍教授非常感动，她说："真没想到，你们还要求补课。晚上7点半到10点半之间，一般我都在学院办公室，随时都可以来。"周四的晚上，甄珍教授的办公室就呼啦来了一大堆人。除了范明强、张芳盛、高小英三人，伍六一、彭东鹏以及三胞胎姊妹、方静深、孟菲斯也都来了。

甄珍教授一看来了这么多人，更加感动。

她说:“要不,我们到学院会议室去吧,那里条件更好些,还有空调,大家还可以讨论讨论。”

哲学学院的会议室窗明几净,迎门就是一幅《大好河山》的油画,云雾缭绕,苍松翠柏,气势宏伟。暗红色十多米长的椭圆形会议桌,更显得会议室大气。墙上挂着许多古今中外哲学家的肖像。

大家围坐在椭圆形会议桌旁的沙发椅上,安静地听着甄珍教授讲解哈贝马斯的哲学思想,尤其是哈贝马斯的“批判——沟通——重建”的理论。

甄珍教授说:“哈贝马斯的‘沟通’理论,在世界上引起了强烈反响,尤其在教育上,他主张改造大学文科教育制度,建立一个跨学科的理论教育新体系,训练和培养掌握多学科理论的新型知识分子。在‘迷信精确科学的实证主义’‘重视实利的技术主义’和‘现代科技实践的历史主义’这三者的基础上,担当起总结‘现代性’和真正‘科学性’的历史重任。而要完成这一重任就需要‘批判’‘沟通’和‘重建’。而其中最重要的一环就是‘沟通’。

“所谓‘沟通’,简单讲就是突破界限。比如,每人都有自己的格局或是图式,也就是自己的理论认知和经验系统。而要创新,就要突破你的原有的图式、理论界限和经验系统。任何理论都有悖论,都是一个自我矛盾的合成体系。而要构成体系,就要定位,也就是自我设限和规范。但体系一旦规范和完备,就会封闭、老化。要解决这一矛盾,唯一途径就是沟通,以突破界限。那要怎么沟通?首先要找到一个沟通的对象,即找到一个参照系,在与参照系的比照中,用一种非我的陌生的眼光来重新审视自己,这就是哈贝马斯所说的互为主观。这样,就跳出了自己体系的自我设限,有可能扩大自我,来承受和容纳外在的体系。这种开放、融合正是对原有体系的批判。一种体系与多种其他体系的沟通网络的建立及其相互间的融会贯通,结果就是体系的重建,即新体系、新理论的诞生,这就是‘批判——沟通——重建’的创新发展之路。”

甄珍教授一口气讲了一个多小时,同学们听到这里,感到非常过瘾。

在回寝室的路上,浓郁的茶花香沁人心脾,同学们没有一点疲劳,还沉浸在甄珍教授搭设的“批判——沟通——重建”及其哲学氛围中,兴趣盎然地回到宿舍。

大家无话,酣然入睡,范明强朦胧中意识到,他改变了初衷,不想再专攻文学理论,也不想再考邵振教授的研究生,他应该认真琢磨琢磨,是不是应该考甄珍教授的硕士研究生。上一学期通过改选,范明强被选为校学生会主席,分别参加了省和全国学联代表大会,并被选为全国学联会委员和省学联会副主席。在学校里他搞了几次有声有色的大型活动,学习上也不甘落后。他十分希望能静下心来,好好复习功课。几天来,一有空闲时间,他就在想这个事情,尽管在宿舍里,同学们都在海阔天空地神聊,范明强也置若罔闻,想他的考研大事。

昨天,伍六一传达了一个信息,1203、1204 两个班联合办了一个小刊物,叫《湖说》,一听这个名字,就十分有趣,刊物知识性、趣味性都很强。伍六一正吃着东西,说:“那天我‘偷’了一本,上边登了他们班长毛芮写的小故事《你是不是叫我爹》,真是一篇‘胡说’,差点没把我笑死!”

“什么故事?”张芳盛一边洗衣服,一边问。

那边宿舍的游前偲也过来听故事。伍六一说:“在我床上呢,‘钱财’给大伙读一读《你是不是叫我爹》。”

游前偲说:“我才是你爹呢!”他坐到伍六一的床上,拿起《湖说》,就读起来:“你是不是叫我爹,作者毛肉。”

“读错了,那个字不读‘肉’。”伍六一说。

“那她叫什么？哦，我知道了，叫‘毛内’，对不？”游前偲问。

“不管那么多了，往下读吧！”伍六一说。

游前偲把刊物一扔说：“什么《湖说》?！我才不伺候你们呢！”

伍六一说：“我给大家读吧。”

你是不是叫我爹

邻居老王缺德，给自己淘宝用户名起名“我爹”，每次快递员给他送货的时候总是很为难：

“你是——我爹吗?”老王：“是的！”

“你是我爹吧，下楼取快递。”老王：“好的！”

“是——我爹吧，这有你的快递。”

快递员感到怎么说都觉得别扭，后来问自己的语文老师，得到了指点。

快递员：“喂！你好！你叫我爹对吧?”

老王：“你……是?”

快递员：“你是不是叫我爹?”

老王：“你是谁?”

快递员：“我问你叫我爹对不对?”

老王：“你到底干啥?”

快递员：“你要是叫我爹我就把快递给你送过去！你要不叫我爹我就把快递退回去了啊！”

感谢语文老师，快递员反败为胜！

“伍六一，这是你编的吧?”彭东鹏说。

"怎么会是我编的,我哪有这水平?刚才你们没听见游前偲读'毛肉、毛内'啊。这是咱们语言的魅力。"

人们七嘴八舌,范明强也没被干扰,他听了甄珍教授的"批判——沟通——重建",简直被三国的鲁肃迷住了,鲁肃这个人范明强太熟悉了,既忠厚实在,又深谋远虑,是一位非常了不起的战略家,也是一位功勋卓著的战术家。《资治通鉴》《三国志·吴书·鲁肃传》《晋书·江表传》都详细地记述了鲁肃的雄才大略。《三国演义》虽然孙刘联合突出的是诸葛亮,但也掩盖不住鲁肃的"光辉",都说"刘备与权并力,共拒中国,皆肃之本谋"。

想到这里,他下定决心,和高小英说说,找个合适时间,征求征求甄珍教授的意见,早做准备,务必打赢这次的考研攻坚战。

高小英听了范明强的打算,非常意外。他们平时言谈话语中,范明强是打定主意要考邵振教授的研究生的,而且邵振教授几次找范明强谈过,要范明强考他的研究生,他范明强不过听了几次甄珍教授的"思维科学"创新课居然就要改弦易辙。

"能行吗?"高小英劝范明强要慎重考虑。

高小英准备考余励燚校长的"学术史"研究生,她立志在余励燚校长的指导下,下点功夫,先把《屈原学史》《红学史》搞出来,慢慢再选择自己的研究方向,再想办法考北大的博士生,一方面深入研究学问,另一方面也可以搞点文学创作。他们商量打算的是深入研究文学理论,想办法考清华或人大的文艺理论博士生,努力把西方文论、我国古代文论和马克思主义文论交相融合,形成自己的"文学艺术哲学"理论。如此,两个人也好厮守在一起。他们都非常羡慕钱钟书和杨绛夫妻举案齐眉的幸福人生。高小英真没想到范明强会变卦。

高小英说:"强强,你想好了吗?我不能说反对或不反对的话,但三思而后行是十分必要的。”

范明强说:“我想好了,考虑了很长时间了,就这么定了。但是咱们商量的其他事情,还是按部就班进行,特别是咱们两个人的事。”

高小英听了很是激动,她说:“好啊,‘君当作磐石,妾当作蒲苇。蒲苇韧如丝,磐石无转移’。”

二十三、王伍弍家的网吧

范明强回到宿舍时,游前偲、毛金灿已在睡梦中,这两天洪强有些反常,大家白天偶尔会看到他来上课或者回宿舍睡大觉,近来他也已有两三天不在宿舍住了。范明强到洗手间洗脸、漱口、刷牙,也没注意到洪强不在。

几天后的一个清晨,高小英跟随着梅秀秀来到梅秀秀经常与张芳盛练武的地方,也就是缘阳书院的万樟苑。等了很长时间张芳盛也没来,梅秀秀也就没有练武。两个人坐在有些凉意的长椅上,梅秀秀就悄悄地问高小英:"那晚你确实一宿不在,是不是和那个家伙约会了?"

高小英脸红扑扑的,就悄悄和梅秀秀说:"他是和我商量考研的事。"

梅秀秀说:"对,一定要守着'底线',千万不能偷吃'禁果'。"

高小英一听笑起来:"你还说我?"

两个人正说得热闹,高小英接了个电话,一下子站起来,说:"什么?什么?你再说一遍,怎么?洪强死了——上吊死的——真的?啊……"高小英和梅秀秀一下子脸色苍白起来,梅秀秀都站不起来,高小英也浑身没有一点力量。电话是范明强打来的,没多说什么,只是叫她们快到教室去。高小英拉起梅秀秀,两个人晃晃悠悠地向15102教室蹒跚地跑去。

同学们都来了,范明强、张芳盛、伍六一以及游前偲和毛金灿,也刚刚进了教室,他们去了王伍弍家网吧的现场辨认上吊者是不是洪强,几个人眼睛红红的,脸上还挂着泪痕。

孟菲斯和周圆悄悄走到范明强和张芳盛跟前问:“这事确定了吗?就是洪强?”

范明强、张芳盛、伍六一以及游前偲、毛金灿都点了点头,表示肯定,没说一句话。

孟菲斯、周圆悄悄和范明强、张芳盛说:“班主任周晔老师让咱们在这里等着,哪里也不要去。等一会儿学院领导来给咱们开会。”

近一个月前,1201 班班委会和团支部又做了一些调整。张芳盛、梅尕尕不再是班长和团支部书记。新的班长是孟菲斯,新的团支部书记是周圆。

对此,游前偲十分不满,认为周圆当团支部书记是因为她爸爸是周大璐。

当大家知道“周大璐”的时候,周圆在班上、学院以至于学校一下子声名鹊起,但是周圆并未因此自视高大,还是一颗平常心,和平时没有什么区别。学校收藏了她父亲的四副诗画作品,奖励了周圆 8 万元钱。开始她是坚决不要的,可伍六一就和周圆说:“你不要,可以给我嘛;不给我,可以给班上嘛;不给班上,可以扶贫,支援灾区嘛!”同学都游说周圆,打动了周圆那颗平静的心。同学们听说周圆准备接受那 8 万元奖励,也都很高兴。在竞选会上,全班 45 名同学几乎全票投了周圆,周圆当选为团支部书记。

班长孟菲斯和团支部书记周圆,不时看看表,又不时看看同学们,心里很不踏实,焦急地等着院领导和班主任周晔到来。洪强上吊,这究竟是为什么?

两个人刚刚当了班干部还没到一个月,就摊上了这么一件大事,感到压力很大。班主任在电话里一再安慰她们,不要太担心,自有领导做主,现在最关键的是做好班上同学们的思想工作,大家一定不要耽误学习,一切按部就班,事情由学院和学校处理。她们想想,虽说洪强在班里没有什么突出的地方,可人还算实在厚道,洪强不像人家毛金灿,也不像游前偲天天听《忐忑》《法海你不懂爱》,洪强就是爱看白花花的天花板,看着看着,就疲劳了,睡着了;又忽地醒了,反反复复。洪强就觉着有些荒唐,有些无聊,有些无所事事,于是就有些抑郁。

在班上,洪强这些问题不是没有表现出来,有时他会出去一天,也不知干些什么,甚至半夜才回到宿舍,倒头便睡,自己独来独往。洪强从前可不是这个样子,可是大家都很忙,没有注意到洪强的改变。

大约7点10分的时候,班主任周晔和学院团委书记翁华陪着副院长曾婧来到15102教室。

教室里一下安静下来,曾婧副院长缓了缓情绪说:“我们悲伤是难免的,问题是怎样面对。学院要求大家要坚强,积极地、客观地面对洪强事件。其死亡的原因还不清楚,有待进一步调查、厘清,等查实后,还会向同学们进一步说明。希望同学们,把悲伤转化为力量,不误学习,不误生活,能做到吗?”同学们一边嘘唏不已,一边稀稀拉拉应了声:“行——好——”

洪强是在王伍弎家网吧大门的门环上吊死的。最先到达现场的后港派出所的警察们将洪强放下来,警察们首先要做的就是查明身份,这并不是难事。在洪强的裤兜里有身份证,特别是还有理工大学的一卡通。警察和学校商量了一番,请了“万寿无疆”殡仪馆的车把洪强的尸体送到殡仪馆。

这时候也不过早上六点的样子,发现洪强上吊的人也是寥寥。王伍弎家网吧赶走了最后一个上网的顾客洪强,深夜三点才关门。清晨五点,店员又哈欠连天地打开大门,像往常一样,准备为营业做好准备,刚一打开大门,她还在疑惑,“这里挂了什么?”然而到跟前一看,瞬间吓得“啊”了一声。

现场被清理后，很快后港大街又恢复了往日的热闹和繁华。后港大街原来叫后港巷，它是靠着中南理工大学发展起来的。

路人们对洪强的死亡，觉得很好奇，三番五次地刨根问底。

"被对象踹了，想不开就那个了！"

"学习跟不上，愁死了！"

"学习跟不上还会愁死？哪还有觉悟这么高的学生？是穷死的！"

"欠了人家那么多钱，没法还账，只好去死，一了百了！"

"有千万个理由，也不该去死。"

不过也有人表示同情："唉，说起来最伤心的还是他父母，听说他父母卖了房子供他上学。"

"听说老子娘都来了，还有两个姐姐，来了一大堆人。"

"哎呀，那老爷子满脸胡子邋遢，老娘一头白发，满脸褶子，像核桃皮一样。连哭都不会了，只会干瞪着眼！"

然而，应该说 1201 班，洪强的同班同学消息还是靠谱的。这倒不仅仅因为大家是同学，更因为洪强都欠了他们不少钱，多的 3 万，少的也有几百。洪强一下子就找周圆借了 3 万。他眼泪哗哗地说："俺妈得了癌症，没钱治病。"于是周圆就借给了他 3 万，洪强用同样的手法还找彭东鹏借了 2 万，范明强 1 万，张芳盛 1 万。他们俩本来没那么多钱，可洪强这么困难，怎么也得帮帮老同学。于是他们就都向家里要来钱，借给了洪强。就连游前偲还借给洪强 300 元呢。合计起来，有借条的，没借条的，洪强就欠班上同学们近 10 万元。这之中，洪强还曾求孟菲斯、阿佩金英等人帮他在网上贷款，她们不甚了解借钱业务，而且她们感觉洪强不太正常，也就没答应洪强的请求。洪强一死，同学们说起洪强的欠债,才如梦初醒,他居然瞒着大家,借了这么多钱。

孟菲斯说:“当时我就觉着有些可疑,但也没多想,谁知会是这样?”

“他在外边有没有借钱?”范明强说。

“那谁知道?”高小英说。

“后港派出所和咱们校园警务室,应该知道。”张芳盛也说。

“要不咱们也到后港派出所了解一下,同时把咱们的情况,也向警察说一说,可能对他们了解案情,有点帮助呢?”周圆说。

“唉,这钱看来是要不回来了。”游前偲有些怨恨地说。

“什么时候了,还想着你那300块钱?”梅尕尕一下子给了游前偲一个“顶门冲”。

“上完课咱们就去派出所。”周圆说。

上午9点40分,同学们上完汤博云博士的“佛学发展史”选修课。后两节没课,他们准备到后港派出所反映情况,刚走出教室,正好碰到班主任周晔,要他们去几个人到派出所协助调查。

到了派出所,班长孟菲斯、团支部书记周圆分别讲了讲洪强平时老实巴交的情况和突然借了这么多的钱的事,范明强、张芳盛、高小英、梅尕尕等又补充了一些情况,班主任周晔也谈了谈情况。范明强很想深入了解洪强悬梁自尽的其他情况,警察几人很客气地就把他们送走了。学校保卫处的两位处长始终没有说话,一脸严肃。

孟菲斯喊了张芳盛一声,张芳盛赶紧问:“何事?”

孟菲斯说:“洪强的爸妈都来了,咱们是不是应该去看看老人家?”

“该去!”高小英首先表态。

“怎么个去法?”张芳盛说。

“这事要和学院说说，不能贸然就去。”范明强说。

现在已经过了午饭的时间，他们正好经过马大芳的肉饼店，马大芳和彭东鹏也没多说什么，只是汤里多加了点油，肉饼大了一点，肉馅子多了些，加工仔细了些。

游前偲说：“过两天给你钱。”

马大芳说：“你有钱，你花，还说给不给的干吗？你也没给过几次！”

十来个人吃完，有的回宿舍，更多的同学找个树荫下的长椅坐着休息，准备下午2点30分上课去。

又过了一两天，班主任周晔传达学院的意见，要求大家去看洪强爸妈时说话要谨慎，不要说不负责任的话。周圆拿出1万块钱，和孟菲斯、范明强等到了理工大学招待所。洪强的爸妈穿着整齐的新衣服和崭新的旅游鞋，这是学校特意给买的。同学们也没坐很长时间，两位老人见了他们，眼睛里又蓄满了泪水，不停地流了下来，除了流泪，也没有什么话说。孟菲斯、周圆等几个人，又安慰了几句，把那1万块钱给了两位老人。洪强爸妈就是不要，不断地说：

“有钱呢，有钱呢，有钱呢——学校、保险公司，都给了不少。”

周圆、孟菲斯代表全班同学硬是把那1万块钱塞给老人，大家匆匆离去。洪强欠同学们债，洪强父母要还，同学们都没要。又过了几天，也就是礼拜日晚上的7点，1201班绝大多数同学到缘阳市高铁东站，把老人送上火车，看到老人紧紧抱着洪强的骨灰盒，包括游前偲在内，大家不禁放声痛哭。在回学校的30路公共汽车上，不少同学都问，洪强借这么多钱到底干什么用了？虽然大家有所猜测，但也都把握不准。

没等多久，学院从后港派出所那里得到一些材料，他们是在洪强的被褥底下，找到了一封遗书，才多少知道一些情况。

亲爱的父母、师长、同学：

当你们看到这封书信的时候，我已经在没有任何烦恼的天空里自由自在地飞翔了。

我辜负了父母、亲人、师长、同学对我的一片苦心，而今天这是我不得不走的唯一一条自我解脱的路。

……

洪强的遗书，叙述了他一步步走向深渊的过程。

开始时，洪强挤出6元钱，到了王伍弎网吧玩了3个小时，这个网络世界真是要什么有什么，3个小时不知不觉地就过去了，时间一到，电脑就断网了，1小时2元。

无可奈何，洪强回到宿舍，看着白花花天花板，想的就是网吧。

洪亮又挤出了10元，玩了5个小时，想着一次玩个痛快，以后就不玩了。然而不行，他太想玩儿了，实在忍不住了，就找伍六一借了50元，玩个通宵。连吃带喝，加上玩游戏，一下子就花去了25元，他困得实在睁不开眼，只好不上课回宿舍狠狠睡上一觉。还有25元，他想再玩这一次绝对要金盆洗手。同时他在网上交了不少网友，网友教他赌球，第一把他就赢了3000元，新手运气，第二次又赢了1000元。

洪强有钱了，决心用这4000元狠狠捞上几把，没想到这4000元全都输了进去。他想这是机遇不好，就向同学们借了近10万元。

接着他又向1201、1203以至于1206等同年级五个班认识不认识的同学，借了有2万多元，一把把下注，都是泥牛入海。输急了眼的洪强，一直想办法弄钱,“一定要想办法捞回来!”网络借贷不需要抵押,只要身份证号就行。洪强就又借了20多万元。这时他已明白过来他受骗了,但为时已晚。他连续在王伍式家的网吧,不吃不喝不睡待了三天。

“我怎么还账?特别是网贷的20万元,利滚利很快就是21万、22万、25万、30万……”

“我怎么面对爸爸、妈妈?”

“我怎么面对同学、师长?”

“我的前途在哪里?”

“我怎么办?”

经过反复的激烈的思想斗争,洪强终于选择了这条不归路。

洪强的遗书最后说:

……

爸爸、妈妈,我是个不孝的儿子,你们就当没我这个儿子吧!

师长、同学,我开始也是一个积极上进,有理想的青年,真是一失足成千古恨啊,你们的,我还不清了,今天给你们做一个反面教材,千万不要步我的后尘!

幸福只有双手最可靠!凡是赌徒没有赢家!这是一个赌徒的深刻忏悔!

亲人们,再见了!现在我只有这句话了——对不起!

我对不起你们!

洪强　敬上

2015年6月13日

高小英一边读着一边痛哭流涕，全班同学们都红了眼睛，说：“洪强怎么这么傻啊？再难，也不能走这条路啊！”

只有游前偲说了句不着边际的话，让同学们说不出是好是坏而难以下咽。游前偲说：“你别说，这是洪强写得最好的一篇文章！正应了刘勰讲的：‘夫缀文者情动而辞发，观文者披文以入情，沿波讨源，虽幽必显。’”

游前偲本想博得同学们一点好感，却适得其反，他也很不好意思起来……

二十四、阿哥阿妹情意长

这么一个大活人，说没有就没有了，谁能无动于衷？

大三第二学期期末事情多得简直没法说，期末考试时间不远了。毕业论文写作选题、开题，选指导老师，开考研动员大会，认真思考是考研还是就业：如果考研，选择哪个专业、哪个学校，甚至于哪个导师？还有，要准备哪些复习资料？

伍六一不无发愁地说："天哪，我的脑袋要爆炸了！老天啊，这些事哪一件也不是容易过关的。"

"穷叫唤什么？难道这比高三还难？"毛金灿有些不满意伍六一的贫嘴，就呲了他一句。

确实，这些事，对于即将步入大四的1201班以及他们的兄弟班1202、1203等六个班来说，都是最要紧的大事，然而，这之中却有一个人表现十分异常。她也好像比平时紧张了一些，可是满脸都是笑纹，小鸭蛋脸儿，满是红云飘飘，梅花瓣儿样的小嘴儿，不时地哼唱着：

阿哥阿妹情意长，

好像那流水日夜响；

流水也会有时尽，

阿哥永远在我身旁！

阿哥阿妹的情意深，

好像那芭蕉一条根，

阿哥好比芭蕉叶，

阿妹就是芭蕉心！

“朵朵，你别唱了行不行？”姐姐梅秀秀不住地说着梅朵朵。梅朵朵向着姐姐嫣然一笑，不唱了。不大一会儿，歌声由小到大，梅朵朵又唱了起来：

阿哥阿妹情意长，

好像那流水日夜响。

“怎么又唱起来了，发神经了？”梅秀秀很奇怪地问妹妹梅朵朵。梅朵朵还是向着姐姐嫣然一笑，于是就仰面朝天地躺在床上，似乎也开始去看白花花的天花板，高小英凑热闹地说了句：

“朵朵，有什么高兴事？”

“是吗？”梅尕尕也是目不转睛地看着天花板，听到高小英问话，也冲着姐姐梅朵朵问了一句。

“她有什么喜事？还不是瞎唱。”梅秀秀说。

本来，高小英和三胞胎姊妹几个人借着星期天正想好好地复习功课。梅朵朵也在背书，可她眼前老晃悠着那天那个大眼睛、身材高挑的警察。这个警察的身影在她眼前一晃悠，她的诗歌就背不下去了，就想唱：

阿哥阿妹情意长，

好像那流水日夜响……

高小英一下子坐起来，说："你们说，这个范明强，他认准了的事，八头牛都拉不回来。他要考甄珍教授的哲学研究生，我也不遗余力地大力支持，那天我陪他到了甄珍教授的办公室，甄珍教授答应他了。范明强，他一下激动地抓耳挠腮，不知所以了。他的论文《鲁肃的战略艺术及其哲学思想》选的也是甄珍教授研究的方向，没想到甄珍也是大力支持。可是，一个中文学院的学生，要写哲学学院的毕业论文，这行吗？真是急死个人！"

其实早在范明强带着高小英去甄珍教授的办公室前，甄珍教授就已经把事情与两个学院的老师说明了，介绍了他的掌控能力、逆向思维模式和开阔的视野及其创新精神。

甄珍教授不无自豪地说："我的课，打开了范明强的心扉，'批判——沟通——重建'的哲学思想，确定了范明强的人生方向——"

车轩教授也很骄傲地说："文学给范明强插上了想象的翅膀，使他天马行空，独往独来，有了自己的个性——"

这些事情，高小英哪里会知道？1201 班的同学们更不会想到这些，他们只知道，范明强不考邵振教授的研究生，而考甄珍教授的，邵振教授一开始还有些生气，后来知道了原因，也表示理解和支持。

周一的早上，6 月了嘛，天亮得早，梅秀秀起得又很早，她天天和张芳盛练习武术。今天，张芳盛来得晚了一点，都 6 点多了，张芳盛才大步流星地走来。两个人比画了一会儿，看着其他晨练的人们，梅秀秀说："你看，这个范明强的心很深呢!”

张芳盛问:“怎么个深法?”

梅秀秀说:“他考哲学的研究生,又不写文学语言方面的毕业论文,你看他的论文题目《鲁肃的战略艺术及其哲学思想》,怎么就靠到哲学和历史那边去了?”

“就这些啊,我知道一点儿,这有什么奇怪的,‘文史哲’不分家嘛,只是靠近史哲一点儿罢了。”

梅秀秀听了今天张芳盛的话,又看到张芳盛在笑,就觉着有内情。梅秀秀在上连着的两节课时,怎么也忘不了张芳盛那似乎包含许多内容的笑。大课间的时候,梅秀秀、梅朵朵、梅尕尕以及高小英、方静深等凑在一起,谈论刚才邵振教授讲的“学术研究和毕业论文写作”选修课。

高小英说:“这课好是好,只是上得晚了点儿,要放在大二第二学期,最晚放在大三上学期,多好?”

“就是嘛,如果放在大二第一学期也好。”方静深说。

“那不好,高高姐说得对,最佳的时候还是大二第二学期或大三上学期,咱们对于怎样搞学术和写毕业论文,也好有个预设。”梅尕尕急切地说。

三胞胎姊妹以及高小英围在课桌前议论着,梅朵朵微微笑着,看似也在听,确实她也在听,可不知为什么,她又小声哼哼起:

阿哥阿妹情意长,

好像那流水日夜响……

梅秀秀以及梅尕尕听到梅朵朵这段与当下场合不太合拍的吟唱,就都看了梅朵朵一眼。梅尕尕是笑脸,梅秀秀是瞪眼儿。梅朵朵看到姐姐梅秀秀和妹妹梅尕尕的眼神,也有些不好意思,就不唱了。大课间,梅朵朵一唱"阿哥阿妹情意长",就扰乱了梅秀秀刚平静的心,她想:"弄不好,这里边是真有点文章?"

晚上的校园栀子花香、迎春花香、牡丹花香——这香那香一股脑儿涌向中南理工大学,争先恐后地扑进理工大莘莘学子的心田。这时候蚊子们也相当热情,它们在众多学子中间,游来荡去,穿梭飞行,弄得这些同学抓耳挠腮,奇痒难耐。

张芳盛说:"我说什么来着,让你穿长衣服来。痒不?"

说着张芳盛就把自己的亚麻衬衫脱下来,盖在梅秀秀的大腿上,自己穿着T恤和梅秀秀神聊。两个人背靠背倚着,少给蚊子一点机会。

梅秀秀说:"蚊子怎么不咬你?"

张芳盛说:"我的肉硬,蚊子啃不动。"

"我问你,今天早上练武的时候,你嘿嘿奸笑,是什么意思?"梅秀秀问。

张芳盛又嘿嘿笑了两声,说:"要说《红楼梦》这个'玩意'儿,真是绝了!里边这一句'假作真时真亦假,无为有处有还无!'太有味了。"

"你别打岔,到底什么意思?"梅秀秀继续追问。

"我不是回答你了吗?"张芳盛说。

"那叫回答啊?"梅秀秀还是追问。

"是啊——'假作真时真亦假,无为有处有还无!'"张芳盛说。

梅秀秀有些急迫地问:"你什么意思?"

"哎呀,这还不懂?你妹妹的事呗!"

"没懂,她有什么事?"梅秀秀问。

张芳盛嘿嘿笑了几声说:“我也不见得把握得准,你想想那天咱们在后港派出所,那个坐中间的大眼儿警察,你去问问朵朵就知道了。”

梅秀秀一下子明白了。第二天下午,也就是周二的下午,全院老师例会,学生没课,是自由的时间。梅秀秀把两个妹妹梅朵朵和梅尕尕约到15号教学楼5楼一个没人的教室,就问朵朵:“是不是有目标了?”

“谁啊? 我怎么不知道?”朵朵强词夺理地说。

“我说呢,朵朵天天唱‘阿哥阿妹情意长,阿哥永远在我身旁’,阿哥是谁啊?”梅尕尕也笑嘻嘻地问。

“你想唱也唱啊,谁拦了你。”梅朵朵这时有些欲盖弥彰了。

尕尕说:“要是我有目标,就一把就抓住他,让他跑都跑不了! 哪像你这么扭扭捏捏的。”

“朵朵,说真格的,盛盛说他可以帮你。”

“怎么帮?”梅朵朵说。

梅秀秀问:“后港派出所的那个大眼儿警察,怎么样?”

“好眼力,是不是朵朵看上了?”梅尕尕问道。

“我也不了解,如果朵朵有意思,叫盛盛侧面了解了解。”梅秀秀说。

“我看行!”梅尕尕替姐姐梅朵朵答应下来。

“不知他们家怎么样? 老家在什么地方?”梅朵朵一脸正经地说。

“你看,你看,张芳盛真是看准了你。听口音好像是山东的。”梅秀秀很严肃地说。

“那是,‘姐夫’有经验呢!”梅朵朵笑容满面地回了梅秀秀一句。

梅秀秀说:“你个傻妹子!”说完,姐妹三个人都笑了起来。

没两天,张芳盛就把大眼儿警察的情况调查清楚了。

大眼儿警察姓乐名陶进，他是公安学院刑侦专业毕业的，现年 27 岁，山东人。

“盛盛，你怎么知道这么多，真实吗？”梅朵朵问。

“告诉你吧，我们关系好着哪！”张芳盛嘿嘿笑了两声说。

“你们怎么认识的？”梅朵朵问。

“张芳盛，你好好说，不要卖关子。”梅秀秀说。

于是张芳盛就把他们认识的情况说了说。其实张芳盛和乐陶进并不熟，是方静深的男朋友丰子瑜和乐陶进先认识的。丰子瑜是体育学院篮球专业的学生，乐陶进身高 1 米 85，篮球打得也有两把刷子。体育学院篮球专业的学生和后港派出所所在的楼区公安分局经常打比赛。乐陶进是个能力很强的组织后卫，丰子瑜也是眼观六路、耳听八方的后卫，一来二去丰子瑜和乐陶进就熟了起来。张芳盛和丰子瑜来到乐陶进的单身宿舍一说，乐陶进立刻就同意了。

周五晚上，在八仙酒店，梅秀秀、梅朵朵、梅尕尕、张芳盛、丰子瑜、方静深，再加上乐陶进，七个人就一起吃了饭。

乐陶进很是热情，把三胞胎姊妹哄得服服帖帖。乐陶进居然还唱了歌，唱的就是《阿哥阿妹情意长》。

阿哥阿妹情意长，
好像那流水日夜响，
流水也会有时尽，
阿哥永远在“你”身旁。

乐陶进把“阿哥永远在我身旁”改成了“阿哥永远在‘你’身旁”。这一改，梅朵朵心想:“这哥哥,弄不好真是个有情意的人呢!”

简简单单吃饱喝好,大家就纷纷走了,给梅朵朵和乐陶进多留点空间。

梅朵朵和乐陶进就遛进了金鹗公园,两人坐在大樟树下的竹木长椅上,谈了各自的个人经历及家庭情况。

说起乐陶进的家庭,他的爷爷是警察,爸爸和妈妈以及叔叔、伯伯也是警察,乐陶进还有一个妹妹,也是警察。在他们县有句顺口溜“警察世家平安县,三代红心十警员”,说的就是乐陶进家。

梅朵朵一听这些,对乐陶进就有了八分满意。

乐陶进又说:“我给你唱歌吧——‘我就是那多愁多病身,你就是那倾国倾城貌!’”

梅朵朵听了这些,心里就感到特别温暖,没想到乐陶进也懂点文学。

金鹗公园距离理工大学有四五里。本来乐陶进有一辆车,是家里送给乐陶进的,是辆旧车,但乐陶进把它擦得精光锃亮,就像新的一样。乐陶进要开车送梅朵朵回校,梅朵朵不想坐车回校,就说:

“咱们走走不挺好吗?一边走一边聊,还锻炼锻炼身体,看看沿路风景,多么有情调!”

“好!”乐陶进马上同意,其实这也是乐陶进求之不得的事情,他正想和梅朵朵多待一会儿。

两个人一路走来,慢慢悠悠,说说笑笑,四五里地的样子,他俩走了近一个小时,10 点多,快到宿舍熄灯的时间,到了 18 号梅朵朵住的宿舍大楼。看楼的那个韦大妈看到一个魁梧高大的警察,就有些好感,她也知道这个女学生是三胞胎中的一个,韦大妈觉着自己和这位警察是同行,都是保护这些女学生的嘛,因此韦大妈少有地向着梅朵朵和大个子警察露出一个笑容。

临分手,梅朵朵说:“最近很忙,恐怕得到暑假再见面了,到时候我约你吧。”于是梅朵朵回到宿舍。她走到窗前,看到乐陶进还傻傻地站在那里,梅朵朵就很高兴。

梅秀秀、梅尕尕看到梅朵朵回来,又走到窗户前向下瞭望,就知道是乐陶进把她送回来的。高小英看到梅朵朵单独行动,回到宿舍梅秀秀和梅尕尕也没追问梅朵朵去了哪儿,就顺便问了梅朵朵:“大半夜的,自己跑去哪了?”

“在教室哪。”梅朵朵说。

“约会了吧?”高小英追问。

梅秀秀、梅尕尕什么也没说,只是嘿嘿笑了几声。

二十五、呷紧弄破碗

新的一学期又开始了。

夏日还在不遗余力地发挥着余威，使得返校的学子们心烦气躁，就是趴在树上躲在树叶下的青蝉也感觉着心烦意乱，它们在闷热、潮湿和雨雾连绵的天气里，也难以安静，时不时地叫上几声，理工大学这个开学季不那么令人爽快。

尽管如此，1201 班的同学们，在 8 月 30 日，还是齐刷刷地都来到学校，大学四年只剩下最后一年了，他们感到无比珍惜，怎么能不早来一点儿?

班长孟菲斯、团支部书记周圆和刚刚卸任中文学院团委副书记的高小英以及方静深、三胞胎姊妹几人来到范明强、张芳盛的宿舍。

范明强、张芳盛的宿舍又进行了调整，学校为了扫除洪强之死给同学们带来的阴霾，给他们调整了宿舍。这次中南理工大学又建起三栋 8 层高的学生宿舍。一是学校今年又扩大招生 2865 人，二也是为了改善同学们的学习和生活条件，宿舍大楼盖得十分漂亮。

这样，范明强、张芳盛他们六个人，又加上 1203 班和 1206 班的两个男同学，谢东东和南建辉，凑满了八人的宿舍，大家都很熟悉，很快就打成一片。

孟菲斯、周圆到宿舍来，主要落实一下游前偲到底到校了没有，别再像那年一样被骗入传销团伙。高小英和梅秀秀，其实是为了来参观一下男同学们简约文雅的新宿舍的。

大家一边说笑,一边看来看去。伍六一把自己从老家带来的大红枣拿出来,不爱说话的毛金灿也拿出自家树上摘来的樱桃,游前偲居然也把自己从老家带来的糖炒栗子拿出来,在宿舍中间的厅里,同学们绘声绘色地说着家乡的新鲜事。

伍六一说:“这可是真事,绝对不是我贫,发生在我堂哥身上。我堂哥跟老婆闹了点矛盾,我嫂子就跑回娘家去了。他岳父打来电话,怒火冲天:‘你小子是不是跟我闺女闹别扭了?我告诉你,小子,这事儿没完!’我堂哥正要解释,他啪地挂了电话。我堂哥赶紧打过去,他不接。

“没隔几分钟,连续几条短信发过来。

“堂哥岳父:‘小子,刚故意说给她们俩听的,男人嘛,大度一些,多担待一点儿!’

“堂哥岳母:‘别往心里去,小两口过日子,难免磕磕碰碰,你爸说的是气话,别往心里去!’

“堂哥老婆:‘我爸发火了,好吓人,你可别过来接我啊,爸正在气头上!’

“堂哥小姨子:‘嘻嘻,姐夫,200元红包,我帮你摆平!’

“你们说这是不是一出戏!”

高小英说:“你把这些心思,用在学习上,哪至于60分?你小子小心点儿,免得‘呷紧弄破碗’!”

一提“60分万岁”,伍六一就有些心疼,马上就觉着嘴巴发紧,他倒不是怕同学们笑话,而是担心,再出现多科不及格的现象,怎么对得起父母?伍六一一想到这些,就如霜打的茄子,蔫了半边。

这时,张芳盛嘿嘿笑了几声,说:“说起学习来,最近手机上有一个段子,很有意思,题目是‘用打麻将的精神去工作和学习’。人家范大班就是这么学习和工作的,要不为什么咱们范大班学习这么好,知识这么丰富,工作能力这么强?伍六一也好好学着点。”

用打麻将的精神去工作和学习,这世上恐怕就没有干不好的工作和学习不好的了。那么麻将精神是什么呢?

1. 随叫随到,从不拖拖拉拉

2. 不在乎工作环境,无不专心致志

3. 不抱怨,经常反省自己:“唉,又错了!”

4. 永不言败,推倒再来

5. 牌好牌坏都努力往更好的方向奋斗

6. 从不嫌弃工作时间太长

7. 始终抱着必赢的心态

说完,同学们都笑了起来。这时老是插不上话的游前偲来了精神,很想让大家注意注意自己,就迫不及待地说:“我给你们讲一个‘放屁’的段子:那天坐公交车,在拥挤、嘈杂的环境里,一年轻女子说:‘你看你,踩到我的脚连个屁都不放。’那个男子平和缓慢地说:‘踩到你的脚已经很对不起你了,如果再冲你放个屁,我还是人吗?’”

“别讲什么放屁故事,我给你们出个题考考你们!这是中文考级的命题。”很少说话的毛金灿说。

“又考试,烦透了,烦透了。”伍六一说。

“谁让你回答了?”毛金灿说。

请写出下面两句话的区别在哪里?

1. 冬天:能穿多少穿多少;夏天:能穿多少穿多少。

2. 剩女产生的原因有两个:一是谁都看不上,二是谁都看不上。

3. 女孩给男朋友打电话:如果你到了,我还没到,你就等着吧;如果我到了,你还没到,你就等着吧。

4. 单身的原因:原来是喜欢一个人,现在是喜欢一个人。

"小毛金灿,就这题还让我们回答?真是太小瞧了我们了。"张芳盛说。

毛金灿说:"我不是让你们回答,我是说这题出得有意思。"

同学们看到这些考题就会心地笑了。

在一旁角落里站着的1203班、1206班两个新住进来的同学谢东东和南建辉,始终没说话。这时谢东东看到大家说得热火朝天,也想起自己高中时那则独出心裁的招生广告,就迫不及待地打开自己的手机,让同学们看这则"史上最浪漫招生广告":

男孩喜欢上了一个女孩。

男孩是交了择校费进来的,可是那个女孩很优秀。

男孩费尽一切努力来引起女孩的注意。

开学一星期后,他顶着染黄且做了造型的头发大摇大摆进了教室,看着班主任张大了嘴巴看他。

全班同学都哄堂大笑,看着班主任的反应,可是男孩却只是望着女孩。

女孩头也没抬头,静静地坐在座位上做题。

后来，男孩在课上总是怪声怪气地接老师的话，课间在座位上放大音量讲昨天他和谁又打了一架，因为在厕所抽烟被校长在升旗仪式上点名大骂。

他每次都会一脸无所谓，可是会偷偷地、很快地瞄一眼女孩。可是女孩的脸上总是没有一丝波澜。

终于他再也忍不住内心的情感，在一个放学的晚上，召集一群兄弟在教学楼下，当女孩安静地走出楼梯口时，他用近乎嘶哑的声音向她表白。

人群一阵沸腾，高呼“在一起”。

她愣了，白皙修长的手抓紧了书包背带。

过了一会，她只是安静地走到男孩面前，仰头说：“我的梦想是清华，我想在那里等你。”

人群一阵哄笑，男孩红了脸。

以他的成绩，专科也上不了。

他一把把花塞到了旁边的人怀里，头也不回地挤出人群。

第二天，传来了男孩转学的消息，在另一个城市。

后来，女孩总是在课堂上看着那个空座位，发愣。

三年后，清华门口，她安静地站着，比起三年前她消瘦了许多，带着行李，只是站着，像是在等谁。

可是她也不知道她究竟在等着什么，叹了一口气，走进校门。

突然，身后一个明朗的声音响起：“你不是要等我吗？怎么不等了？”

女孩的眼泪流了下来，转身。

男孩把头发染回了黑色，一身简单的T恤、牛仔裤，周遭像是泛着阳光。

他帅气地拉起了她的手，走进清华的大门。

后来，成为男孩女朋友多年的她偶然问道："你那年转学去哪里了，能考得这么好？"

男孩说："广东梅县东山中学。"

东山中学招生办

2015 年 3 月 10 日

"嘿，真是别出心裁，完全靠小说一样的故事做广告，有意思，不过篇幅太长了些。广告应该短小精悍才好。"梅朵朵抢着说。

"是真的吗？"梅朵朵问。

"怎么不真？我就这个学校毕业的。"谢东东接着说，"我们学校学生手机里，都有这则广告，简直像一篇小说，我就觉着有意思，才存下来的。"

孟菲斯、周圆、高小英三个人一看手机，都 12 点半了，赶紧拉着三胞胎姊妹离开范明强的宿舍。看楼的老爷子范大嘴，很不情愿地打开大楼的门，还生硬地说了句：

"以后早点动身！不知道学校有规定吗？"

阿佩金英就有些生气，想上去和他理论。周圆说："算了算了，学校都有规定，严禁女生到男生宿舍和男生到女生宿舍，也过了熄灯时间，这次只不过刚开学，'老虎打了个盹'，咱们才混进来的，和人家老爷子能理论什么？"

"那是那是，小心'呷紧弄破碗'！"高小英说。

于是 1201 班的美眉们，挤挤挨挨地跑出范明强的男生宿舍大楼。天上还下着毛毛雨，她们一个个捂着脑袋一口气向她们住的 18 号宿舍大楼跑去。夜深了，天气也转凉了，一扫一天沉闷天气带来的炎热、潮湿和憋闷，睡意袭来，加上一天的旅途劳顿，高小英、三胞胎姊妹以及 1201 班的女生们，个个倒头便睡,连一点儿做梦的时间都挤不出来。

范明强、张芳盛几人,甚至顾不得洗澡,只是拿过湿手巾擦把脸就睡了。

一觉醒来,竟然已经是上午 11 点了。

张芳盛怪叫一声,赶紧坐起来,说:“可误大事了!”

“什么大事? 这么一惊一乍的。”范明强说。

“6 点半,要和秀秀一起练武呢。”张芳盛回答。

睡眼蒙眬的伍六一哼了一声,说:“我当什么大事? 这也叫事,还是大事?”

张芳盛拿起手机就给梅秀秀打电话,准备赔礼道歉。那边梅秀秀似乎也是刚刚醒来,还问张芳盛,这么早打电话什么事。张芳盛一听,乐了,就说:“都 11 点了,还早? 想你呢,问候问候。我问你,不是说好了,6 点半老地方练武吗? 你怎么没来?”

梅秀秀一想:“真的,我怎么就忘了呢?”在电话里,她赶紧向张芳盛说:“对不起,真对不起! 实在太累了,昨晚又和你们聊到那么晚,没想到一觉到了 11 点。明天一定绝不食言。”梅秀秀没说完,抬头一看,高小英、梅朵朵、梅尕尕都眯缝着眼儿,听她打电话呢,就赶紧把电话挂了。

张芳盛倒打了一耙后,关掉手机,很满意地嘿嘿笑了几声,说:“没想到,秀秀向我道歉,嘿嘿嘿——”

彭东鹏还躺在床上,不肯起来,看到张芳盛的得意之色,就说:“你也别太得意了,现在的女孩子——”

范明强已经起床,刷牙、漱口后刚从洗手间回来,说:“净说些没用的话,快起床,吃饭去吧。”

今天,8 月 31 日,开学的第二天,正好是个星期天,明天是 9 月 1 号,星期一,就上课了,接着就是文化考察,论文选题开题和论文写作等等,难得的一天轻松,同学们一直躺到中午 12 点,才懒洋洋地起床、刷牙、洗脸,蹒跚地来到食堂。范明强特意给高小英买了她最爱吃的红烧茄子,自己也买了苦瓜炒鸡蛋。他悄悄地说:“4 点,老地方。”

高小英一听,脸一下子就红起来。“老地方”就是那棵大榕树下的长椅上。高小英没敢抬眼,只是稍稍点点头,算是答应了。

大榕树树冠四面无限延伸,宽阔辽远横亘。榕枝连绵,榕叶繁茂,常青四季,绿披翠霞,枝枝覆盖,叶叶交通,枝根成树,树又生根,独木成林,浓叶遮阴,榕花娇柔,艳而不妖,余香袅袅,清新扑鼻。

吟赏岂无神助笔,护持疑有物司花。

莫因山鸟啼榕树,便忆河豚饱荻芽。

范明强、高小英选择这里谈情说爱,何等诗情画意。在浩瀚的中南理工大学,这样的大榕树也只不过十来棵的样子,散布在玫瑰园、玉兰园、菊园等各个园艺园林中。无论什么时候,每一棵大榕树下都会有几对恋人。

下午四点,阴雨连绵,显得比昨天潮闷了不少。高小英问:“什么事,这么急?”

范明强说:“我说了,你可不要紧张啊。”

还没说完,高小英就先紧张起来,她想是不是他们俩的事情,要发生变故?不然范明强为什么会如此郑重其事?高小英假装镇静地说:“什么事,这么神秘?你就说吧,我能挺得住!”

“不是什么大事,只是我的一个想法,和你也有关系。”范明强说。

“到底是什么事?”高小英急切地问。

范明强说:“是考研的事,我不准备走推荐那条路了,我要通过参加全国统一考试来上研究生。我相信自己的能力。”高小英琢磨了一会儿,问:“为什么?我不同意你冒这个险,别人想争取还得不到呢!”

范明强说:“也不为什么,我就只是想,好事人不能全得。昨晚,咱们那句‘呷紧弄破碗’使我想了半夜:你看我,三年多来,我干部也当了;党也入了;荣誉一大车,什么三好学生、优秀共产党员、模范班干部;拿了一等奖学金,也发表了几篇文章。尤其是咱们诗歌大赛,出了本书,张芳盛主编,我也是副主编之一,再加上保送上研究生,而且还有了你!好事让我一个人全占了。”说着,范明强不管周围有没有人,一把把高小英拉到怀里。高小英仰着头说:

“你怎么会有这个想法?我不建议你这样冒险!”

范明强说:“我也不是忽然心血来潮。再一说,借着考研,我也要督促自己多学点儿东西,是考研,也是考验!如果考不上,最低也是个‘考过研’的水平。”

高小英无可奈何,然而她还能说什么呢?

没几天,中文学院以及哲学学院就爆出这么一个惊天动地的大新闻:范明强放弃推荐指标,要通过考试上研究生。“真是开玩笑!”不仅1201班,中文学院所有师生,也都难以理解。

早上6点半,张芳盛、梅秀秀和丰子瑜、方静深在一起,他们伸了伸胳膊,踢了踢腿,就站着谈论范明强。

“强强到底怎么了?他办事向来不是这么不靠谱的啊?”丰子瑜问张芳盛。

“我也难以理解。”梅秀秀也很疑惑。

张芳盛说:“我也不清楚,这次他没和我说过。”

方静深说:“慢慢总会知道一点,也没必要劝他,范明强做事想问题,一般都经过深思熟虑。走吧,吃饭上课去吧,不要'看三国掉泪,替古人担忧'了。"

哲学学院的甄珍院长,心里也总是犯嘀咕。尽管范明强一再表示还是要考甄珍教授的研究生,绝不会改变。但甄珍教授还是说:"你也不一定要考理工大学研究生,北大、清华以及复旦、浙大,都有名师的。"那意思最明白不过了,似乎在说:你想考北大,我也大力支持。所以范明强只好把自己的真实想法告诉了甄珍教授。甄珍教授还是半信半疑。

不管怎么说,日月流转,星移云动,范明强放弃推荐保送研究生的事很快就过去了。转眼就到了大四,文化考察的时间了。

二十六、凤兮凰兮，臻美沱江

中文学院的文化考察是1201班教育实习之后的又一实践性教学。

1201班同学坐的是夜车，为了省钱，他们没有坐高铁也没敢坐卧铺，坐的只是普快。其实缘阳市到凤凰城也就是700多里地，可一直走了一宿。尽管如此，同学们还是兴奋得不得了，在第六车厢里叽叽呱呱说了一路笑了一路，差点没把车厢吵爆。

“考察就考察吧，学院还规定了任务，要写6000到10000字的考察报告，这不要难死我吗？”伍六一还真有点发愁的意思。他虽然和同学们也说说笑笑，不时贫上两句，可是一想起考察报告，伍六一就心烦意乱。

不料这话也说到彭东鹏的心坎儿上，就说：“六一，咱们是同病相怜啊。说是考察十天，其实是一个半月还多呢！按照学院的要求，计划、方案、目的、步骤，要查阅大量有关资料，还要开报告会，先是小组开，再是班上开，还要学院开，这个文化考察，不翻几个滚，是搞不完的！”

带队的几位老师，组长邵振教授以及房欣然博士和班主任周晔，没有参与同学们的谈话，只是安静地坐在角落里，眼睛不时地转来转去，瞅着这伙不知道天高地厚的“鸡崽子”。

在火车上，同学们迷迷糊糊一觉醒来，熹微初露。咔嗒一声，火车到站了。

朦胧中，同学们一看，影影绰绰，楼台亭榭，镜湖舒缓。这是湘西吉首，到目的地还得坐大巴，还有百十里地呢。

崭新净亮的大巴盘山绕路，同学们再也没有一点睡意，一面惊讶于弯弯曲曲的险路山径，一面沿山观景，还没等同学们看个够、喜欢个够的时候，凤凰城就真的到了。同学们看到眼前的美好风景和人来人往的热闹景象，怡然快乐地徜徉在凤凰古城。他们伸出双手兴高采烈地呼喊着：

"凤兮凰兮——臻美沱江——我们来了！"

孟菲斯和张芳盛带领的小组，看到沱江两岸的吊脚楼鳞次栉比，出入高下，参差错落，五颜六色，使人目不暇接。沱江春水沿着古色古香的城墙蜿蜒流淌，鸟鸣婉转，翠烟缕缕，凤凰古城，怎不叫人流连。

周圆和范明强带领的小组，踏步盘桓，一心想把凤凰城的吊脚楼看个究竟。范明强说："要真正领略吊脚楼的奇崛意蕴，不是看它的沿街，而是要乘船观游两岸。"

同学们也不问乘船的价格，就纷纷上船。沱江廊桥之下，楼柱林立，处处亭阁的就是一排排一列列的吊脚楼。它们皆为上下两层，盘盘焉，囷囷焉，红砖绿瓦，山墙陡峭；金瓜兽首、花卉虫鱼；万字福格，龙凤呈祥，都是一色的实木雕刻，让人大有李白在黄鹤楼慨叹的"眼前有景道不得，崔颢题诗在上头"的感叹。

高小英和梅尕尕带领的小组，游走在凤凰城的商业步行街。其店铺挨挨挤挤，琳琅满目，简直就像沱江之水浩浩汤汤，横无际涯。街道清一色的是由湘西大山中采下来的青石板铺就而成，走在这用岁月铺就的街道上，能够感受到她的古朴、她的厚重以及她的沧桑。高小英也不再说普通话了，她操着满口山东话说："老师说了，不让俺们买零食吃，俺们眼巴巴地看着社饭、姜糖，也只能垂涎三尺!”

同学们还没有怎么尽兴,11 点半就到了。邵振教授以及房欣然、周晔几位老师不停地来电话,同学们只好无可奈何地回到宾馆,他们想趁老师不注意再跑出去转转,无奈,三位老师一起坐在宾馆门口,让大家插翅难飞。

房欣然老师看到同学们探头探脑地想跑出去,就说:“这些傻小子、傻丫头,你们能跑出去?”房老师是北方人,和董仲舒是“老乡”。如果她十分喜欢你,溺爱你,就喊你“傻丫头”“傻小子”。同学们一看这样,只好笑着躺在床上去午休,不一会儿他们觉得疲惫了,都睡着了。

已经是下午 3 点,到了开会的时间了,同学们还是赖在床上,不愿起来,孟菲斯、周圆、高小英叫起这个,那个又躺下了,气得三个人大喊:“邵教授来了,发门票啦,发门票啦。”同学们这才爬起来。

开会在大宿舍里,不少同学还哈欠连天的,打不起精神。

邵教授站起来,看了看同学们无精打采的样子,就说:“我先给你们讲个故事吧。”

果然同学们有了精神,这倒不仅仅是因为同学们爱听故事,而是向来严肃且不苟言笑的邵教授居然要讲故事,这本身就是个大故事。同学们都把脖子伸得长长的,听听邵振教授要讲个什么故事。

话说《西游记》中,师徒四人在向西天取经的路上,沙僧问八戒:“二师兄,蠢字下面有两个虫子,你说哪个是公的?哪个是母的?”八戒想了半天也没回答出来,然后吧唧吧唧嘴,说道:“我去问问师父吧。”悟空大喊:“呆子,你真是头蠢猪啊,男左女右都不知道?”三藏笑而不语。

同学们听完一下子哄堂大笑起来,都悄悄地说:“谁再迷糊,谁就是蠢猪啊!”

“要不,邵教授再给我们讲一个故事?”不知谁说了一句。

“行,好! 那就再讲一个。”邵振教授看到这些可爱的孩子,也有些高兴,就又讲了一个大作家张天翼的故事,他说:“张天翼和我是同行,都是写作课老师。他在民国大学任教时,开了一门‘文艺创作’课。他讲《红楼梦》就讲了一年,《阿Q正传》讲了半年。他是著名作家,讲到观察,确实入木三分,令人倾倒。课上他讲写作首先要善于观察,曾以扇子为例,三种不同生活的人便有三种不同的方式:姑娘使用小巧玲珑的扇子扇嘴唇;穿长袖子的先生用苏浙扇子扇胸脯;挑担子苦力们则用大蒲扇来扇屁股。”

邵振教授说:“我们的文化考察,当然不仅仅是张天翼‘扇子’式的‘观察’,而应在此基础上,要‘深入’。入情——入理——深入文化的深层和哲学的高层! 也就是要情感的投入、理论的分析,并升华到文化与哲学的层面!”

“老师,这是不是太难了?”梅尕尕问。

“哦,梅尕尕啊……”邵振教授说,“难当然是难点了,要不让你们来‘文化考察’做什么?”

“是的,是的!”同学们七嘴八舌地说,接着还响起了热烈的掌声。

“是的,是的。老师,你说,我们文化考察,怎么‘入情’啊?”

“哎哟,我的‘傻大姐’,连这些也不懂? 你会背诵元好问的《雁丘词》吗?”

问世间,情为何物,

直教生死相许?

天南地北双飞客,

老翅几回寒暑。
欢乐趣，离别苦，
就中更有痴儿女。

同学们也情不自禁地跟着邵振教授背诵起来。邵振教授就说："这首词的创作及其叙述的故事，都是情感的投入。就像《红楼梦》的作者曹雪芹那样情感投入——'满纸荒唐言，一把辛酸泪；都云作者痴，谁解其中味？'"

"老师，什么叫情感啊？"阿佩金英问。

此时，宿舍的门咕咚一下子被推开了，农家宾馆的老板娘推门进来，粗声大气地喊："谁是梅朵朵？外边有警察找你！"

开会的同学们没有马上反应过来，都很惊讶，心里不住地打战。警察找梅朵朵，什么事？同学们没有意识到是梅朵朵的男朋友乐陶进来了，梅朵朵瞬间脸涨得通红，梅秀秀、梅尕尕马上明白过来，梅朵朵的警察男朋友来了。早不来，晚不来，怎么正开会的时候来了？大家也很快明白了怎么回事，有冲着梅朵朵笑嘻嘻的，但更多的是无所谓的态度。邵振教授和房欣然博士不明就里，更是惊讶不已。班主任周晔悄悄告诉邵振教授和房欣然博士事情的原委，邵振教授的脸立刻拉了下来，班主任周晔和房欣然博士也不知如何是好。

老板娘还在宿舍门口等着梅朵朵的回答。周晔赶紧站起来，走到老板娘面前，示意她离开，然后示意梅朵朵让她男朋友在下面一楼大厅先等一会儿。可是邵振教授就是不发话，梅朵朵动也不敢动。同学们也都知道，教授生气了，而且气得不轻，意思是，"这是谈恋爱的时候吗？"。

梅尕尕一看这情况，就走到邵振教授跟前说："我下去告诉他，让他走吧。"

邵振教授黑着个脸没有反对，梅尕尕就匆匆冲下楼去。

乐陶进一看到梅尕尕，非常高兴。不管宾馆大厅有没有人，情不自禁地上前，要去拉梅尕尕的手，并且还要搂抱梅尕尕。

梅尕尕一边赶紧躲避，一边喊："干什么？干什么？你弄错了！"

乐陶进很是惊讶，就说："怎么了？你今天是怎么了？"

暑假，张芳盛、乐陶进跟着梅秀秀、梅朵朵一起到了四川成都，两人都得到了准岳父母的首肯，而且三胞胎姊妹的爸爸、妈妈还很引以为自豪，请大家看看，他们未来的两个女婿，要模样有样，要才华有才华，觉着很长脸。

"怎么了？你说怎么了？"梅尕尕摆出严肃的样子，质问乐陶进，"你看看我是谁？告诉你，梅朵朵现在不能见你。"

乐陶进仔细一看，耳朵上没有扎耳眼儿，才知道这是梅尕尕。梅朵朵耳朵上有两个耳眼儿，是乐陶进在成都时给梅朵朵买金耳坠子时扎的。他很不好意思，马上赔礼道歉："对不起，实在对不起！"

梅尕尕这才笑着说："你偏偏在这个时候找朵朵，弄得她很尴尬。"

两个人正说着，邵振教授的"教训"会结束了。

先下来的是梅秀秀，乐陶进赶紧迎上去，又以为她是梅朵朵，上去拉她的手，跟在后边的张芳盛说："慢着，慢着！"张芳盛一下拉住梅秀秀的手，说，"陶进，你看清楚啊。"后边从宾馆三楼跑下来的同学们，看了看乐陶进、张芳盛、梅尕尕、梅秀秀，就都从他们身边经过，向各自考察的景点跑去。

冯秀叶和姚丽娜，也不管什么场合，冲着张芳盛、梅秀秀他们咳了两声，也走了。

乐陶进他们四个人站在大厅里等着梅朵朵下来，可很久也没见到梅朵朵下楼。

梅秀秀和梅尕尕不得不上到三楼去找梅朵朵，大宿舍里没有，她们又到四楼住宿的房间，看到梅朵朵正抹眼泪，在那里哭呢。

梅秀秀说："哭什么？来都来了，也不是什么坏事。"梅尕尕也说："是啊，大不了让他先回去，就算了。"

梅朵朵说："就咱特殊，你看把教授气得脸都黑了，多没意思，说了不让他来，他就不听。"

"先别管那么多了，你和他好好说一说，不能不见人家吧。"梅秀秀说。

"走吧，洗洗脸，把泪痕洗掉。见了他，我替你出气，把他赶跑！"梅尕尕有些气愤地说。

下楼后，乐陶进自然猜到梅朵朵不下来的原因。看到三姊妹一起下来，他仔细辨认了一下，确定了扎耳朵眼儿的梅朵朵后，就赶紧赔礼道歉，说："我们是有任务才来的，所长也要来看看你，你看我没让她来。"梅朵朵说："你别这样，弄得人家怪难为情的。"

梅尕尕说："你来得真是时候！全班正开大会，老板娘不知轻重地一喊，谁不丢面子？连我们也没面子，知道不？"

"知道知道，对不起了！"乐陶进还没回答，张芳盛抢过来替乐陶进说了。

现在梅朵朵心里已经感觉很舒坦了，就说："我们很忙，任务很重呢，几位老师催得也紧。"其实乐陶进也有任务在身，也很忙，他只是想见梅朵朵一面，看看她有什么需要而已。乐陶进一听，心里就很明白了，说："明天一早我们就回去了，今晚请你们喝'喜酒'，所长也来，叫上教授和老师，怎么样?"

"到时候再说吧。"张芳盛替三胞胎姊妹回答。于是乐陶进离开宾馆去忙他的任务了，张芳盛和三胞胎姊妹也没有再回到他们各自的考察小组。

现在已是下午 4 点半多了，他们四个人在宽不足 5 米的青石板路上随意走走，到处是此起彼伏商家的吆喝声，1201 班的同学们太崇仰文学巨匠沈从文了。现当代文学雅平教授的“当代文学史”课程，光是讲沈从文和他的《边城》就讲了三周 12 个课时，这是少有的。据说在世界文坛上，沈从文比我国现当代文学史上任何一位文学巨匠影响都大。张芳盛几人站在文学巨匠墓前，虽然沈从文墓地面对臻美沱江，背靠听涛山峦，四季花香、风光如画，然而也仅是一抔黄土而已，没有华丽的装饰，甚至没有多少人工雕刻。一块自墓穴后凿取来的不规则的天然五色巨石肃然矗立，成为沈从文墓独特的标志。石上雕刻着沈从文富有哲学内涵的语句：“照我思索，能理解我；照我思索，可认识人。”背面刻有大雕塑家刘焕素的挽联：“不折不从，星斗其文；亦慈亦让，赤子其人。”这四句话的最后一个字连起来是“从文让人”，又是沈从文一生的真实写照。读其文、听其言、观其行，大家都很感动，都拿出手机不停地拍照，留下纪念。

同学们不停地反复吟诵和琢磨沈从文的这句名言：“照我思索，能理解我；照我思索，可认识人”，觉着自己明白了许多道理。梅尕尕说：“是不是可以这样理解：以沈老的赤子之心为思考，就能够深刻理解沈老对祖国和人民的一片赤诚，而以沈老净化了的纯洁心灵去观照社会、人生，就能够识人、识事、识物和认识世界。”

梅朵朵说：“可以这么理解。”

张芳盛的手机突然响起来，几个人不约而同地都拿出自己的手机，一看都 7 点多了，而且乐陶进分别给他们打过多次电话，可他们都没有听到。约定好 7 点乐陶进请客，于是大家就赶紧往回赶，在路上截了一辆旅游电瓶车，匆匆忙忙地赶到“凤凰之家”宾馆。乐陶进已等在那里，还有他的所长——一位 40 多岁很干练的女士以及范明强和高小英。乐陶进路上正好遇到范明强、高小英，就约了他们一起来。张芳盛他们到时已是 7 点半多了，几个人很不好意思，连连解释说他们实在是被沈从文感动了。

饭吃得很快，也不是十分丰盛。所长盯着梅秀秀、梅朵朵和梅尕尕看来看去，范明强、张芳盛、高小英以及三胞胎姊妹，一边吃饭一边交流考察心得，不停地打开手机，欣赏自己的作品。8 点半，他们还要集合，分小组开会，交流考察心得，因此，女所长和乐陶进又把梅朵朵几人送到宾馆。张芳盛真没想到，他们还是最早回到宾馆的，其他 1201 班的同学们也忘记了回宾馆开会的时间。

……

当晚的会没有开成，一是同学们回来得太晚了；二是同学们也确实太累了；三是同学们虽然都感动着、激动着，实质上也没什么更多深入的接触。邵振教授听从了房欣然博士的建议，让同学们自由活动，随意地交流交流感受。

第二天，高小英和梅尕尕带着第三小组，过了虹桥，走过一条小巷，沈从文故居就在眼前了。木雕的门楣、窗棂十分雅致精美，煦暖的阳光透过雕花木窗照射下来，白云石的书桌，铺着蓝花蜡染大布的木床，似乎沈先生儿时和青年时期生活的场景就在大家面前。“照我思索，能理解我；照我思索，可认识人”的题词又映入同学们眼中。这时他们想起沈老的《边城》中老船夫和孙女翠翠祖孙二人的那种令人感动的人间真情，真是“情动于中而行于言”。

周圆和范明强带着第二小组，来到熊希龄的故居。在凤凰古城北文星街的一个小巷里，一幢极富苗族风情的古建筑，就是熊希龄故居。建筑古朴典雅，四方布局，过天井便是正室，木门两边有一副对联：

半世慈善办学为民族育才，

一生赤诚爱国盼中华振兴！

毛主席就曾很动情地说:“一个人为人民做好事,人民是不会忘记他的,熊希龄是做过许多好事的。”

范明强站在熊希龄画像前,久久不愿离去,他对站在身旁的周圆以及彭东鹏、毛金灿说:“这里看完了,是不是再到陈宝箴故居去看看?据说陈家‘一门四代五杰’,有‘中国文化之贵族’之称,在《辞海》中是唯一享有五个独立词条的人才群体。”范明强说完,就和同学们一起来到被称为“陈宝箴世家”的“陈宝箴博物馆”。

果然,陈宝箴世家、陈师曾的故居名不虚传,建筑苍茫古典,雕龙画栋,气势肃严。陈宝箴文韬武略深得曾国藩赏识,是维新变法唯一实权派风云人物。陈寅恪为史学、哲学大家,国学大师,精通十余种语言。陈宝箴世家是中国近现代名人史上最耀眼的文化家族。

孟菲斯和张芳盛带着第一小组,第五天下午来到杨家祠堂。杨家祠堂是张芳盛很早就想来的地方,他非常敬佩宋代爱国大英雄杨继业、杨六郎、杨家将、杨门女将的一家忠烈,世代忠良。他们家乡就是杨家将纵横驰骋的地方。

这些日子,进行文化考察的1201班的同学们,忙碌着,疲劳者,激动着。大家不停地手抄笔录,脑动心思,感觉肚里装着满满的干货:情感的、理性的、文化的、哲学的。沈从文奋笔疾书,淋漓剔透;熊希龄忧国忧民,慈善助教;陈宝箴的一门四代五杰,文化贵族之家;杨家将驰骋疆场,纵横厮杀,都像电影分镜头一样,历历在目。几天来,三个小组也反复考察了凤凰城的田家大院、廊桥、文昌阁、回龙阁吊脚楼、沱江泛舟。大家个个心满意足。

考察中,很少说话,也很少喜形于色的毛金灿竟然要吟诵自己写的诗:

考察日日新,胜读十年书;

来时净空响，归去闲人妒！

游前偲很不满，就讥讽地说：“这傻小子，还会作诗？‘闲人妒’什么意思？是不是说我？我不就讽刺过你吗？还记仇呢！”毛金灿的“闲人”说的确实是游前偲。考察中，游前偲也是激动不已，他向同学们倾诉，人们都不愿理他，就连他认为整天屁也不放的毛金灿都不愿理他，就有些愤怒，处处为难毛金灿。

最后一晚是文化考察的总结会，第二天一大早，他们就要启程回学校了。大家听毛金灿都能出口成章，都很激动，就不再掩饰自己，无不拿出自己创作的诗歌、散文，甚至评论，三人一伙，十人一堆，互相欣赏、品鉴，有的还大声朗诵，甚至别人提出批评也不感到难为情，都能欣然接受。

郭银洲诗曰：

百思虚听可解我，一念信守能识人。战士涛山诉衷肠，墓前白菊万屡香。（《访沈从文墓》）

唐婷诗曰：

岁月拂过枫叶/染得一片通红/燃烧的情感/把山峦辉映澄明// 山谷是幽静的/江水缓缓流动/仿佛无言的时光/一切都已成为往事 // 凤凰正在黎明中苏醒/那一刻，霞光漫过天际/这掩映在大山深处的碑刻/多么鲜活灵动　（《在沈从文墓前》）

桓维诗曰：

走在那条临河的古巷/谁叩响错落在碑刻上的时光/河水静静流淌/一眼望尽千年沧桑 // 走过那条幽深的古巷/谁深藏渲染在水墨画上的古色古香/任思绪肆意地飘扬/辗转回到繁华的过往 //曾经的雨露风霜/让我如何遗忘/难忘的古城、铭刻/还有您——凤凰 (《古巷——湘西凤凰》)

唐文艳诗曰:

我是一架老水车/立在沱江岸旁/似已千年/但我来自哪里? 又归向何方……//哦,模糊的记忆中/总有那么一条河谷/河水在我身上流过/响成欢快的节奏/跌进了稻田中/喂饱了饥渴的禾苗//不知何年/我来到了人声鼎沸的这里/风餐露宿/不再转动/只静静地立在这儿/渐渐腐朽/站立不稳//但我还要站下去/同猎奇的人们/言笑晏晏——我的凤凰 (《老水车的回忆》)

范明强也不再深沉和矜持,大声朗诵他写的散文《伟人》:

在陈宝箴展馆,站在大师陈寅恪的面前,我们深深体味到"胸襟——千载的人文情怀"!

在沈从文故居,站在伟大的文学家面前,我们深深体味到"追梦——永远的文学精神"!

在熊希龄故居,站在慈善家教育家面前,我们深深体味到"奉献——万世的人类品格”！

在杨家祠堂，站在民族英雄杨家将面前，我们深深体味到“献祭——不朽的民族气节”！

在凤凰城考察的同学们无论走到哪里，看到古往今来这一座座传统文化的丰碑和活化石都感慨万千，谁都不免微风拂煦，临窗远眺，欣然提笔，写下了这些充满人生感悟的生动诗句。

“照我思索，能理解我；照我思索，可认识人！”与日月同辉，光照我心！

邵振教授看到同学们如此忘情和激动，对房欣然博士和班主任周晔说：“让他们‘放纵放纵’吧，这些日子够紧张的了，不容易啊！总结会回去再开吧！”同学们一听无不高兴万分。

二十七、车筐里的玫瑰

回去的时候,同学们坐的是大巴。一路上,随着白茹吉他的弹奏,同学们一遍遍地唱着姚贝娜的《唱给沱江》。

清晨 你披一袭轻纱
柔柔地 唤醒了凤凰
傍晚 你穿一身霓裳
暖暖地 照亮凤凰
傍晚 你穿一身霓裳
暖暖地 照亮凤凰

你从苗岭深处走来
一湾秀水牵动爱的山冈
吊脚楼的传说
在你的碧波里荡漾
那些浪漫的月亮小船
在你的浪花里歌唱

你挽着山野的风情走来

一湾绿水流动祥云灵光

老虹桥的守望

漂洗着蜡染的云彩

那些千年的丹青书卷

在你的烟波里流淌

连着几天,同学们虽积极却也无奈地撰写凤凰城考察的总结,同时挤时间,去听学术讲座,跑图书馆,希冀从中得到点儿写作毕业论文的灵感,结果一无所获,尤其是一些所谓的学术讲座,如一碗白开水,1201 班的同学们绝大部分后悔莫及。大三第二学期的时候,中文学院无论是院长车轩,还是老师都提醒过他们要考虑毕业论文选题的问题,而且学院还作了动员报告。那时候大家虽觉很紧张,但总觉着来日方长,没想到到了眼前,才知道包括选题在内的论文写作原来并不是轻而易举的事情。

"说起来,范明强这小子,不慌不忙就选好了题。"姚丽娜酸酸地说。

"咱们班就这么一个好鸟,让那个'高'占了先。高小英的论题也选好了,肯定是范明强帮了忙,题目很不错。"冯秀叶也是酸溜溜地说。

姚丽娜说:"什么题目?"

冯秀叶说:"《知识分子的二重性格及其悲剧命运——20 世纪 30 年代知识分子小说解读》。"

姚丽娜说:"真是可以,据说张芳盛、梅秀秀的也定了,张芳盛的是《亚文化圈的当代文学》,梅秀秀的是《三苏散文的'章法学'通鉴》。"

"还是先把凤凰城考察的总结搞出来再说论文的事吧!"姚丽娜唉声叹气

地说。

初冬高云,天气冷艳,半月高悬,大地喧阗。

11 月的天气,虽是处于南方的缘阳市,但也已是寒气袭人。冯秀叶和姚丽娜一边说着一边离开了范明强和高小英经常约会那个“老地方”——大榕树下。

晚上 9 点多,姚丽娜、冯秀叶跑回宿舍,推门进来,一抬头,看到高小英、三胞胎姊妹以及方静深、孟菲斯也在她们的宿舍。两个人就有些惊讶,异口同声地说:“呵,新鲜啊!”

姚丽娜、冯秀叶宿舍的几个人正围在一起看伍六一和彭东鹏创作的漫画——形容大学女生四年变化的《惊人的蜕变》:

在食堂吃饭时发现碗里有条虫——

“虫子虫子虫子——”大呼小叫的是大一女生

“这?”拿起饭碗去找食堂负责人的是大二女生

把虫子夹出来,闭着眼睛继续吃饭的是大三女生

张大嘴巴,把虫子一口吃下去的是大四女生

一伙人一边欣赏着伍六一和彭东鹏的《惊人的蜕变》,一边骂这两个家伙天天不好好学习,净琢磨一些歪门邪道。

“你也别说,这点歪门邪道,还真有点意思。”高小英说。

高小英也知道怎么回事,赶紧拉着梅秀秀,孟菲斯推着梅朵朵、梅尕尕与方静深一伙子人离开了冯秀叶、姚丽娜的宿舍。

近来梅尕尕也有点儿魂不守舍,特别是那天在姚丽娜、冯秀叶宿舍里,看

了《惊人的蜕变》，她心里颇不平静。梅尕尕想："都大四了，自己也没有个着落，还没仔细品味恋爱的味道呢！还说人家'吃不着葡萄说葡萄酸'，两个姐姐那是板上钉钉的了，我怎么办？"

两个姐姐其实也很关心梅尕尕，帮着妹妹找了几个，都是学霸，一表人才，只不过都是理工男，梅尕尕不喜欢。

"理工男怎么了？"梅秀秀气愤地说。

"我可不是嫌弃理工男啊，就是觉着没味。"梅尕尕赶紧解释，她学着电影明星说，"没缘分啊。"

"处一处，不就有缘分了？"梅朵朵说。

"我们不管你了，把这事先放放，抓紧时间，赶紧把毕业论文弄好吧。凤凰城考察的报告，搞完了吗？快交上去吧。"

"唉，又是论文——题目都定了，就是毛金灿帮我定的那个《经济大潮视域下的人生窘困与价值异化——著名作家张阳球小说创作的一种审美》，告诉你们，雅萍教授也都点了头说：'你这个题目好，针对地方作家写毕业论文，新颖独特，好好搞吧。'开头我都写出来了。看看不？"

"毛金灿这小子，不多言不多语的，心里有数呢！"梅秀秀说。

"就是那天说起选题难来，他很热心地助人为乐呢。"梅尕尕解释。

"这家伙不时会给人一个惊喜，凤凰城考察那天，还不是他一首诗把同学们的情绪调动起来了。"梅朵朵说。

梅秀秀、梅朵朵看了梅尕尕的论文选题和开头都十分高兴，梅秀秀说："这个死丫头，怪不得整天乐呵呵的，还有心思搞对象，弄了半天，是笨鸟先飞了。"

梅朵朵说："你们都有人能帮忙，就乐陶进什么忙也帮不上。我就在中文学院毕业论文命题里面选选算了，我选朱烨教授的《不一与整一——＜红楼梦

>文化学阐释》,你们看怎么样?”

“还怎么样?到什么时候了,还不确定!”梅尕尕说。

“论题不会有问题,教授出的题还会错?就看你能不能驾驭了,赶快定了吧。你办事总这么拖泥带水。”梅秀秀也说。

毛金灿其实看中了“刺玫瑰”梅尕尕,可以说是很早以前就看中了,到底是什么时候毛金灿也说不准,他大二的时候,就曾听过一位受人尊敬的文学界老前辈讲过的恋爱故事,说:“有一名理工科学生提问,我对文学就是没有兴趣,怎么办?我说,这我也没有办法,但我唯一担心的是,可能你的情书写不好,这会影响你找对象……”

这位老作家继续佐证文学对于择偶的重要影响力:“好多征婚启事里都会写上‘爱好文学’这样的条件,”他风趣地说,“我最为阿Q遗憾的就是他的爱情没有成功。他直接跟吴妈说‘要困觉’,这太低级了,是‘性骚扰’。如果阿Q有一些文学修养,他完全可以在这种场合背诵一首徐志摩的诗。”说着,老前辈就背起了徐志摩的《偶然》,“我是天空里的一片云,偶尔投影在你的波心……”他投入的表情和动人的朗诵,惹得听众们会心微笑,报以热烈的掌声。他还顽皮地“设想”:“吴妈恐怕不会背诗,但是回报一首流行歌曲——《月亮代表我的心》,这事儿就成了。”台下顿时笑声一片。

毛金灿听了这个故事就有些明白了,能够“投影在你的波心”也不是一个简单的事情,你不仅要懂点文学,同时还得有徐志摩的那个条件。再说起上一学期的一个晚上,游前偲、伍六一、彭东鹏几个人在宿舍里一边毫无目的地看着白花花的天花板,一边有一搭无一搭地议论三胞胎姊妹,只剩下一个梅尕尕“好花无主”,不知“花落谁家”的时候,不多言不多语的毛金灿就暗暗笑了笑。他曾听梅尕尕开玩笑时说过:“如果有男朋友的话,你看看他读陆游和唐琬词句时的表情,如果他眼里一点都不湿润,你就要谨慎一点,与这样不懂感情的人在一块儿能幸福吗?"毛金灿对此非常赞成。毛金灿在凤凰城考察的时候,写了首诗小试锋芒,回来后,在梅尕尕论文选题时,毛金灿看似无意,实是有心地帮助梅尕尕选了一个好的论文题目,并帮助梅尕尕列出提纲,梅尕尕满是感激。表面上毛金灿时不时地上课下课或说话,看似无意,实是有心地坐在或站在梅尕尕的旁边,并且目不斜视地听课,实则暗探。他一看梅尕尕并不反感,而且还不断地和他"搭讪",毛金灿想:"时机到了。"

一天上午上"新时期、新世纪争鸣小说概论"选修课的时候,毛金灿悄悄递给在自己身旁听课的梅尕尕一张小纸条:"晚上 6 点,约你到西南角望湖楼上去'坐井观天',赏月看星,喝点咖啡,行吗?"毛金灿真没想到,梅尕尕欣然答应,而且还建议:"到那地方去干什么? 人多嘴杂,你也不是什么大款、富二代,干吗浪费? 不如吃了饭,穿得厚实一点,7 点去压马路,自由自在,多好。"现在已是 12 月初了,缘阳市已经很冷了,特别是晚上,就得穿得厚实一点儿。

毛金灿不由得就心花怒放,这说明梅尕尕不仅答应了他的约会,而且还伴着关心和爱护。

周五的晚上,月明星稀,几朵白云飘飘。

毛金灿和梅尕尕两个人肩并肩,臂挨臂,信步走着,甚至连直言快语的梅尕尕也长时间语塞。

毛金灿、梅尕尕默默地走在他们俩最欣赏的金橙路上,道路两旁栽种的都是脐橙,到了秋末冬初,树上都挂满了金黄金黄的脐橙,一路看来硕果累累,满是大丰收的景象。这是缘阳市马路的一大风景特色,春天玫瑰香浓,夏天栀子花开,中秋黄橘满树,初冬的金橙冬艳。所以你到缘阳市来旅游,真是有看不完的风景,吃不完的美食,诗情画意,美不胜收。

来到一个米粉小店,毛金灿说:"咖啡不喝,吃碗酸辣米粉吧?"

梅朵朵说:"刚吃饭不大一会儿,不饿呢。"

他们又往前走,到了一个装潢典雅的花店,毛金灿这次没有询问,就进了花店,梅秀秀心里透亮透亮的,随后也跟进来,假装很惊讶地说:"哦,还很浪漫哪?"

毛金灿冲着梅尕尕腼腆一笑,就买了九朵玫瑰,让老板娘包装好,很郑重地递给了梅尕尕。梅尕尕也没推辞,微微一笑,就接受了。花店的老板娘笑着说:"九朵玫瑰,'天长地久',我收你110元是'一生一世'!"

毛金灿和梅朵朵相视一笑,没有尴尬和不好意思。两个人继续前行,压着马路。梅尕尕说:"会背陆游和唐琬的词《钗头凤》吗?"

毛金灿很简洁地说:"会。"

"那咱们背一背?"梅尕尕说。

毛金灿没等梅尕尕回应,就深情地背起陆游的《钗头凤》:

红酥手。黄滕酒。

满城春色宫墙柳。

东风恶。欢情薄。

一怀愁绪,几年离索。

错错错。

……

梅尕接着就要背诵唐琬的《钗头凤》,被毛金灿马上制止了。梅尕尕问:"为什么?"

毛金灿："为什么？咱们都是学文的，难道你体会不出来？我背诵也就算了，你是绝对不能再背诵了！这两首词太凄清、凄苦、凄凉。"梅尕尕马上就明白过来了，是的，今天谁还希望重复陆游和唐琬的悲情呢？她很感动，心想，毛金灿也很细心呢。两个人打开了话匣子，一路往回走，一路说话。

时间过得飞快，要熄灯了。毛金灿把梅尕尕送到女生宿舍大楼，到大楼门口的时候，梅尕尕突然把红玫瑰递给毛金灿，说："你的玫瑰花，你得谢谢我帮你拿了这么长时间。"

一瞬间，毛金灿愣住了，像被泼了一盆凉水，顿时由头顶凉到脚跟儿。毛金灿的脸红了。但他还是很绅士很礼貌地接过花，然后轻轻插在身旁一辆坤车的车筐里，笑着说："明天早上，肯定有一个女孩会有意外的惊喜！"

毛金灿以为和梅尕尕的事情也就这样了。

没想到过了几天，梅尕尕又约毛金灿出去散步，两个人比从前挨得紧了些，甚至手还碰了几次，不过又像触电般分开了。这天又是个周五，晚上8点，天气有点冷了，他们到了理工大学东南角的望湖楼，毛金灿提议，到里边喝杯咖啡，弄点小吃，暖和暖和，梅尕尕欣然接受。他们登上三楼，找了一个角落，要了两杯咖啡、一盘蛋糕、一盘酥饼和一盘开心果。两个人吃着喝着，互相看着，话也相对多讲了点儿。

毛金灿说："还冷吗？"

梅尕尕说："你呢？"

毛金灿说："不热！"

梅尕尕说："是吗？"就伸过手来，摸了摸毛金灿的手，是很凉，于是就握紧了毛金灿的手。毛金灿也赶紧把另一只手伸过来一下子把梅尕尕的那只手也攥了起来。他们对视着嘻嘻笑了起来，四下里看看，并没有熟悉他们的人，就胆子大了些。梅尕尕说:“我退还过很多男孩子的玫瑰,他们有的把花扔在了地上,有的恼羞成怒、拂袖而去,有的还大声质问我为什么已经收下了,又要退还。只有你,还有那么一点点宽容,一点点幽默。”毛金灿一下子就觉着自己果然做得对,梅尕尕就这样成了毛金灿的女朋友。

梅尕尕成了毛金灿的女朋友,引起了轩然大波。

“癞蛤蟆想吃天鹅肉,竟然吃得香喷喷!”伍六一、彭东鹏不住地打趣毛金灿。游前偲却十分嫉妒,他又想想凤凰城考察时毛金灿那首诗“来时净空响,归去闲人妒”,对他的讽刺与挖苦,简直使游前偲恨意更盛。晚上10点半了,毛金灿和梅尕尕约会后,回宿舍,推门一进来,脸上多少就有些得意之色和春光荡漾。有气的游前偲羡慕嫉妒恨不打一处来,就自编自唱道说:

鲜花插在牛粪上,一个是香飘万里的红玫瑰,另一个是三寸丁榖树皮,不承想,癞蛤蟆想吃天鹅肉,一飞冲天半锅泥鳅汤——

三年多来,没发过脾气的毛金灿突然暴怒,他抓住游前偲的一只胳膊,大声斥责游前偲。论打架,毛金灿是打不过游前偲的,但是俗话说:“老实的怕横的,横的怕不要命的!”毛金灿硬气起来,游前偲还是惧怕毛金灿三分,他打不敢打,骂不敢骂,正在十分尴尬的时候,范明强、张芳盛几人从外边嘻嘻哈哈地回到宿舍,毛金灿和游前偲才休战……

几个人铺床睡觉,谁也没再多说话,再过一个礼拜,省应届毕业生第二十八届招聘大会要在理工大学召开,他们要去一试身手,希望能找个好工作。

真的,他们太累了,1201班的娃儿们,无不是刚一着枕头,就立即进入了梦乡。

二十八、西藏是个好地方

梅尕尕和毛金灿的恋爱弄得沸沸扬扬，关键是谁也没想到他们俩能够捉对成双。这是因为她的两个姐姐梅秀秀、梅朵朵的男朋友张芳盛和乐陶进都是大高个，而比两个姐姐更胜一筹的梅尕尕顺理成章也应找个魁梧高大有知识有文化的男子汉，结果找了个毛金灿，所以才引起大家的大惊小怪。梅秀秀、梅朵朵早就发现了他们的一点点苗头，总认为梅尕尕怎么也不会看上毛金灿，结果大大出乎她们的意料，他们竟然情投意合，一锤子定音——成了！无论如何，梅秀秀、梅朵朵也接受不了这个现实，总认为这真是癞蛤蟆吃了天鹅肉。

梅秀秀、梅朵朵堵着梅尕尕，不让她与毛金灿约会。这个晚上，两个人一人拽住梅尕尕一只胳膊，拉她到了经常去的 15 号楼 515 教室，劝解妹妹梅尕尕。

“傻妹子，姐姐不是说你，你怎么这么傻呀？”梅秀秀说。

梅朵朵说话都有些不连贯了。

“我们不同意你们交往！你醒醒吧，不要见木不见林，更不用说他……”梅秀秀最后一句话，并没有说明白，不过梅尕尕心里清楚，其实意思就是毛金灿的个人外在条件也不怎么样，只是不能从两个姐姐口里说出而已。

心直口快的梅尕尕，这次就是一言不发。两个姐姐苦口婆心地说了半天，梅尕尕就是不表态。

“你倒是说话啊，怎么样?”梅朵朵说。

“我们还不是为了你好，姐姐能害你?”

梅朵朵说：“你倒是说话啊?!”

梅秀秀说：“当然，姐姐也不能逼你，最终还是你自己拿主意。”

“你要再不听劝，我就给爸妈打电话!”梅朵朵恶狠狠地说。

真要是父母来了，也不会同意，再加上两个姐姐的意见，父母肯定会加倍拼命阻拦她和毛金灿的事情，梅尕尕就会更加难以应对了。这时梅尕尕就不得不说话了：

“你们俩不也是搞成了才告诉父母的吗? 那时候谁打你们的小报告了? 我就不行?”

梅秀秀和梅朵朵都说：“我们俩那时候没争议啊!”

“我不管那么多，你们也不要隔着门缝看扁了毛金灿。”梅尕尕说。

“他不就是会吹笛子、弹琵琶吗?!”梅朵朵说。

“当然，这也不错。”梅秀秀说，“不过，尕尕，我们告不告诉爸妈，终究爸妈会知道的，咋办?”

“你们要告诉爸妈，我们就私奔，你们俩可要负责!”梅尕尕强硬地说。

话到了这个份上，梅秀秀、梅朵朵还能说什么呢?

生气的梅秀秀，第二天和张芳盛早早练完武，站在缘阳书院的万樟园很向阳的地方，一边晒着太阳，一边说昨晚梅尕尕的傻样和固执：

“简直把我们气死了，还说私奔! 这不是鬼迷心窍?”

张芳盛嘿嘿笑了起来，说：“你们也是，劝一劝，尽尽心意，也就行了。更何况毛金灿也不像你们想象的那么不堪。他很有才。”说到这里张芳盛抱了一抱梅秀秀说,“吃饭去,快上课了。”

“张芳盛,怎么一到关键时刻,你就给我打哑谜?我不去吃饭,你也不能去,说完了才行,不然课也别上了。”梅秀秀有些生气,拦住张芳盛不让他离开,大声地说。

张芳盛没办法,只好说:“好好好,我说。你想想,能把朵朵迷住的人,至少他智慧、能力都在朵朵之上!”

范明强和张芳盛是密友,几乎无话不谈,范明强就说:“毛金灿将来不比你我差,甚至在你我之上!”范明强发现了毛金灿的秘密,毛金灿不得不向范明强透底,但是他要求范明强一定要为他保守秘密,范明强必须守信。范明强看到毛金灿有那么多成就,随便拿出一点来,都会在学院独占鳌头,可是毛金灿就是不为荣誉所动。范明强跟张芳盛说这些的时候,两个人都觉得毛金灿很不一般。

张芳盛在去食堂的路上,给梅秀秀讲了这些,从前梅秀秀总认为毛金灿内向、老实、平庸,让张芳盛一说,她倒觉得毛金灿是有些神秘色彩,范明强说毛金灿有很多成就,可没具体说,她就更无从知晓了,这成了她想知道又没办法知道的秘密。梅秀秀心想:“梅朵朵知道不知道毛金灿的成就?一定要让梅朵朵弄清楚,要是真的有成就,似乎梅朵朵的挑选也可以。”

梅朵朵和乐陶进呢?第二天晚上他们在理工大学希望门外边的博雅茶餐厅喝茶吃点心的时候,也说起梅朵朵和毛金灿以及姐儿俩劝梅朵朵的事情。乐陶进说:“这事啊,包括父母在内,还有你们姐妹,管多了不行,管少了也不行,不管不行,管死了也不行。我看还是《种树郭橐驼传》中说得最好:‘能顺木之天,以致其性焉尔。’我和你说吧,越管越不行,产生了逆反心理,反而不美!”

乐陶进进一步说，“要我说啊，就八个字：‘任其发展，适时干预’就行了。”梅朵朵听了，说：“也只好如此了！”

说到这些，梅朵朵就说起自己假扮梅尕尕和毛金灿约会的事儿，梅朵朵这时笑得几乎上不来气，说：“我穿着尕尕的衣服就去了，没想到这个毛金灿一听我说第一句话，就嘿嘿笑着说：‘朵朵姐，你来忽悠我啊？’就被他看穿了。他还说：‘一听你那口气，就不是尕尕，再看你的两个耳朵打的针眼儿，就知道你是梅朵朵。’一眼就被他看穿了。”

周六是个晴朗的好日子。招聘会设在18号教学大楼一楼里边的露天广场上。现场人山人海，招聘单位也是不少，有200多家。1201班的同学们大部分都来了，已经有了着落的彭东鹏也来到现场，他是帮着伍六一做参考。范明强和高小英没来，他们在抓紧时间复习考研，还有几个决心考研的，比如周圆、孟菲斯、方静深等都没有来，还有一个人不考研也不准备来，那就是游前偲。

昨天晚上，伍六一问：“‘钱财’，你为什么不去？”

“我为什么要去？我们家那一大摊子事还不是我的！”说到这里，游前偲觉得很是得意，他看到同学们为就业东跑西颠，就高兴得了不得，他一高兴就忘了从前误入传销的伤疤，就又故意开始放他曾喜欢得不得了的《忐忑》，声音一大，张芳盛在床上“噌”地坐起来，瞪着游前偲，游前偲吓了一跳，赶紧插上耳塞，得意地听起他的《忐忑》来。

听着听着，游前偲就想，龚琳娜总是“嗯，啊，唉，哟……”的，到底什么意思？怎么老是“逮来逮去”，不知道最后逮没逮着谁？想到这里，游前偲刚才的兴奋、得意，霎时降到冰点，自己大学四年却谁也没“逮”着。他想：“我最低怎么也是个毛金灿吧？他都逮着了梅尕尕，难道我就逮不着？”第二天，招聘会的时候，他原本不打算去的，睡觉到了上午10点，他突然觉着应该去一下招聘会现场,看看同学们在人家招聘单位面前是怎样难堪尴尬,现在找工作这么难,游前偲绝对不相信同学们在招聘会上有好果子吃,尤其是毛金灿。想到这里,昨晚的苦恼和失落又都烟消云散,接踵而来的则是幸灾乐祸。

招聘现场果然热闹非凡,原来空荡荡的 18 号教学楼一楼的露天广场突然挤满了人,每家招聘单位都把自己的招聘点布置得花枝招展、粉妆红披。眼花缭乱的游前偲仔细阅读招聘简章,吓了一跳:“假如我来应聘,连个边儿都贴不上啊!”不少单位招聘的大都是文员、秘书、营销的职业,条件是:英语六级,与外国人对话流利,有演讲口才,会写作,在地市级以上报纸杂志上发表过文章等等。游前偲有些不敢往下看了,他在招聘现场毫无目的地游来荡去,也忘记了自己来干什么,更没有看到几个 1201 班的同学,即便看到了也是迅速走开,不想和他们说话,本班的同学看到他,更不想和他说话,这里边就有他痛恨的毛金灿。此时梅尕尕正和毛金灿坐在宏泰精密仪器有限责任公司招聘台前,游前偲的嫉妒心油然而生。

“世界 500 强”的中外合资企业哒迪公司要聘请一批有实践能力,且又有开拓进取精神的人员,经过几句问话,他们首先从中挑选了三位同学应试,其中就有毛金灿。游前偲最愿意看的就是毛金灿的难堪,他甚至希望看到毛金灿被驱离现场的好戏。

在招聘台前,毛金灿应答如流。因其是学习中文的,毛金灿被提问的第三个问题就是他的文艺观。毛金灿说:“望远方知风浪小,凌空始觉海波平。文艺创作唱响英雄主义激情与爱国主义情操凝结与升华的主旋律,在建设中国特色社会主义和实现中华民族伟大复兴的中国梦中,不仅是应该的,而且是必需的。英雄主义激情与爱国主义情操是伟大中华民族之魂,伟大中华民族文明史正是一部响彻着英雄主义激情与爱国主义情操凝结与升华的旋律的历史。”

站在毛金灿身旁的梅尕尕听了毛金灿一番叙述，心里真是佩服。偷偷站在毛金灿侧面的游前偲听了毛金灿的一番议论，就有些灰心丧气，还有些生气："这小子嘴怎么这么顺溜？"没有看到毛金灿的张口结舌和尴尬难堪，他很是不服气。他想："我再看你还有什么新花样儿，难道你就没有马失前蹄的时候？"他满怀侥幸地等着。这时候游前偲看到毛金灿从他破烂陈旧的书包里拿出一沓子材料和几本刊物，递给招聘人员。游前偲和梅尕尕都伸长脖子，想看看究竟是什么东西。尤其是游前偲，他直接挤到台前想看个仔细。招聘人员还没来得及接过这些材料，就先被梅尕尕抢了过去。这是2014年第2期、2015年第7期的《响笛》和一本2015年《琵琶春秋》，上面都发表了毛金灿创作的笛子独奏曲《斑竹吟》《洞庭春晓》和琵琶独奏曲《扶摇鲲鹏》。另外，毛金灿还复印了一沓子自己发表的散文及文艺理论文章，比如刚才毛金灿所说的爱国主义和英雄主义的文艺观，就是出自其发表在省党报上的文艺学论文《英雄主义激情与爱国主义情操的凝结与升华》。梅尕尕看到这些，激动得简直无法形容，这时候梅尕尕完全明白了早先范明强说的"给你们一个大大惊喜呢"的话。当梅尕尕把材料递给招聘人员的时候，游前偲也想夺过来看个究竟，梅尕尕使狠劲一拽，马上把应聘材料递到招聘人员手里。游前偲这时也都明白了，他非常懊悔，也非常痛恨自己："你个'有钱财'，来看什么热闹，倒让人家看了咱的笑话！还不如在宿舍里看着天花板，听《忐忑》呢！"

很扫兴的游前偲再也不想看热闹了，悻悻然离开招聘现场。然而刚到了宿舍大楼前，他又感觉有些后悔，有些闷得慌："我倒要看看这个毛金灿究竟能不能聘得上，假如聘不上，再有才也白瞎。"他刚回到了现场，就听工作人员告知毛金灿，下午3点再来进行面试。面试的老师是一位叫方童的办公室副主任，据说这位副主任经常在全国一流报纸上发表文章。这也让一向沉稳、自信的毛金灿有些发毛，不过毛金灿沉下心来想，无论如何也不能心慌意乱，况且他看到了游前偲也混在人群里想看他的笑话。

下午面试，最先被点到名的同学是杨在华。他进办公室后，方主考也不多问，只是从口袋里掏出一张百元大钞，让他去门口指定的商场买包香烟回来。

杨在华很世故、油滑，他老子是一个卖水果的小商人，杨在华想，帮别人跑跑腿，这很正常，何况是在这种特殊情况下。于是，他拿了钱跑到门口商场买了包烟。可杨在华用主考官给他的钱结账时，收银员告诉杨在华，这张钱是假币。杨在华不信，拿过钱仔细看了看，发现真的是假币。杨在华立即意识到，这是主考官变着法儿向他索贿。他毫不犹豫地摸出自己的钱包，掏出自己一百块钱再次交给收银员。出门时，他把那张假币撕得粉碎。方主考心安理得地接过杨在华买来的烟和买烟找回来的零钱，说了句："你测试完了，明天来看结果。"杨在华还是头一次碰上这么轻松的考试，他为自己的聪明之举暗暗得意。

其次被点到名的是刘琼琼，是全国小有名气的大学的硕士研究生。她进办公室后，方主考也没多问，也是从口袋里掏出一张百元大钞，叫她去门口指定的商场买包香烟回来。尽管刘琼琼不太愿意，但她还是捏着钱去了商场，遭遇的结果和杨在华一样，收银员告诉她，那张钱是假币。刘琼琼也没多想，就把烟放了回去，捏着钱空手回到测试室，如实告诉主考官说："这钱是假币。"哪知主考官坚决地说："不，这张钱是真币，你再去其他商场试试。"刘琼琼又匆匆捏着这张钱到另外一家商场去买烟，结果，她遭受了同样的尴尬。刘琼琼又把钱带了回来，可主考官的态度仍是那样肯定。这次把刘琼琼弄糊涂了，她决定去银行的柜台前把钱验一验，钱一放进点钞机，点钞机马上疯狂地叫了起来："请注意，这张是假币，请注意，这张是假币。"刘琼琼这次心里有底了，回去再次告诉主考官，这张钱的确是假的。主考官很不以为然，说：“是银行的验钞机出了问题，我的钱是真的！”这次，刘琼琼又失去了主意，捏着钱，不知如何是好。这时，主考官说话了：“明天过来看结果吧。”

最后叫到的是毛金灿。毛金灿进到办公室，主考官不多问，也是交给他一张百元大钞，让他到门口的商场去买包香烟。毛金灿从主考官手里刚接过钱，便意识到钱是假的，毛金灿的一位姨妈就是银行的业务员，毛金灿当着主考官的面就指出这钱是假的。主考官看了一眼毛金灿，肯定地说：“这钱是真的，不信你去商场试试。”毛金灿笑了笑说：“主考官，不用试，这钱根本买不到东西。你看这钱的颜色这么绿，又没防伪图案，细心人一眼就能看出它是一张废纸。”主考官不听毛金灿的解释，坚决地说：“这钱是真的，你去买东西就知道了！”毛金灿见状，把钱往桌上一扔，生气地说：“我是来应聘的，不是帮你用假钱去蒙人的。”说完，转身就准备出门。主考官慌忙站起来，说了声：“明天过来看结果。”

第二天，也就是星期日，毛金灿没有很及时地去看结果，梅尕尕催促了多次，毛金灿还是不急。他跟梅尕尕解释：“我有自信能够应聘上，不过我有自己的打算。”

梅尕尕疑惑了，就质问毛金灿：“你什么意思？待遇好、工资高、环境美，你还有什么可挑剔的？”

毛金灿说：“你呢，我能带上你吗？”

梅尕尕一下子明白过来，也很激动，心想，自己真是没看错人，就很高兴地说：“是是是。”

毛金灿说：“走吧，去看看结果。”话还没说完，毛金灿的手机响了，正是哒迪公司打来的，告诉他：“祝贺你，咱们将作为同事，一起为公司的发展做出贡献!”并让毛金灿迅速到招聘点签约。毛金灿和梅尕尕到了现场,应聘的同学们显然比昨天少了许多。毛金灿说:“我还有个要求,要带上‘家属’才行。”正在他身后的梅尕尕就捶了毛金灿几下:“你不要太得意了,谁是你家属?”听了这个要求,刚才和毛金灿谈话的那位主考官方副主任为难地说:“这个我们可做不了主,这还得向公司请示。”接着就详细询问了梅尕尕的情况,然后就说,可能性还是有的。他拍了拍毛金灿的肩膀说:“我们的原则就是‘唯才是举,唯德是用’!”毛金灿没有当场签约,而是和梅尕尕愉快地在校园里逛来逛去,十分轻松,尤其是梅尕尕,她从头到脚都是那么熨帖、惬意。他们在菊园的小石子路上走着,就听毛金灿说:“即使同意你也能去,我也不准备签约,我的希望在更远的地方。”

“不在这里,在哪里? 你要先有个‘立足点’,再谋求其他!”梅尕尕很关切地说。

“不是,我要到西藏去,西藏是个好地方!”毛金灿轻轻地说,唯恐吓着梅尕尕。然而他还是把梅尕尕吓得不轻,梅尕尕惊讶地说:“此话当真?”

毛金灿说:“是的!”

梅尕尕清楚,毛金灿向来说话丁是丁,卯是卯,然而她还是不死心,就说:“你去那里,考虑到我了吗?”

毛金灿说:“当然,你也去!”

梅尕尕一下子哭了,她扔下毛金灿,扭头跑向宿舍并甩下一句话:“你即便不考虑我,难道你就不考虑我的爸爸妈妈和姐姐们?”毛金灿紧跑几步想拉住梅尕尕,然而梅尕尕就是不站住,毛金灿只好大声喊了一句:“他们也会同意的!”

毛金灿这一举动又一次惊动了1201班。首先就是游前偲。他说不出来是解恨、高兴,还是遗憾和烦闷,他对着毛金灿说:“疯子,你简直就是个疯子,你都不知道哪个炕头热了?”

“他疯什么？他才不疯呢。全班45个人——”伍六一还没说完,游前偲截了一句话,说:

“44个。洪强走了。”

伍六一说:“对对,全班44个人都疯了,毛金灿也不会疯。”

“是43个。”游前偲说。

“啊,对对对,不能把毛金灿算在里边。”伍六一说。

毛金灿只是笑笑,不发一言。周日上午,毛金灿没有签约,气跑了梅尕尕。下午,毛金灿疲惫地睡了近两个小时,醒来后,他没有起床,天气又冷,他也没开空调,就窝在被窝里,尽管游前偲、伍六一你一言我一语,毛金灿也没有说话。彭东鹏回肉饼店了;范明强和高小英不知道到哪里复习考研去了;1203班、1205班的那两位同学,也不知去了哪里。宿舍里只有毛金灿、伍六一、游前偲和张芳盛。伍六一和游前偲奚落毛金灿,张芳盛躺在被窝里,听着他们奚落,也在想:“这个毛金灿非说西藏是个好地方,可是人家梅尕尕说不好,我看梅尕尕和毛金灿的事,八成是‘手榴弹擦屁股——危险’!”于是张芳盛就慢慢起床,来到毛金灿跟前说:

“‘妹夫’,不知你还是妹夫吗?”

“怎么不是？你放心,我这个妹夫给你当定了!”毛金灿斩钉截铁地说。

“你改变主意不去西藏了?”张芳盛说。

“西藏是个好地方。一定去,不负初心!”毛金灿说。

“那,你就不会是我的妹夫喽。”张芳盛说。

“怎么可能不是？告诉你,梅尕尕不是轻易就改变主意的人。”

听到这里,伍六一嗨嗨嗨了几声说:“大头发蒙的家伙!”

游前偲不住连声地说:“疯子疯子疯子……真是疯了。”

女生宿舍里,梅尕尕哭了一个多小时。她们的宿舍8个人,就只有三胞胎姊妹在。高小英和孟菲斯几个人都要考研,中午也没回宿舍,所以她们还不知道毛金灿和梅尕尕的事。只有梅秀秀和梅朵朵陪着妹妹梅尕尕生气。

梅尕尕抽抽噎噎地说:“毛金灿也是个驴脾气,说了就没有一点周旋的余地。”

“就是,我们俩见了他,劝他不要去西藏。他反而说:‘西藏是个好地方!西藏需要音乐和歌声,我需要太阳和珠峰!你看——那山,那水,那雪,那人!那湍急的雅鲁藏布江、高耸入云的珠穆朗玛峰、纯洁无瑕的皑皑白雪般的雪莲、沉稳醇厚的布达拉宫、朴质无华的西藏姑娘和粗犷豪放的西藏民族舞,多么富有诗情画意。’”

“哼,这个驴脾气,我怎么办啊?”梅尕尕抽泣着无奈地说。

“不行,就断了!别跟着他去受罪!”梅朵朵气愤地说。

“朵朵,怎么净说傻话?”梅秀秀批评妹妹梅朵朵。

“怎么能说断就断?”梅尕尕说。

“唉,难啊!”梅秀秀说。

“不理他!我看先晾他几天再说。”梅朵朵说。

梅秀秀说:“也只好先这样,走一步看看,弄不好他改变主意了呢?”

“他——哪这么容易改变主意?我知道他的驴脾气!先晾晾他也行。”梅尕尕幽怨地说。

……

二十九、不负初心

毛金灿要到西藏去，中文学院党委和行政是大力支持的，还确定了毛金灿是入党积极分子，争取毕业之前，批准他入党。不过组织上也给毛金灿提了建议，让他好好给梅尕尕做做思想工作，态度不要太生硬，要和风细雨，要“润物细无声”。毛金灿非常清楚梅尕尕的脾气，心直口快，眼里揉不得沙子，吃软不吃硬。他觉得梅尕尕还会来找他，他打定主意先晾晾她再说，结果两个人互相晾了起来。

这几天，1201 班同学们闲下来的时候谈论的几乎都是毛金灿或是梅尕尕，不过，说什么的都有，赞成的，反对的，也赞成也反对的和不赞成不反对的都有。

周一又是一上午的课，吃了午饭，毛金灿太累了，他想中午一定要好好休息一下，下午是新调来的杨晨晨博士的选修课《无我与涅槃——佛教文化的源与流及现代意义》。毛金灿并没有选修这门课，可是他想听听这门课，到了西藏这门课或许能够帮助他更快地融入那里的环境。他准备好好睡一觉，听课更有精神。于是他回到宿舍，关掉手机，不到一分钟他就感觉轻飘飘的，像飞起来一样，非常惬意。西藏，真美，这个离太阳最近的地方，蓝天、白云、牦牛，他弹起了自己创作的琵琶独奏曲《西藏魂魄》。梦中，梅尕尕只瞥了他一眼，没有理他，扬起马鞭，跑走了。一觉醒来，梅尕尕正坐在对面伍六一的床上，冲着他流泪。宿舍里没人，都上课去了。毛金灿赶紧坐起来，抽出几张纸巾，想过去给梅尕尕擦干眼泪。梅尕尕一下子从毛金灿手里夺下纸巾，毛金灿打开手机一看，3 点多了，一堂好课没有听成。他想劝劝梅尕尕，可是总觉着无言以对。两个人一个默默无语，一个默默流泪。毛金灿说："快下第二节课了，同学们进来一看多不好，走，到外边散散步。"

他们走在桂园的小路上。现在虽是隆冬季节，但是在南方的缘阳市，到四月份黄叶才会被新叶挤下来而纷纷落地。这里一年四季都是树木葱茏、青山秀水。走在桂园的小路上，梅尕尕心情好了许多，问毛金灿："你就决定去西藏了？学院支持吗？"

毛金灿说："大力支持。那里是诗一般的地方，到那里你就明白了。"

梅尕尕泪流满面，一边擦着眼泪一边说："我从小没吃过苦、受过罪。我们姐妹三人，整天蹦蹦跳跳、快快乐乐，跟你去吃苦，我也情愿，可是我爸爸、妈妈呢？他们也跟我去受苦吗？"说着梅尕尕扶着桂花树又哭起来。毛金灿赶紧抽出纸巾为梅尕尕擦干眼泪。

"我非常理解，哪有父母不疼儿女的？我爸妈一开始也是反对，但最后还是同意了。我爸爸说，去吧，好儿女志在四方，那里需要音乐，你的事业应该在那里绽放！"

梅尕尕知道，毛金灿老家在北京，爷爷是北京最高学府毕业的音乐高才生，也是为了贫穷、落后的偏远山区的音乐和歌声，在国家的号召下毅然来到新光县这个小县城教高中音乐，后来和这个县文化馆的一位音乐干事，一位苗族姑娘结婚了，也就是毛金灿的奶奶。再后来，也就是改革开放之初，他被调到省城的中南音乐学院，也就是现在的中南音乐大学教授声乐及琵琶课程，是这个南方省份著名的音乐家,在全国也小有名气。爸爸子承父业,也是这个大学的一位音乐教师,妈妈则是一位花鼓戏演员。而到了毛金灿,虽然他也不乏音乐才能,但是他的声乐素质不太好,所以他选择了汉语言文学专业,想着学汉语言文学,加上深厚的音乐素养,进行音乐创作更方便。毛金灿突然要去西藏,使她有些猝不及防,但是她真舍不得他,假如与他一起走又要远离亲人,实在让人左右为难。

“爸爸,妈妈,我想你们。”梅尕尕一想到爸爸、妈妈就心疼,眼泪又止不住地流了下来。

毛金灿一句话就把梅尕尕心点明,毛金灿说:“我相信你的爸妈并不仅仅只希望你和秀秀、朵朵富有,其实更希望你们干出一番事业来,是不是?至于在什么地方工作更是次要的了。”

梅尕尕静静地听着,也没有说什么,但心里透亮了许多。

梅朵朵和毛金灿说:“我跟你去西藏,可要是爸妈坚决不让我去怎么办?我听谁的?”

毛金灿看到梅尕尕脸上有了笑容,脸庞也渐渐红润起来,他知道梅尕尕的心动了。其实这也是毛金灿早就料到的,毛金灿向来不打无把握之仗,他很认真地对梅尕尕说:“我们的你都要听,但更要听你自己的!”

梅尕尕说:“我明白了,你是说想做通爸妈的思想工作,我自己要有个主意,是不?”

毛金灿说:“橡树将为我们作证。”

话音刚落,梅秀秀、梅朵朵突然来到梅尕尕和毛金灿面前,二话不说,拉着梅尕尕就走。没等毛金灿反应过来,梅尕尕就被拉着走出了三四十米远。梅尕尕说:“怎么了?怎么了?”

“还怎么了？毛金灿早就和别人勾搭上了。”梅朵朵说。

“谁?”梅尕尕问。

“白玛德吉!”梅秀秀说。

“这是怎么回事?”梅尕尕问。

“怎么回事？你看这个!”梅朵朵拿出手机,就给梅尕尕放了一段录像,是那天晚上,白玛德吉和毛金灿在路边说话的录像。从录像的角度看,两个人挨得很近,白玛德吉一脸娇羞在说着什么。

梅尕尕伤心极了,蹲在地上,呜呜哭起来,气愤地说:

“刚才和我还山盟海誓的呢,原来他是这么一个人。”

一连几天梅尕尕不和毛金灿联系,毛金灿和梅尕尕联系,她的手机不是关机,就是“线路繁忙”。两个人见了面,也不说话,甚至在很多人面前,毛金灿追上去,拉住她问:“怎么了?”梅尕尕不说话更不回答,甩手就走,弄得毛金灿十分尴尬。回到宿舍,不明就里的毛金灿悄悄问张芳盛:

“到底怎么回事?”

张芳盛嘿嘿笑了几声说:“怎么回事？你自己应该知道。”

“我真不知道怎么回事!”毛金灿疑惑地说。

张芳盛说:“你自己做的事自己不知道?”

“我没做对不起尕尕的事啊?”毛金灿说。

“自己做了还不如实交代,就更该打！我问你,周一晚上八点钟,你干什么了？录像都有了,还抵赖?”张芳盛说。

“没干什么啊——”毛金灿认真想了一下,说,“哦,是了。我和白玛德吉站着聊了一会儿。”张芳盛把原委告诉了毛金灿。

事情原来是这样的,当毛金灿和梅尕尕出现了误会,许多同学都认为刺玫瑰的梅尕尕和癞蛤蟆的毛金灿很难复合时，第一个约毛金灿的是白玛德吉。白玛德吉也算是个漂亮人儿，藏族姑娘要是漂亮起来，能歌善舞的，那简直就是雪莲白玉和洁白的哈达，美不胜收，十分魅人。那身条子绝不亚于阿佩金英和梅尕尕，该凸的凸，该翘的翘，马蜂腰，大屁股，就像藏族歌手卓玛一样迷人。她在内地上大学，穿戴和内地人没有一点区别，一口标准的普通话，一笑两个小酒窝，装满的都是藏族姑娘的真情实意。

她靠在橡树上，悠悠地说："我愿意和你一起去西藏，羌塘草原，风吹草低，牛羊成群；草原八塔，洁白亮丽，你到我们那去，是你歌唱的自由世界，我们家卧室水波鸳鸯，鲜艳浓烈，就是咱们心意的契合。大红的漆盒就是你我心灵的潜隐之所，酥油茶、糌粑，请你尽情品尝，满地的牦牛和白云般的羊群，就是你弹奏的琵琶和吹响的笛音，在我的牵引下，你就是我的——郎哥哥唉——的'郎'！"

还没等毛金灿表明态度，白玛德吉就情不自禁地自编自唱道：

我美丽的西藏，离太阳最近的地方，
到处都是鲜红的阳光！
吸一口珠穆朗玛峰清澈的空气，
心也像蓝天白云般敞亮。
一处处佛塔经院的阿弥陀佛，
使你真正体会到什么是虔诚和善良；
咕咚、咕咚，喝一大碗青稞酒，
你才知道什么叫英雄和男子汉的豪放；
看一眼瓦蓝瓦蓝的天空和雪白的云朵，

你才知道什么叫藏蓝纯白和天空的晴朗！

明眸善睐的藏族少女，

献给你一个媚眼、一个微笑、一袭哈达，

你才知道世界上最美的地方和最美的姑娘。

站在雅鲁藏布江岸边或是大草原上，

放声歌唱我们美丽的西藏，

她会把你游移的心，洗得干干净净，

引领你到梦想中的天堂，

哥哥啊——小哥哥——

多情的妹妹，献你一支《藏族姑娘的爱》，

满桌的糌粑、酥油茶、手把肉，

还有围在一起的歌唱，

兴奋欢快的藏族傩戏和舞蹈，

就像那时候，

比翼齐飞的松赞干布和文成公主，

还有你我——

丹丹花争艳、紫燕翻飞、鸳鸯戏水的洞房。

……

毛金灿听得有些入迷了。白玛德吉深情地望着毛金灿，希望从毛金灿澄澈清明的眼睛里看到自己的身影。毛金灿也桴鼓相应，他很想握握白玛德吉的手，然而梅尕尕那幽怨、悲伤的眼睛和愤懑跑远的倩影，使他有些清醒。他连连对白玛德吉说："谢谢，谢谢！这真是一首好诗、好歌，等这次寒假或我写完了毕业论文,一定把它认真谱成曲子,让你唱着回到你那满是诗情画意的故乡——”

毛金灿明白了,这一定是白茹捣的鬼。毛金灿很疑惑,白茹为什么要这么做呢?毛金灿感到十分气愤,他想找个时间问问白茹为什么。

周四上午,白茹悄悄递给毛金灿一封信,毛金灿没有回宿舍,就又回到刚才上课的15102教室,他打开信一看,就完全明白了白茹为什么偷偷录他和白玛德吉聊天的视频了。白茹这封信竟是用英语写的,是一封充满爱意的表白信。

毛金灿看到这里,刚才的气愤也慢慢消散。他仔细想想这件事,又拿过白茹递给他的情书看了又看。此时,毛金灿的一举一动都在白茹的视野之内。白茹悄悄跟着毛金灿,她看到毛金灿反复读着她的情书,认为毛金灿心有所动,就进了教室,站在毛金灿面前,期待着毛金灿的回应。毛金灿款款地站起来,笑笑地说:“茹茹,谢谢你!我已经有梅尕尕了,而且我们很相爱,我不能接受你的感情。”

白茹就说:“我知道你和尕尕有很深的感情,我是说,她不去西藏,我愿意跳这个苦海。”

毛金灿本不想提白茹“录像”的事,可话说到这了,他就笑嘻嘻地问了白茹一句:“所以你就录别人的像?”

白茹有些丈二和尚摸不着头脑地问:“录什么像?”

毛金灿说了一下事情经过,白茹有些生气地说:“你看我是做这事的人吗?”

毛金灿说:“我不过随便这么一说,你急什么?”

“这能不叫人生气吗？有你这么随便冤枉人的吗？”

从这以后，毛金灿和白茹的关系就疏远很多。

毛金灿想，录像的事不是白茹干的，那究竟是谁呢？毛金灿百思不得其解，在一个晚上，他只好又找到张芳盛，让他帮帮忙，给梅尕尕解释解释。

半夜里，毛金灿突然想到，周一那个晚上，他和白玛德吉正聊天的时候，一个黑影一闪而过，好像是姚丽娜，毛金灿当时也没在意，如今想来，毛金灿认为这个录像就是她搞的鬼。不过她把录像发给梅朵朵，梅朵朵应该知道是谁发的吧？张芳盛说：“她怎么会知道，是匿名的！”由此，毛金灿断定这是姚丽娜干的“好事”，这完全会是她做的事情。后来毛金灿收到了姚丽娜发给他的一封短信：

灿：

我非常欣赏你的才华。听说你有志于西藏，她不愿意跟你去，我愿意。如你有这个心意，请回信，静听佳音！

永远属于你的娜

12 月 18 日

毛金灿请张芳盛帮忙给梅尕尕解释。

张芳盛说：“叫声‘姐夫’，你这忙我就帮定了。”

毛金灿没有办法，嘻嘻一笑，说：“麻烦了，姐夫！”

毛金灿和梅尕尕的恋情，后来的发展比想象中顺利许多。梅尕尕很快想通了。梅秀秀、梅朵朵多次帮着梅尕尕做爸妈的思想工作，梅尕尕的全家，只好慨叹了一声：“‘儿大不由爷，女大不中留’，随她去吧！”

这之中，还有一个插曲，就是毛金灿一家到成都去旅游，“顺便”去了梅尕尕的家看望她们的父母，同时来三胞胎姊妹家的还有成都市音乐学会家喻户晓的名誉主席陈达放和主席金青青等人，他们都是毛金灿爷爷和爸爸的好朋友。这一下子使得三胞胎姊妹家在邻里间格外有面子。

毛金灿、梅尕尕的事情经过一番波折，到现在基本尘埃落定。后来毛金灿和梅尕尕都成了预备党员，还得到了学院和学校的奖励，不过这都是后话了……

三十、我是航母兵

冬天来了，难道春天还远吗？一转眼，春天就到了！

中南理工大学里一片春意盎然。熙熙攘攘的学子刚开学入校，还不是十分繁忙，他们携着春节的快乐，轻松愉快地在校园小径上散步。几棵苍翠的古木下挂满了许多同学原创的赞颂春天的诗歌，不少同学正读着一首不知是谁的诗《我有一个春天的约会》：

我有一个春天的约会，
把骀荡的心，
挂在垂柳的飞絮上，
尽情享受春天的妩媚——
汉乐府：阳春布德泽，万物生光辉。
谢灵运：池塘生春草，园柳变鸣禽。
杜工部：随风潜入夜，润物细无声。
孟浩然：夜来风雨声，花落知多少。
白居易：野火烧不尽，春风吹又生。
贺知章：二月春风似剪刀。

韩昌黎:百般红紫斗芳菲。

朱文公:万紫千红总是春。

苏东坡:春江水暖鸭先知。

这就是春天的约会吗?

窗开两扇,尽是春天的玫瑰。

犹疑不再是我,

欢乐不要躲藏,

情感不能逃避,

我尽情地释放所有的烦恼,

让一切心想事成,万事如意,

——我们永远和春天有个约会!

然而,这只是不知愁滋味的大一、大二和大三的学弟学妹的事情。大四的学子们可没有这么多闲情逸致,他们怎么能“释放所有的烦恼”?

这是1201班以及中文学院大四年级的其他同学们在中南理工大学学习的最后一个学期。满打满算,他们在校也不过还有四个多月就得毕业“滚蛋”,不离校也得离校。这学期是他们最难熬的,课虽然不多了,但有几门是必修课,比如邵振教授的“艺术哲学要籍”、朱烨教授的“中国小说史略”、车轩院长的“农民小说甲申八十年”、夏芳副教授的“黑格尔逻辑学述略”等。而这几门课同学们也都十分感兴趣,不仅实用性强,而且都是几位名教授讲授。为什么把几门优秀课程安排在最后一学期的毕业季呢?原因是不言而喻的,也是不好言明的。这几门课程难度大,要有深厚的文学及哲学的基础才能更好地理解这几门课。另外,也是让大家不要过早离校。

一般此时毕业生心情总还是七上八下的——有的担心考研是否能过关，有的要准备毕业论文及几门课程的小作业，还有的要找工作。然而，1201 班是个特例。一是他们就业形势比较良好，一部分写作水平、演讲与口才比较突出的同学，通过几次招聘会就找到了工作。三胞胎姊妹也各得其所，梅秀秀跟张芳盛去他的老家就业，张芳盛考上了海河大学的研究生，本来他是考不上的，因为他舍己救人的事迹和立功受奖有加分，就很顺利地上了研究生。梅朵朵更好说，成了缘阳市的一名辅警。梅尕尕去西藏了。游前偲有自己的家族企业，就业也是实打实的。最后实在没有办法的几个同学，都和彭东鹏在全国开"马大芳肉饼"连锁店了。彭东鹏和马大芳帮助同学们设计、施工和开市，同时还会提供 2 万元钱作为启动资金，这些是同班同学才有的特殊待遇。所以这部分同学心不慌、意不乱，安安稳稳坐在教室里听他们喜欢的课。

还有一大部分同学，也是心不慌、意不乱，安安稳稳坐在教室里听课。他们是考研的同学。1201 班是个风清气正的好班级，他们很早以前就有了一定的打算——好好考研，早早准备，来一个笨鸟先飞。因此大四的时候报名考研的同学足有三分之二，并且参加考试的 30 名同学都感觉良好，尤其是 18812 宿舍的八朵金花。白茹说：

"咱们要考不上，那简直是没有天理了！"

"可不要这么说啊，小心爬得高，摔得重！"高小英赶紧说。

果然，1201 班考研的同学 90% 的都上了一类地区分数线，就看能不能过面试这一关了。尤其是高小英、孟菲斯和周圆，她们的考研成绩比全国分数线要高出一大截，几个人在宿舍里手舞足蹈，兴奋地又一起唱起她们的《考研歌》，只不过最后几句改了一些："一年三百六十日，冬去春来都是事；忙人读书勤思考，闲人吃喝混饭吃；一晃秋风冬雪冬，阳春三月百花味；十二廿七进考场，金榜题名在今时！”

几个人唱完一遍，感觉还不十分满足，又疯唱疯跳了起来。白茹弹着吉他，也加入她们。过了一会儿传来咚咚咚的砸门声，这些“疯子”意识到她们太忘情了，大半夜的太吵人了。

高小英、孟菲斯赶紧去开门，一下子闯进一群人来，为首的就是阿佩金英以及梅秀秀、梅朵朵、梅尕尕三胞胎姊妹等两边宿舍的十多个人。阿佩金英伸出一只手，做手枪式：“嘟嘟嘟——我是航母兵！”

咚咚咚！

又是一阵敲门声，站在后边，靠近屋门的方静深小心翼翼地慢慢打开门，范明强、张芳盛、伍六一、彭东鹏、游前偲和毛金灿鱼贯而入。

“都在啊。”张芳盛说。

“你说的是梅家三姊妹和你们全家都在吧？”伍六一故意这么说。

毛金灿听到伍六一这句话，十分高兴。他抬头目不转睛地看着梅尕尕，笑了笑。梅尕尕一开始也看着毛金灿，毛金灿冲她这么一笑，她赶紧扭过头去。

梅尕尕周围的几个人，方静深、高小英，包括梅秀秀、梅朵朵都不禁笑了起来。

同学们本来是向高小英们祝贺的，可是就那么几句祝贺的话，之后他们就有话无话地闲聊。

高小英问范明强：“你们怎么进来的，这么晚了？”

话还没说完，又是一阵急促的敲门声…… 站在门口的阿佩金英赶紧打开门——

“趁我去厕所这么一会儿，你们几个男同学硬闯进大楼来——是谁？是你们不？”

范明强、张芳盛几个人，一看进来的是楼管，知道是为他们而来，就赶紧向后躲藏。韦大妈的两只眼睛一进门就盯住了这几个贼娃子说："藏什么藏，你当我看不见啊？下楼下楼。"

"我们不是来看她们的，一个个这么丑，早就看够了。"伍六一嬉皮笑脸地对韦老大妈说。

一句话把韦老大妈也逗乐了，就笑着说："你别给我耍贫嘴，我看哪个也比你漂亮，就你丑！你看你那个大腮帮子，肯定找不着媳妇。"

这句话还真戳到伍六一的心窝子上，同宿舍的同学都有了心爱的人，就伍六一是个光棍儿，伍六一曾想着亲近亲近冯秀叶，可冯秀叶一句话把他打回原形："跟你回老家，连双筷子都得到北京来买。"彭东鹏的老婆马大芳想把自己的堂妹马二芳介绍给伍六一，马二芳居然也不同意，说："跟他去喝西北风啊？"伍六一就只有自我解嘲地说："天涯何处无芳草！"

今天，宿舍韦大妈的话点到伍六一的心病上，高小英、梅秀秀、张芳盛起来就想打个圆场，说：

"大妈，你给俺们六一找一个，把你女儿介绍给他吧？"张芳盛笑嘻嘻地说。

"我的女儿在清华读研呢，能看上他?!"老大妈说。

"大妈你放心，我们再待上十分钟就下楼，我们是叮嘱她们不要骄傲自满的，她们——"范明强一指大家说，"都考上了研究生啦，还要面试，千万不要掉以轻心。"

看楼大妈一下子明白过来，就说："你们这些娃娃们，十分钟，就十分钟，我在大楼门口等着你们。"韦大妈一边念叨着，一边扭啊扭地坐电梯下楼去了。

范明强、张芳盛等几个同学又说了几句话也就离开了18812女生宿舍。

高小英18812宿舍的八朵金花闪金光，考研都上线了，但她们心里其实也很清楚，考研笔试成绩再好，也没有百分之百的把握，面试一关也不能掉以轻心。仔细一算计，时间还是很紧张，要听邵振教授的“艺术哲学要籍”、夏芳副教授的“黑格尔逻辑学述略”的课；毕业论文，也写到了最要紧的地方；几门选修课还有作业。“唉，要毕业了，还是忙，简直忙死了！再忙，也得必过考研面试这一关。”白茹说。

高小英们以及其他宿舍考研上线的同学们也都积极行动起来，高小英几人又像上学期考研复习那样认真地准备起来，苦了累了，她就唱起给自己鼓劲儿的歌来，还编了《要过关》的新歌。歌词是这样的：“八朵金花放呀放光芒，向阳的宿舍有太阳，心里急，不能慌，一步一步过关卡，不骄傲，细思量，百里半的失误勿重蹈，前面就是美好的憧憬和希望！”唱着，唱着，她们就想起阿佩金英来，别影响了人家。

阿佩金英要当航母兵嘛，她选的毕业论文方向也是军事文学方面的，题目是《新世纪军事文学的铁血精神和阴柔之美——以〈解放军文艺〉为支点的文学特质解读》。开始阿佩金英为自己选的这个题目感到十分高兴，这是现当代文学博导、中文学院院长车轩教授命题的，他是阿佩金英毕业论文的指导老师。车轩院长积极鼓励阿佩金英写好这篇毕业论文，这对她当航母兵也大有帮助，可阿佩金英真没想到这篇论文的写作如此困难，况且车轩院长的要求又十分严格：“必须具有学术性、新颖性、理论性、现实性。”所以阿佩金英不得不废寝忘食地写。

阿佩金英决心要当航母兵，她想：“五月底毕业论文答辩，五月初就来征航母兵，我要拿出个像样的毕业论文来，好好去当航母兵！”

阿佩金英 4 月中旬就曾来到中文学院鞠红书记的办公室，谈了自己想当航母兵的意愿，鞠红书记给了她很大的鼓励。令阿佩金英想不到的是，光中文学院报名的同学就有7个，更何况全校有十六个学院，假如平均每个学院都是7个，那就是一百多个同学。这一百多个同学竞争6个航母兵指标，竞争何其激烈？更何况即使当了兵，也未必就是航母兵，还要经过反复的筛选和严格的训练。

阿佩金英下定决心，哪怕上刀山下火海，也要闯一闯。阿佩金英暗暗衡量了一下自己的各方面条件，禁不住自鸣得意地笑了起来，她觉得自己各个方面确实不俗，身高一米七三，面容姣好，一对大眼睛清亮透彻。阿佩金英又想自己是入党积极分子，很有可能毕业前加入组织，成为预备党员，想到这里，阿佩金英在中文学院党委以及鞠红书记的支持下，来到了中南理工大学武装部毅然报了名。

其实面试也很简单，无非问问为什么当兵，家乡在哪里，家里有什么人，经济收入怎样，有什么困难以及有什么追求等。应试者最后问的是有什么爱好和特长。

阿佩金英回答得简洁干脆，字字铿锵。她说："爱好是写作，特长也是写作；爱好诗歌，特长也是写诗；爱好跳舞，特长也是跳舞——新疆舞！"

阿佩金英这样的回答就给考官一个良好的印象，军人就是要简洁明快，铿锵有力。

"怎么样，给咱们跳段舞，欣赏欣赏？"

阿佩金英很认真地跳了段新疆舞《天山姑娘》，大家都不禁鼓起掌来。上校说："新疆姑娘会说话就会跳舞，个个都是舞蹈家！"

阿佩金英还把她写的诗《我是航母一女兵》和毛金灿为她的这首诗谱的曲递给了领兵唐国强。唐国强读了一遍就递还给阿佩金英，说："能唱下来吗？"

阿佩金英清了清嗓子，摆出丁字步唱了起来。

我是航母一女兵

幸福、骄傲又光荣

我们矫饰,不荏弱

飒爽英姿,手握钢枪亦英雄

站在宽阔辽远的甲板上

那就是我们千万里祖国疆土

在蔚蓝色的大海里

劈波斩浪,勇往直前

大好河山任纵横

登上航母的箭楼

那就是世界的屋脊

——珠穆朗玛峰

呼啸奔向蓝天的歼-20

那就是祖国的山雕雄鹰

犀利的鹰隼双眼

紧盯着魑魅魍魉,财狼罴熊

极目远眺

迎来凯旋的歼击机冲破云层

我们是勇士温暖的港湾

我们是高举大纛的旗手

我们是擂鼓呐喊的响槌

我们是吹响号角的先锋

我们是百炼成钢的战士

我们是航母舰上的女兵

迎来喷薄而出的红日

向祖国报告——

我们是航母舰上的女兵

上校冲着学校武装部长高泉笑了笑，对着阿佩金英微笑着说："怎么样，航母兵，可艰苦啊，你有思想准备吗？"

阿佩金英还是很干脆地说："有准备，请首长放心！"

"那可不是说说就可以的！"上校说。

"没问题，我知道，凭航母女兵一顿饭吃五个馒头，三大碗米饭，半只烤鸭，我就知道艰难。"

上校对高泉部长说："高部长，你的征兵工作做得很好啊！"又低声地和高泉部长嘀咕了几句，就对阿佩金英说，"回去等消息吧。"

在一边旁听的中文学院的鞠红书记和车轩院长听了，面露微笑。高泉部长看了看阿佩金英，又看了看车轩院长和鞠红书记，相视一笑，万千语言尽在一笑之中。

阿佩金英向上校、学校领导鞠了一个躬，又向车轩院长、鞠红书记笑了笑，似乎要从他们身上读出点什么信息来——车轩院长、鞠红书记也笑着点点头，阿佩金英一下子就觉着有了底气。

她出了办公室，走在路边鲜花红艳艳的路上，心情十分愉快，又唱起了毛金灿谱曲，她写的那首诗——

我是航母一女兵

幸福、骄傲又光荣

站在宽阔辽远的甲板上

那就是我们千万里祖国疆土

……

1201班的同学们看到阿佩金英每天挂在脸上的笑容,就知道阿佩金英参军入伍,当上航母兵已经八九不离十了。不过也有同学说:“哼,有你哭的时候!”尤其冯秀叶和姚丽娜更是如此。

三十一、你说，这叫嘛子事嘛

阿佩金英终于接到了入伍通知书,即将成为一名航母舰上的女兵,当然还只是预备的。因为她还要经过一系列的军事训练和政治教育等,到完全合格才会是一名真正的航母战士。不过这也使阿佩金英高兴万分,她的理想终于快要实现了。

阿佩金英非常感谢院长车轩、党委书记鞠红以及班主任周晔和各位老师们给予她参军入伍的鼓励和大力支持。她的父母也从新疆的石河子赶来,背着几十斤葡萄干和大枣,来看望女儿和感谢老师们。阿佩金英找到鞠红书记说:"老师,我爸妈来了,想请你们吃饭,表达表达心意。"

鞠红书记说:"哎呀,我的傻妹子,怎么还能这样? 老师对每一位学生都会大力支持,这是我们的工作。告诉你啊,老师可不讲这一套! 入伍以后听你们好消息就行了。"

阿佩金英又来到车轩院长的办公室,车轩院长一边说"祝贺、祝贺!",一边让阿佩金英坐在他办公桌侧面的沙发上,倒了一杯茶递过去,说,"加把劲儿,把论文写得再好一点,有些地方论述得还不太充分,一些观点还不十分明了。再突出突出重点,还有十多天就论文答辩了,争取有个好成绩。"

阿佩金英几次想提及感谢学院领导和老师们对她入伍参军的大力支持,

请老师们吃饭的事情，却没有机会说起。车轩院长说着就站起来说："回去好好修改论文吧，我还有个会，就不多讲了。"

阿佩金英也跟着站起来，回答："老师，我知道，'不想当将军的士兵不是好士兵'！"

"好，就说到这里吧。"车轩院长说。

没办法，阿佩金英只好一边出门，一边悄悄和车轩院长说："我爸妈来了，想请您和老师们吃顿饭，感谢你们的支持！"

"不用，不用，'天地君亲师'，老师如父母，这还需要感谢吗？"

阿佩金英在回宿舍的小路上，心想："老师就是老师。"

不过，阿佩金英又一想，和同学们一起聚个餐还是应该的。

离论文答辩还有整整十天，阿佩金英找来范明强、张芳盛和高小英商量请客的事。

范明强说："不用了吧，像那天在宿舍一样，大家在一起说说话，不也挺好的？"

阿佩金英说："那也可以。"

"我看行。"高小英说。

张芳盛："搞一搞吧，我请客，兼庆祝光荣参军！"

范明强说："这样吧，咱们 AA 制，谁参加，出点份子钱，就到彭东鹏的马大芳肉饼店。还是老章程，两个肉饼一碗汤，给咱们阿佩金英单炒一盘葱爆羊肉。"

张芳盛说："好！就这样定了，我操办，也做点贡献。"

请来的和自动来的同学有十六位，男同学只有游前偲没来，18812 宿舍的八朵金花受邀欣然而来。本来，范明强、张芳盛、高小英还搞了一个"庆祝流程”，首先是范明强来个开场白，然后是阿佩金英谈感受，再然后就是班长孟菲斯和团书记周圆致贺词，最后就是大家吃。没想到马大芳的肉饼一端上来，阿佩金英把从马大芳那里搞来的东北小烧酒和缘阳市特有的君山茶饮分发给同学们后，伍六一就站起来说：

“哎，亲爱的同学们，让我们一起为亲爱的阿佩金英贺喜。”

同学们呼啦啦地就站起来，来到阿佩金英面前，纷纷表示祝贺，完全打乱了范明强精心策划的祝贺程序。不过都是老同学了，还讲究那么多干什么？那就唱歌，首先是阿佩金英唱起毛金灿谱曲，自己写的那首诗：

我是航母一女兵
幸福、骄傲又光荣
……
我们是百炼成钢的战士
我们是航母舰上的女兵
迎来喷薄而出的红日
向祖国报告——
我们是航母舰上的女兵

毛金灿今天也带来了他的琵琶和笛子，这是范明强、张芳盛安排的。

毛金灿今天也很激动，他很动情地吹了一支曲子《百鸟朝凤》，吸引了马大芳肉饼店外边街道上的行人驻足聆听。同学们也激动不已，不禁随之舞蹈，带吉他来的白茹也不甘示弱，挎上吉他，连弹带唱《我爱这蓝色的海洋》。

我爱这蓝色的海洋

啦啦啦……

我爱大海的惊涛骇浪

啦啦啦……

它能把我锻炼得无比坚强

唱够了，乐够了，吃够了，于是同学们就闲聊起来。

梅尕尕悄悄对伍六一、彭东鹏说：“怎么样？多亏我劝你们了吧！”

伍六一说：“是，那是！不然我也得陷进去！”

彭东鹏也说：“真要陷进去，那麻烦就大了。”

梅朵朵说：“你说这叫什么事。”

“这我可要谢谢秀秀、朵朵和尕尕了，多亏了你们的提醒。”伍六一说。

“我也得感谢你们三个，考不好，大不了也就是没有学位嘛，也比开除学籍好啊！”彭东鹏也很感激三胞胎姊妹，特别要谢梅尕尕。

这几人说的是上学期大学英语四六级考试的事。伍六一和彭东鹏还没有过英语四级，上个学期十二月初，大四的同学还有一次英语过四级的考试机会，假如伍六一和彭东鹏还过不了，那就意味着大学四年只能有个毕业证，学位就算泡汤了。两个人非常着急，就想找个枪手，企图蒙混过关。人都找好了，一人一千块钱，并不贵。不过，范明强、张芳盛看到快考试了，伍六一、彭东鹏还是不慌不忙就有些奇怪：凭这两个家伙的英语水平，下苦功夫能过关就都难，现在不慌不忙，里边肯定有猫腻。范明强、张芳盛几次追问，两个人怎么都不说。张芳盛跟范明强说：“这事咱们俩没办法，有人有办法。”范明强说：“谁啊？”张芳盛嘿嘿了两声说：“梅家三姊妹就行。”一天傍晚，四级考试还有十来天的时候,梅秀秀、梅朵朵、梅尕尕找了个借口,把彭东鹏和伍六一约来,就谈到替考枪手的问题。梅尕尕很生气地说:“我告诉你们,纸里包不住火。”三个人苦口婆心地劝说了一番,无奈伍六一、彭东鹏就是一副油盐不进的样子。没有办法,三胞胎姊妹只好拿出撒手锏,梅尕尕站起来气愤地说:“走,咱们告诉马大芳去!”

这一招果然灵验,彭东鹏赶紧拦住这三个黄毛丫头,说:“有什么大不了的,非要告诉马大芳?”

伍六一跟着也心虚起来,他想,马大芳要知道这事,还不得被她修理,连忙说:“三个梅姐姐唉,我们服了,一定痛改前非。”梅尕尕说:“我给你们俩写了一首诗,教育教育你们。”

老天靠不住,刮倒大杨树。
昨天穿裙子,今天穿棉裤!
热傻了,冻蒙了,冷热交替整疯了。
真是众里寻他千百度,他要几度就几度!
问老天,明天我穿啥?
老天说:
羽绒服配短袖,
裙子里面套棉裤!

伍六一、彭东鹏一听,咂摸咂摸,一下子乐了。彭东鹏说:“有点水平。”

伍六一说:“挺有哲理的,学习不能靠天靠地,说一千道一万,还是自己最可靠,凭你这首诗,我们也得听你们的——”

梅秀秀说："光说不行，还得有所表现。"梅尕尕接着说："你们要是继续捣鬼，我就让马大芳盯着你们俩，有你们好看的。"彭东鹏和伍六一真怕那天会被马大芳抓住，马大芳准会两手把腰一拃，在考场前，大喊："小六子、小棚子考试作弊！"没办法的伍六一和彭东鹏只好收手，打消了找枪手替考的念头，自己硬着头皮进考场了。

伍六一对彭东鹏说："这肯定是张芳盛以及范明强出的损招，梅秀秀这几黄毛丫头个哪有这个心思。"

然而四级考试一结束，学校教务处就张贴出"校教字[2015]第49号《关于给予吴柳燕等勒令退学处分的通知》"，吴柳燕等13名同学在全国英语四级统一考试中，找枪手替考被勒令退学。彭东鹏、伍六一不免庆幸自己没有盲从，就十分感谢梅秀秀、梅朵朵、梅尕尕以及张芳盛、范明强。不过，很快网上就有了考试舞弊大学生状告学校的新闻。

回到宿舍的同学们都迫不及待地打开电脑，输入几个关键词——中南理工大学、考试舞弊、勒令退学、起诉，出来的都是《舞弊大学生状告学校　学生胜诉亦难言高兴》的文章。

中南理工大学考生吴柳燕等13名学生因在全国大学生英语四级考试中作弊，被学校勒令退学，13名同学不服勒令退学处分，以被剥夺受教育权利、处理不公为由，向法院提起诉讼，要求撤销处分，恢复学籍。一审法院判决学生胜诉。

其实，考试被发现作弊后，13名作弊的学生向学校教务处递交了检讨书，希望学校从轻处分。他们也多次到学校教务处以及学校领导办公室，深入检讨自己，希望学校能网开一面。接着学校放寒假了，学生们以忐忑不安的心情回到家里，都没敢和家人提及可能出现的严重后果。3月初，他们回到学校，才得知确已被勒令退学，这一消息对他们犹如晴天霹雳，一想到父母期待的眼神，他们心如刀绞，后悔至极，也都陷入极度的焦虑和恐慌之中。

面对记者的采访，学生吴柳燕多次表示，请人代考的确不对，而社会考试舞弊成风的大环境是导致自己产生侥幸心理的主要诱因，但让他们感到愤愤不平的是，学校对舞弊者的处分不公平。吴柳燕告诉记者，请人代考在学校几乎次次都有，每年都有不少师兄师姐通过这种方式获得好成绩。吴柳燕告诉记者，考试当天，学校在一个 30 个人的教室中，就查出了 3 个代考者，但不知出于什么原因，教务处以事出有因、查无实据为由，未做任何处理。无奈之下，13 名被勒令退学的学生将学校起诉到法院。

中南理工大学教务处副处长许伟接受记者采访时表示，学校三令五申强调考试纪律，在《学生手册》中明文规定"请人代考者将被勒令退学"，况且 2012 年 9 月 14 日《国家教育考试违规处理办法 · 总则》第十二条就有具体规定："在校学生、在职教师有下列情形之一的，教育考试机构应通报其所在学校，由学校根据有关规定严肃处理，直至开除学籍或者予以解聘：(一)代替他人或由他人代替参加考试的……"而修改后的《中华人民共和国刑法》第二百八十四条也有规定。学校对学生在全国教育统一考试中找枪手勒令退学的处分持之有据，事实清楚，依法办事，无可指责。

而诉讼原告，也即 13 位作弊的学生，则认为处分不符合法定程序，其不属于国家教育考试，"勒令退学"的处罚直接剥夺了自己的受教育权，且没有法律依据，属越权行为，根据《行政诉讼法》，请求法院依法撤销被告被勒令退学的决定。今年 4 月，南湖区法院做出一审判决，撤销中南理工大学《关于给予吴柳燕等 13 位学生勒令退学处分的决定》。

1201 班以及中文学院大四的学生离毕业论文答辩还有不到一周的时间。

毕业论文已基本写完,也修改得差不多,只等着装订成册了。读着自己的论文,个个都比较满意。同学们过了最繁忙的时候,大家心情都比较愉快,就有了些闲心思关心英语考试作弊学生状告学校的事。

梅朵朵操着不十分浓厚的四川话,不住口地说:“你说,这叫嘛子事嘛?”

彭东鹏说:“嘛子事,就是嘛子事嘛!”

伍六一也说:“嘛子事嘛,就不是嘛子事嘛!”

梅尕尕说:“你们俩明白了吧。那天餐会,我要是把你们考试也准备找枪手的事告诉马大芳,有你们好看的!”

“你个黄毛丫头,不要老吓唬人!”伍六一说。

“告学校这个事吧,得两说。”范明强说,“学生吧,不管怎么说吧,在校也奋斗了三四年,这一锤子就勒令退学了,能不难受?就学校吧,当然是占理的,没有规矩,难成方圆,轮到谁身上也不好说啊!”

“怎么不好说,我看好说!一审胜诉了,二审弄不好就得改判。”游前偲咬牙切齿地说,好像被开除学籍的就是伍六一、彭东鹏、张芳盛他们。

梅尕尕说:“这就得依法办事。”

“早知现在,何必当初!”孟菲斯也说。

“这个谁也别怨,只能埋怨自己不努力。”高小英说。

张芳盛嘿嘿笑了两声说:“现在的事儿,离奇的多着呢。光代考、代拿快递,一上午也能挣个百儿八十元的。什么都可以代。”

彭东鹏也嘿嘿地说:“真的,我就看到网上有这么一个消息,上课都可以代,‘官方’价30元。”

“这叫嘛子事嘛。”梅朵朵不禁又慨叹了起来。

虽然中南理工大学作弊学生状告学校只是个孤立的事件,学校管理得也很严格和很到位，同学们总觉与和自己关系重大，心里沉甸甸的。伍六一和彭东鹏辗转反侧，难以入眠。他们俩如今想想也非常后怕，多亏了梅尕尕、范明强他们的提醒和阻拦，不然自己现在是什么情况，还真是难说。

三十二、我家住在黄土高坡

满打满算在校的时间也不过20多天了。这个礼拜六,也就是5月25日,离毕业论文答辩还有3天的时间,不少同学论文答辩准备得差不多了,这段时间大家无所事事,也不知干些什么。而在外边忙着找工作的同学,这个时候,也不得不急匆匆返回学校。

男生宿舍里,个个无精打采。"唉——"伍六一也不再贫嘴,很感慨地叹了一声,说,"四年怎么一晃就过去了?还有20天,很不舍,觉着心里很难受。大一、大二的时候,总觉得时间长着哪,怎么一晃眼就到了跟前?唉。"

伍六一这句话使得男生宿舍的每个人都沉默起来,甚至游前偲也咔嗒一声合上平板电脑,眼神迷离地四下里看看。范明强坐在床头上,也不再看书;张芳盛的衣服也不再洗了,坐在马扎上发呆;彭东鹏躺在席梦思上,有一搭没一搭地看着白花花的天花板,也是发呆;只有毛金灿不为所动。大家沉默了大约有十多分钟,彭东鹏慢慢坐起来,长长地叹了一声,说:"要说起来,人这一辈子也没太大的意思。甚至包括父母妻儿也难一生相伴,除了要孝敬父母,给父母养老送终之外,关键是要留住亲情。尽管如此,最终还不是父母远去?妻儿更不用多说了。"

张芳盛干脆不再洗衣服,嘿嘿几声,说:"这是肉饼饼吃多了,撑出病来,才这么无病呻吟的。”

“我是从历史的长河中以及我家的现实情况角度考虑问题的。”

伍六一啧了几声,说:“这么说,咱们还不如猪牛羊呢,它们临死前还是高高兴兴的,该吃吃,该喝喝。人有思想,呱呱坠地时,首先贡献给社会的就是哭声和眼泪,预示着悲剧开始了,直到躺在床上,奄奄一息,弥留之际,又是几声哭泣和眼泪,预示着你的悲剧终结了。”

范明强听了这些,也有些感慨:“人是谁? 我是谁?”

大家这么议论了一番,就觉着今天的一番长别离及其知生、知死是无形的,更是令人内伤。范明强几个人也没什么心思洗脸漱口,就拉开被子,躺到床上睡觉去了。

一阵急促的敲门声,使宿舍的几个人,包括外班的两位同学都爬起来了。这个急促的敲门声,有些不太正常。

“谁叫伍六一? 伍六一是这个寝室的吗? 有你的电话留言。”看宿舍的大爷操着一口不太熟练的普通话连着问了几声。伍六一心慌意乱地爬起来,下床跑过去,一脚把张芳盛泡衣服的脸盆踩翻,洒了一地的水,自己还差点滑倒。他慌慌张张跑到门口,从大爷手里接过这份留言。

范明强、张芳盛都起床穿上衣服,游前偲伸手打开灯,大家凑到伍六一跟前,一看:父病故,速归! 同学们刚刚平静下来的心,又扑通扑通地猛烈跳动起来,游前偲站都站不稳,软软地坐到床上,目瞪口呆地看着伍六一和范明强他们。

伍六一近来手头很紧,手机欠费好几天了,家里只好打电话到宿管处。伍六一死死盯住留言上的几个大字,呆呆地站着,眼睛瞪得圆圆的,宽大的腮帮子像筛子底一样颤抖个不停。这五个字像视频镜头一样扩大,轰然一声,伍六一眼前一黑，忽然喊了一声："大啊，我对不住你啊！"颓然瘫倒在宿舍的地板上。范明强他们七手八脚地扶起伍六一，又脱掉他沾了一身水的衣服，找出衣服给他换上，把他轻轻放到床上。毛金灿狠狠掐着伍六一的人中，范明强小声地喊着："六一，坚强些，六一，坚强些，坚强些，好多事还等着你拿主意哪。"伍六一慢慢坐起来，泪流满面，哭泣着喊："大呀，小六子对不住你啊！"在伍六一老家，管爸爸叫大，或大大。伍六一的父母一个汗珠摔八瓣拼死拼活地受苦受累，起早贪黑，就是为了他们的小六子有个出息。上小学、中学的时候，小六子不好好学习，父亲就拿着硬硬的枣木棍子揍他，十分叛逆的伍六一对"大大"恨之入骨。高二的时候，"大大"再打他，伍六一恶狠狠地说："就因为你是大大，我没办法，不然——"后边的话伍六一没说出口，其实就是，我恨不得一个扫堂腿把你个老东西撂倒。从此伍六一再也不叫"大大"了，甚至不看"大大"一眼。上了大学，远离了父母，伍六一竟时不时地想起"大大"的好来。伍六一爱吃炸糕，无论初中、高中，还是上了大学，每次回家，大大总是买来很多糕面，给他炸糕吃，大大很少吃几口，看着他大口大口地吃，就高兴得不得了。父亲这么疼自己，如今恐怕他连个学位证都挣不回，实在有愧于父母。他曾经想过，一定要在条件比较好的外地找到工作，再把父母接到城市里过上好日子。然而还没等到那个时候，他的大大就永远离他而去，"子欲养而亲不待"，想到这里，伍六一又泪流满面，伤心不已。范明强、张芳盛、彭东鹏、毛金灿以及游前偲就想起睡觉前的一番"生死"和"父母在不远游"以及人生虚无主义的议论——就觉着冥冥之中这些和他们每个人都息息相关。

现在已是夜间 1 点多了，刚才看宿舍的大爷咚咚的敲门声和伍六一的几声哭喊，使临近宿舍的同学们也围拢过来，弄清了情况，大家很长时间才散去。

范明强说："我看这样吧，这里的论文答辩，你就不要多管了，学院肯定会有个合理的安排，还是赶紧买车票回家！”

伍六一是同学中最困难的一个，范明强几个人就一起凑钱给他。彭东鹏有一张2000元的银行卡，递给了伍六一，密码也告诉了伍六一，说：“拿着，不要还给我了，要是马大芳也会这样做的！”范明强几人有钱都在卡上，手头的现钱都不多，他给高小英打了电话，张芳盛给梅秀秀打了电话，看看她们有没有现钱，凑一些来。1201班的女同学们听到这个情况，都有些心惊肉跳。她们换好衣服跑到男生宿舍的大楼来，看门的大爷，一看到来了这么多女同学要进男生宿舍大楼，觉得很异常。开始大爷拦着她们就是不让进，等到说明了情况，大爷明白了，就放她们进到楼里。

她们到了范明强的寝室，看到大家正帮伍六一正收拾东西，主要是衣服。这8个女同学以及刚才来的在楼下没能进来的1201班女同学们总共凑了3000多块钱，算上范明强他们凑的，也有4000多元现金，按理说也够用了。周圆又说：“穷家富路，多带点钱没关系，我这里还有一张卡，是学校图书馆收藏我的诗画剩下的奖金，一万多块钱，你也带上，用得着你就用，用不完你再还我。”

伍六一不要，一是他用不着，二是他也怕用了还不上。周圆说：“拿上，不拿上怎么行？给你就给你了，能还就还，不能还就算了。”说着周圆就硬塞到伍六一手里。伍六一又是悲伤又是感动，脸上始终挂满了泪水。同学们也只能说：“别哭了，别哭了！”劝着劝着，自己也流下泪来。伍六一整理好，机械地背上包。范明强说：“这样吧，我和盛盛、小棚子、毛金灿送六一上车站。”游前偲说：“我也去吧。”也就跟着下了楼。40多个人半夜站在宿舍楼下，使巡逻的保卫们警惕不已。当他们了解到实际情况后，就说：“这样吧，你们留下两三个人，其他同学都回寝室休息，我们拿车送你们到东站坐高铁。”这样范明强、张芳盛、彭东鹏三个人和伍六一一起就上了巡逻队罗队长的车。

范明强、张芳盛、彭东鹏催促伍六一上车时,伍六一泪眼婆娑地一遍遍看着同学们,不少同学也眼含热泪,催促他上车。伍六一哽咽着说:“在我们老家,老人去世了,不分男女老幼,不论辈分,老人的儿女都要给磕头的,你们这么好,虽说是老同学,不讲究这些,但是礼还是不能少的。我给你们磕个头吧!”说着伍六一就跪下来,连着磕了三个响头,趴在地上就抽泣起来,难以起身。正准备上车的范明强、张芳盛也是泪流满面,两人一把抱起伍六一将他推上车。罗队长的车一溜烟儿离开了男生宿舍大楼,1201 班的同学们久久站在那里,嘘唏不已。这时候月落星稀,东方已泛白。同学们在想,贫嘴儿伍六一怎么办呢?看来他是不能按时参加毕业论文答辩了,不知毕业前还能不能见到这个贫嘴贫得让人喜欢得不得了的小六子了。

论文答辩整整搞了两天,1201 班以及中文学院其他五个毕业班的许多同学都感到非常紧张,特别是很少参加活动一些同学,一下子面对答辩小组的三位老师和 20 多位同学,十分心慌意乱。在老师们的一再鼓励下,才算顺利过关。1201 班的同学们还好,他们经常参加演讲、辩论赛,还到幼儿园讲故事,到养老院唱歌演节目等等,他们不怕在众人面前讲话,甚至还有些迫不及待和跃跃欲试。尽管如此,1201 班,仍有三位同学没有迈过论文答辩这个坎儿。

其中两位女同学是覃花花和多文芳,因为找工作,论文没写好,答辩更是一塌糊涂,自然过不了关。再一个出人意料的就是彭东鹏。他不是论文没写好,也不是他的表达能力差,更不是他参加的活动少而胆怯等造成的。根本原因就是他没拿毕业论文答辩当回事,答得一团糟,气得邵振教授说:“准备充分了再来答辩吧!”正好马大芳也来看彭东鹏的答辩,气得马大芳抱起女儿团团,脸红脖子粗地离开答辩现场。三胞胎姊妹以及白茹等几个人划着自己的脸蛋,羞彭东鹏。彭东鹏做了一个鬼脸,小声地说:“真是砸了锅了,惹上大祸了。”又壮着胆子说，“她能把我怎么样？我正好和亲爱的战友伍六一一起闯关！”这个时候同学们又都想起伍六一来，哎呀，实在令人急得慌！

论文答辩过去快一周了，伍六一离校奔丧也已经八天了，他能不能在毕业前回来？同学们非常清楚，一旦毕业，他们甚至一辈子也不能再见了。

6月5号中午，一阵电闪雷鸣、倾盆暴雨之后，要毕业的同学们往来穿梭，看楼的还是一点也不放松，高小英、三胞胎姊妹以及孟菲斯、周圆等十多个人，想到范明强宿舍闲聊一会儿，大爷就是不放行说：“越是这个时候，越不能放松警惕，你们要是约会，让那些娃子下来，到别处去——”高小英、三胞胎姊妹一回头：“哎哟，伍六一，你回来啦！”

伍六一拉着一个深蓝色崭新的拉杆箱，背着他那个陈旧的阿迪包，呆呆地站在同学们面前。高小英这些要进楼的同学们，都围拢过来问伍六一家里的事处理得怎么样。伍六一木木地在同学们的热情中露出一丝很勉强的微笑，嘴角也有些微微抖动，他回过头来，指着他身后两个姑娘，沙哑地介绍说：“这是我的妹妹伍樱花，我的女朋友张芸芸。”同时伍六一又回过头来，指高小英、孟菲斯、周圆、阿佩金英这些人说，“她们都是你们的亲姐姐。”说着伍六一眼里就噙满了泪花。高小英她们细细打量紧紧躲在伍六一身后的伍樱花和张芸芸。她俩怯怯地看看这个，瞅瞅那个，就觉着这些女大学生都是美人坯子，就像她们家新房子里墙壁上贴的年画上的美人一样，真是漂亮！不住眼儿看着这些同学的伍樱花、张芸芸紧紧抿着嘴，也露出一丝微笑，反正就是不说一句话。伍樱花没有张芸芸漂亮，个子也不高，眯眯的眼睛，圆脸蛋儿，腮帮子有些宽大，头发干黄凌乱，稍微有些胖。张芸芸就不同了，身高有一米六五的样子，鹅蛋儿脸，瘦瘦的，戴着一副眼镜，滴溜溜的两个水样儿眼睛，谁看她，她就很大胆地看谁，白白净净的，显得很精神。

同学们问伍六一吃饭了没有，如果没有，先赶紧吃饭。伍六一说在车上已经吃了。大爷这才放这一大伙子人进了宿舍大楼，呼呼啦啦簇拥着伍六一和伍樱花、张芸芸到了范明强他们的宿舍。

范明强、张芳盛今晚也没出去转悠，就等着高小英和三胞胎姊妹进来。他们一看伍六一，又看到紧紧躲在伍六一身后的伍樱花和张芸芸，就没有了从前说笑和打闹的心思。伍六一进到寝室，看到范明强、张芳盛等几个同学，显得有些陌生。范明强、张芳盛看到伍六一微笑中难掩的悲戚，也感到伍六一有些陌生，范明强从来没有看到过伍六一有这样的表情，愣愣地站在那里。还是彭东鹏赶上来拥抱了一下伍六一，范明强包括游前偲几个男生都一一拥抱了伍六一，给伍六一以安慰。伍六一的眼泪禁不住地流下来，伍樱花和张芸芸也是泪流满面。范明强等几个男同学在伍樱花、张芸芸面前，完全没有了同学们在一起时的随便，显得很矜持。梅尕尕说："这是干什么？六一，快坐下，两个妹妹坐在这里。"梅尕尕指着伍六一和毛金灿的床铺让他们都坐下。伍六一将自己背着的包放到床上，阿佩金英也将她提着的伍六一的拉杆箱，靠到伍六一的床上。伍樱花、张芸芸看到大家都站着，自己也不肯坐下，还是周圆、孟菲斯、方静深、石丽子几个人把她们俩摁到床上坐下。高小英紧紧拉着伍樱花、张芸芸，不住地问这问那。

那天，学校保卫处巡逻队的罗队长把伍六一送到缘阳高铁东站，帮着伍六一买了凌晨3点的车票，伍六一先坐高铁，再坐汽车，然后坐摩的，最后步行，到了第三天中午才疲惫不堪地到了家，这时候伍六一的大大已经停床三天多了。在伍六一的老家，一般情况老人去世，要停床三天，特殊情况才七天，为了等伍六一，家人只好停床七天。伍六一一进院子就爬着到了大大的灵前，哭喊着："大大呀，不孝儿回来了！大大呀，不孝儿回来了。"满院子来帮忙的乡里乡亲，无不泪流满面。

伍六一的妹妹伍樱花比他小两岁，学习上在他们老家也是“头名状元”，可是当时因为家里穷，妹妹伍樱花哭着说：“哥，妹妹不上学了，你好好上！大大也是这个意思——”话还没说完伍樱花就跑到老师，也就是张芸芸的爸爸那里，哭个没完。伍樱花和张芸芸既是同学，也是闺密，张芸芸的爸爸劝了几次，让伍樱花不要辍学，都没成功，直说可惜，却也是无可奈何。

伍樱花和张芸芸一起来到伍六一面前，两个人一起抱起趴在地上的伍六一。伍樱花紧紧抱着伍六一哭着说：“哥，大大想你啊！爸爸想你啊！”伍六一的妈妈一手拉住伍六一，一手拽住伍樱花说：“你大大临死，就这么伸着两手，使劲喊着‘六子——六子——六子’，有半个小时，才落下来，咽下最后一口气，临死也没闭上眼睛啊！”说着母子三人又大哭起来。

几天来，伍六一很少吃饭，他太悲伤了，村里来吊唁的人络绎不绝，每次来人伍六一都哭泣不已，他嗓子沙哑，几乎都说不出话来了。伍樱花的老师，张芸芸的爸爸张达楷，是伍六一的小学老师，其实伍六一老家伍家堡全村的孩子都是他的学生。张老师劝说伍六一：“你不能只是悲伤，还要顶起这个家，迎来送往，大事小情，需要你来处理，只是哭怎么行？伍六一你要坚强些才是！”

伍六一一下子明白过来，自己必须要当这个顶梁柱，有事和妹妹多商量，张芸芸也陪着伍樱花，帮着伍六一拿主意，照顾悲伤过度的伍六一。伍六一感觉有伍樱花和张芸芸在跟前，就有了主心骨和寄托。张芸芸也不时递纸巾给悲伤的伍六一和伍樱花，在家里煮了荷包蛋挂面，装在保温饭盒里，提着给伍六一兄妹吃。这是张老师特意嘱咐张芸芸做的。张老师说：“伍六一这小子不错呢，从小我看着长大的，你多多照顾照顾他，男孩子粗心，不会打理自己。”其实张芸芸早就认为小六子不错，伍六一每次从大学里寒暑假回家，她都借着伍樱花闺密的身份，几乎天天和伍樱花在一起，也和伍六一打打逗逗。伍樱花说："你是不是打我哥的主意，想给我做嫂子？"张芸芸撇撇嘴说："你哥是重点大学的学生，看得起咱一个农村丫头？"嘴里这么说，看着却是很甜蜜的样子。张老师两口子很溺爱张芸芸，张芸芸学习不很努力，高中没毕业就辍学回家，帮助爸妈种地瓜、种莜麦、收苹果，张芸芸家有自己的责任田。伍六一、张芸芸家所在伍家堡，地广人稀，广种薄收，30 多亩地种起来不容易。

张芸芸问伍六一："你肯定不回我们这个穷坡坡了。"

伍六一说："那不一定。"

张芸芸说："为什么？"

伍六一说："一方水土养一方人，这里人好！"

张芸芸说："我们家人好不？我好不？"

伍六一笑了笑说："好啊！你是千好万好，天下第一好！冲着你，我也回来！"这是伍六一父亲入土为安后，伍六一脸上第一次有了笑容。他真是很感谢张芸芸和张老师。

张芸芸听了伍六一的这句话，一下子脸红了。他俩握了握手，算是定了关系。这事两家人其实也都有意。伍六一的妈妈和妹妹伍樱花都没什么不认可。两家人在张芸芸家里喝了一回砖茶。

妈妈说："小六子回来吧，家里要你顶家过日子呢。"

妹妹说："哥，你回来我就觉着有个靠头！"

张芸芸说："六一，村里人也盼你回来呢！"

张老师说："回来吧，这里少人呢。有点能耐的都跑了，我也老了，教书也教不动了，你来了正好。人怎么也得有点献身精神！"

伍六一其实心里也有这个思想准备，正如张老师说的，山亲，水亲，土亲，人更亲。这么一来，伍六一就下定决心，要回生他养他的黄土高坡，当个好老师，他觉着他有这个能力和责任。伍六一也把自己打算开肉饼店的事给两家人以及妹妹伍樱花和张芸芸说了说。两家人听了非常高兴，张芸芸心里那个高兴劲儿更是难以言表。

商量好，打定主意，时不我待，说做就做。第二天伍六一做了点准备，第三天，伍六一带着张芸芸和伍樱花，步行20多里地，坐摩的、坐汽车、坐动车，回到了中南理工大学。

范明强说："这样吧，夜深了，临时这样安排好不好，小伍，你跟着高高姐到她宿舍凑合一宿；小棚子去找马大芳吧，我们两个到对面寝室也凑合一宿，明天再说明天的。说着几个人就要动身。"六一赶紧拦着大家："要不这样吧，今晚，我把伍樱花、张芸芸交给高高姐和孟菲斯。明天或后天，小棚子，就让她们俩到你们店里去当学徒吧，住店你安排。"彭东鹏说："没问题，马大芳早就安排好了。"就在伍六一有了具体打算，确定了就业发展的当晚，伍六一先给彭东鹏和马大芳发了一个短信，接着又给马大芳打了一个电话，说了自己要回乡就业，准备在家开连锁店，要带妹妹伍樱花和对象张芸芸来学徒的事。马大芳满口答应，还说给樱花和芸芸报销路费。

马大芳是个非常爽快的女人，办事干净利索是出了名的。第二天，伍六一、彭东鹏带着伍樱花和张芸芸到了马大芳肉饼店。马大芳说："好好，小六子，你走吧，没你的事了。"说着就让伍樱花、张芸芸洗手洗脸，然后给了二人一人一条围裙，说："卫生不卫生，就看你的围裙白不白。"伍樱花和张芸芸三天前还在她们家的黄土高坡，今天已在马大芳的肉饼店"上班"了。马大芳说："烙肉饼没什么难学的，一个半月，最多两个月也就学会了，关键还是开店要有个良心。我这里管吃管住，到时给你们几个零花钱，可不给你们发工资啊。"

一连几天，伍六一也没到店里来。他忙着和同学们拍照留念，同时准备论文答辩。同学们给了他那么多钱，尤其是彭东鹏、马大芳对他这么好，他也不好意思再到马大芳那里“混饭”吃了。马大芳、彭东鹏几次叫他过去吃肉饼喝三鲜汤，他都推辞了。他在筹划把同学们的钱一一还清。

伍六一首先把周圆和彭东鹏的银行卡还给他们，其他同学钱是多少，他知道金额的一定要还，同学们也就收下了。还有些是坚定不要，比如范明强、张芳盛，他们说：“都是同学，哪有这么多讲究。”

伍六一很是感动，伍六一想起一首歌《送战友》。伍六一本来是五音不全的一个人，所以他很少唱歌。在初夏的傍晚，他一个人在花开遍地的小路上独处的时候，不由自主地哼起这首歌来：

送战友

踏征程

默默无语两眼泪

……

战友啊战友

亲爱的弟兄

当心夜半北风寒

一路多保重

……

哼着哼着，伍六一已经是泪流满面了。

三十三、舞动的青春

中南理工大学中文学院2012级，也就是2016届毕业生六个班的论文答辩，还有26个同学没能过关。加上伍六一在内还有3个同学因为特殊情况未能参加论文答辩，总计有29位同学还需要重新答辩。学院下发通知，在6月23日，也就是毕业的同学们离校一周后进行重新答辩。

近来伍六一很少到马大芳的肉饼店来，马大芳会很好地照顾他的妹妹伍樱花和女朋友张芸芸。伍樱花和张芸芸在店里当学徒，管吃管住，才干了四五天，马大芳就给伍樱花和张芸芸一人买了一双她们从来没穿过的锃亮的头层牛皮高跟鞋。伍六一很是过意不去，就更不好意思到马大芳那里“混饭吃”。

彭东鹏说：“马大芳和我商量过，我们也可能要回东北老家去发展。假如是那样，这个店子就给你吧。”伍六一一听吓了一跳：“怎么能这样？你不是说以此为根据地，四面八方延伸发展连锁店吗？怎么又想回去呢？”彭东鹏说：“马大芳仔细核算了一番，马大芳的老子马震岗说得也不错，家里一大摊子事，也需要人；再一个，东北老家那里食材更方便，人际关系也铁，以那里为根据地开连锁店更现实些；另外，回东北，守家在地，还能享受天伦之乐，多好！”伍六一也认为马大芳、彭东鹏的打算更完美一些，进可攻，发展连锁店，退可守，守家在地，至于缘阳的这个店，靠着理工大学，天时地利人和，买卖不难做，自己要接下来，也不错！不过伍六一还是想回到他的黄土高坡，那里更需要人才，他和彭东鹏说："接你这个店，好是真好，太诱人了，然而可能不行，我要在黄土高坡那里挥洒我的青春！"不过伍六一又一想，为何不让妹妹接下来？伍六一就又和彭东鹏说，"我再考虑考虑，时间还长着哪，等毕业论文答辩这一关过了，咱们再说。"

临毕业还有四五天的时间，同学们忙得更是不亦乐乎。办理离校手续，后勤、图书馆、中文学院等六七个允许离校的章都盖齐，你才能安心离校。全校近7000名毕业生，签字盖章，另外，还要向中文学院的领导、老师等辞行。同学们都买了毕业纪念册，把美好祝福写在了纪念册上。

最珍贵的莫过于同学情谊，纵然人生聚散无常，念你的心永远不辍！

在同学的岁月中，有着最真挚的相知，这份缘值得永恒！

人世间最珍贵的，莫过于真诚的同学之情，深切的怀念，像幽香的小花，开在深谷！

同学中有那么多喜怒哀乐，直到这一天我们说再见，才会发觉多么弥足珍贵！

……

伍六一和彭东鹏也拿着个精致的毕业纪念册，找1201班每个同学以及其他班好友签字留念。彭东鹏对伍六一说："可以想象，这么多同学互相签字留念，够忙吧，不过同学们之间互相签字留念，因为大家都住在一起，离得不远，还是比较容易的。咱们几个比较尊敬的老师，找他们写个留念的话，可就麻烦多了，再一说，咱俩这个学习差劲儿的‘难兄难友’，不知老师愿不愿意给咱们签字留念？”伍六一说：“应该不会拒绝吧？”

他们找到了邵振家中，邵振教授十分热情一边给他们倒茶，一边说：“你们俩来找我签字留念，我很高兴。不过我得嘱咐你们俩几句话：一是必须树立终身学习的信念并实践之；二是永远不能忘记写作；三是书痴者文必工，艺痴者技必良，心愈大，行愈小；四是确定一个奋斗方向，牢牢记住‘积久成圣’和‘历久弥新’这两句话。再补充一句，‘盛气平，过自寡’！”

说完，邵振教授接过伍六一和彭东鹏两人的纪念册，饱蘸浓墨，给两人都写下了：

洞庭湖畔都给我们留下许多美好的回忆！

——邵振　书

两个人非常高兴，彭东鹏和伍六一都知道邵振教授十分忙，他们看到，邵振教授的写字台上放着上百本同学们的毕业纪念册，邵振教授看到伍六一和彭东鹏看这些纪念册，就兴奋地说：“这都是你们这届同学的，一下子写不完，我让他们留下，我慢慢写。以后努力吧，有时间来学校玩儿！”

伍六一和彭东鹏心满意足地离开邵振教授的家，准备到朱烨教授家里去。一出门又碰到十几个同学夹着毕业纪念册，邵振教授就又高高兴兴地把他们让到家中，伍六一和彭东鹏知道这也是找邵振教授签字留念的。

夜里 10 点的时候，伍六一和彭东鹏找几个老师签字留念完后，高高兴兴地回到宿舍，范明强、张芳盛、毛金灿等几个人也已回到宿舍，正好高小英、三胞胎姊妹以及孟菲斯、周圆也在这里找他们签字留念。大家都拿出自己的纪念册互相翻看老师们的留言,不住啧啧感叹。游前偲也找了不少同学以及老师写了赠别留念,但是他没敢去找邵振教授,他不好意思。他一把从阿佩金英手里拿过伍六一的纪念册,令性格直爽的阿佩金英十分生气,正想从游前偲手里夺回纪念册,高小英和梅秀秀赶紧拉了一把阿佩金英,小声地说:“快离校了,还较什么真儿。”阿佩金英才慢慢缓了过来,自我解嘲地笑了笑,就算过去了。

游前偲没有发现阿佩金英的不快,他翻看到邵振教授给伍六一的留言,那遒劲的行楷,使他眼放金光。游前偲下定决心,明天也一定找邵振教授,让他老人家写几个字,那个字,值钱。邵振教授也是全国小有名气的书法家。游前偲认真数了数伍六一纪念册上邵振教授写的字,连名字在内,有20个字,得值多少钱啊!

邵振教授没有为难游前偲,不过没有写20个字,只写了11个字,还包括一个感叹号和一个破折号,题字是:

修养身性——风物长宜!

——邵振　书

游前偲知道“修养身性,风物长宜”是什么意思,也猜中为什么邵振教授给他提了这么一句话,看来教授还没忘记开学时候的事。尽管如此,游前偲还是喜出望外。范明强、高小英、张芳盛、梅尕尕和现任的班长孟菲斯、团支部书记周圆及同学们在商量,距毕业离校还有三天时间,他们最后商定了一个意见,第二天晚上7点,在他们经常去的15102教室,搞一个小型的毕业聚会,自由参加,随意挥洒,题目就叫《舞动的青春》。

第二天晚上，15102 教室灯火通明，方静深的恋人丰子瑜、梅朵朵的恋人乐陶进，也来了。丰子瑜是个摄影爱好者，今天他不仅带来了他的长镜头，还带来了一台小型摄像机，准备给 1201 班同学们留下影像记忆。论文答辩前，1201 班的毕业照就是丰子瑜的手笔。丰子瑜向范明强保证，加上上一次的影视集合，重新编制，刻录成光盘，届时一人一张，留下最美好的回忆！

虽然说今晚的小型聚会自由自在，也不需要做什么准备，可是在乐陶进看来，最低要调一下灯光，再搞个音响，显得热闹些。教室的多媒体上，大标题写着“舞动的青春”。乐陶进还借了一套德国进口的音响，自己掏钱租来一套照明设备，弄得 15102 班教室简直比白天还明亮。同学们激动地唱啊跳啊，不少同学说：“咱们先唱歌吧。”那唱什么呢？要大家都会唱的，白茹拿起吉他就弹奏起《歌唱祖国》，全班同学大声唱起来：

五星红旗迎风飘扬
胜利歌声多么响亮
歌唱我们亲爱的祖国
从今走向繁荣富强
歌唱我们亲爱的祖国
从今走向繁荣富强
越过高山，越过平原
跨过奔腾的黄河长江
宽广美丽的土地
是我们亲爱的家乡
英雄的人民站起来了

我们团结友爱坚强如钢

五星红旗迎风飘扬

胜利歌声多么响亮

歌唱我们亲爱的祖国

从今走向繁荣富强

歌唱我们亲爱的祖国

从今走向繁荣富强

我们勤劳,我们勇敢

独立自由是我们的理想

我们战胜了多少苦难

才得到今天的解放

我们爱和平,我们爱家乡

谁敢侵犯我们就叫他灭亡

同学们唱了一遍又一遍,唱着唱着,很多同学禁不住就抽泣起来。他们一边唱,一边流泪,一边跳舞,夹杂着激动、感慨、悲戚、欢乐、留恋、怅然的情绪,汇成情感的大河,滚滚洪流奔腾宣泄。他们朗诵大家一起编写的诗歌——

四年了,四年了,四年了——

我们已不是安乐窝里的黄嘴小鸟,

如今已是鲲鹏展翅,四海扶摇,

请打开一扇扇窗户,让我们凭栏远眺,

请给我们一簇簇灿烂的阳光,她就是种子,

播撒在天山、戈壁、大漠和天涯海角，
请给我们一份份开创、超越和拼搏的答卷
我们拿起如椽的大笔，
回答的是欲与天公试比高
请给我们二胡或是琵琶、钢琴
我们要弹奏的是《黄河颂》和《大江东去》
当然也有哥哥妹妹姐姐弟弟小花小草眯眯笑
请给我们一副靓丽的金嗓子
我们要唱的不能是“抱一抱”和“粗又长”
而是中国梦和向鬼子头上砍去的大刀
请给我们一本本大书，哲学的、历史的、数理化的
再让我们回味过去、现在和未来高举的大旗

日月如梭，长江奔流，白驹过隙，时光荏苒。

念完大家又都坐在围成一圈的课桌后面，喝茶、吃糖、嗑瓜子，说起悄悄话。张芳盛说：“毕业后在群里多多联系，随时把我们的行踪告诉大家。”他说，“反正范大班和高高姐还得在理工大学读研，弄不好还会留校，他们两口子就是咱们的联络员，他们家无论在缘阳还是在哪里，就是我们的中转站。”同学们齐声欢呼：“好！”

同学们又学着《红楼梦》“芦雪庭争联即景诗”中林黛玉、史湘云、薛宝钗、薛宝琴联诗起来。警察乐陶进先说了起句：“今晚雨菲菲。”

接着是范明强对句说：“学谊不伤悲。临别皆应笑——”同学们一下子就议论起来，让范明强占了大便宜了，轻易就给我们定了辙、韵，他是最容易做对

的。这大概就是第七辙的灰堆韵吧。

梅尕尕没等同学们议论完就抢着说:“轻‘雨’歌儿飞。青春任挥洒——”高小英接着说:“洞开敞心扉。脉脉含深情——”接着同学们就抢着接下一句。

梅秀秀瞥了一眼张芳盛,抢着答:“拳拳欲有为！何待莽芊芊。”

下面同学们就不按照“五言”和“隔行”押韵的规矩,连韵加自由体,争抢着联起句来,开始还知道是谁抢答联句,后边就麻烦多了,做笔记的丰子瑜忙得不亦乐乎。

阿佩金英:“我们已不是含苞待放的花蕾。”

毛金灿:“我们已是参天大树顶天立地。”

孟菲斯:“我们在这里成长在这里追随。”

周圆:“我们要把中国梦的蓝图精心描绘。”

白茹连着说了两句:“踏着理想,迎着朝晖;在祖国大地的沃土里陶醉。”

在一旁做记录的丰子瑜忙不过来就把纸笔扔给乐陶进,乐陶进拿过纸笔来做笔记。

苏白:“和谐和睦和合,到处是靓丽和明媚。”

方冬玲:“凝聚着灿烂凝聚着智慧。”

张芳盛:“伴着五彩旋律把五星红旗升起。”

伍六一也赶紧抢了回答:“放眼大江大河和五洲风雷。”

彭东鹏一看伍六一也抢答了,也赶紧抢答:“吹响号角,一往无前,无怨无悔。”

梅朵朵:“献给未来的美好回忆,年年岁岁。”

抢答到这里,同学们就想,那次班上诗歌竞赛获得一等奖的郭平平、刘祎霞怎么不抢答？坐在她们身旁的姚丽娜和冯秀叶就推了推郭平平和刘祎霞,说："快点，到你们了。"其实郭平平和刘祎霞怎么能够不联诗？她们站起来，一起朗诵她们写的《离别的时刻》：

轻轻地，你我他即将离开，
就像你我他轻轻地走来；
在这匆匆的岁月里，
顽强的生命无须等待；
在玫瑰花栀子花怒放的季节里，
就像参天的大树默默成材；
……
玫瑰花栀子花怒放的季节，
是参天大树也要奋斗拼搏；
在这热恋的季节里，
蓬蓬勃勃的青春永恒蓬勃；
……

还有十年二十年再相会的歌！

正在郭平平、刘祎霞深情地朗诵着她们的毕业诗歌的时候，中文学院团书记兼学工部部长翁华和班主任周晔带着刚刚换届的院团委和学生会两班人马前来为同学们送行。1201 班的同学感到无比高兴，大家热烈鼓掌，欢迎他们表演个节目。没承想团委书记翁华是个能歌善舞的才女，曾经获得过省业余组民族舞蹈亚军，没推辞就欣然跳起来，身姿曼妙形意舒广。大家都情不自禁地离开座位，跟着翁华书记载歌载舞，他们手挽手，臂连臂，在教室里一圈圈地跳着唱着。

翁华书记说："咱们一起唱国歌吧！"她起了个头，大家合唱起来：

起来！不愿做奴隶的人们！

把我们的血肉筑成我们新的长城！

中华民族到了最危险的时候，

每个人被迫着发出最后的吼声。

起来！起来！起来！

我们万众一心，

冒着敌人的炮火，前进！

冒着敌人的炮火，前进！

前进！前进、进！

同学们抬头挺胸，肃严齐整地站在那里，严肃地唱着国歌。这时候新任的学生团委副书记许小新和学生会主席班凤，把翁华书记、周晔班主任写给毕业班同学们的致辞《依依惜别师生情》，打在教室多媒体的幕布上，同学们心情马上平静下来，同学们看着大红底色、金黄行楷字体的致辞。周晔是国家一级普通话测试员，朗诵是她的特长，她抑扬顿挫地朗诵着《依依惜别师生情》。同学们全神贯注地听着，思绪又回到四年大学生活的情境中。

依依惜别师生情

——在中南理工大学中文学院1201班毕业聚会上的致辞

翁华　周晔

亲爱的同学们：

光阴荏苒，岁月匆匆，我们来不及更多地问候，来不及对每一位同学祝福，来不及千万遍的叮咛，来不及叙说师生的情谊丰厚。你们、我们就要分别了！岁月情依依，聚散何匆匆。

四年的岁月，四度的春秋，我们一起学习、一起工作、一起谈天说地。在课堂、在寝室；在操场、在路旁；在树下、在花中。早晨一声"同学们好！"，晚上一句"老师再见！"，多少情谊，多少关心，多少憧憬，多少期待，尽在这朴实的话语中！

四年前的时候，你们带着稚气，带着喜悦，带着真心，带着梦想，带着渴求，来到岳阳楼下，洞庭湖畔，到了这厚重磅礴的神圣学府；如今带着成熟，带着志气，带着精神，带着抱负，带着韧劲，更带着祖国的希望和未来，奔赴祖国大江南北，贡献着我们赤子之心！志存海内跃红日，乐在天涯战恶风，这是我们的写照、钢铁般的誓言。

亲爱的同学们，老师多么想再见到你们！10年……20年……30年……在桥头，在车间，在田野，在岸畔，在那五彩缤纷的百花园……你们不要忘了啊！你们的母校，你们早生华发的老师！有喜讯，不要忘了告诉我们，一个喜讯变成了十个、百个；有苦恼，不要忘了告诉我们，苦恼也会烟消云散！

如果说，当初为了寻求知识，积蓄力量，你们来到这里，而今天分别是为了大展宏愿！你们终究要驶向浩瀚的大海，你们就要飞向万里蓝天！

让我们轻轻说一声：再见！

这会是又一个崭新的开端！

1201 班的范明强、张芳盛、高小英、三胞胎姊妹、阿佩金英，还有伍六一、彭东鹏等几个同学是最后才离开学校的，他们把同学们一个个送上回家的车后，才恋恋不舍地离开他们母校。

这就是 1201 班大学四年发生的那些事。明日，明日的明日又是一个艳阳天，新生又入校了，排着长队报到注册，仍然是比肩继踵，挥汗如雨，张袂成荫，诗曰：

须臾庠序哉，倏忽度人生；
四年悲喜事，何待日月风。
汹涌亦泅渡，寥廓任纵横；
聚散皆学谊，万世师生情！

后　记

长篇小说《我们班的那些事》即将付梓。在喜悦之情中,我首先要感谢为本书出版尽心尽力的安徽文艺出版社的两位编辑老师姜婧婧和刘畅,她们的编审及校对不辞劳苦,精益求精,令人着实钦佩。

在这里还要感谢我的授业老师、诗人姜宇清,是他把我介绍和推荐给我的毕业学校,以及我的授业老师郭占愚校长。郭校长把我调到大学教授写作课,我才有机会和那些"欢蹦乱跳"学生亲密接触。三四十年来,学生们的喜怒哀乐,学生们的拼搏奋斗、风趣滑稽的形象以及他们的"胡作非为"的各种事迹,在我头脑里一直保持鲜活。不少同学说:"您读了那么多小说,也写了那么多小说评论等,我们这么可爱,也让您生了不少气,您是不是也写写我们?"如此,我就萌发了创作长篇小说《我们班的那些事》的念头,非常感谢学生们的提议以及他们给我提供的丰富的创作素材。

在这里尤其要感谢作家张阳球老师。他不仅帮我发表了许多小说,还给了我很多有益的鼓励、教正和建议,并且张阳球老师还为我的这个长篇写了序言《孟菲斯现象》,从本质上深刻地评论了我的这部小说以及我的人生经历。开始,我是想写电视连续剧剧本的,张老师建议我先写成长篇小说再说。于是就有了现在的长篇小说《我们班的那些事》来。同时我也要感谢为本书出版鼎力相助的山东作家赵德发老师,因为有他的帮助,该作品才到了今天即将付梓的样子。

应该说这是我国第一部以当代在籍大学生为对象创作的长篇小说,有我的情感、理性和理想化了的东西在里面。

感谢所有帮助和支持我的人。

作者:刘荣林

于理工学院南苑小区63栋102室

2019年1月